ELIZABETH CHADWICK

Das Herz des Feindes

AF217109

ELIZABETH CHADWICK

Das Herz des Feindes

Historischer Roman

Deutsch von Nina Bader

blanvalet

Die Originalausgabe erschien 2020 unter dem Titel
»The Coming of the Wolf« bei Sphere, London.

Sollte diese Publikation Links auf Webseiten Dritter enthalten,
so übernehmen wir für deren Inhalte keine Haftung,
da wir uns diese nicht zu eigen machen, sondern lediglich auf
deren Stand zum Zeitpunkt der Erstveröffentlichung verweisen.

Dieser Roman ist im September 2021 bei Weltbild erschienen.

Penguin Random House Verlagsgruppe FSC® N001967

1. Auflage
Taschenbuchausgabe 2022 by Blanvalet,
einem Unternehmen in der Penguin Random House
Verlagsgruppe GmbH, Neumarkter Str. 28, 81673 München
Copyright der Originalausgabe © 2020 by Elizabeth Chadwick
Copyright der deutschsprachigen Ausgabe © 2021 by Blanvalet,
einem Unternehmen der Penguin Random House
Verlagsgruppe GmbH, Neumarkter Str. 28, 81673 München
Redaktion: Ulrike Nikel
Umschlaggestaltung: © Johannes Wiebel | punchdesign,
unter Verwendung von Motiven von Shutterstock.com
LA · Herstellung: sam
Satz: Uhl + Massopust, Aalen
Druck und Bindung: GGP Media GmbH, Pößneck
Printed in Germany
ISBN 978-3-7341-1082-5

www.blanvalet.de

1

Christen lag im Bett und lauschte dem Vogelgezwitscher: den an- und abschwellenden Tönen einer Drossel, dem harmonischen Wettstreit zweier Amseln, dem frechen Geschilpe von Spatzen und dem heiseren Krächzen der Krähenkolonie in den Eschen hinter der Palisade.

Graues Tageslicht fiel durch die Ritzen in den Fensterläden und kroch über die Häute auf dem Bett, um die nackte Schulter des schlafenden Mannes neben ihr zu berühren. Sie drehte den Kopf, um ihn anzusehen. Das gedämpfte Licht ging freundlich mit seinen Jahren um, milderte die feinen Fältchen und glättete die knittrige Haut an seinem Hals und seinen Armen. Seit der Ankunft der Normannen vor drei Jahren hatte Lyulph die Blütezeit seines Lebens hinter sich und war zu einem alten Mann geworden. Inzwischen fehlten ihm das Feuer und die Tatkraft, die ihn früher vital und kräftig gehalten hatten, obwohl er seinen fünfzigsten Winter schon weit überschritten hatte.

In den Tagen vor den Normannen, zur Zeit König Edwards, wäre Lyulph vom ersten bis zum letzten Sonnenstrahl damit beschäftigt gewesen, die Landgüter zu verwalten. In seinen Mußestunden wäre er auf die Jagd gegangen oder hätte sich im Umgang mit Waffen geübt und am Abend dem versammelten Haushalt vorgestanden, Essen und Getränke an die Anwesenden an ihrer Tafel ausgegeben und mit seinem silbernen Horn Trinksprüche ausgebracht, dabei alles und jeden scharf beobachtet. Stark wie ein Ochse, aber nie träge und schwerfällig, sondern gutherzig, dachte Christen und schluckte den Kummer darüber, was aus ihm geworden war, hinunter.

Es war alles so schwierig für Lyulph geworden. Er war mit Harald Godwinson, dem angelsächsischen König, in den Norden gereist, um den Invasiontruppen des Norwegers Hardrada entgegenzutreten, und wurde in der Schlacht von Stamford schwer verwundet. Er war nicht imstande gewesen, gemeinsam mit Harald den Rückzug anzutreten, um sich der neuen Bedrohung durch den Normannen William zu stellen. An der zweiten großen Schlacht um den Thron von England, die bei Hastings stattfand, konnte er nicht mehr teilnehmen, da er unter einer entzündeten Wunde am Oberschenkel litt. Diese hatte ihm der Stich eines norwegischen Speers zugefügt. Christen dachte oft, es wäre für Lyulph eine Gnade gewesen, wenn er wie Harald bei der Verteidigung der Schildmauer von Hastings, dem höchsten Teil der Burgmauer, gestorben wäre. Dann hätte er nicht William dem Eroberer, dem neuen englischen König die Lehenstreue schwören müssen, um jeden Tag von Schuld und Bitterkeit zerfressen weiterzuleben.

Der Vogelgesang wurde lauter und das graue Licht heller und leuchtender. Lyulph schlief weiter, sein Atem blies in seinen dichten silbernen Bart. Christen rückte von ihm ab, zog die Bettdecke wieder über ihn und streifte sich leise ihr Hemd und ihr Gewand über. Dann kämmte und flocht sie ihr schweres flachsblondes Haar, steckte es mit geschickten Fingern auf und legte den Schleier über ihren Kopf, wie es sich für eine anständige verheiratete Frau gehörte. Zum Schluss setzte sie sich auf einen niedrigen Schemel, um ihre Schuhe anzuziehen, und blickte erneut mit einer Mischung aus Besorgnis und Traurigkeit zu ihrem schlafenden Mann hinüber.

Inzwischen waren sie seit fünf Jahren verheiratet, und sie hatte vor Kurzem ihren zwanzigsten Sommer erreicht. Lyulph war dreißig Jahre älter als sie. Ihr Land war Teil des Hochzeitsgeschenks von König Edward gewesen, dessen Mündel sie nach dem Tod ihres Vaters geworden war. Der angelsächsische Herrscher hatte sie dann Lyulph gegeben, damals ein starker, mächtiger Krieger, der in der Lage war, ihr Land an der unruhigen Grenze zwischen England und Wales zu verteidigen.

In diesen frühen Tagen hatte sie Lyulph nie als alten Mann betrachtet, sondern vielmehr als Bollwerk und Beschützer. Für sie war er ein Mann voller Würde, kraftvoll und zuverlässig, der gern lachte und sie liebevoll und ein wenig nachsichtig behandelte. Ihr Leben in einer arrangierten Ehe hätte um vieles schlimmer sein können, und deshalb empfand sie große Dankbarkeit.

Zweimal hatte sie ein Kind empfangen; die erste Schwangerschaft endete mit einer Fehlgeburt, noch bevor sich das Baby bewegt hatte, und die zweite scheiterte, als die Normannen angriffen und Lyulph in den Krieg zog.

Damals brachte sie eine totgeborene Tochter zur Welt, und seitdem hatten sie nicht mehr als Mann und Frau beieinander gelegen. Lyulph wollte kein Kind mehr in ein Land setzen, das unter dem Joch raubgieriger Wölfe litt, deren Anführer ihr Nachbar William FitzOsbern war, der Earl of Hereford, ein mächtiger normannischer Warlord und Geißel der ganzen Umgebung. Er war ein Verwandter von William dem Eroberer, den man auch den Bastard nannte, und einer seiner engsten Berater.

Christen schlich auf Zehenspitzen aus der Schlafkammer und trat in die nebenan gelegene Halle. Eine gähnende Dienerin schürte gerade das Feuer unter dem Kessel über der Feuerstelle, und die aus dem Schlaf gerissenen Bewohner der Halle rollten ihre Strohsäcke zusammen und wappneten sich für den Tag. Im Hof traf Christen zwei Frauen, die am Brunnen Wasser holten, und eine dritte, die sich in einem Eimer Gesicht und Hände wusch.

Ein köstlicher Duft nach frisch gebackenen Brotlaiben wehte von dem Ofen neben der Halle herüber und bewirkte, dass sich ihr Magen vor Hunger zusammenzog. In der Meierei machten die Frauen Butter und Quarkkäse, den es zum Fastenbrechen geben würde. Sie blieb stehen, um die Arbeit zu überwachen, und als sie sah, dass alles in Ordnung war, setzte sie ihren Weg fort.

Es war jetzt angenehm kühl, versprach aber ein heißer Spätsommertag zu werden, sowie die Sonne am Himmel höher gestiegen war – ideal, um die zur Schurzeit von den Vliesen der Herde des Landgutes gesponnenen Wollstränge zu färben, die schon darauf warteten, dass sie sich ihrer annahm. Christen betrat den Lagerschuppen, wo auf zwei

Regalen ordentlich aufgereiht Krüge und Säckchen mit Beizen und Farben standen: Krappwurzel für Rot, Resede für Gelb und Bälle getrockneten Waids für Blau. Da dieser Kreuzblütler teuer war, sparte sie daran. Überhaupt achtete sie mit scharfem Hausfrauenblick auf den Geldbeutel, denn seit die Normannen gekommen waren, mussten sie sich einschränken.

Aus dem Augenwinkel heraus nahm sie eine Bewegung wahr, und bevor sie sich umdrehen konnte, schlang sich ein harter Arm um ihre Taille. Sie wurde vom Boden hochgehoben und in eine bärenhafte Umarmung gezogen, die ihr den Atem nahm. Empört schrie sie auf und kämpfte darum, sich loszumachen.

»Christen, alles ist gut, ich bin es!« Ein bärtiges Gesicht ragte über ihr auf und küsste sie unsanft auf die Wange.

»Osric!« Sie starrte den Bruder, den sie nicht mehr gesehen hatte, seit die Rebellen letztes Jahr Hereford überfallen hatten, schockiert und ziemlich bestürzt an. »Lieber Gott, was tust du hier?« Die Ringe seines Kettenhemds gruben sich in das Fleisch ihrer Wange, und der harte Rand eines Schwertknaufs stieß gegen ihre Rippen. Sie gewann ihre Fassung zurück, befreite sich aus seinen Armen und funkelte ihn ärgerlich an. Sie wusste schließlich aus langer Erfahrung, dass sein kräftiger, massiver Körper das einzig Verlässliche an Osric war.

»Sieh mich nicht so an.« Er stieß ein verlegenes Lachen aus und fuhr sich mit einer Hand durch sein dichtes, helles Haar.

»Wie soll ich dich sonst ansehen?«, fauchte sie. »Ein Jahr vergeht ohne irgendeine Nachricht von dir, und dann springst du aus dem Nichts heraus auf mich los, quetschst mich fast zu Tode und erwartest, dass ich überglücklich bin. Bist du immer noch bei den Rebellen?« Schon als sie die Frage stellte, kannte sie die Antwort. Er hatte auf dem Schlachtfeld von Hastings gekämpft und bloß überlebt, weil er vor dem endgültigen Gemetzel geflohen war. Der Kampf war für ihn jedoch nicht vorbei und würde es auch nie sein. Er ließ die Hand sinken. »Ich bin bei den freien Engländern«, berichtigte er sie steif.

Unbeeindruckt verschränkte sie die Arme vor der Brust. Osric öffnete den Mund, wollte wohl protestieren, änderte dann aber seine Meinung und bedachte sie mit einem bittenden Blick aus großen haselnussbraunen Augen. »Ich brauche deine Hilfe«, sagte er.

Christen hätte ihn am liebsten erwürgt. Wohin immer Osric ging, folgte ihm unweigerlich das Chaos, und seine Pläne erwiesen sich stets als verhängnisvoll für jeden, der dumm genug war, sich in sie verstricken zu lassen. So war es seit ihrer Kindheit. Sie beschrieb eine brüske Geste. »Du kommst besser in die Halle und brichst dein Fasten. Lyulph liegt noch im Bett. Wer ist das denn?« Ihr Blick schoss zu sechs Männern, die sich verstohlen in der Nähe des Stalls herumdrückten.

Osric zuckte die Achseln und täuschte Lässigkeit vor. »Meine Kriegertruppe. Wir sind auf dem Weg, uns westlich von hier wieder Eadric Cild anzuschließen.«

Die Rede war von einem englischen Rebellen, der entschlossen war, sich der normannischen Herrschaft bis zum bitteren Ende zu widersetzen. Nach einem erfolglosen Versuch, den Normannen die Grafschaft Herefordshire abzujagen, hatte er sich über die Grenze nach Wales zurückgezogen, und niemand vermochte mit Sicherheit zu sagen, wo er als Nächstes zuschlagen würde. Weder er noch William FitzOsbern scherten sich darum, was sie zerstörten, wenn es ihnen im Weg stand.

»Also schön, nur halte sie von unseren Pferden fern«, schnappte sie. »Der Himmel weiß, dass Lyulph genug Mühe hat, sie vor FitzOsberns Zugriff zu schützen, ohne dass du versuchst, sie dir gewissermaßen auszuborgen.«

»Christen!« Osric warf ihr einen Blick vor Tadel triefenden Blick zu.

»Ich bin erwachsen geworden«, gab sie resigniert zurück, »und Lyulph ist vorzeitig gealtert. Wir sind darüber hinaus, auf dem Rücken des Ruhms in den Tod zu reiten. Du kannst die Leute in die Halle bringen, damit sie etwas essen und trinken, hierbleiben kannst du mit ihnen nicht oder uns als Zufluchtsort benutzen. Ich werde jetzt gehen und meinen Mann wecken.«

Mit verkniffenen Lippen brachte Christen den Männern Brot, Quarkkäse und frisches Ale.

»Du gehst also nach Wales, um wieder zu Eadric Cild zu stoßen?«, fragte Lyulph und musterte seinen Schwager aus blassen blauen Augen.

Osric brach sich ein Stück Brotkruste ab und schob es in den Mund. »Wenn wir die normannische Blockade durchbrechen können, ja. Es sollte nicht schwierig werden, wir haben schon eine ganze Horde abgeschüttelt, die uns auf den Fersen war.«

»Dann werdet ihr also verfolgt?« Lyulph hob die Brauen.

Sein Schwager zog verlegen die Schultern hoch. »Wir haben sie letzte Nacht im Wald abgehängt. Du weißt, dass ich euch nie in Gefahr bringen würde.«

»Ich weiß nichts dergleichen«, beschied Lyulph ihn streng. »Allein deine Anwesenheit bringt uns in Gefahr.«

Osric spülte das Brot mit einem Schluck Ale hinunter. »Es war keine große Truppe. Wir hätten kehrtgemacht und gekämpft, doch sie hatten Pferde, und wir waren zu Fuß. Es war leichter, uns im Schutz der Dunkelheit davonzumachen. Wir werden nicht lange bei euch bleiben, das verspreche ich dir.«

Lyulph sagte nichts, aber sein Mund war nach unten gezogen, und sein Gesichtsausdruck drückte Missbilligung und Ärger aus. Osrics Verfolger konnten nicht weit weg sein, fürchtete er, es sei denn, sie hatten die Jagd aufgegeben und waren umgekehrt.

»Es freut mich, das zu hören«, erklärte er trotzdem und bedeutete Christen, sie alleine zu lassen, damit sie reden konnten.

Folgsam ging sie nach draußen, um nach der Farbwanne zu sehen und die Diener in der Küche anzuweisen, zusätzliches Essen für die Mittagsmahlzeit zuzubereiten. Sie wusste genau, was sich zwischen Lyulph und ihrem Bruder abspielen würde. Osric würde um Speere, Äxte und Pferde bitten, um sie mit nach Wales zu nehmen, und Lyulph würde einwilligen, damit er mit seinen Leuten Ashdyke, ihr Land und ihren Besitz, verließ. Er fordert sozusagen Tribut ein, dachte sie verdrossen. Warum konnte Osric sie nicht in Ruhe lassen? Sie hatten auch so mit genug Problemen zu kämpfen.

Sie beugte sich über ein Fass mit dampfendem Krapp und hielt Wollstränge bereit, als Lyulph aus der Halle kam, um mit ihr zu sprechen. Er hinkte leicht. Sein Stolz verbot es ihm, in Gegenwart ihres Bruders einen Stock zu benutzen, wenngleich sie ihm ansah, welche Anstrengung ihn das kostete. »Deck an unserer Tafel für sieben weitere Männer«, wies er sie schroff an, »und lass das Essen früh servieren. Danach wird Osric fortreiten.«

»*Reiten?*« Sie trat zur Seite, damit eine Dienerin einen weiteren Eimer Wasser in den brodelnden Kessel gießen konnte. »Wir können keine Pferde entbehren. Das geht einfach nicht.«

Lyulphs Mund verhärtete sich. »Er gehört zur Verwandtschaft. Wir sind ihm verpflichtet.«

»Genau aus diesem Grund ist er hier. Er weiß, dass wir ihm verpflichtet sind.«

»Sie können nicht gewinnen«, sagte er bedächtig. »Vom Schlag König Harolds sind keine mehr übrig, außer vielleicht William von der Normandie, und den haben wir ohnehin längst, ob es uns nun gefällt oder nicht.« Er rieb sich mit der Handfläche über das Gesicht. »Dein Bruder will nicht hören, was ich in seinem Alter genauso getan hätte. Noch weit nach meiner eigenen Jugend hätte ich mich ihm angeschlossen und wäre mit ihm zu den Rebellen gegangen, weil er das Tuch seines Schicksals selbst webt und nicht mit leeren Händen und einem gebrochenen Körper am Webstuhl sitzt und sein Leben an sich vorbeiziehen lässt.«

Aus einem Impuls heraus hob sie eine Hand, um über seinen silbernen Bart zu streichen, und lächelte ihn voll besorgter, trauriger Zuneigung an. »Ich bin nicht sicher, ob Osrics Webkunst Früchte tragen wird«, sagte sie. »Ich jedenfalls würde nicht wollen, dass du meinem Bruder auf seinem Weg folgst.«

»Dabei wäre ich in seinem Alter einer hübschen jungen Frau von weit größerem Nutzen«, erwiderte Lyulph, verzog trübsinnig das Gesicht, und seine Augen umwölkten sich vor Schmerz.

Sie verschloss seinen Mund rasch mit ihrer Hand. »Ich will solche Worte nicht von dir hören, weil ich zufrieden bin, Mylord.«

Er zog ihre Hand weg. »Bist du das wirklich?«, wollte er wissen und betrachtete forschend ihr Gesicht.

»Ja.« Sie würde ihm den Teil zugestehen, der der Wahrheit entsprach, und den anderen für sich behalten. »Du bist ein guter und rücksichtsvoller Ehemann. Hätte mich König Edward einem seiner jungen Krieger zur Frau gegeben, gäbe es dennoch keine Gewissheit, dass mein Leben mit ihm in irgendeiner Hinsicht erfüllter gewesen wäre. Ihm hätte deine Weisheit und Geduld gefehlt.«

Er seufzte und schüttelte den Kopf. »Das sind nicht unbedingt Eigenschaften, die eine junge Frau über andere stellen würde.«

»Diese hier sehr wohl«, beharrte Christen. »Ich danke Gott jeden Tag dafür, dass König Edward mich nicht mit einem Mann wie meinem Bruder verheiratet hat.«

»Ich verstehe, was du meinst«, entgegnete er mit melancholischer Belustigung und beugte sich vor, um sie auf die Wange zu küssen, bevor er zu den Ställen humpelte, um die Pferde herauszugeben, die zu verlieren sie sich eigentlich nicht leisten konnten. Christen beobachtete, wie mühsam er sich vorwärtsschleppte, und eine eisige Hand schloss sich um ihr Herz. Seinen Schritten haftete eine bleischwere Endgültigkeit an, nicht die der Niederlage, sondern die müder Resignation.

Ihre Augen begannen zu brennen. Abrupt richtete sie ihre Aufmerksamkeit wieder auf den Farbzuber. Je eher Osric mit seinen Leuten aufbrach, desto besser. Selbst vor dem Gemetzel bei Hastings war er waghalsig und skrupellos gewesen, jetzt indes war diese Eigenschaft beispiellos und zu einer tief in ihm verwurzelten dunklen und gefährlichen Rücksichtslosigkeit geworden.

Sie saßen an dem langen Tisch in der Halle.Osric spießte eine Hühnerkeule auf die Spitze seines Messers und unterhielt die anderen mit einer angeberischen Geschichte seiner Taten bei den freien Engländern, als der Angriff der Normannen sie an diesem Sommertag traf wie ein Blitz aus heiterem Himmel. Soeben hatte Christen noch einen Diener angewiesen, Lyulphs Becher nachzufüllen, als die Männer auf einen entsetzten Warnschrei hin aufsprangen und eine goldene Pfütze Ale sich über den Tisch und Christens Rock ergoss. Lyulph erhob sich und drehte sich ungelenk zur Wand, um seine Streitaxt herunterzureißen, schob sich schützend vor Christen und brüllte seinen verwirrten Gefolgsleuten Befehle zu.

Es kam ihnen vor, als hätten sie es mit Hunderten von Gegnern zu tun, obwohl Christen später erfuhr, dass es sich lediglich um zwanzig gehandelt hatte. Nichtsdestotrotz reichten sie aus, um eine kleine englische Gemeinschaft zu überwältigen, die ihre besten Krieger im Norden beim Kampf gegen Hardrada verloren hatte. Osric war weder ein Märtyrer noch all seiner Prahlerei zum Trotz aus dem Holz geschnitzt, aus dem große Anführer und Helden gemacht waren. Als die Normannen in die Halle strömten, sprang er über den Tisch, riss einen brennenden Scheit aus der Feuerstelle und setzte die Binsen, die den Boden bedeckten, in Brand. Als aus den kleinen Flammen Rauch und Gestank aufstiegen, rannte er zum Fenster am Rand des erhöhten Podestes und kletterte durch die Öffnung. Seine sogenannte Kriegertruppe folgte seinem Beispiel.

Christen zog hustend ihren Schleier vor Nase und Mund. »Geh hinaus ins Freie!«, rief Lyulph ihr zu. »Lauf in den Wald und versteck dich, bis ich komme, um dich zu holen.«

»Ich lasse dich nicht allein«, erwiderte sie entschlossen, dann hustete sie so heftig in das Leinen, dass sie würgte und ihn nur noch durch einen beißenden, verschwommenen Vorhang sehen konnte.

»Für Widerworte ist keine Zeit, tu, was ich dir sage«, befahl er und versetzte ihr einen derben Stoß.

Christen stolperte über ihr Kleid, richtete sich auf, taumelte mit brennenden Augen durch die Halle und über die Gestalten in Rüstungen, die Osrics dürftige Sperre aus Rauch und Feuer durchbrachen, und floh.

In ihrer Schlafkammer griff Christen nach ihrem Umhang, stopfte ihren Schmuck in einen Stoffbeutel und rannte zum Fenster. Sie zuckte mit einem Aufschrei zurück, als sich ein normannischer Soldat rittlings auf das Fensterbrett schwang und mit erhobenem Schwert, in dessen

Klinge sich das Licht fing, in den Raum sprang. Draußen schrie jemand auf Englisch und erhielt eine Antwort in normannischem Französisch, das sie nicht verstand. Voller Entsetzen wich sie vor dem Mann zurück.

Der Normanne hingegen kam mit erwartungsvoll geöffneten Lippen näher. Christen schleuderte den Stoffbeutel nach ihm, den er lachend auffing, aber entsetzt herumfuhr, als Lyulph in den Raum hinkte. Die Klinge seiner Axt war leuchtend rot verfärbt, dunkle Rinnsale rannen am Stiel hinunter und besudelten seine Hände. Vor Wut brüllend stürzte er sich auf den Normannen und kämpfte in der Hitze und Verzweiflung des Augenblicks wieder so, wie er es bei Stamford getan hatte. Christen spürte, wie etwas Heißes auf ihr Gesicht spritzte, bevor ihr Angreifer mit zerfetztem Kiefer vor ihren Füßen zusammenbrach.

Sie schrie auf und rannte zu Lyulph. Er hielt sie einen Herzschlag lang fest, bevor er sie herumdrehte, zum Fenster schob und kurz innehielt, um ihre Juwelen aus der noch immer zuckenden Hand seines Opfers zu reißen und die Schnur des Beutels an ihrem Gürtel zu befestigen. »Wir sind verraten worden«, keuchte ihr Mann. »Gyrth, der Schmied, ist zu den Normannen gelaufen, hat ihnen berichtet, dass wir Rebellen beherbergen, und ihnen die Tore geöffnet.«

Er hob sie hoch, zog die Kraft aus seiner Verzweiflung, und seine Finger gruben sich schmerzhaft in ihre Hüften. Christen brauchte nicht zu fragen, warum der Schmied zu den Aggressoren gegangen war. Sie waren momentan diejenigen mit den guten Pferden und allen Rechten, und sie zahlten mit hartem Silber für Informationen. Leider hegte

Gyrth einen Groll gegen ihren Mann, seit Lyulph, der in Ashdyke Befehle erteilen durfte, ihm im letzten Monat wegen einer Schlägerei im besoffenen Zustand eine Strafe auferlegt hatte.

»Wir treffen uns bei den hundert Eichen«, sagte Lyulph, als sie das Fensterbrett zu fassen bekam. »Wenn ich nicht komme, geh zu dem Nonnenkloster…«

Christen schrie eine Warnung, und Lyulph wirbelte herum. Seine Axt beschrieb einen glitzernden Bogen. Der Normanne heulte auf, als die Klinge seinen Schild durch- schnitt, als bestünde er aus Butter, und ihm das Bein bis auf den Knochen aufschlitzte. Vergeblich versuchte Lyulph erneut zuzuschlagen, doch sein verletztes Bein gab unter ihm nach, und ein zweiter Normanne nutzte die Gelegen- heit und rammte Lyulph sein Schwert so brutal in die Seite, dass es sich tief in sein Fleisch fraß.

Lyulph, der seine Axt noch immer umklammerte, starrte ungläubig auf das Blut, das seine Tunika durchtränkte. Er drehte sich zum Fenster um zu Christen, aber aus sei- nem Mund drangen keine Worte, sondern nichts als ein Blutschwall. Der Normanne hieb noch einmal auf ihn ein, sodass er in sich zusammensank.

Gleichzeitig schwang Christen ein Bein über das Fens- terbrett und ließ sich in die Tiefe fallen. Der Aufprall ver- schlug ihr den Atem und jagte einen sengenden Schmerz durch ihre Knöchel und Knie, dabei war sie zum Glück nicht verletzt. Vor Angst und Schock schluchzend blickte sie sich um. Ihre Finger krallten sich fest um die Schnur des Juwelenbeutels.

Die Halle brannte lichterloh, da das Holz in den langen Sommertagen trocken wie Zunder geworden war, und die Normannen unternahmen nichts, um die Flammen zu ersticken. Sie sah die auf dem Boden verstreuten Leichen von Lyulphs Männern und die der männlichen Dienerschaft, die bei dem Versuch zu fliehen niedergestreckt worden waren, und andere, die um ihr Leben rannten und trotzdem gefangen und abgeschlachtet wurden. Sie konnte nichts tun für ihre Leute, es gab keine Fluchtmöglichkeit. Da war nichts als Feuer und Blut, begleitet von grölenden, triumphierenden Stimmen, die auf Französisch johlten. Und Lyulph war tot.

Ein Reitertrupp passierte die offenen Tore und donnerte über das Gelände direkt auf sie zu. Der Hengst an der Spitze war so schnell bei ihr, dass sie von seiner breiten, gescheckten Schulter umgestoßen wurde wie die Strohpuppe eines Kindes. Sie lag einige Meter entfernt, kaum bei Bewusstsein und mit dem Gesicht nach unten im Schmutz. Trotz ihrer Benommenheit nahm sie das Prasseln der Flammen und das Vibrieren von Hufschlägen unter ihrer Wange wahr. Ebenso die Schreie und die flehentlichen Bitten, das Triumphgebrüll und das schadenfrohe Gelächter.

Sie lag ganz still da, wagte nicht, sich zu rühren, und betete zu Gott und der Heiligen Jungfrau um Erbarmen und Beistand gegen diese Diener der Hölle.

Wachposten hatten die Tore gesichert, und weitere Normannen ritten nunmehr diszipliniert auf ihren stämmigen Schlachtrössern auf das Anwesen. Sie sah zu, wie sie abstiegen, und wusste, dass es keinen Ausweg gab, selbst wenn das Töten zu Ende war, wie es schien. Was sollte sie bloß tun? Vor ihrem geistigen Auge sah sie immer noch die

Bilder vor sich, wie Lyulph niedergemetzelt wurde. Den Schwertstoß, den Ausdruck auf seinem Gesicht in dem Moment, als er starb.

In der Nähe stritten sich zwei Normannen. Einen erkannte sie als den Mann, der Lyulph getötet hatte. Er war hochgewachsen und dünn, hatte ein ausgeprägtes Kinn und gestikulierte wütend mit geballter Faust. Seine Stimme war ein harsches Schnarren. Sein Gegner stand regungslos da und hob die Stimme nie über ein bestimmtes Maß hinaus, wenngleich er genauso entschlossen war, seinen Willen durchzusetzen wie der andere. Christen verstand ein wenig Französisch, da ihr Vater in friedlicheren Zeiten mit normannischen und angevinischen Weinhändlern Geschäfte gemacht hatte. Er hatte sogar eine Zeit lang erwogen, sie mit einem von ihnen zu verheiraten. Dieses Vorhaben scheiterte jedoch, als ihr Vater gestorben war und König Edward sie Lyulph gegeben hatte.

»Ja, ihr wart zuerst hier«, sagte der eher ruhige Mann, in dessen Stimme unüberhörbar Abscheu mitschwang. »Für das hier gab es eigentlich keinen Anlass.«

»Die Leute haben Rebellen Zuflucht gewährt, wie Ihr sehr wohl wisst. Der alte Mann hat Sir Everard mit einer Streitaxt getötet, und Ihr sagt, es gab keinen Anlass?«

»Geschenkt, da ich Everard de Nantes kannte, würde ich sagen, der englische Lord hatte mehr als einen guten Grund.«

Der kampfeslustige Normanne griff nach seinem Schwert, während die Hand des ruhigen Soldaten vorschoss, um sich um die halb gezogene Waffe zu schließen. »Das wäre äußerst unklug. Meine Männer würden keine Sekunde zögern, dich zu töten, und ich kann mich auf sie mehr verlassen, als du dich je auf deine verlassen könntest. Ich übernehme hier das Kommando.«

Die Augen des Mannes flackerten. »Ich werde mich deswegen an den Earl of Hereford wenden«, drohte er und riss sein Handgelenk los. »Er hat befohlen, diesen Ort einzunehmen und wie üblich damit zu verfahren. In dieser Sache ist das letzte Wort noch nicht gesprochen, le Gallois.«

»Wende dich von mir aus an den Papst persönlich, nur verschwinde jetzt von hier, solange du noch über das notwendige Rüstzeug verfügst, um zu laufen und Söhne zu zeugen.«

»Wenn Sir Everard nicht tot wäre …« Der adlige Soldat mit Weisungsbefugnissen wandte sich zu seinem Pferd und schob den Fuß in den Steigbügel.

»Wenn das so wäre, würde ich ihn eigenhändig umbringen, das ist ein Versprechen.«

Christen sah eine Gruppe von Normannen fortreiten. Sie hatten ein paar Packpferde mit den Leichen von fünf Gefährten ihres Bruders bei sich, die wie erlegte Hirsche über die Sättel geworfen worden waren. Vermutlich als Beweis, um vom Earl of Hereford eine Belohnung zu fordern. Der zurückbleibende normannische Anführer verfolgte den Rückzug mit zusammengekniffenen Augen und in die Hüften gestemmten Händen, und Christen sah, wie er etwas vor sich hinmurmelte.

»Was soll mit diesen beiden passieren, Sire?« Ein Soldat zwang vor dem Normannen zwei gefesselte Gefangene mit einem Fußtritt auf die Knie, und Christen erkannte voller

Entsetzen, dass es sich um Osric und seinen engsten Kameraden Hrothgar handelte.

»Hängt sie«, erwiderte der Ritter verächtlich. »Sie verdienen es nicht anders.«

»Nein!«, entfuhr es Christen. Sie sprang auf. Jeglicher Selbsterhaltungstrieb war verflogen; sie lief los, um sich mit ausgebreiteten Armen vor den gefesselten Männern aufzubauen, aber ihr beim Sprung aus dem Fenster verstauchter Knöchel gab nach, und sie fiel dem Normannen vor die Füße. »Im Namen unseres Erlösers, habt Erbarmen, ich flehe Euch an!«

Er betrachtete sie. Es war schwer, in seinem Gesicht zu lesen, weil die Nasenschiene seines Helms die Feinheiten verbarg. »Warum sollte ich das tun?«, wollte er wissen.

»Osric ist mein Bruder.« Christen schluckte und versuchte, mit fester Stimme zu sprechen. »Er ist das Einzige an Familie, was mir geblieben ist. Ihr habt meinen Mann getötet, der hier der Lord war, und mein Heim brennt. Ich habe schon zu viel verloren.«

»Wisst Ihr, was er und seine Kriegertruppe gestern einem meiner Dorfbewohner angetan haben?«, erkundigte er sich mit harter Stimme.

»Sie lernen von normannischem Beispiel«, gab Christen spontan zurück und vollführte eine Geste, die das verwüstete Gelände umfasste. Die Halle brannte immer noch, deshalb hatten Soldaten eine Eimerkette gebildet, die vom Brunnen zu dem Gebäude führte, und in diese Kette hatten sich auch die überlebenden Bewohner von Ashdyke eingegliedert.

»Das mag sein, bloß bezweifle ich manchmal, dass sie

Anleitung benötigen.« Er nickte einem Soldaten, der seine Aufmerksamkeit auf sich lenkte, zu und machte Anstalten, sich abzuwenden.

»Ich bitte Euch, wenn Ihr einen Funken Mitgefühl in Eurer Seele habt, verschont ihn.«

Er maß sie mit einem harten Blick. »Ich bin nicht sicher, ob das der Fall ist.«

»Sire, ich habe gehört, wie Ihr zu dem anderen Mann gesagt habt, es gebe keinen Anlass für dies hier, und ich dachte, Ihr hättet vielleicht mehr christliches Mitgefühl. Bitte …« Sie biss sich auf die Lippe. »Ich werde dafür sorgen, dass Ihr dafür entschädigt werdet.«

Seine Lippen verzogen sich vor Widerwillen. »Ich glaube nicht, dass Euer Bruder eine solche Entschädigung wert ist«, sagte er, »dennoch werde ich über das nachdenken, was Ihr gesagt habt, und gebe Euch den Rat, keinerlei Mutmaßungen über mich anzustellen. Sei es bezüglich christlichen Anstands oder wie offen ich für Angebote bin. Ihr könntet Euch leicht irren.« Er bückte sich, zog sie auf die Füße, nickte ihr knapp zu und ging mit raschen, geschmeidigen Schritten zu seinen Männern hinüber.

Christen musterte das rußverschmierte Gesicht und das zugeschwollene blaue Auge ihres Bruders und empfand eine Mischung aus Mitleid und Feindseligkeit. »Warum hast du seine Ländereien ausgeplündert?«

Osrics haselnussbraune Augen weiteten sich vor Verwunderung. »Er ist ein Normanne! Was für einen anderen Grund brauche ich bitte?«

Sie blickte über ihre Schulter hinweg zu der Halle hinüber, die trotz der Eimerkette immer noch brannte, und dachte an den Hass und die Häme, die den Überfall begleitet hatten. Sie bildeten zwei Seiten derselben Münze. »Du solltest dir schnell einen Grund einfallen lassen, oder du wirst hängen. Du hast all das über uns gebracht. Denk einmal darüber nach.« Ohne ihm die Gelegenheit zu einer Antwort zu geben, ging sie davon, um dabei zu helfen, die Toten aufzubahren und die Verwundeten zu versorgen.

Osric und sein Freund wurden in die Eimerkette eingereiht und unter den wachsamen Augen eines mürrischen Wachpostens zum Arbeiten angetrieben.

Der Angriff war schnell und brutal erfolgt, die meisten von Ashdykes Kriegern waren mit Lyulph gestorben. Darunter Goddard, der an der Seite seines Lords bei Stamford gekämpft und ihn vom Schlachtfeld heruntergeschafft hatte, als Lyulph von einem Speer in den Oberschenkel getroffen worden war. Sein Vetter Edwin mit dem fröhlichen Lachen und der übermäßigen Vorliebe für Würfelspiele. Nun würde er nie wieder an einem Spielbrett sitzen, die Dienerinnen necken oder kleine Holzfiguren für die Kinder schnitzen. Der Koch Asmund war tot, genau wie die beiden Jugendlichen, die mit ihm gearbeitet hatten. Die vierzehnjährige walisische Gänsemagd Nesta war von einem wuchtigen Hieb am Hinterkopf getroffen worden und augenblicklich neben ihrer heruntergefallenen Schüssel mit Geflügelfutter gestorben.

Christen wusch Nestas Körper mit einem Lappen und wischte Blut und Schmutz ab. Sie kreuzte ihre Arme auf der Brust und bedeckte das Mädchen mit dem leuchtend roten Umhang, den sie immer bei ihrer Arbeit getragen und den sie über alles geliebt hatte.

Als das Feuer in der Halle und den angrenzenden Kammern endlich unter Kontrolle war, wurden die Leichen herausgebracht. Einige von ihnen waren rußgeschwärzt und entstellt, und bereits lange ihren Verwundungen im Feuer und im Rauch erlegen. Lyulph wurde in dem schwächer werdenden Nachmittagslicht auf einem Tisch aufgebahrt.

Christen holte frisches Wasser und wusch ihn, so gut sie konnte. Sie kämmte sein Haar und seinen Bart, glättete das goldene und silberne Geflecht, küsste Lyulphs kalte Wange und faltete seine Hände über einer der schrecklichen Wunden auf seiner Brust. Kräftige Hände, die nach jahrelangem Gebrauch knorrig zu werden begannen. Hart, wenn sie sich um den Stiel einer Axt schlossen, sanft dagegen auf ihrer Taille. Leb wohl, Lyulph, persönlicher Krieger des Königs. Ihre Augen waren trocken, als sie seinen Leichnam anblickte, sie war jenseits aller Tränen, zu tief war ihre Trauer. Kein Übermaß an Wehklagen würde die Toten begleiten. Zunächst waren es die Lebenden und ihr weiteres Überleben, worum es sich zu kümmern galt.

»Ich habe Euch etwas gebracht, um ihn zu bedecken«, sagte der normannische Anführer und reichte ihr eine wollene Decke. Es war ein walisisches Plaid von guter Qualität mit geflochtenem Rand.

»Lyulph«, sagte sie. »Sein Name ist Lyulph.« Nicht war, sondern ist. »Er sollte mit seinem eigenen Umhang zugedeckt werden.«

»Ja, aber leider ist das nicht möglich, weil alles verbrannt ist.«

Christen nahm ihm die Decke daraufhin schweigend ab und breitete sie über den Leichnam ihres Mannes. Sie würde genügen müssen. Und der Normanne hatte sie wenigstens ihr gegeben, statt den Toten selbst zu bedecken. Das hätte sie nicht ertragen.

»Der Priester kommt am nächsten Morgen«, fügte er hinzu.

Sie nickte zum Zeichen, dass sie ihn verstanden hatte, und betete, dass er gehen möge. Als er das endlich tat, hob sie eine Ecke von der Decke an, drückte die weiche Wolle gegen ihre Wange und betrachtete Lyulphs geschlossene Augen, die noch vor wenigen Stunden offen und lebendig in die Welt geblickt hatten.

2

Im Traum zügelte Miles sein Pferd auf dem Gipfel des Hügels und sah zu, wie sich ein blutroter Sonnenaufgang aus dem Nebel des Oktobermorgens erhob und den Hang unter ihm in ein Farbenspiel tauchte. So weit das Auge reichte, war der Boden mit Leichen übersät, die eines gewaltsamen Todes gestorben waren und nun als leblose, verstümmelte Opfer der Landschaft ihren Reiz und ihre Würde nahmen. Es war die Kampfelite von König Harolds Engländern, die mächtigen, axtschwingenden Krieger, Mitglieder seiner Leibgarde, die man Huscarls nannte. Auch eine große Anzahl ihrer normannischen Feinde hatte die Schlacht nicht überlebt. Eine leichte Brise ließ die Wimpel an zurückgelassenen Lanzen flattern und bauschte das Gefieder der aasfressenden Vögel auf, die zwischen den Toten umherhüpften und auf steifen Schultern und reglosen Brustkörben hockten, um sich ihr Festmahl zu holen.

In der Ferne irrte eine Gruppe dunkel gekleideter Frauen zwischen den Gefallenen herum. Sie erinnerten ihn an die Mätresse des Königs und seine Mutter, die in seinem Traum auf Geheiß von Herzog William nach dem verstümmelten Leichnam ihres Lords suchten.

Das Klirren des Zaumzeugs von seinem Hengst Cloud schreckte ihn auf. Miles hatte sich, um dem fürchterlichen

Anblick zu entgehen, zu anderen erschöpften Kameraden ins Gras gelegt und war sofort vom Schlaf übermannt worden und hatte einen neuen Albtraum erlebt.

Er sah, wie sich blutige Lumpen hinter ihm aufrichteten und eine Axt in Richtung seines Rückgrats geschwungen wurde. Schweißgebadet und am ganzen Körper zitternd, erwachte Miles le Gallois, ein Krieger aus dem Gefolge William des Eroberers, aus seinem Minutenschlaf.

Nach Atem ringend, desorientiert und panikerfüllt lag er da. Eine in einen Umhang gehüllte Gestalt neben ihm grunzte, wälzte sich herum, fand eine bequemere Schlafposition und begann wenig später zu schnarchen. Miles holte tief Luft und stieß sie langsam wieder aus. Obwohl die Schlacht von Hastings drei Jahre her war, wurde er gelegentlich von Albträumen wie diesem heimgesucht. Dabei war es nicht die erste Schlacht, an der er teilgenommen hatte, doch er war dem Tod noch nie so nah gekommen wie in den Sekunden, bevor er seinen Hengst Cloud aus der Reichweite einer Axt getrieben hatte und der englische Krieger tot auf den blutgetränkten Boden gefallen war.

Als er erneut durchzuatmen versuchte, schmeckte er Rauch in der Kehle. So eine nutzlose Verschwendung, die hier stattgefunden hatte. Die Strafmaßnahmen, die Fitz-Osberns Männer so bereitwillig vollzogen hatten, waren mit ein Grund, warum die Engländer so widerborstig waren und man mit ihnen keine Einigung erzielte. Vergewaltigung und Plünderung waren keine geeigneten Mittel, um mit Menschen zu verhandeln, nur kannte der Earl of Hereford keine andere Sprache. Allerdings war seines Wissens nach der verheerende Brand von der Gegenseite, von den beiden englischen Gefangenen ausgelöst worden, die daraufhin an den Pfosten im Hof gefesselt worden waren.

Miles schob seine Decke weg, stand auf und streckte sich. Im Osten war der Himmel bereits heller und würde bald den rötlichen Hauch der Morgendämmerung zeigen. Ein Wachposten zündete unter einem kleinen Kessel ein Feuer an. Miles nickte ihm zu, gähnte, rieb den schmerzenden Arm, mit dem er seinen Schild trug, und schlenderte zu der Abortgrube, um sich zu erleichtern, bevor er zu der Palisade hochstieg, von der aus er die Lage im Umland kontrollierte.

Das zunehmende Licht ermöglichte ihm einen Blick über die Ansiedlung in der unmittelbaren Umgebung und das Land. Unter dem Steilhang, auf dem das große Haus, der Besitz für die ganze Familie, erbaut worden war, glitzerte der Fluss Wye wie eine frisch gehäutete Schlange. Hinter seinen Windungen führte die alte römische Straße im Osten Richtung Hereford und westlich nach Wales. Zwischen Straße und Fluss lagen fruchtbare Felder. Vieh graste auf den Feuchtwiesen und Schafe auf dem höher gelegenen, felsigeren Grund zwischen Dorf und dem Anwesen des Lords, der über alles befehligte.

Miles blickte über seine Schulter hinweg zu der vom Feuer beschädigten Halle und der hinteren Palisade, die von einem Laubwald gesäumt wurde, und kniff nachdenklich die Augen zusammen. Im Laufe der nächsten halben Stunde wanderte sein Blick, während der Himmel sich von einem matten Rosarot zu gelblichem Gold verfärbte, konzentriert zwischen Fluss, Straße und Feldern hin und her, bevor er zu der Palisade und dem angekohlten Gebäude zurückkehrte, das sie noch schützte. Als die Sonne den

Rand der Mauer erreichte, verließ er den schmalen Weg auf dem schützenden Wall und begab sich wieder in den Hof hinunter.

Christen fühlte sich schrecklich steif und zerschlagen, als sie aus einem kurzen, unruhigen Schlaf erwachte und sich kaum bewegen konnte. Mühsam und ein Stöhnen unterdrückend, setzte sie sich auf und nahm den Becher Ale entgegen, den ihr Wulfhild, eine der Dienerinnen, hinhielt, die den Brand unverletzt überstanden hatten. Die Morgendämmerung war noch nicht vollständig hereingebrochen, aber sie konnte erkennen, dass Wulfhild ein übermäßiges Interesse an den normannischen Männern hatte, die am Lagerfeuer saßen.

»Gefällt dir irgendetwas an ihnen?«, fragte Christen und massierte ihren Nacken. »Es sind immerhin unsere Feinde und haben viele unserer Leute umgebracht.«

Verlegen riss das Mädchen den Blick von den Soldaten los. »Das sind gute Männer, Mylady. Sie wollen uns nichts zuleide tun. Ich weiß, dass sie das nicht wollen«, behauptete sie, eine Meinung, die ihre englischen Stammesgenossen sicher nicht teilten. Prompt reagierte ihre Herrin.

»Ich nehme an, einer von denen hat dir das gesagt«, sagte Christen mit ätzendem Sarkasmus und trank einen Schluck Ale.

»Ja, Mylady«, antwortete Wulfhild arglos und naiv. »Er ist Engländer und heißt Leofwin, er wurde in der Nähe von Wigmore geboren und wuchs dort auf. Sein Herr ist Miles le Gallois, der Lord von Milnham-on-Wye, ein gebürtiger Engländer.«

»Gestern hat er allerdings eindeutig wie ein Normanne gesprochen«, entgegnete Christen, bei der Wulfhilds Auskunft durchaus Interesse geweckt hatte.

»An ihm ist nichts Englisches, Mylady.« Das junge Mädchen brannte darauf weiterzugeben, was sie wusste. »Sein Vater war einer der Normannen, die sich zur Zeit des alten Königs Edward hier niedergelassen haben, um die Grenze vor Überfällen aus Wales zu schützen, und in den Adern seiner Mutter fließt adeliges walisisches Blut.«

Daher der Name le Gallois, dachte Christen, die normannische Bezeichnung für einen Waliser. Als sie zu den Soldaten hinüberblickte, sah sie einen stämmigen jungen Mann mit schulterlangem dunklem Haar, der Wulfhild angrinste, und sofort erriet sie, wer das war.

»Das ist Leofwin«, bestätigte das Mädchen.

»Du hast keine Zeit verloren, wenn ich das richtig sehe«, sagte ihre Herrin mit leisem Vorwurf.«

Die Dienerin reagierte gekränkt. »Nicht alle Geschichten stimmen, Mylady«, erwiderte sie. »Diese Männer sind nicht so wie die andere Truppe.«

»Sie haben Speere und Schwerter und Schilde«, widersprach Christen heftig. »Sie sind zwar nicht fortgeritten, bloß erzähl mir nicht, dass sie unseretwegen noch hier sind. Sie bleiben nicht, um uns zu beschützen, sondern weil es ihren Plänen dienlich ist.«

Wulfhild zuckte die Achseln. »Sie haben uns das Leben gerettet«, sagte sie schlicht. »Ohne sie wären alle Männer getötet und wir vergewaltigt und danach höchstwahrscheinlich ermordet oder verkauft worden. Schaut Euch an, was passiert ist, bevor sie gekommen sind und die anderen verjagt haben. Und sie haben geholfen, das Feuer zu löschen.«

Christen blickte zu der Reihe der in Leichentücher gehüllten Körper hinüber, bei deren Aufbahrung sie am Tag zuvor geholfen hatte. Lyulph lag, durch die Plaiddecke gekennzeichnet, zwischen ihnen. Dann musterte sie die zusammengekauerten Überlebenden, von denen viele Verletzungen aufwiesen, und gab heimlich zu, dass Wulfhild recht hatte. Wenn sie die Geschehnisse noch weiter zurückverfolgte, dann saß die Wurzel des Übels an einen Pfosten gebunden in der Nähe des Misthaufens. Es war schwierig und schmerzlich, in diese Richtung zu denken. Sie wusste, was und wie Osric war, doch er war ihr Bruder und ihr Blutsverwandter. Es gab Momente in der Vergangenheit, wo er unterhaltsam und liebenswert gewesen war. Auch wild und verantwortungslos, das stimmte, trotzdem hatte sie diesen Wesenszug gemocht. Außerdem empfand sie ihm gegenüber immer noch Pflicht- und Verantwortungsgefühl, das war sie ihm schuldig, weil er selbst über beides nicht verfügte.

Jetzt beobachtete sie, wie Miles le Gallois an das Feuer der Normannen trat, sich auf die Fersen kauerte und von dem Jungen namens Leofwin einen Becher entgegennahm. Er trug weder einen Helm noch eine gepolsterte Kappe, hatte kurze kohlschwarze Locken und eine olivfarbene Haut. Seine Züge waren fein geschnitten, und er schaute für einen Krieger sehr gelassen, wirkte eigentlich nicht anders als gestern während der Auseinandersetzung mit dem erzürnten Söldner. Er sagte kurz etwas zu Leofwin und erhielt eine Antwort, die ihn veranlasste, die Brauen hochzuziehen und in Richtung der Frauen zu lächeln. Dann leerte er seinen Becher, erhob sich und kam auf sie zu.

»Lady, würdet Ihr ein Stück mit mir gehen, wenn es Euch recht ist?« Er streckte Christen seine Hand hin.

Seine Stimme klang angenehm, dennoch war es ein als Bitte formulierter Befehl. Nach kurzem Zögern legte Christen ihre Hand in seine und gestattete ihm, sie auf die Füße zu ziehen. Seine Hände waren gut geformt, kräftig und hart, und als sie sich um ihre schlossen, musste sie gegen den Drang ankämpfen, sich loszumachen. Sie strich mit der freien Hand ihr Kleid glatt, registrierte die braunen Blutflecken und die Rußstreifen, und ihr wurde übel. Diese Kleider waren alles, was sie noch besaß. Die Truhe mit den anderen Gewändern, Hemden und Schuhen hatte das Feuer nicht überstanden.

Miles führte sie schweigend über den Hof auf die Palisade zu. Sein Griff war locker, aber sie gewann den Eindruck, dass er sich jeden Moment verstärken konnte, wenn es notwendig sein sollte, sie festzuhalten.

»Einige meiner Männer haben sich auf den Weg in das Dorf Ashdyke gemacht, um den Priester zu rufen, damit er sich um die Toten kümmert und sie in die Kirche schafft«, sagte er. »Es wird eine Totenmesse für sie gelesen, und sie werden anständig begraben.«

»Danke«, erwiderte sie und stellte fest, dass sie heute Morgen die Worte auszusprechen vermochte, die sie gestern nicht über die Lippen gebracht hatte. »Und danke noch einmal für die Decke, die ich für Lyulph bekommen habe.«

»Das hat mir meine Ehre geboten«, erklärte er. »Ich

habe meine Männer angewiesen, nicht allein den Priester, sondern auch die Dorfbewohner mitzubringen.«

»Die Dorfbewohner?« Sie starrte ihn an. Das frühe Morgenlicht fiel voll auf sein Gesicht, und seine Augen schimmerten in einem lebhaften, blau gefleckten Grün. »Warum die Dorfbewohner? Was habt Ihr mit ihnen vor?«

»Nichts zu ihrem Nachteil«, beruhigte er sie. »Sie müssen in allen Einzelheiten erfahren, was letzte Nacht geschehen ist und wie die Konsequenzen für sie aussehen.«

»Was meint Ihr mit Konsequenzen?«, fragte sie mit aufflammendem, angstvollem Misstrauen.

»Nichts Schlimmes, das verspreche ich Euch. Ich besitze selbst Land, auf dem Engländer und Waliser siedeln, schon seit der Zeit vor der großen Schlacht.«

Sie nickte vorsichtig. »Ich habe davon gehört.«

»Sie werden im Übrigen die geschäftlichen Angelegenheiten dieses Morgens bezeugen«, fügte er hinzu.

»Was für geschäftliche Angelegenheiten?«, hakte Christen nach, die sich mit einem Mal vorkam, als hätte sich ein Stein in ihrem Magen festgesetzt.

»Das hängt von Euch ab.«

Sie hatten die Treppe zu der Palisade erreicht, und er gab ihre Hand frei, damit sie zu dem Weg hochsteigen konnte. Oben beschrieb er mit dem Arm einen Bogen, der das sich vor ihnen erstreckende Land umfasste. »Schaut«, sagte er. »Schaut Euch um.«

Verwirrt tat Christen, wie ihr geheißen wurde. »Seit Stamford und Hastings liegt ein Teil des Ackerlands aus Mangel an Arbeitskräften brach«, sagte sie, und ihre Miene verfinsterte sich. »Ohnehin gibt es nicht mehr so viele Münder zu füttern wie früher.« Er warf ihr einen fragenden Blick zu, und sie erklärte, was sie meinte. »Lyulph hat sich nicht darum gekümmert«, sagte sie leise. »Sein Körper wurde bei Stamford verstümmelt, seine Seele bei Hastings, wenngleich er an der großen Schlacht gar nicht teilgenommen hat. Was danach von ihm blieb, war wenig mehr als ein Schatten. Warum sollte er dafür sorgen, dass die Felder bestellt wurden, wenn er keinen Sinn mehr darin sah und so viele Bauern, die er gekannt hatte, fort waren?« Ihre Kehle schnürte sich zu, und sie blickte auf ihre Hände hinunter.

»In Wirklichkeit ist die Verwahrlosung rein oberflächlich. Dieses Land ist nämlich fruchtbar.« Als sie nichts erwiderte, fuhr er fort: »Ihr seid eine junge Frau mit Landbesitz, und ich bin nicht der einzige Mann mit den Augen eines Soldaten. Dies hier ist der perfekte Ort, um einen Bergfried zu bauen, von dem aus kontrolliert werden kann, wer sich Hereford und der walisischen Grenze nähert. Solange er von einer starken Hand beherrscht wird, wird es dem König und dem Earl of Hereford gleichgültig sein, wer diese starke Hand ist.«

Christens Augen weiteten sich, als ihr dämmerte, worauf er hinauswollte. Sie würde in eine Ehe mit einem Mann gezwungen werden, der Ashdyke für sich beanspruchte, und es würde nicht darauf ankommen, wer er war, Hauptsache, er diente den Interessen seiner normannischen Herren.

»Eher würde ich sterben!«

Er schüttelte den Kopf. »Ich hoffe, dass das nicht notwendig ist. Ich übe hier die Macht aus und habe nicht die Absicht, sie wieder aufzugeben. Beim König finde ich ein offenes Ohr, und meine Familie ist mit dem Earl of Hereford gut bekannt. Es mögen einige harte Worte gefallen und erbittert gefeilscht worden sein, doch ich glaube, ich bin bei beiden Männern gut genug angesehen, um die Herrschaft über Ashdyke auf Dauer übertragen zu bekommen. Wenn Ihr einwilligt, mich zu heiraten, wird das mein Besitzrecht festigen und Eure Zukunft sichern.«

Sie starrte ihn schockiert an. »Euch heiraten?«

»Wenn ich hier alles aufbaue und für Wohlstand sorgen soll, benötige ich eine Person zur Unterstützung, der die Leute vertrauen.«

Sie schüttelte den Kopf und trat verschreckt einen Schritt zurück.

»Ich habe die Absicht, mir Ashdyke zu sichern«, beteuerte er unbeirrt. »Mit Eurer Kooperation wäre es für mich leichter, am Ende jedoch läuft es auf das schnellste Schwert und den schärfsten Verstand hinaus. Wenn Ihr mich akzeptiert, könnt Ihr weiterhin so leben wie mit Eurem früheren Mann. Die Haushaltsangelegenheiten würden Eure Sache sein, die militärischen meine.« Sein Blick wanderte zu einem beladenen Karren, der knarrend durch das Haupttor auf den Hof rumpelte. »Wenn Ihr Euch weigert, seht Ihr samt Euren Leuten einer ungewissen Zukunft entgegen, wenngleich ich davon ausgehe, dass Ihr ein Kloster finden werdet, das Euch aufnimmt.«

Christen blickte mit einem flauen Gefühl im Magen über die Palisade. Einen Mann heiraten, von dessen Existenz sie bis zum gestrigen Abend noch gar nichts geahnt hatte und von dem sie lediglich das Wenige wusste, was Wulfhild ihr kurz zuvor erzählt hatte? Ihr war, als würde sie zusehen, wie all dies jemand anderem widerfuhr. Gleich würde sie in ihrem Bett aufwachen, wo Lyulph noch neben ihr schlief und die Vögel ihren morgendlichen Gesang anstimmten. Der Moment verging, und sie stellte fest, dass sie immer noch neben diesem Fremden auf der Palisade stand. Als sie versuchte nachzudenken, kam sie sich vor, als würde sie unsicher durch Wolle waten.

Ihre Wahlmöglichkeiten waren beschränkt. Sollte sie ihn heiraten oder einen beliebigen anderen Mann, oder sollte sie es riskieren, sich auf der Straße durchschlagen zu müssen. Es gab noch einen Großvater in Staffordshire, den sie kaum kannte und der in einer Gegend lebte, wo es auf den Straßen von Räubern nur so wimmelte. Vielleicht war sein Vorschlag die beste von mehreren unangenehmen Lösungen ihres Problems.

»Wann würde die Hochzeit denn stattfinden?«

»Je eher, desto besser. Sagen wir übermorgen?«

»So bald?« Sie warf ihm einen bestürzten Blick zu und bemerkte das ungeduldige Glitzern in seinen Augen.

»Es ist notwendig, es sei denn, es wäre Euch lieber, wenn jemand wie Odo FitzWilliam den Besitz an sich reißt.«

»Wer?«

»Der Söldner, den ich gestern Nacht zur Rede gestellt und fortgejagt habe. Einer der Handlanger des Earl of Hereford.« Sein Mund verzog sich vor erkennbarer Abneigung. »Er hat es nicht gut aufgenommen, und ich zweifle nicht daran, dass er seinem Herrn Bericht erstatten wird, so schnell ihn sein Pferd zu ihm bringt.«

Christen schluckte. Ihr war übel. »Ihr lasst mir keine Zeit«, sagte sie. »Das ist weder richtig noch angemessen.«

»Weil keine Zeit bleibt«, erwiderte er. »Und ja, es ist unschicklich, nicht mehr indes als die Alternativen.«

Sie betrachtete die Felder und Bäume, den schimmernden Fluss, in dem sich das Blau des Himmels spiegelte. Wenn sie hinter sich schaute, würde sie die verkohlten Überreste der Halle sehen und die des Lebens, das sie geführt hatte. Sie würde Lyulphs Leichnam auf einer Bahre anschauen müssen. Vor ihr lag, so schwer die Entscheidung sein mochte, das Leben und das, was sie daraus machen konnte. Wenn sie den Weg einschlug, den er ihr anbot, würde sie vielleicht in der Lage sein, das Leben anders zu gestalten und die Auswirkungen darauf zu beeinflussen. Allein so könnte sie aus der Veränderung Vorteile ziehen, eine Weigerung hingegen brachte keinerlei Nutzen.

»Also gut«, entgegnete sie tapfer. »Ich gehe auf Euren Vorschlag ein, weil mir nichts anderes übrig bleibt.«

Eine leichte Röte stieg ihm ins Gesicht und ließ seine Augen noch heller leuchten. Er nickte knapp. »Der Priester aus dem Dorf kann heute den Ehekontrakt aufsetzen, während er hier ist, und Kopien anfertigen lassen.«

»Und was ist mit meinem Bruder?«, fragte Christen. »Erkaufe ich mit meiner Einwilligung seine Freiheit?«

Miles rieb sich den Nacken. »So einfach ist das nicht. Mir ist klar, dass er und sein Kamerad sich schnellstmöglich den Rebellen jenseits der Grenze anschließen werden, wenn ich sie freilasse. Wie ich gehört habe, war es Euer Bruder, der das Feuer in der Halle gelegt und all dieses Unheil über Euch gebracht hat.«

»Das Feuer war ein Ablenkungsmanöver«, verteidigte sie Osric aus alter Gewohnheit und Loyalität heraus.

»Gut möglich, doch seht Euch an, wozu es geführt hat, und davor hat er, ohne provoziert zu werden, meine Ländereien geplündert. Ich habe das Recht, ihn zu hängen.«

»Ich liebe meinen Bruder im Moment weiß Gott nicht sonderlich, aber wenn Ihr glaubt, ihn so einfach am Galgen baumeln lassen zu können, täuscht Ihr Euch. Und Euren Wünschen füge ich mich dann erst recht nicht.«

Er ließ die Hand sinken. »Ich sagte, ich hätte das Recht dazu, ihn zu hängen, nicht dass ich es tun würde. Als Zeichen meines guten Willens Euch gegenüber werde ich ihn und seinen Freund freilassen, doch bevor sie aufbrechen, müssen sie lernen, dass alle Taten Folgen haben.«

Sein Ton klang bedrohlich. »Was werdet Ihr ihnen antun?«

»Sire, der Priester ist hier!«, rief Leofwin durch seine gewölbten Hände zu ihnen herüber. »Er spricht kein Französisch.«

Miles le Gallois winkte und wandte sich wieder an Christen. »Ich verspreche, dass ich ihn nicht hängen werde, sondern dass er frei sein wird. Sind wir uns da grundsätzlich einig?«

Christen nickte, obwohl sie nach wie vor unruhig war, weil seine Antwort trotz dieser Zusicherung in ihren Ohren zweideutig geklungen hatte.

»Gut, dann sprechen wir später weiter.« Er führte sie in den Hof hinunter, verbeugte sich und ging zu seinen Männern. Sie registrierte seinen geschmeidigen Gang und ballte die Fäuste, denn die Zukunft, weit davon entfernt, durch sein Angebot geregelt zu sein, war eine offene Tür in die Ungewissheit.

Pater Aelnoth hegte zunächst Zweifel und stand den Normannen in ihren Rüstungen äußerst misstrauisch gegenüber, zumal die gestern fortgerittene Truppe mutwillig einige Gebäude im Dorf in Brand gesteckt und ein Schwein getötet hatte. Als er aber Einzelheiten über die Ereignisse erfuhr und feststellte, dass Miles ein annehmbares Englisch sprach, schwanden einige seiner Bedenken. Er war pragmatisch genug, um zu begreifen, dass nichts zu gewinnen war, wenn er Einwände gegen die geplante Heirat der Lady mit Miles le Gallois erhob. Tatsächlich konnte sich der Normanne als Glück im Unglück erweisen. Gott stehe ihnen allen bei, wenn der hitzköpfige Bruder der Lady oder dieses Pack aus Hereford hier die Herrschaft übernommen hätten. Die Dorfältesten waren gleichfalls darauf vorbereitet, Miles als ihren Lord anzuerkennen, weil keiner von ihnen wollte, dass FitzOsberns Söldnerhauptmann hier eine Burg erbaute und das Kommando übernahm.

Miles entließ kurzerhand den Schmied, der Lyulph verraten hatte, indem er mit seinen Geschichten nach Hereford gelaufen war. Weder wollte er eine solche Treulosigkeit in seinem Haushalt dulden noch jemals ein von diesem Mann beschlagenes Pferd reiten. Miles gestattete ihm, seine Werkzeuge und sein Packpferd mitzunehmen, und dann wurde er gewaltlos zum Tor hinausgeführt.

»Ich fasse es nicht, dass du diesen Bastard heiratest«, grollte Osric voller Verachtung, als Christen zu ihm kam, um ihm von ihrer bevorstehenden Eheschließung zu berichten. Er war immer noch an den Pfosten gefesselt, aber man hatte ihm Brot, Wasser und einen Nachttopf gebracht.

»Deine Trauer um Lyulph hat wahrlich nicht lange angehalten!«

»Ohne deine Dummheit hätte Lyulph nie sterben müssen«, schoss Christen zurück. »Fass dich an deine eigene
Nase, bevor du auf meine zeigst. Ich habe keine Zeit für
Trauer. Wenn ich diesen Mann nicht nehme, werde ich gezwungen, einen anderen, vielleicht tausendmal schlimmeren
zu heiraten. Miles hat mir versprochen, dich an unserem
Hochzeitstag freizulassen.«

Ein ungläubiger Ausdruck trat in Osrics Augen. »Und
du glaubst ihm?«

Christen dachte an Miles' Bemerkung oben auf der Palisade über die Folgen von Taten, und ihr Magen zog sich
zusammen, selbst wenn sie sich ihre Bedenken Osric gegenüber nicht anmerken ließ. »Ich glaube ihm mehr, als ich
dir je wieder glauben werde«, sagte sie. »Die Normannen
mögen als Zerstörer gekommen sein, doch du warst zuerst
da.«

Osric ignorierte ihre Worte. »Ich schätze, er hat vor,
unserer Spur zu folgen, weil er denkt, wir werden ihn zu
unseren Verbündeten führen«, meinte er höhnisch. »In diesem Fall werden wir die Normannen kreuz und quer durch
die Wälder locken wie Irrlichter.«

Christen hob die Brauen. »Wie ihr sie nach Ashdyke ge-
lockt habt, als du gesagt hast, du hättest sie im Wald abgeschüttelt? Du bist der Narr, Osric. Er hat dich durchschaut,
jeden von uns hier.«

»Mich nicht«, beharrte ihr Bruder störrisch.

Christen wandte sich ab und ließ ihn allein, wohlwis-
send, dass nichts, was sie sagte, etwas ändern würde.

Caelwin, der reisende Tuchhändler, dessen Karren sie von der Palisade aus gesehen hatte, wartete darauf, mit ihr zu sprechen.

»Der Lord sagt, Ihr sollt Euch als Entschädigung für die Kleidungsstücke, die Ihr im Feuer verloren habt, die Stoffe und Garne aussuchen, die Ihr braucht«, sagte er mit einem hoffnungsvollen Funkeln auf Profit in den Augen, als er auf die Tuchballen deutete, die sein Lehrling auf einer eigens aufgestellten Tischplatte ausbreitete.

Er nahm seinen Hut ab. »Es tut mir leid, unter so tragischen Umständen nach Ashdyke zu kommen. Ich werde für die Seelen derer beten, die gestorben sind. Lord Lyulph wurde von allen respektiert und wird sehr vermisst werden.«

Christen murmelte eine passende Antwort. Sie wusste, dass Caelwin durchaus Mitgefühl empfinden und Lyulphs Tod bedauern mochte, dennoch war er Kaufmann durch und durch und dachte an künftige Gewinne.

»Und hat der Lord gesagt, wer das bezahlen wird?«, erkundigte sie sich voller Skepsis.

»Er selbst, Mylady, sobald seine Verstärkung kommt.« Caelwin schnalzte mit der Zunge. »Auf den Straßen wird das Reisen dieser Tage zu gefährlich. Ich habe gerade zu meinem Burschen gesagt, wir sollten überlegen, nach dem Besuch näher bei Hereford zu bleiben.«

Christen nickte, war hingegen überzeugt, dass Miles le Gallois bestimmt keine Zeit verloren hatte, nach mehr Männern zu schicken. Ganz offensichtlich überließ er nichts dem Zufall.

Sie folgte dem Händler zu dem Tisch, wo sein Lehrling

verschiedene Stoffballen ausgelegt hatte. Es gab schlichtes Rotbraun und Grau, daneben einige Längen selbst gesponnenes Tuch aus ungefärbter cremeweißer und dunkelbrauner Wolle mit einem interessanten Diamantmuster. Außerdem wurde flämisches Tuch angeboten, fein gewebt und in verschiedenen Farben eingefärbt, darunter ein warmes Rot und Waldgrün. Daneben stapelten sich weiche, karierte Stoffe aus Wales in feinen Schattierungen von Grün und Gold, dazu ein teurer Wollstoff in scharlachrot, den Christen keines Blickes würdigte. Sie war nicht von so hohem Stand, dass derart luxuriöse Stoffe zu ihr passten. Am Ende entschied sie sich für weiches gebleichtes Leinen, aus dem man Hemden herstellte, die man direkt auf der Haut tragen konnte. Hier fiel ihr die Entscheidung leicht, was hingegen die Auswahl des Materials für Oberbekleidung anging, war sich Christen weniger sicher, obwohl Miles sie gebeten hatte, sich auszusuchen, was sie wollte. Bei den Männern, selbst bei großzügigen wie Lyulph, war es ein Problem, dass ihre Ausgaben für Pferde und Waffen stets alles andere übertrafen. Am Ende begnügte sie sich mit einem grauen Wollstoff und einem rostbraunen sowie mit dem kunstvoll gewebten Schottenstoff für einen Umhang.

Über seinen geringen Profit entsetzt versuchte der Händler, sie für eine Bahn apfelgrünen Wolldamast zu begeistern, die er ihr schwungvoll präsentierte, die sie vor dem Hintergrund der rußschwarzen Halle mit den in Leichentücher gehüllten Toten als zu grell und geschmacklos ablehnte.

»Es ist nicht so, als würden wir den König zu einer Abendmahlzeit empfangen, und selbst wenn dem so wäre, würde ich nicht wollen, dass er denkt, wir könnten es uns leisten, uns so aufwendig zu kleiden«, lehnte sie mit einem nachdrücklichen Kopfschütteln ab.

»Er ist nicht teuer, Mylady. Ich habe ihn in Bristol für einen Sonderpreis von einem italienischen Kaufmann erstanden…« Er brach ab, verneigte sich und rieb sich die Hände.

Miles musterte den Stapel, den Caelwins Lehrling gefaltet zur Seite gelegt hatte, betrachtete das feine weiße Leinen und den grob gewebten normalen Stoff und dann den auf dem hinteren Teil des Karrens ausgebreiteten grünen, der etwas Besonderes war.

»Master Caelwin dachte, ich könnte Interesse daran haben, aber ich sagte ihm, er sei nicht passend«, erklärte sie in stockendem Französisch.

»Es steht Euch frei auszuwählen, was immer Ihr wünscht«, erwiderte Miles ruhig. »Wenn das Grün Euch gefällt, kauft es.« Er deutete auf den kärglichen Stapel schlichter Stoffe, die sie ausgesucht hatte. »Brauchbar für die alltägliche Arbeit, nichts für Eure Hochzeit. Was schwebt Euch da vor?«

»Es bleibt keine Zeit mehr, ein Kleid anzufertigen«, sagte sie mit glühenden Wangen.

»Unsinn! Wenn Euer Mädchen da im Umgang mit einer Nadel so flink ist wie ihr Mundwerk bei meinen Männern und wenn die Dorffrauen helfen, werdet Ihr so vor den Altar treten, wie es Eurem Rang gebührt und meinem.«

Sie bemerkte, dass sein Blick wieder zu dem grünen Stoff wanderte und dass ein Muskel in seiner Wange zuckte.

»Legt ihn weg, Master Caelwin«, befahl sie, dabei

schluckte sie ihren Ärger hinunter. Der Händler verbeugte sich und zeigte ihr stattdessen mit einem berechnenden Glitzern in den Augen einen anderen Damast, diesmal in einem satten Gelbbraun mit einem helleren Goldmuster.

Miles beobachtete Christen mit hochgezogenen Brauen und einem kaum merklichen Zucken der Lippen. Es war ein sehr schöner Stoff, wobei die Farbe sie aussehen lassen würde, als wäre sie gallenkrank.

»Nein«, sagte sie.

»Mylady, seht bitte, wie sich das Licht in ihm fängt, und der Farbton ist subtiler als das Grün.«

»Sire, Pater Aelnoth möchte wissen, welche Ländereien Ihr der Lady für den Fall zuteilt, dass Ihr vor ihr sterbt«, unterbrach sie der Schreiber des Priesters, der eine Feder zwischen seinen tintenfleckigen Fingern hielt.

Miles drehte sich zu dem Tisch um, an dem der Geistliche über dem Teil des Ehekontrakts brütete, der bereits aufgesetzt war. »Mein Land gehört zu der Schenkung des Königs, daher wird jede Übereinkunft in Silber festgelegt werden müssen.« Er rieb sich über das Gesicht und seufzte. »Sag dem Pater, ich komme, sobald ich die Angelegenheit hier geklärt habe.«

Der Schreiber verschwand. Miles ließ die Hand sinken und drehte sich um, um festzustellen, dass der goldene Damast durch eine schöne Bahn meerdunkler Seide mit durchwirkter Oberfläche ersetzt worden war, die im Licht saphir- und malachitblau schimmerte. Christens Finger ruhten sehnsüchtig auf dem Stoff.

»Der Stoff ist zu teuer«, sagte sie. »Und wann sollte ich ihn tragen?«

»Die Lady nimmt den blauen Stoff«, beschloss Miles kurzerhand. »Und zusätzlich eine Länge von diesem.« Er beugte sich vor und zog einen Ballen von dem flämischen Köper zu sich heran. Er war dunkler als Wein, fast braun, eine Farbe, die ihren braunen Augen einen granatfarbenen Glanz verleihen und ihr blondes Haar entsprechend betonen würde.

»Das ist zu viel«, protestierte Christen erschrocken.

»Den blauen für Eure Hochzeit«, erwiderte er kurz, »und den roten für andere Anlässe, zu denen Ihr ein schönes Kleid benötigt.«

»Aber die Kosten…«, brachte sie ein weiteres Mal vor.

»Zur Hölle mit den Kosten«, schimpfte er, lächelte dann und fuhr mit sanfterer Stimme fort: »Vergesst die Kosten, feilscht, wenn Ihr müsst. Ich erinnere mich, dass hartes Handeln zu den größten Vergnügen meiner Mutter gehörte. Betrachtet die Sachen als Euer Hochzeitsgeschenk. Und als Wiedergutmachung.« Er nickte dem Händler, der mit offenem Mund dastand, flüchtig zu und ging in Richtung vom Tisch des Geistlichen davon.

»Ich brauche noch Nadeln und Garn«, sagte Christen verlegen. Normalerweise fand sie großen Spaß am Nähen, jetzt war sie nicht in der Lage, sich zu konzentrieren und ihr übliches Geschick einzusetzen. Nicht nachdem sie sich bei der Auswahl der Stoffe von Master Caelwin, unterstützt von Miles, ein wenig unter Druck hatte setzen lassen. Sie erkannte es an dem verstohlenen Lächeln des Tuchhändlers. Christen machte sich unterdessen auf die Suche nach Frauen, die gut nähen konnten.

Der Rest des Tages verging mit Aufräumen und dem Überprüfen und Instandsetzen der Verteidigungsanlagen. Die Toten wurden in die Kirche im Dorf gebracht, wo ein feierlicher Trauergottesdienst abgehalten wurde, bevor sie zum Friedhof geschafft und in die frisch ausgehobenen Gräber gelegt wurden.

Christen stand mit Wulfhild und den anderen Überlebenden in der kleinen Kirche, ohne zu weinen. Es war fast so, als hätte die Trauer ihre Tränen verdunsten und ihre Augen trocknen lassen. Bei den Gräbern verfolgte sie das Geschehen, betete und lauschte dem leisen Prasseln, als die Totengräber die Leichen mit einer Schicht feuchter Erde bedeckten.

Miles le Gallois wohnte der Zeremonie mit seinen Männern bei und hielt sich still im Hintergrund, wofür Christen ihm Respekt zollte, obwohl die Gründe für seine Teilnahme zweifellos ebenso kühl berechnend waren wie die, die ihn dazu bewogen hatten, ihr einen Heiratsantrag zu machen. Immerhin zeugte es von einem gewissen Anstand. Osric und sein Kumpan Hrothgar waren mit gefesselten Händen und unter strenger Bewachung in die Kirche geführt worden. Sie sprachen kein Wort, sondern standen mit gesenkten Köpfen da. Dieses eine Mal grinste Osric weder spöttisch, noch verhielt er sich aufsässig. Er erinnerte Christen an ein gescholtenes Kind, das wusste, dass es etwas falsch gemacht hatte, die Konsequenzen hinnahm und vielleicht sogar zerknirscht war. Ob es allerdings seine Lektion gelernt hatte, blieb fraglich.

3

Am nächsten Abend hörte Christen kurz vor Einbruch der Dämmerung einen Warnruf des diensthabenden Wachpostens, und ihr Herz begann zu hämmern. Auch nachdem Leofwin eine beruhigende Erklärung gegeben hatte, brauchte sie eine ganze Weile, um den Mut aufzubringen, ihre provisorische Unterkunft, in der sie sich seit dem Brand eingerichtet hatte, zu verlassen und draußen nachzuschauen, was dort vor sich ging.

Miles begrüßte gerade den Anführer einer Truppe von ungefähr zwanzig Männern, seine Stimme klang warm und drückte Erleichterung und Freude aus. Ein Hüne in Rüstung schwang sich von einem schwarzen, glänzenden Pferd, und Miles umarmte ihn kurz, bevor er sich abwandte, um die Soldaten zu mustern und rasch eine Frage zu stellen. Der große Soldat antwortete mit einem Achselzucken und einer knappen Erwiderung, die Miles immerhin zu einem zustimmenden Nicken bewog. Ein rehbrauner Mastiff von der Größe eines kleinen Pferds, eine verbreitete Hunderasse in England, stand neben dem Neuankömmling, der eine Leine an seinem breiten Lederhalsband befestigte.

Christen wollte sich gerade zurückziehen, als Miles sie bemerkte und zu sich rief. Zögernd ging sie zu ihm und seinem Gefährten hinüber, machte dabei einen großen Bogen um den riesigen Hund, wenngleich der freundlich mit dem Schwanz wedelte.

»Mylady, das hier ist mein Marschall Guyon le Corbeis«, stellte Miles den Franzosen auf Englisch vor und lächelte. »Guy, das hier ist die Frau, die ich morgen heiraten werde, Christen of Ashdyke.«

»Sire«, murmelte Christen höflich mit niedergeschlagenen Augen, nachdem sie mit einem raschen Blick einen Mann mit buschigem, dunklem Schnurrbart, in dem sich graue Strähnen befanden, und mit wachsamen dunklen Augen wahrgenommen hatte. Seine Nase war schmal und gebogen, sein Gesicht kantig, und seine Wangen wurden von Pockennarben übersät. Vor Ehrfurcht und Respekt wirkte Christen wie zu Stein erstarrt.

Der Mann neigte den Kopf in ihre Richtung und murmelte einen Gruß.

Miles drehte sich zu Christen um und deutete auf Wulfhild, die unschlüssig ein Stück abseits stand. »Ich glaube, Eure Dienerin möchte etwas von Euch.«

Christen entschuldigte sich und wandte sich ab, um zu hören, was Wulfhild wollte: Es ging um ihr Hochzeitskleid. Mehr interessierte sie allerdings, was der Besucher mit Hund wünschte. Nachdem er und Miles sich anfangs auf Englisch unterhalten hatten, wechselte Guyon in das ihm vertrautere Französisch, ohne zu ahnen, dass Christen diese Sprache beherrschte.

»Nicht deine übliche Wahl«, bemerkte der Marschall leicht spöttisch und gab seinen Männern ein Zeichen, sich um die Pferde zu kümmern und dafür zu sorgen, dass Zelte aufgestellt wurden. Dem Hund befahl er, sich zu setzen.

Miles grinste. »Wie viele Arten von Ehefrauen hatte ich denn schon?«

»Du weißt, was ich meine. Im Grunde magst du sie wild und gut ausgestattet. Diese hier ist mager wie eine Winterkuh und sieht nicht so aus, als würde sie unter der Bettdecke viel Feuer zeigen.« Er legte den Kopf schief. »Trotzdem könnte sie genug Fleisch ansetzen, um das Auge zu erfreuen, wenn sie trächtig ist, und es kommt ja nicht darauf an, weil einzig das Land zählt.«

Christen drehte sich empört von den Männern weg und stolzierte gekränkt auf ihren Unterstand zu.

»Sie spricht genug Französisch, um dich zu verstehen«, erklärte Miles anzüglich.

Guyon schnitt eine Grimasse und seufzte. »Das sind wieder mal meine linken Füße«, gestand er, »die mir fest in den Arsch gerammt werden sollten. Woher kann ich das schon wissen?«

»Du hättest diese Möglichkeit in Erwägung ziehen können, bevor du den Mund aufmachst«, tadelte Miles ihn. »Egal. Ich wage zu behaupten, dass alles mit etwas Diplomatie wieder in Ordnung gebracht werden kann. Und bloß zu deiner Information: Meiner Meinung nach ist sie ein durchaus angenehmer Anblick.«

»Nun ja, dann ist ja alles gut«, erwiderte Guyon nicht ganz so sicher, wie er tat. »Trotzdem ist es eine sehr plötzliche Entscheidung, zumal ich kaum glaube, dass es sich um Liebe auf den ersten Blick handelt, den Ausschlag gab sicher das Land. Es ist ein guter Platz, um eine richtige Burg zu bauen. An deiner Strategie ist also nichts auszusetzen, wenn du dich vor den Engländern hütest. Sie sind noch nicht endgültig besiegt, und der Unmut unter der Bevölkerung wächst.«

»Ich weiß, was ich tue.« Miles sah seinen Marschall, der sich um alles kümmerte, mit gereizter Belustigung an.

»Hoffentlich«, brummte Guyon.

Miles wechselte das Thema und zog ihn zu den Gefangenen hinüber. »Ich muss das alles hier so schnell wie möglich sichern, um es vor weiteren Räubern wie diesen hier zu schützen.« Er deutete genervt auf Osric und Hrothgar.

»Schwebt dir eine spezielle Bestrafung vor?«, erkundigte sich Guyon. »Ich gehe davon aus, dass sie zu dem Räubertrupp gehören, der unsere Scheune in Milnham niedergebrannt hat.«

»In der Tat. Die anderen sind tot, und von diesen beiden traurigen Gestalten ist der Angeber mit den hellen Haaren und seinem prahlerischen Gehabe leider ihr Anführer und mein zukünftiger Schwager.«

Guyon zog entsetzt die Brauen zusammen. »Großer Gott.«

»Glaubst du, ich habe ihn mir absichtlich ausgesucht?«, grollte Miles. »Der Narr kam hierher, um Zuflucht und Proviant für seine Truppe zu suchen. Einer der Dorfbewohner hat ihn an den Earl of Hereford verraten, und Everard de Nantes wurde ausgeschickt, um die Rebellion, wie er das nannte, niederzuschlagen. Und du kennst seine Methoden.« Miles ließ den Blick angewidert über das verkohlte Gebäude schweifen. »Als sie das vordere Tor attackierten, griffen wir von hinten an. De Nantes wurde bei dem ersten Gemetzel getötet, und sein Stellvertreter beschloss, sich lieber nicht mit mir anzulegen. Ich habe die gesamte Horde mit eingezogenen Schwänzen nach Hereford zurückgeschickt.«

»Jetzt verstehe ich auch, warum du in deiner Botschaft so auf Eile gedrängt hast. Gebe Gott, dass du nicht mehr abgebissen hast, als du kauen kannst.«

Miles zuckte die Achseln. »Mit dem Earl of Hereford werde ich fertig.«

Sein Marschall wiegte zweifelnd den Kopf. »Hoffen wir, dass das stimmt, sonst landen wir alle im Feuer.« Er übergab den Hund seinem Knappen und wies den Burschen an, ihm etwas zu trinken zu geben.

»Keine Sorge«, winkte Miles ab. »Solange die Engländer unter Eadric Cild an der Grenze Unruhen schüren, wird der Earl keine Fehde mit mir beginnen, weil er auf meine Unterstützung und meine Fähigkeiten angewiesen ist. Söldner wie Everard de Nantes gibt es zuhauf. Und ich lege die Messlatte höher.«

»Sehr bescheiden«, betonte Guyon, doch in seinen dunklen Augen blitzte ein Anflug von Humor auf.

»Unterschätze nie deinen Gegner, und unterschätze nie dich selbst. William der Eroberer hat mich diese Lektion persönlich gelehrt, und jetzt ist er König.«

»Mit knapper Not«, gab Guyon unbeeindruckt zurück. »Bleib mit den Füßen besser auf dem Boden, mein Freund.«

Miles warf ihm einen verärgerten Blick zu, bis er das Lächeln unter dem buschigen Schnurrbart sah. »Mir bleibt nichts anderes übrig«, räumte er ein, und seine Miene wurde weicher.

»Und was hast du nun mit deinem zukünftigen Schwager vor?«

Miles rieb sich unschlüssig den Nacken, was er in solchen Situationen gerne tat. »Ich wollte ihn hängen, aber ich habe ein Versprechen gegeben.«

Guyon hob die Brauen, und Miles berichtete ihm in allen Einzelheiten, was er zu tun beabsichtigte.

»Immer noch fleißig?«

Christen blickte von ihrer Näharbeit auf, sah Miles vor sich stehen und blinzelte in das Dunkel hinter ihm. Er war längst nicht mehr der dominante Befehlshaber, der hier angekommen war und allen seinen Willen aufzwang, sondern ihr künftiger Ehemann.

»Ich bin fast fertig, Mylord. Und Ihr?«

»Beinahe. Es gibt noch einige Dinge, die ich erledigen muss. Deshalb wollte ich Euch gerne sprechen, bevor Ihr Euch zurückzieht.«

Sein Blick wanderte zu den in der Nähe sitzenden Frauen, die stören würden. Christen verstand sein stummes Signal und bedeutete ihnen, anderswo weiterzuarbeiten.

Als sie alleine waren, kauerte Miles sich mit katzenhafter Anmut neben sie und sah zu, wie ihre Nadel durch den Stoff flog. »Ich entschuldige mich, wenn Guyon Euch beleidigt hat«, sagte er. »Er ist an die Sanftheit von Frauen in unserem Leben nicht gewöhnt.«

Christen legte ihr Nähzeug beiseite und musterte ihn. »Zuerst war ich gekränkt«, gab sie zu, »dann wurde mir klar: Er wusste nicht, dass ich ein wenig Französisch spreche und ihn verstehe, und Lauscher hören nie Gutes über sich, ist es nicht so?«

»Das ist richtig«, erwiderte er mit einem leisen Lächeln.

Christen strich den blauen Stoff unter ihren Fingern glatt. Frauen mochten den Riesen als nutzlos abtun, Miles jedoch schätzte ihn eindeutig, und sie selbst glaubte daran, dass jeder Mensch einen bestimmten Zweck erfüllte.

»Mir scheint, Ihr kennt ihn bereits lange?«

»Seit ich zwölf war und mein Vater ihn einstellte, um mich zu beschützen und gleichzeitig auszubilden. Ich bin ihm wegen seiner Ausdauer einiges schuldig. Er hat sich Mühe gegeben, mich zu bändigen, als alle anderen voller Verzweiflung die Hände gehoben haben. Fast hätte er Erfolg gehabt«, erklärte Miles mit süffisantem Grinsen. »*Cais ffrwn gref I farch gwylit*, wie meine Mutter gesagt hätte. Nimm feste Zügel für ein wildes Pferd.«

»Und er ist Euer Zügel?«

»Ich vertraue ihm mein Leben an.«

War das eine Warnung, fragte sich Christen, oder hatte sie sich den resoluten Unterton in seiner Stimme bloß eingebildet? Ihr Problem war, dass sie einander nicht ganz trauten. Wie sollten sie auch? Sie kannte ihn oberflächlich von einer ersten Begegnung her, die unter gewaltsamen Umständen stattgefunden hatte.

»Ich hoffe, Ihr und er werdet Freunde«, fuhr er fort. »Es ist für mich wünschenswert, dass meine Frau und mein Marschall sich gut verstehen, denn Guyon mag nach außen hin ein ungehobelter Klotz sein, aber er ist ehrenhaft und aufrichtig bis ins Mark. Ich möchte, dass Ihr das wisst. Er beschützt mich mit seinem Leben und wird für Euch dasselbe tun.«

Christen griff erneut nach ihrer Näharbeit und fragte sich, ob der letzte Teil seiner Bemerkung wirklich stimmte oder ob er übermäßig optimistisch war. »Ich würde ihn mir nicht absichtlich zum Feind machen, das läge nicht in meinem Interesse. Ich weiß, wie verletzlich ich bin, und werde nicht alles noch schwieriger machen, als es ohnehin bereits ist.«

»Über diese Erklärung bin ich froh und danke Euch. Und ich werde genauso wenig alles schwieriger machen als nötig.«

Sie hielt ein zweites Mal mit dem Nähen inne und sah ihn direkt an. »Was ich fordere, ist der volle Respekt, der einer Ehefrau zusteht«, sagte sie. »Er wurde mir von Lyulph und den Männern in seinem Umkreis entgegengebracht, und ich erwarte ihn in dieser Ehe von jedem Mann und jeder Frau, die an der gemeinsamen Tafel in der Halle, die hoffentlich bald neu errichtet wird, sitzen.«

»In diesem Punkt sind wir uns einig«, stimmte er zu. Er verlagerte seine Haltung einige Male, machte dabei keine Anstalten zu gehen, sodass sie ihn nach einiger Zeit fragte, ob es noch einen anderen Grund gebe, warum er sie sprechen wollte.

Mal wieder rieb er sich wie so oft den Nacken. »Nun ja, da gibt es noch etwas, und ich habe schon überlegt, wie ich das Thema zur Sprache bringe, also komme ich am besten direkt auf den Punkt. Sobald wir verheiratet sind und das Fest vorüber ist, beabsichtige ich, Euch zu meiner Burg in Milnham-on-Wye zu bringen.«

Ein heißer Schreck durchfuhr sie, und sie ließ ihre Arbeit sinken. »Warum das?«

»Weil dieser Ort durch seinen Bergfried bereits besser vor Angriffen geschützt ist. Trotzdem gibt es eine Menge zu tun. Wir müssen die Palisade erhöhen, ein Torhaus bauen und die alten Tore durch neue aus verstärkter Eiche ersetzen. Milnham ist sicherer und als Aufenthaltsort bequemer. Ihr wollt wohl nicht ernsthaft hier in einem Zelt hausen, während die Arbeiter sich um Euch herum tummeln und Feinde Euch von allen Seiten bedrohen? Und möchtet Ihr Eure Hochzeitsnacht etwa auf einer Decke auf dem Boden verbringen?«

»Würdet Ihr mir überhaupt eine Wahl lassen, wenn ich das möchte?«

Er ließ die Hand auf seinem Nacken ruhen und wandte schweigend den Blick ab.

»Das dachte ich mir«, sagte sie. »Und einmal mehr habe ich keine andere Wahl, eins aber sage ich Euch. Wenn Ihr mich aus der gewohnten Umgebung fortbringt, werden die Menschen hier weniger geneigt sein, Euch zu unterstützen. Sie werden das Schlimmste von Euch denken, und vielleicht würde ich ihnen zustimmen.«

»Was Ihr sagt, ist richtig, doch es lässt sich nicht vermeiden. Milnham ist nicht weit entfernt, und es wäre lediglich für so lange, bis hier die Verteidigungsanlagen verstärkt und die Halle wieder aufgebaut ist. Ich schwöre Euch bei meiner Seele, dass Ihr zurückkehren könnt, kaum dass die Arbeiten beendet sind. Außerdem«, fügte Miles mit entwaffnender Offenheit hinzu, »braucht Milnham dringend eine Burgherrin. Das Kellergewölbe ist verrottet, Küche und Meierei sind verwahrlost und bedürfen wieder strenger Aufsicht. Seit meine Mutter vor vier Jahren gestorben ist, gibt es offiziell keine Frau mehr, die sich um die Burg kümmert. Derzeit ist meine Schwägerin zu Besuch, sie traf genau in dem Moment ein, wo ich fortritt, um die räuberischen Banditen der anderen Seite zu verfolgen. Meine Gründe sind also recht praktischer Natur.«

Trotz ihrer Zweifel bezüglich seiner Meinung über ihre häuslichen Fähigkeiten war Christen einigermaßen beschwichtigt. »Ihr sagtet, Milnham sei komfortabler als Ashdyke, doch mir scheint, als müsste dort noch viel getan werden, um es komfortabel zu machen.«

»Ich gebe zu, dass es der Hand einer Frau bedarf«, erwiderte er vorsichtig, »und diese Frau sollte die Hausherrin sein. Dennoch dürfte es dort im Moment gewiss weitaus angenehmer sein als hier.«

»Und wie wird Eure Schwägerin reagieren, wenn Ihr eine Frau mit nach Milnham bringt?«

»Aude?« Er wirkte einen Augenblick lang unschlüssig und zuckte die Achseln. »Lasst es mich so sagen: Ich zweifle nicht daran, dass sie Euch willkommen heißen und mir eine Strafpredigt halten wird, weil ich alles habe verwahrlosen lassen. Sie ist die Frau meines Bruders und ausgesprochen praktisch veranlagt.«

»Obwohl ich Engländerin bin und sie Normannin?«, fragte Christen ungläubig.

»Aude hat ihr halbes Leben lang in Feldlagern und irgendwelchen obskuren Unterkünften verbracht und hatte mit Menschen aus Schottland bis hin zu denen zu tun, die von jenseits des Meeres, aus Outremer also, nach England kamen. Ihr werdet feststellen, dass ihr als Frauen viel gemeinsam habt, unter anderem den Ärger über die Lebensweise von Männern.«

Sein Ton klang reumütig, nur durchschaute Christen

seine Diplomatie. »Davon bin ich überzeugt«, sagte sie nach einem Moment und fügte bekräftigend hinzu: »Solange zwischen uns stets die Wahrheit herrscht, bin ich einverstanden.«

»Die Wahrheit?«, wiederholte er. »Ist das Euer Preis?«

Sie erwiderte nichts darauf, sonst hätte sie ihn fragen müssen, woher sie wissen sollte, ob sie nicht von vorne bis hinten belogen wurde. Vor der Wahrheit musste es schließlich Vertrauen geben.

Er strich mit den Fingerspitzen über ihre Wange. »Ich schwöre Euch beim Kreuz Jesu, dass ich nicht lügen werde. Wenn ich Euch nicht die Wahrheit gestehen kann, werde ich gar nichts sagen.«

Bevor sie das Gespräch vertiefen konnten, kam Guyon le Corbeis zu ihnen ins Zelt und verdunkelte mit seiner mächtigen Gestalt das Licht der Laterne.

»Könnt es kaum noch erwarten, wie?«, spottete er anzüglich, wenngleich ein Ausdruck von Unbehagen in seinen Augen flackerte und der Blick, den er Christen zuwarf, beinahe an Feindseligkeit grenzte.

Mittlerweile betrachtete Miles seinen Marschall mit zunehmendem Ärger, weil er Christen eindeutig nicht mochte und sich zudem über sie lustig machte. Er erhob sich. »Nicht so sehr, dass ich aus Gründen moralischen Anstands deine Einmischung benötige«, entgegnete er verdrossen. »Nun ja, du erinnerst mich daran, dass es spät ist und ich noch Einiges zu tun habe. Ich sollte gehen, bevor mich die Dämmerung überrascht.«

»Allerdings«, bestätigte Christen. »Und ich muss bis dahin ein Hochzeitskleid fertig nähen.«

Kurze Zeit später kam Guyon le Corbeis zu ihr. Er hatte den riesigen Hund an einer Leine bei sich, und Christen wich vorsichtshalber ein Stück zurück.

»Paladin tut Euch nichts«, versicherte er ihr. »Er ist so sanft wie ein Lamm, es sei denn, Ihr seid zufällig ein Feind.«

»Paladin«, wiederholte sie schwach. Sie hegte nicht den Wunsch, die Hand auszustrecken und seine schleimigen Lefzen zu berühren.

»Kurz Pal«, fügte Guyon hinzu. »Ich habe ihn, seitdem er ein Welpe war.«

»Er sieht aus wie ein guter Wachhund«, erklärte Christen in dem Bemühen, eine zwanglose Unterhaltung in Gang zu bringen.

»Das ist er auch. Ihm entgeht nichts.« Guyon räusperte sich. »Ich hätte mich vorhin in Eurer Hörweite nicht so ausdrücken dürfen, wie ich es getan habe. Es tut mir leid, und mein Lord hat mich deswegen zu Recht getadelt. Es wird nicht wieder vorkommen, das verspreche ich Euch.«

Sie nickte zustimmend. Schließlich sollten dieser Mann und sie Verbündete sein, und ihre Sicherheit könnte bei gewissen Anlässen von seiner beachtlichen Körperkraft abhängen. »Danke, Sire«, sagte sie. »Ich denke, jetzt wissen wir beide, wo wir stehen.«

»Ja, das tun wir«, bestätigte er hölzern, wandte sich ab und ging davon. Der riesige Hund trottete hechelnd neben ihm her. Christen seufzte nachdenklich, nahm ihre Näharbeit wieder auf und fragte sich, worauf sie sich da eingelassen hatte.

4

Christens Hochzeit mit Miles le Gallois fand in der kleinen Dorfkirche von Ashdyke statt, damit alle mit ansehen konnten, wie ihre Lady sich unwiderruflich mit dem normannischen Lord verband. Es wurde viel getuschelt und spekuliert, als das Brautpaar die Kirche betrat, um eine Hochzeitsmesse dort zu feiern, wo zwei Tage zuvor noch eine Messe für die Toten gelesen worden war. Neben der Kirche erinnerten die Hügel der frischen Gräber an das düstere Geschehen, das einige pessimistische Dorfbewohner als schlechtes Omen für die Zukunft betrachteten.

Obgleich Christens Kleid in Eigenarbeit geschneidert und nicht ganz so aufwendig dekoriert worden war wie geplant, betonte das schimmernde Blaugrün vorteilhaft ihre helle Haut und ihre braunen Augen. Wenngleich sie es nicht fertigbrachte, sich ein Lächeln abzuringen, nicht einmal als ihr Mann sie nach vollzogener Trauung flüchtig auf die Lippen küsste, hielt sie den Kopf hoch erhoben und schritt stolz durch den Kirchgang. Nicht allein ihretwegen, sondern auch wegen all der Leute, vor denen sie ihr Ehegelübde mit fester, klarer Stimme abgelegt hatte.

Am Finger trug sie jetzt einen schlichten Goldring, den Miles aus seinem Beutel gezogen und ihr angesteckt hatte.

Für sie ein Versprechen, ihm zu gehorchen und ihm zudem eine gute Frau zu sein.

Ihr neuer Ehemann war bekleidet mit einem Kettenhemd, an dem ein Schwert hing, das als Zeichen für die Dorfleute mit einem Friedensknoten in der Scheide festgebunden war. In seinem Gesicht spiegelten sich Stolz und Befriedigung wider, ohne jede Selbstgefälligkeit, wofür sie dankbar war, denn für sie beide konnten die Risiken dieser Ehe noch immer die Vorteile überwiegen. Seine Hand, die ihre hielt, war warm und trocken, ihre eigene klamm vor Anspannung.

Ein Stallbursche führte den gescheckten Wallach heran, auf dem sie zur Kirche hinuntergeritten war. Die Zügel waren mit kleinen klirrenden Glöckchen geschmückt, und seine lange seidige Mähne durchflochten ein paar rote Bänder, die sie gestern dem Tuchhändler Caelwin abgekauft hatte. Christen war keine begeisterte Reiterin, doch bei dem Pferd handelte es sich um ein gutmütiges Tier, das still stehen blieb, als Miles sie in den Sattel hob. Er selbst stieg auf einen lebhaften grauen Hengst.

»Was ist mit meinem Bruder«, sagte sie zu Miles. »Wäre es dir recht, ihn jetzt freizulassen?«

»Bald«, erwiderte er nach einer Weile ausweichend. »Wenn die Schuld beglichen ist, die wegen seiner Plünderung meiner Ländereien noch aussteht.«

Christen starrte den Mann ungläubig an, dem sie soeben lebenslangen Gehorsam geschworen hatte. »Du hast gesagt, du würdest ihm gegenüber Gnade walten lassen.«

»Das habe ich getan, indem ich ihn nicht an den Galgen gebracht habe, was er dem Gesetz nach verdient hätte«, erklärte Miles. »Hast du wirklich erwartet, ich würde ihn ungestraft davonkommen lassen?«

Die Gefahr war Christen allzu bewusst gewesen. Sie bewegte sich auf dünnem Eis, und dieser Mann konnte genau das tun, was er wollte »Was hast du mit ihm vor?«, erkundigte sie sich. Vielleicht wollte er Osric erst freilassen, wenn von ihm nicht mehr als ein blutiger Schatten übrig war.

»Falls du mich an ein und demselben Morgen von hier fortbringst wie meinen Bruder und Rache an ihm nimmst, wirst du dir mehr Probleme aufladen, als die ganze Sache wert ist.«

Guyon le Corbeis, der bei ihnen stand, gab einen verächtlichen Laut von sich, woraufhin Miles seinem Marschall mit erhobener Hand zu schweigen gebot und sich Christen vornahm. »Nicht Rache, sondern Gerechtigkeit«, sagte er. »Ich gebe dir mein Wort, dass dein Bruder und sein Kumpan in der Lage sein werden, durch Ashdykes Tore zu reiten und ihrer Wege zu gehen.«

Seltsamerweise steigerte diese Zusicherung Christens Furcht noch. Sie biss sich auf die Lippe, bis Blut kam und sie ein stummer Schmerz erfüllte, als sie zuschauen musste, wie ihr Bruder und sein Freund entgegen Miles' Ankündigung unsanft in den Sattel eines stämmigen braunen Wallachs und eines Rotbraunen mit Blesse gehoben wurden, damit sie verschwinden konnten. An Osrics rechter Hand waren drei Finger abgehackt worden und bei Hrothgar zwei. Christen konnte kaum glauben, dass das wirklich geschehen war, dass der Normanne mit dem ausdruckslosen Gesicht neben ihr es befohlen hatte. Und sie hatte zusehen müssen, wie der Befehl ausgeführt wurde, und ihr war nichts anderes übrig geblieben, als die Hand zu verbinden, bevor die Pferde bereitgestellt wurden.

Tränen des Schocks und des Mitleids verschleierten Christens Augen, als das Pferd ihres Bruders plötzlich einen Satz machte und der dick verbundene Stumpf seiner Hand gegen seinen Oberschenkel schlug. »Du Teufel!«, warf sie Miles an den Kopf.

»Ich hätte das Recht gehabt, ihn wegen seiner Untaten zu köpfen«, erwiderte Miles mitleidslos. »Einige meiner Männer sind der Ansicht, ich hätte genau das tun sollen. Sei froh, dass ihm Reste der Hand geblieben sind und er sie noch gebrauchen kann. Was hast du eigentlich erwartet? Dass ich ihm eine Tracht Prügel verabreiche, als wäre er ein ungezogenes Kind, das ich in meinem Obstgarten beim Stehlen ertappt habe?«

»Osric ist wie ein Kind«, schluchzte sie und presste die Fingerknöchel gegen den Mund, um ihre Tränen zu ersticken.

»Dann ist es höchste Zeit, dass ein Mann aus ihm wird«, entgegnete Miles unbarmherzig. »Wäre er ein gewöhnlicher Marodeur gewesen, wäre er jetzt tot und sein ausgepeitschter Leichnam wäre für alle sichtbar an das nächste Burgtor genagelt worden. Er hat sein Leben behalten, was mehr ist, als Milnhams Töpfer geblieben ist, der seine Frau und vier Kinder ohne Ernährer zurücklassen musste. Mehr, als man von den Menschen behaupten kann, die wir gestern begraben haben, deinen eigenen Mann eingeschlossen. Spar dir also dein Mitleid und deine Trauer für sie auf. Dein Bruder ist glimpflicher davongekommen, als er es verdient, weil du um diese Gunst gebeten hast. Geh zu ihm, wenn du willst, und verabschiede dich von ihm, und dann lass es gut sein.«

Christen presste die Lippen zusammen und ließ ihn, nachdem sie ihn mit einem mörderischen Blick durchbohrt hatte, stehen, um zu Osric hinüberzugehen, der den Burghof noch nicht verlassen hatte. Er stöhnte leise vor sich hin, umfasste mit seiner unversehrten Hand die Zügel und hielt die andere schützend gegen seine Brust. Hinter ihm wartete sein Freund Hrothgar mit einem vor Schmerzen grauen Gesicht.

»Ich werde diesen normannischen Hurensohn noch vor Jahresende in der Hölle sehen, das schwöre ich dir, Christen. Ich werde dich aus dieser unheiligen Farce einer Ehe befreien, und wenn es das Letzte ist, was ich tue.«

»Ein solcher Versuch wäre wahrscheinlich wirklich das Letzte, was du tust«, fauchte sie. »Osric, wenn dir dein Leben lieb ist, komm nie wieder zurück. Du weißt nicht, mit wem du es zu tun hast, während er es höchstwahrscheinlich von dir und von jedem anderen weiß.«

Seine braunen Augen wurden schmal vor Ärger. »Ich glaube fast, du bist froh, den Hurensohn geheiratet zu haben«, fuhr er sie an.

»Ich bin froh, eine starke Hand an meiner Seite zu haben, die Ashdyke unter Kontrolle hat, Befehle gibt und den Ort und das Land vor Überfällen beschützt«, entgegnete sie. »Ich werde nicht zulassen, dass mein Heim noch einmal in Flammen aufgeht, und wenn diese Ehe der Preis dafür ist, dann werde ich ihn zahlen.«

»Sei dir da nicht so sicher«, warnte Osric, doch das letzte Wort ging in einem Schmerzensschrei unter, weil

Hrothgar sein Pferd wie zufällig gegen den Braunen lenkte und dem Tier einen verstohlenen Tritt versetzte, der das Pferd durch das Tor preschen ließ.

»Gott mit Euch!«, rief Christen ihnen nach.

»Für uns gibt es keinen Ort außer der Hölle, Mylady. Ihr seid diejenige, die himmlische Hilfe brauchen wird«, erwiderte Hrothgar kalt und folgte Osric den Weg hinunter in Richtung der walisischen Grenze.

Christen sah ihm einige Herzschläge lang nach, dann wandte sie sich ohne Tränen ab und gesellte sich wieder zu ihrem Mann. »Du wirst noch bereuen, was du getan hast«, bemerkte sie mit verstecktem Groll.

»Da stimme ich dir zu, nur war es ein Teil unseres Heiratsvertrags, ihn am Leben zu lassen.«

Er blickte sich um und nickte einem seiner Männer zu, einem schlanken dunkelhaarigen Soldaten, einem Waliser, der in ein gestepptes Wams und eine waldgrüne Tunika gekleidet war. Der Mann nickte ihnen ebenfalls zu, ging zu einer Reihe von Pferden hinüber und griff dabei nach seinem Bogen und einem Bündel Pfeile.

Kurz darauf kam Miles noch einmal zu ihr. »Es sind harte und schwierige Zeiten, und ich muss für alle einen Weg finden, sie durchzustehen. Dein Bruder hätte am Galgen baumeln sollen, aber ich habe davon abgesehen, weil ich es dir versprochen hatte. Mehr zu tun bin ich nicht bereit.«

»Du hast aus deinem Standpunkt keinen Hehl gemacht«, sagte sie bitter.

Er nickte knapp. »Dann sollten wir das hinter uns lassen und von hier aus unseren Weg weitergehen. Wir können vielleicht keinen Schlussstrich ziehen, wenigstens jedoch eine klare Linie.« Er bot ihr seinen Arm, und nach einem Moment nahm sie ihn, weil ihr keine andere Wahl blieb.

Die Hochzeitsfeier war eine einfache Angelegenheit im Freien, die die Dorfbewohner ausrichteten und für die Miles mit Silber bezahlte. Christen ließ zu, dass er ihre Hand nahm, und setzte sich mit ihm an den langen Tisch. Die schlichte, sauber geschrubbte Holzplatte war mit einer Bahn von Master Caelwins Leinen bedeckt. Pater Aelnoth, der Priester, segnete die Speisen, und ein paar Frauen aus dem Dorf füllten hölzerne Trinkschalen mit dem einheimischen Ale und mit Cider.

»Gott sei Dank ist das Wetter schön geblieben«, sagte Miles. »Sie haben sich viel Mühe gemacht, und es wäre schade, wenn Regen das alles zerstört hätte.«

Christen nippte an ihrem Cider und betrachtete die Tafel. Es gab genug zu essen, um den Magen zu füllen, bloß war es äußerst einfache Kost, Hammeleintopf mit Brot. Nahe Hereford und entlang der belebten Handelsrouten am River Stour war man in den Wirtshäusern Besseres gewöhnt.

Miles wirkte belustigt. »Glaubst du, eine großzügigere Zurschaustellung von Wohlstand würde mich veranlassen, voller Habgier auszurasten und die Pacht und Abgaben der Leute zu verdoppeln?«

»Vielleicht haben sie keinen Grund, etwas anderes anzunehmen«, erwiderte sie und dachte bei sich, dass ihm nichts entging und er alles richtig einschätzte. »Vielleicht denken sie, dass du ihnen alles wegnimmst, besonders wenn sie nicht ganz wenig besitzen.«

»Das wird sich mit der Zeit zeigen«, gab er mit ausdrucksloser Stimme zurück und sah sie über den Rand seiner Schale hinweg an. »Bist du wegen deines Bruders noch immer wütend auf mich?«

»Würde es dir etwas ausmachen, wenn dem so wäre?«

Er ignorierte ihre Gegenfrage. »Ja oder nein?«

»Ein wenig vielleicht, nur verfügt Osric über die Kunst, selbst die zu verschrecken, die ihn früher unterstützt hätten. Ich bin erleichtert, dass er fort ist.«

Erleichtert deshalb, weil sie nicht wollte, dass noch mehr Finger seiner rechten Hand den Strafmaßnahmen ihres Ehemanns zum Opfer fielen. Sie streckte ihre eigene Hand aus und betrachtete ihren neuen Ehering, deutete darauf. »Es war ein glücklicher Zufall, dass du ihn bei dir hattest«, sagte sie.

Miles stellte seine Schale ab. »Er gehörte meiner Mutter«, entgegnete er, »und da ich ihr einziger Sohn war, ihr einziges Kind, um genau zu sein, ging er als Teil ihres Nachlasses in meinen Besitz über. Das Gold kommt aus Wales und ist selten.« Er lächelte sie an, und das Licht betonte die blauen Sprenkel in seinen seegrünen Augen. »Er sieht wie ein einfacher Goldring aus, doch das ist er nicht.«

»Wie war denn der Name deiner Mutter?«, fragte sie, weil ihre Neugier geweckt war.

»Heulwen«, sagte er. »Das bedeutet Sonnenschein. Mein Vater hat sie geheiratet, um den Frieden mit seinen walisischen Nachbarn zu besiegeln, als er herkam, um König Edward in diesem Grenzgebiet zu dienen.« Er warf ihr einen verstohlenen Blick zu. »Es war eine Vernunftehe, um ein Problem zu lösen, und sie hat funktioniert. Ich hoffe daher, auf dieser Tradition aufbauen zu können.«

Christen spürte, wie ihre Wangen zu brennen begannen. »Dann muss ich wie du darauf hoffen«, erwiderte sie, »denn es wäre töricht, etwas anderes zu tun.«

»Ich freue mich, dass wir uns in diesem Punkt einig sind.«

»Und war deine Mutter glücklich?«

»Sie hat das Beste aus dem gemacht, was sie hatte. Mein Vater war mein Vater und hat sich auf dem Schlachtfeld am wohlsten gefühlt, und er war froh, dass seine Ländereien gut geführt wurden und blühten und gediehen. Ich habe viel von ihm gelernt.«

Er hob seine Schale, um zu trinken, und stellte sie wieder ab, als Guyon von den Toren, wo er Wache gestanden hatte, zu ihnen herüberkam.

»FitzOsbern ist da«, sagte er knapp, als er den Tisch erreicht hatte. »Meine Sehkraft ist nicht mehr so gut, wie sie einmal war, aber ich würde sagen, dein Schwager und sein Gefolgsmann befinden sich in seinem Gewahrsam.«

»Bei den Eiern Gottes!« Miles erhob sich. »Ich hatte nicht gedacht, dass er so schnell sein würde.«

»Wie dem auch sei, er ist hier, also solltest du dir lieber schnell etwas einfallen lassen«, meinte Guyon.

Miles fluchte erneut und schnitt eine Grimasse in Richtung des Tores. Unterschätze nie deinen Gegner, diesen Spruch sollte man beherzigen.

»Mylord?« Christen blickte zu ihm auf, und alle Farbe war aus ihrem Gesicht gewichen.

Sanft legte Miles ihr eine Hand auf die Schulter. »Unterschätze nie dich selbst. Dies ist ein weiterer Leitsatz, und du solltest jetzt daran denken. Wie es aussieht, schickt sich der Earl of Hereford nämlich an, unsere Hochzeitsfeier mit seiner Gegenwart zu beehren. Der Vetter des Königs persönlich und der Leitwolf des Rudels. Lass mich die Führung übernehmen und tu, was ich dir sage, dann kommen wir vielleicht ungeschoren aus dieser Sache heraus. Nein«, fügte er hinzu, als sie Anstalten machte, aufzustehen, »bleib, wo du bist, und sag kein Wort, außer du wirst angesprochen, egal was passiert und egal was gesagt wird. Unser aller Leben kann davon abhängen, verstanden?«

Sie nickte und begann zu zittern, fröstelte, als würde ein kalter Wind durch ihre Knochen wehen.

William FitzOsbern, Earl of Hereford, Pfalzgraf, Lord der Insel Wight sowie von Breteuil und Paci, ritt durch das Tor in den Hof und ließ den Blick nach links und rechts schweifen, um alles in sich aufzunehmen und in sein Gedächtnis einzuprägen. Mit demonstrativer Gleichgültigkeit brachte er seinen kräftigen Rotschimmel zum Stehen und drehte sich im Sattel herum, um mit einem seiner Begleiter zu sprechen. Als das Pferd bockte, zog er die Zügel mit seinen riesigen Fäusten fest an, bis das Maul des Rotschimmels nach unten gezwungen wurde.

»Mylord, es ist mir eine große Ehre, Euch bei meiner Hochzeitsfeier willkommen zu heißen«, sagte Miles mit einer schwungvollen Verbeugung. »Die Mahlzeit ist notgedrungen recht frugal, wollt Ihr trotzdem mit uns essen?«

»Ich bezweifle, dass willkommen heißen der richtige Ausdruck ist, da Ihr mir keine Einladung geschickt habt«, mäkelte FitzOsbern, stieg vom Pferd und warf seinem Knappen die Zügel zu.

»Dazu war keine Zeit, Sire, und außerdem wusste ich, dass Euch die Nachricht von meiner Heirat unverzüglich erreichen würde.«

Der Earl blickte in die Runde seiner Männer, in deren Mitte Odo FitzWilliam finster das Gesicht verzog. »Ach ja«, sagte er gleichgültig. »Ich hörte die Geschichte am Dienstagmorgen von meinen Söldnern. Und wenn ich nicht mit dem Treiben von Eadric Cild beschäftigt gewesen wäre, hätte ich einen Tag früher hier sein können.« Er nahm seinen Helm und die gepolsterte Kappe ab, enthüllte einen Schopf krauser, grau gesprenkelter Haare, die an den Schläfen leicht zurückwichen, und musterte Miles mit harten, klugen Augen. »Wie ich hörte, ist Eadric Cild nicht der einzige Rebell, mit dem ich fertigwerden musste.«

»Sire, Ashdyke wurde von dem alten Lord direkt im Namen des Königs verwaltet«, warf Guyon ein. »Diese Angelegenheit geht Euch nichts an.«

Miles warf seinem Marschall einen warnenden Blick zu, aber noch während er sich anschickte, die Bemerkung mit diplomatischen Worten abzumildern, brach FitzOsbern in schallendes Gelächter aus.

»Liebe Güte, mir war nicht klar, dass sich le Corbeis noch immer bemüßigt fühlt, Euch den Arsch abzuwischen.«

Als Guyon den Vorwurf zurückweisen wollte, versetzte Miles ihm mit dem Ellbogen einen Rippenstoß und schickte ihn fort, um für die zusätzlichen Gäste Sitzgelegenheiten und Erfrischungen zu beschaffen.

»Verzeihung, Sire. Ihr kennt die Fehler meines Marschalls, und ich hoffe, Ihr werdet sie entschuldigen.«

»Ihm fehlt jegliche Diplomatie.« FitzOsbern lächelte anmaßend. »Immerhin ist er ein guter Soldat, das muss ich zugeben. Ihr habt da einen ausgezeichneten Wachhund, genau genommen sogar zwei davon.«

Er nahm seinen Umhang ab, reichte ihn seinem Knappen und schaute auf die beiden Rebellen, die sie auf der Straße aufgelesen und wieder nach Ashdyke gebracht hatten. Ihre Hände waren noch immer gefesselt, FitzWilliam hatte die Engländer von ihren Pferden gezerrt und sie in der Nähe eines der Kochfeuer in den Schmutz geworfen.

»Es stimmt, le Corbeis ist so gradlinig wie eine Eschenholzlanze«, fuhr FitzOsbern fort, »Ihr hingegen, Miles, habt ein verschlageneres Naturell. Ich könnte Euren Riesen fragen, doch ich bezweifle, dass die Antwort halb so unterhaltsam ausfallen würde wie die Eure. FitzWilliam schwört, dass diese beiden Burschen zu dem Rebellentrupp gehört haben, den er in meinem Auftrag aufspüren sollte, und dann treffe ich sie als freie Männer auf guten Pferden und mit Proviant in ihrem Gepäck auf der Straße an. Sie versicherten mir, dass Ihr sie mit keiner härteren Strafe als ein paar fehlenden Fingern freigelassen und ihrer Wege geschickt habt.« Er rieb sich sein stoppeliges Kinn. »Wärt Ihr so freundlich, die Geschichte zu vervollständigen?«

»Der mit dem großen Mundwerk ist zufällig der Bruder meiner Frau.«

»Aha.« FitzOsbern nickte. »Ihr enttäuscht mich, Miles. Seit wann zählen die Wünsche und Gefühle einer Frau?«

Für Miles grenzte es an ein Wunder, dass FitzOsberns Frau die Mahlzeiten ihres Mannes nicht längst mit Eisenhut gewürzt hatte. »Ich schlage zwei Fliegen mit einer Klappe«, sagte er. »Indem ich das Leben des Bruders meiner Frau verschone, fördere ich die guten Beziehungen zu den Menschen hier, was mir zum Vorteil gereicht. Wobei der größte Nutzen darin besteht, dass ihr Bruder mich fast sicher zu Eadrics Versteck führt, und allem, was eine Spur hinterlässt, können entweder ich oder mein Gefolgsmann Dewi folgen, wie Ihr sehr wohl wisst. Ihr hättet ihn allerdings nicht bemerkt, als Ihr diese beiden gefangen genommen habt. Jedenfalls ist er dort draußen.«

FitzOsbern schnaufte und schlug nach einer Fliege. »Ihr wisst, dass dieses Land an den König fällt?«

»Allerdings, Sire, und deshalb habe ich einen Boten mit einer Kopie des Ehekontrakts zu ihm geschickt und ihn um die Erlaubnis gebeten, mich hier niederzulassen.«

»Ihr wollt mich offenbar warnen, dass dieser Besitz bereits vergeben ist?«, antwortete FitzOsbern mit einem gefährlichen Unterton.

Miles hielt seinem drohenden Blick unverwandt stand. »Das würde ich mir nie anmaßen, Sire. Ich verfüge nicht über die Macht, mich Eurem Willen zu widersetzen.«

»Nein, dafür besitzt Ihr die Dreistigkeit, mir diesen Landsitz vor der Nase wegzuschnappen«, gab FitzOsbern in einer merkwürdigen Mischung aus Ärger und Belustigung zurück.

»Er könnte sich in Eurer Hand befinden, Sire, wenn Eure Handlanger nicht von einem so unsinnigen Zerstörungsdrang beseelt gewesen wären. Es war die Tat von Schwachköpfen. Jetzt muss alles wieder aufgebaut werden, und worin liegt da ein Nutzen?«

FitzOsbern schürzte die Lippen und nickte bedächtig. »Ihr habt recht«, sagte er. »Die Sache wurde falsch angepackt.« Er drehte sich zu Odo FitzWilliam um und deutete auf Osric und Hrothgar. »Gib ihnen ihre Pferde zurück und lass sie gehen.«

»Aber Sire, sie sind erwiesenermaßen Verbrecher und Rebellen«, stammelte Odo, dessen Gesicht vor rechtschaffenem Zorn rot anlief.

»Und wie Gallois schon herausgefunden hat, kann man ihnen zu dem Versteck ihres Anführers folgen. Lass sie gehen, jetzt sofort. Das ist ein Befehl, und es wird kein einziges Wort mehr darüber verloren.«

Gekränkt stapfte FitzWilliam davon, um sich der verhassten Aufgabe zu widmen, Osric und Hrothgar wieder auf ihre Pferde zu hieven und sie zum Tor zu eskortieren. Dabei ging er absichtlich so grob wie möglich mit den beiden um und verpasste ihnen sogar noch einen Tritt gegen die verstümmelte Hand.

Miles dagegen wechselte das Thema, weil er eine Unterhaltung mit dem Earl anstrebte. Er zeigte auf den Tisch, an dem Christen in sittsamem Schweigen und mit gesenktem Blick saß. »Wollt Ihr an unserer Hochzeitsfeier teilnehmen? Der Cider ist gut, der Käse ebenfalls.«

FitzOsbern neigte den Kopf und begleitete Miles, der Christen mit einer resoluten Geste aufforderte, sich zu erheben.

Der Earl zog sie auf die Füße, nahm ihr Kinn zwischen Daumen und Zeigefinger, um sie so prüfend zu mustern, als wäre sie ein zum Verkauf stehendes Pferd. »Hausbacken und unterwürfig«, befand er und zog die Brauen hoch. »Kein Fleisch auf den Rippen, nun gut, dafür hat sie ein gebärfreudiges Becken.«

Miles zuckte die Achseln. »Sie hat ein Kind tot zur Welt gebracht und eine Fehlgeburt gehabt, doch ich sehe da keine Schwierigkeiten. Ihr Mann war viel älter als sie und ein Krüppel. Schlechtes Saatgut, kein schlechter Nährboden.«

»Und wenn sie Euch Lügen straft und bereits ein Kind des toten Mannes trägt?«

»Ihre Dienstmagd sagt, sie hätten seit über einem Jahr nicht mehr beieinander gelegen, und ihre Monatsblutung ging am Tag unserer Ankunft zu Ende. Jedes Kind, das in neun Monaten ihren Leib verlässt, ist das meine.«

»Dieser feurige Rotschopf, den Ihr in Rouen bei Euch hattet, deren Körper war es wert, seinen Schwengel hineinzutauchen!« FitzOsberns Grinsen von Mann zu Mann ließ an Deutlichkeit nichts zu wünschen übrig. »Ich gehe davon aus, dass sie noch bei Euch ist?«

Miles hatte den Widerwillen gesehen, mit dem Christen auf FitzOsbern reagiert hatte und der dazu führte, dass sie weiß wie ein Laken war. Er stieß sie so hart an, dass sie fast das Gleichgewicht verlor, und befahl ihr schroff, einen frischen Krug Zider für ihren Gast zu holen. Sie schaffte es, trotz des Rippenstoßes anmutig mit hoch erhobenem Kopf das Gewünschte an den Tisch zu bringen.

»Ihr meint das Mädchen mit den roten Haaren. Felice ist am Abend von Hastings leider im Kindbett gestorben«, antwortete Miles auf FitzOsberns Frage. »Im Moment habe ich keine Mätresse, die mein Bett wärmt und mich von meiner Pflicht abhält.«

Der Earl grinste. »Pflicht, in der Tat«, sagte er, nahm nach einem abfälligen Blick in Christens Richtung am Tisch Platz und wartete darauf, bedient zu werden.

Mit zusammengepressten Lippen machte Christen sich bereit, den Männern etwas zu essen zu bringen, die sie behandelten, als hätte sie keine größere Bedeutung für sie als der Tisch, an dem sie saßen. Miles schickte sie mehrmals unter einem belanglosen Vorwand fort, aber am Tisch fing sie zufällig auf, wie Miles zu FitzOsbern sagte, es sei nicht ratsam, seine Frau zu viel hören zu lassen, da sie recht gut Französisch verstehe.

»Bei den Gebeinen Gottes, Lady, wahrt vor dem Earl of Hereford das Gesicht, sonst führt Ihr mit Eurer finsteren Miene den Untergang von uns allen herbei«, warnte Guyon le Corbeis sie unbemerkt, als sie William of Hereford mit einem vernichtenden Blick bedachte, während sie für Miles und ihn einen weiteren Krug Cider holte.

»Ich bin für die da eine Hure, eine Zuchtstute, ein Mutterschaf, das vom Bock gedeckt werden soll«, knirschte sie mit zusammengebissenen Zähnen. »Ich würde ihnen beiden eher diesen Krug über den Schädel schlagen, als sie freundlich anzulächeln.«

»Ihr solltet die Augen offen halten, dann würdet Ihr besser sehen, was Ihr sehen solltet und was nicht«, mahnte Guyon. »Er spielt um unser Leben, und Ihr solltet beten, dass er gewinnt. Er hat Euch gewarnt.«

Sie warf den Männern einen weiteren bösen Blick zu und sah, wie ihr neuer Ehemann mit bebenden Schultern über etwas lachte, das der Earl gesagt hatte. Dann schaute er in ihre Richtung, und als ihre Blicke sich kreuzten, sah sie einen Funken der Verzweiflung in seinen Augen, bevor er sich abwandte, seine Schale hob und trank.

Als FitzOsbern endlich aufbrach, erhielt Miles einen kräftigen Schlag auf die Schulter, begleitet von zotigen Wünschen für seine Hochzeitsnacht.

Er sah FitzOsberns Soldaten in aufrechter Haltung nach, bis die Hufe des letzten Pferdes den Pfad hinunter verschwunden waren. Daraufhin entfernte er sich hastig von Guyon und Christen und eilte zu der Mistgrube, wo er sich heftig übergab.

Mit unsicheren Schritten und grünlicher Gesichtsfarbe kam er zurück. »Ich bin es nicht gewohnt, mit dem Earl of Hereford beim Trinken mitzuhalten«, erklärte er. »Er ist so viel größer als ich, dass alles, was er seine Gurgel hinunterspült, höchstens die halbe Wirkung hat.«

Als er die Hand nach ihr ausstreckte, wich Christen angewidert zurück. Miles fuhr sich seufzend durch das Haar. »Ich verfüge nicht über die militärische Stärke, um mich gegen den Earl of Hereford zu behaupten«, sagte er müde. »Das Einzige, was ich tun kann, besteht darin, ihn zu überzeugen, dass es für ihn von Vorteil ist, mich Ashdyke behalten zu lassen, und das bedeutet, das Spiel zumindest nach außen hin nach seinen Regeln zu spielen. Der Cider war nicht der einzige Grund für meinen verdorbenen Magen.«

»Dann bedaure ich deine Schwäche. Mein erster Mann mag aufgrund seiner Verwundung nicht mehr imstande gewesen sein, seinen Besitz zu verteidigen, in anderer Hinsicht hingegen war er zweimal so stark wie du und ein Dutzend Mal ehrenhafter.«

»Mag sein, doch jetzt ist er tot.«

»Und mein Leben ist voller Männer, die nicht würdig

sind, seinen Namen auszusprechen, sondern ihr Interesse auf Monatsblutungen und Paarungen reduzieren.«

»Hätte es einen anderen Weg gegeben, hätte ich ihn eingeschlagen«, erwiderte er und bemühte sich um Geduld, der ein Hauch von Schärfe anhaftete. »Frauen stehen in FitzOsberns Haushalt rangmäßig noch unter seinen Hunden und Pferden. Er hätte mich für einen Schwächling und Narren gehalten, wenn ich mich anders verhalten hätte.«

»Und in deinem eigenen Haushalt? Wo stehen Frauen da rangmäßig?« Sie dachte an die Hure in Rouen, von der FitzOsbern völlig gleichgültig gesprochen hatte. Ein feuriger Rotschopf, hatte er gesagt.

»Frauen werden wegen ihrer Fähigkeiten respektiert. Wenn du eine Märtyrerin sein willst, ist das deine Entscheidung, bloß hätte ich dir mehr Vernunft zugetraut.«

Christen biss die Zähne zusammen. Wenn sie nicht mit dem Wolfsrudel der Invasoren heulte, würde sie ihm zum Opfer fallen. »Ich bin es nicht gewohnt, beleidigt zu werden, selbst wenn es zu dem Zweck geschieht, mir ein Dach über dem Kopf zu erhalten«, gab sie giftig zurück. »Lyulph hätte niemals solche Worte zu einer Frau gesagt, egal aus welchem Grund.« Sie stand kurz vor dem Zusammenbruch, und sie wehrte sich dagegen, indem sie um sich schlug.

Ein Muskel zuckte in seiner Wange. »Wenn ich mich recht erinnere, hat sein Tod FitzOsberns Söldner und deinen renitenten Bruder nicht davon abgehalten, diese Halle fast bis auf die Grundmauern niederzubrennen und gleichzeitig die Hälfte der Menschen zu töten. Ohne mein Eingreifen wärst du samt deinen Leuten entweder tot oder versklavt. Wie wirkt sich das in der Waagschale gegen ein Dutzend Mal mehr Ehre aus?«

Sie merkte ihm seinen kaum gebändigten Zorn an und unternahm einen letzten Versuch, sich zusammenzunehmen. »War es das wert?«, fragte sie mit ruhigerer, immer noch bitterer Stimme. »Hat sich FitzOsbern von deiner Täuschung überzeugen lassen?«

Er zuckte die Achseln. »Jedenfalls war er überzeugt genug, um im Moment nichts zu unternehmen, und ist sogar so weit gegangen, mich zu einem geeigneteren Kandidaten für die Herrschaft über Ashdyke zu erklären als jemanden wie Odo FitzWilliam. Der Earl hat mich als nützliches, dazu entbehrliches Werkzeug eingestuft. Er ist zufrieden, dass ich den Besitz übernehme, weil ich die Kosten für den Wiederaufbau trage und die Rebellen in Schach halte. Natürlich könnte er durchaus versuchen, Ashdyke zu einem späteren Zeitpunkt für sich zu beanspruchen, wenn das seinen Plänen dienlich ist.« Er schenkte ihr ein humorloses Lächeln. »Ich spiele nicht gern mit gezinkten Würfeln, mir fehlt die Willenskraft, dem Reiz der Beute zu widerstehen.«

»Wenn du dich so verhältst, bist du ein Narr, weil die Folge davon der Tod ist«, erwiderte Christen.

»Nun, dann wirst du ja bald von mir befreit sein.«

»Und alles war umsonst.«

»Das würde ich nicht sagen. Dein Bruder ist auf dem Weg, um sich seinen Freunden jenseits der Grenze anzuschließen, und er hat sein Leben und seine Freiheit behalten. Falls ich sterbe, kannst du zu ihm nach Wales gehen und in ein Kloster eintreten. Natürlich werde ich mein Bestes tun, um am Leben zu bleiben und die Zeit, die Gott mir auf dieser Erde schenkt, nach Kräften zu nutzen.«

Sie sah ihn an. »Es geht also darum zu überleben, oder?«

»Ja, genau das ist der Punkt. Geh und mach dich fertig, während ich mich um die Pferde und das Gepäck kümmere. Wir sollten möglichst bald nach Milnham aufbrechen, wenn wir es vor der Dunkelheit erreichen wollen.«

Als er erneut die Hand ausstreckte, ließ sie es diesmal zu, dass er sie ergriff und sanft drückte, bevor er sie freigab und zu den Reihen der Pferde hinüberging.

Christen rieb ihre Hand, in der sie immer noch seine Berührung spürte, und suchte Wulfhild, die emsig damit beschäftigt war, ein letztes Mal das kärgliche Gepäck, darunter die kürzlich erworbenen Stoffe, zu überprüfen, das sie nach Milnham mitnahmen. Die Wangen der Dienerin leuchteten feuerrot.

»Mylady, ich …«

»Ich dachte, ich könnte dir vertrauen«, begann Christen, »und jetzt habe ich erfahren, dass du den Normannen persönliche Dinge aus meinem Leben mit Lyulph erzählt hast. Wie konntest du nur?«

Wulfhilds Augen füllten sich mit Tränen. »Mylady, ich wollte Euch keinen Kummer bereiten, das schwöre ich. Leofwin wirkte so freundlich und interessiert und wollte über uns alle etwas wissen, nicht allein über Euch. Ich hätte nichts ausplaudern sollen. Inzwischen weiß ich das, damals habe ich einfach nicht nachgedacht.«

Christen sah ihr Dienstmädchen ärgerlich an. Wulfhild war ein paar Jahre jünger als sie, und ihr Vater war bis zu seinem Tod in der Schlacht bei Stamford für die Stallungen von Ashdyke verantwortlich gewesen. Lyulph hatte gedacht, sie würde eine gute Dienstmagd für die Halle und das Frauengemach abgeben. Sie war fröhlich, warmherzig, flink und geschickt, dazu eine ausgezeichnete Näherin. Leider nahm sie zu viele Situationen und Menschen unbesehen so hin, wie sie selbst sie einschätzte.

»Schon gut«, erwiderte Christen matt. »Was geschehen ist, ist geschehen. Wenn nicht von dir, hätte Lord Miles seine Informationen anderswo herbekommen.«

»Von jetzt an sind meine Lippen versiegelt, das verspreche ich«, erklärte Wulfhild mit schuldbewusster Inbrunst.

»Dazu besteht kein Anlass«, entgegnete Christen gequält lächelnd. »Sei einfach vorsichtig und überlege, was du sagst, bevor du den Mund aufmachst.«

»Das werde ich, ich schwöre es, Mylady«, bestätigte Wulfhild und fragte dann mit gedämpfter Stimme: »Heißt das, dass ich nicht mehr mit Leofwin sprechen soll?«

Christen schüttelte den Kopf. »Sprich mit ihm, wenn du willst, nur nicht über mich.«

Ein erleichterter Ausdruck trat in Wulfhilds Augen. »Danke, Mylady. Ich verspreche es«, wiederholte sie, bevor sie mit neuem Schwung wieder an ihre Arbeit ging.

Während Christen sie beobachtete, wünschte sie, dass sich alles so leicht in Ordnung bringen lassen würde wie diese Sache hier.

5

Burg Milnham-on-Wye

Die Abenddämmerung brach an, als Miles und Christen die Ansiedlung Milnham erreichten. Der Himmel war im Westen bernsteinfarben und blassgrün getönt und zeigte eine leuchtende, aufgehende Mondsichel. Christen sah niemanden in dem kleinen Dorf, das sich um den Fuß des Bergfrieds zog, war sich aber bewusst, dass sie bestimmt durch spaltweise geöffnete Türen beobachtet wurden.

»Morgen ist Markttag«, stellte Miles mit einem wissenden Nicken fest, als links von ihm eine Türangel knarrte. »Rund um die Stände wird es von Leuten wimmeln, die nach Neuigkeiten lechzen, von Vorräten ganz zu schweigen.«

Christen murmelte eine unbestimmte Antwort und versuchte ihren Griff um die Zügel zu lockern, als ihr Pferd zu tänzeln begann. Anscheinend spürte es, dass sie weder eine gute noch eine begeisterte Reiterin war. Mittlerweile waren sie seit dem Nachmittag unterwegs, und die Muskeln an der Innenseite ihrer Schenkel hatten sich bereits verkrampft und schmerzten.

Außerdem litt sie an Kopfschmerzen und einer vom Staub ausgedörrten Kehle. Am Schlimmsten war, dass sie sich gewaltig wundgescheuert hatte und ihrer bevorstehenden Hochzeitsnacht mit Grausen entgegensah.

Ein vertrauter Geruch stieg ihr in die Nase, als sie an einem Brandherd vorbeikamen. Er erinnerte sie an die zerstörte Halle in Ashdyke und die Überreste der beiden Gebäude, die daneben gestanden hatten. Miles sagte nichts, doch sie beobachtete, wie sein Mund sich verhärtete.

Sie verließen das Dorf und erklommen den Hang zu dem hölzernen Bergfried, der über dem Dorf und hinter einer hohen Palisade aufragte. Miles ritt zur Spitze der Kolonne und gab einen Befehl durch, woraufhin die diensthabenden Wachposten sich beeilten, die schweren Holztore zu öffnen, damit die Gruppe die Brücke über dem mit Wasser gefüllten Graben passieren und in den Burghof reiten konnte. Bei der Festung oben auf dem Hügel blitzte gelegentlich der Schimmer von Fackeln auf.

In einem Kohlenbecken in der Nähe des Tors brannte ein Feuer, an dessen Flammen Soldaten immer neue Fackeln entzündeten, um die Umgebung zu erleuchten. Pferdeknechte und Stallburschen kamen herbei, um ihre Tiere in die Ställe zu führen. Miles half Christen, von ihrer gescheckten Stute zu steigen. Als sie auf dem Boden schwankte, stützte er sie mit seinem Gewicht, und sie spürte die harten, kalten Nieten seines Kettenhemds und die geschmeidige Kraft des Mannes darunter. Sie wich zurück, sobald sie das Gleichgewicht wiedergefunden hatte.

»Es war eine lange Reise für dich«, sagte er.

»Ja«, bestätigte sie und schüttelte ihr Kleid aus. »Ich bin nicht daran gewöhnt, so lange Strecken am Stück zu reiten, und normalerweise würde ich in einem Karren sitzen, bloß ging es ja nicht anders.«

»Du hast dich gut gehalten.« Er deutete auf den hölzernen Turm auf der abgeflachten Bergspitze, zu dem man über einen Graben und eine Zugbrücke gelangte, die bei Bedarf über einen weiteren Graben führte und im Fall einer Belagerung hochgezogen werden konnte. Über einige steile Holzstufen erreichte man ganz oben den Bergfried, was Christen sich lieber gespart hätte, sie träumte bereits vom seligen Vergessen des Schlafes.

»Ich würde mich sehr viel wohler fühlen, wenn ich ein Bad nehmen könnte, falls du eine Wanne hast«, sagte sie, als sie den Anstieg in Angriff nahmen. Sie wartete schon auf das ungläubige Gelächter, auf die verdutzte Frage, warum sie denn den Schweiß von ihrem Körper waschen oder ihren natürlichen Geruch verwässern wollte. In Ashdyke hatte sie sich an die geringschätzigen Seitenblicke und die spöttischen Mienen der einfachen Leute gewöhnt, die wohl oder übel akzeptiert hatten, dass regelmäßiges Baden zu ihren Eigenheiten gehörte.

»Keine Sorge«, beruhigte er sie. »Eigentlich sollte ein Bad vorbereitet werden.« Verlegen machte er eine Pause. »Du wirst lachen, Baden gehört zu meinen kleinen Lastern. Vor ein paar Jahren habe ich mir schwer das Knie verrenkt, und häufiges Baden hat die Schmerzen gelindert. Seitdem ist es zu einer Gewohnheit geworden – und zu einem Vergnügen. Guyon hält mich für verrückt, aber ich kann mit seiner Ansicht und ohne die Läuse gut leben.«

Als sie die oberste Stufe erreichten, war Christen außer Atem und so hungrig, dass ihr übel war. Eine weitere massive Palisade und ein Torweg umgaben den Bergfried. Als sie in das Innere der Umzäunung trat, starrte sie die geöffnete eisenbeschlagene Tür und den Mann mittleren Alters an, der auf sie zuhinkte, um sie zu begrüßen und sie die Außentreppe zu der Halle im oberen Stockwerk des Turms hochzuführen.

»Edward, mein Konnetabel, der höchste Verwalter und Gerichtsherr des Distrikts«, stellte Miles ihn vor. »Edward, das ist Lady Christen of Ashdyke, seit heute Morgen meine Frau.«

Die Augen des Mannes weiteten sich vor Überraschung, doch er fasste sich rasch wieder und verbeugte sich. Er trug sein helles Haar nach englischer Manier lang, genau wie seinen Bart. Trotz seines hohen Amtes war er in das Lederwams eines Soldaten gekleidet, und das Messer an seinem Gürtel war kein Spielzeug. »Dann darf ich zu dieser unerwarteten Neuigkeit gratulieren«, erwiderte er diplomatisch. »Als Ihr fortgeritten seid, war mir nicht klar, dass Ihr Euch auf dem Weg zu Eurer Hochzeit befandet.«

»Mir auch nicht«, entgegnete Miles mit einem sarkastischen Grinsen. »Ich erzähle dir demnächst alles Nötige, eins nach dem anderen.«

Christen folgte Miles' Konnetabel die Stufen hoch und in die Haupthalle. Der von feinen Rauchschwaden verschleierte Raum schien sich vor ihren Augen ins Endlose zu erstrecken. Auf einem Podest am anderen Ende stand der mächtige Eichenholzstuhl des Lords, darüber hing ein dreieckiges goldenes Banner, bestickt mit dem Bild eines schwarzen, zähnefletschenden Wolfs. In der Mitte der Halle rührte ein Dienstmädchen in einem über dem Feuer hängenden Kessel eine Speise an. Eine ältere Frau stand schwatzend neben ihr, aber als sie Miles und Christen sah, richtete sie sich auf, murmelte etwas und rauschte mit missmutiger Miene davon.

Christen schaute sich um. Hier gab es eindeutig Bedarf für Verbesserungen. Beispielsweise waren die Binsen unter ihren Füßen vom Alter schwer und weich geworden und verströmten einen fauligen Geruch, der ihr verriet, dass sie bereits vor langer Zeit hätten gewechselt werden müssen. In einem Turm voller Männer hatte sich vermutlich niemand mit solch häuslichen Angelegenheiten befasst, da sie sich die Hälfte der Zeit sowieso draußen auf Patrouillengängen befanden. Ferner blätterte die Tünche an den Wänden ab und wies Rußflecken auf, und der einzige Wandschmuck bestand aus Kriegsbannern und Schilden.

»Das Bad ist bereit, wenn es Euch recht ist, Mylady.«

Christen stand einer schüchternen Frau in einem graubraunen Kleid gegenüber. Dünne Haarsträhnen lugten unter einem grau gewordenen Leinenschleier hervor, der einst weiß gewesen war.

»Meine Frau, Mildrith«, stellte Edward sie auf die Schnelle vor. Dann schickte er sie weg, da er dringend etwas mit Miles besprechen wollte, und Miles machte es genauso. »Geh und mach dich frisch. Ich muss noch etwas mit Edward besprechen, bevor ich Zeit für dich habe.«

Sie maß ihn mit einem langen Blick, neigte den Kopf und folgte der schüchternen Mildrith in Richtung der Treppe.

Edward strich sich über seinen Bart. »Es ist höchste Zeit, dass Milnham wieder eine Hausherrin hat, wenn ich mir erlauben darf, das zu sagen.«

Miles sah Christen nach, bis sie außer Sicht war. »Die neue Herrin«, erwiderte er dann weich, »wird vermutlich die Besitzerin von Milnham werden.«

Von der Wanne in der Schlafkammer stieg ein nach Kräutern duftender Dampf auf. Jemand hatte das Wasser mit Rosenöl und einer Handvoll Weinrosen versetzt. Christen entließ Mildrith mit der Versicherung, dass sie und Wulfhild allein zurechtkommen würden, und bat sie, ihr etwas zu essen zu bringen, da sie nach dem Ritt nicht bloß verspannt und wundgescheuert, sondern außerdem schrecklich ausgehungert war. Die Frau huschte sichtlich erleichtert davon, während Christen enttäuscht den Kopf schüttelte. Hier fand sie keine verlässliche Verbündete, die sie bei der dringend erforderlichen Reinigung des Turms unterstützen würde. Nachdem sie die Frau des Konnetabels kennengelernt hatte, verstand sie sogar, warum der Haushalt so vernachlässigt war.

Sie legte ihren Schleier und ihren Umhang ab und gab beides Wulfhild. Anschließend half das Mädchen ihr aus dem Rest der Kleidung und steckte ihr die Haare hoch. Als sie in die Wanne stieg, wandte Wulfhild sich ab, um die Stücke über einem staubigen Kleiderständer zu falten, und kam dann zurück, um Christen aus der Unterwäsche zu helfen, die daraufhin in die Wanne stieg, bei der es sich um ein abgedichtetes, mit Leinen ausgekleidetes halbiertes Fass handelte. Sie schloss die Augen und empfand das Wasser wie eine Umarmung, die ihr half, etwas von dem wegzuspülen, was in den letzten paar Tagen geschehen war.

Kaum war Christen wieder draußen und hatte mit Wulfhilds Hilfe gerade eines ihrer neuen Hemden angezogen, als der Vorhang geöffnet wurde und eine hochgewachsene, kantige Frau mit einem Tablett, auf dem sich ein Laib Brot, ein Stück Käse und ein Krug Wein befanden, in den Raum trat. Erstaunt starrte Christen sie an, denn ihr Kleid war an den Seiten geschnürt, um ihren Körper zur Geltung zu bringen und Brüste, Taille und Hüften zu betonen, bevor es sich zu üppigen Röcken bauschte. Ihr Haar war zu zwei dicken bronzefarbenen Zöpfen geflochten, die bis zur Taille fielen, während es oben auf dem Kopf von einem leichten Leinenschleier bedeckt wurde. Eine außergewöhnliche Kleidung, die vielleicht ein wenig gewagt war. Ihr Gesicht war eher durchschnittlich, mit kräftigen Knochen und großen grauen Augen.

»Ich bitte um Verzeihung, dass ich störe«, sagte sie. »Mildrith hockt vor Angst auf dem Abtritt und ist nicht in der Verfassung, Euch zu bedienen.« Sie stellte das Tablett auf eine Truhe neben der Fensternische. »Ich hätte in der Halle sein sollen, um Euch zu begrüßen, aber ich habe einen halben Eimer Wasser über mich geschüttet, als ich Miles' Wanne gefüllt habe, und musste mich umziehen.« Sie kam zu Christen hinüber, umarmte sie rasch und küsste sie auf die Wange. »Ich bin Aude FitzRenard, Miles' Schwägerin. Willkommen in der Familie.«

»Miles hat von Euch gesprochen.« Christen nahm den Kamm, den Wulfhild ihr reichte, und begann ihr Haar zu entwirren und zu glätten. »Allerdings hatte ich nicht erwartet… Nun ja, Euer Kleid ist so ungewöhnlich. Ist das etwa die Mode der normannischen Ladys?«

Aude blickte an sich hinunter und zupfte an einer schweren Falte ihres Rocks. »Nicht aller normannischen Ladys, im Grunde ist es der Stil des Hofes, daher tragen ihn viele.«

Christen musterte sie unschlüssig. »Mein Lord hat mir gestern dunkelroten Stoff geschenkt, um ein Kleid im normannischen Stil anzufertigen. Dabei bin ich an locker sitzende Kleidungsstücke gewöhnt, die nicht an den Seiten geschnürt und eng an den Körper gezogen werden.«

Aude lächelte, wobei sie eine Lücke zwischen ihren Schneidezähnen zeigte. »Ich kann Euch sicher helfen, eines wie das meine zu schneidern.« Ihre Augen funkelten vor Erwartung, und sie maß Christen mit einem abschätzenden Blick. »Rot wird Euch stehen, denke ich. Miles hat ein Auge für derartige Dinge, was für einen Mann ungewöhnlich ist. Mein Gerard würde den Unterschied nicht einmal bemerken, wenn ich in Sackleinwand gekleidet zu ihm käme.«

»Lyulph war genauso.« Christen stockte der Atem, weil plötzlich das Bild ihres ersten Mannes vor ihr aufflammte, der von einer normannischen Klinge niedergestreckt wurde, und das Hungergefühl in ihrem Magen schlug in Übelkeit um.

Aude, die vorgab, nichts zu bemerken, schenkte Christen einen Becher Wein ein. »Ich lebe bei Miles, wenn Gerard mit dem König im Süden ist. Abgesehen von ein paar Hektar außerhalb von Rouen besitzen wir kein eigenes Land.« Ihre Stimme klang sachlich. »Wenn man der jüngste von sechs Söhnen ist, fällt vom Erbe nicht viel für einen ab.«

Christen war verwirrt. »Dann ist Miles älter als Euer Mann?«

»Nein, sieben Jahre jünger«, erklärte Aude. »Er ist das

einzige Kind aus Renards zweiter Ehe und erbt das Land aus dieser Verbindung. Miles' Mutter war Waliserin: Heulwen uerch Owain.«

»Ja, er hat sie mir gegenüber erwähnt«, murmelte Christen.

Aude rümpfte die Nase. »Es war eine Ehe zum Schutz des Landbesitzes, und zwischen ihnen herrschte keine häusliche Harmonie. Walisische Frauen leben nach anderen Regeln. Sie hätte Renard eher ins Gesicht gespuckt, als sich seinem Willen zu unterwerfen, und am Ende nahm er ihr Miles weg und schickte ihn in die Normandie, damit er ihrem Einfluss entzogen war und mit dem Rest von uns aufwuchs. Als der Vater starb, kam Miles sofort nach England zurück, schwor König Edward für Milnham den Lehenseid und wurde wieder mit seiner Mutter vereint. Lady Heulwen war hier die Herrin, bis sie im Jahr vor der großen Schlacht von einem Fieber dahingerafft wurde, Gott schenke ihrer Seele Frieden, obgleich ich sie nicht gekannt habe. Nach allem, was man hört, war sie eine bemerkenswerte Frau, das musste sie auch sein, um Miles' Erzeuger die Stirn zu bieten.«

Christen bekreuzigte sich zum Zeichen des Respekts und fragte sich, ob Audes Worte über eine Vernunftehe ohne Liebe ein Omen für ihr eigenes Schicksal waren. Sie hatte Miles gefragt, ob seine Mutter glücklich gewesen sei, und er war der Frage ausgewichen, anscheinend aus gutem Grund.

Ihre Eltern würden sich im Grab umdrehen, wenn sie sie jetzt sehen könnten. Genauso ihr Großvater in Staffordshire, der vielleicht noch lebte. Seit dem Tod ihrer Mutter hatte sie kein Wort mehr von ihm gehört, und inzwischen

war der Wind aus Hastings kalt über so viele Gräber ge-
weht. Sein Großvater hatte missbilligt, dass der König die
Vormundschaft für Christen übernommen und sie mit
Lyulph verheiratet hatte, und den Kontakt deshalb abge-
brochen. Er sei zu alt gewesen, um nach Stamford und
Hastings zu gehen, hatte er gesagt.

Der Vorhang vor der Tür raschelte an seinen Ringen,
und Miles betrat die Kammer. Sein Haar bildete eine
Masse feuchter Locken. Ohne das Polster seiner gestepp-
ten Tunika und sein Kettenhemd wirkte er so geschmeidig
und anmutig wie eine sich heranpirschende Katze. Er hob
grüßend eine Braue in Audes Richtung und ließ den Blick
dann langsam über Christen wandern.

Aude küsste ihn auf die Wange und befahl zwei Dienst-
boten, die Badewanne zu leeren und fortzuschaffen. Dann
wünschte sie Miles und Christen eine gute Nacht und
nahm Wulfhild mit aus dem Raum.

»Bist du immer noch wütend auf das Mädchen?«, fragte
Miles. »Es war nicht ihre Schuld, Leofwin kann mit seinem
Charme die Vögel von den Bäumen herunterlocken, wenn
er will.«

»Wulfhild ist auf diesem Gebiet auch nicht gerade ohne
Geschick«, erwiderte Christen grinsend. »Was wäre denn
gewesen, wenn es andersherum verlaufen wäre und Leofwin ausgeplaudert hätte, wie viele Skelette in deinen Ställen baumeln?«

Er zuckte die Achseln. »Da würden zu wenige Knochen
klappern. Meine Vergangenheit ist kein Geheimnis. Du
kennst meine Abstammung und Erziehung. Was gibt es
noch mehr zu erzählen?«

»Wie sieht es mit Frauen aus?«, fragte sie. »Ich glaube nicht, dass du bis jetzt wie ein Mönch gelebt hast.«

»Das stimmt. Sie sind nicht in mein Leben getreten und wieder daraus verschwunden. Einige blieben länger als andere, aber es gab keine dauerhaften Beziehungen. Das kann jetzt sicher nicht mehr von Bedeutung sein.« Er zog mit dem Zeigefinger ihre Kieferlinie nach. »Du bist meine Frau, und dir wird in meinem Haushalt der gebührende Respekt entgegengebracht werden. Frag, was immer du wissen willst, und ich werde es dir sagen. Und wenn ich es dir zufälligerweise nicht sagen kann, werde ich nicht lügen.« Leicht strich er über ihr Haar. »Es ist wunderschön«, sagte er. »Wie reife Gerste im Wind.«

In seinen Worten hallte etwas wider, das Lyulph in ihrer Hochzeitsnacht gesagt hatte. Seine harte Stimme hatte vor Mitleid sanft geklungen, und sie hatte voller Angst gezittert – ein Mädchen, das damals kaum alt genug war, um zu bluten. Jetzt war es nicht Lyulph, der bei ihr war, sondern ein drahtiger junger dunkelhaariger Mann mit hungrigen Augen. Plötzlich war sie nicht mehr fähig, die Schauer zu unterdrücken, die ihren Körper schüttelten. Ein Atemzug wurde zu einem Schluchzen und dann zu einem weiteren. Ihre Selbstbeherrschung brach, sie entwand sich seinem Griff und kauerte sich weinend in eine Ecke; vergoss die ersten echten Tränen seit der Tortur des Angriffs und Lyulphs gewaltsamem Tod, den sie mit ansehen musste.

Miles durchquerte den Raum bis zu der Stelle, wo sie sich wie ein verwundetes Tier zusammengerollt hatte. »Komm.« Er beugte sich zu ihr. »Ich schwöre bei meiner Seele, dass ich dir nichts zuleide tun werde.«

Sie schüttelte den Kopf, doch das Schluchzen hielt an, quoll aus ihr heraus wie Blut aus einer tiefen Wunde. Sie hatte gedacht, mit diesem Mann auf praktische Art umgehen zu können, und zu spät gemerkt, dass das unmöglich war. »Lyulph«, schluchzte sie. »Ich weine um Lyulph und alles, was verloren ist.« Sie stieß die Hand weg, die er ihr hinhielt.

Miles wusste nicht, was er sagen sollte. Lyulph war ein alter Mann gewesen, hatte man ihm gesagt, alt genug, um ihr Großvater zu sein, und war aufgrund einer in der Schlacht davongetragenen Verletzung so gut wie lahm gewesen. Vielleicht waren ihre Gefühle geprägt worden, als sie noch sehr jung war. Vielleicht bevorzugte sie ältere Männer. Vielleicht war Miles ein Narr.

»Lyulph ist tot«, sagte er schroffer, als er beabsichtigt hatte. »Tränen bringen ihn nicht zurück, du musst das Beste aus dem machen, was du hast.«

»Es ist deine Schuld«, warf sie ihm nach Atem ringend vor. »Du hast etwas Ähnliches über meine Haare gesagt wie er in unserer Hochzeitsnacht, und ich kann das nicht ertragen.« Sie schluchzte. »Ich kenne meine Pflicht«, fügte sie mit brechender Stimme hinzu.

»Ja«, erwiderte Miles tonlos. »Ich wage zu behaupten, dass du das tust. Geh zu Bett. Ich komme in einer Weile zurück, wenn ich mit den Wachposten gesprochen habe.«

Christen senkte den Kopf und schloss die Augen, bis er fort war und sie seine finstere Miene nicht mehr sah. Als der Vorhang hinter ihm geschlossen wurde, fühlte sie sich todmüde und war von Schmerz und Trauer durchdrungen. Es war diese Bemerkung über ihr Haar gewesen. Bis dahin hatte sie gedacht, mit allem fertigwerden zu können. Sie barg das Gesicht in den Händen, ließ den Tränen freien Lauf und weinte all die Wut und die Anspannung und den Kummer aus sich heraus.

Als schließlich das Schlimmste vorüber war, kroch sie zum Bett hinüber und schlüpfte zwischen die Decken. Sie fühlte sich ausgelaugt und erschöpft, dafür wesentlich klarer im Kopf. Mit der Ecke des Lakens betupfte sie ihre Augen. Das Leinen roch muffig, als hätte es zu lange in einer Truhe gelegen, und war deshalb mit aromatischen Kräutern bestreut worden. Sie erkannte Ehrenpreis und Amaranth, um die Fruchtbarkeit zu steigern, und fragte sich, wer für diesen stacheligen Segen verantwortlich war. Ein Mann brauchte Erben. Christen wusste, dass es ihre eheliche Pflicht war, sich ihm hinzugeben, und sie wünschte sich zudem sehnlichst ein Kind. Der Verlust ihrer eigenen Babys löste trotz der langen Zeit einen scharfen Schmerz in ihr aus, und wenn sie eine andere Frau beim Stillen sah, verspürte sie ein Ziehen in ihren Brüsten. Obwohl die Vorstellung, mit Miles das Bett zu teilen, ihr keine übermäßige Freude bereitete, würde sie es als Teil ihrer Pflichten auf sich nehmen und beten, dass sie schnell schwanger wurde. Danach würde er keinen Grund mehr haben, sich ihr aufzuzwingen.

Da die Kräuter sich unter ihrem Rücken kratzig anfühlten, stieg sie aus dem Bett und fegte das Laken mit der Hand ab. Eine Tätigkeit, die zu ihrer Beruhigung beitrug und ihre Gedanken auf praktische Dinge lenkte. Als das Laken sauber war, kroch sie wieder in das Bett und zog die Decken um sich. Sie sehnte sich nach dem Luxus, sich hinter Lyulphs massigem Körper zu verstecken. Vergeblich, denn ihr Mann war tot, und sie musste auf eigenen Füßen stehen. Sie dachte an das goldene Banner in der Halle über dem Stuhl des Lords. Die Gefährtin eines Wolfs winselte nicht, die Gefährtin eines Wolfs knurrte.

Als Miles zurückkam, dachte er zunächst, Christen würde schlafen, da die Kerzen ausgeblasen waren und das einzige Licht von der Lampe in seiner Hand kam. Sobald er aber die Flamme löschte und neben ihr in das Bett glitt, merkte er, wie sie den Kopf auf dem Kissen drehte. Es war dunkel, er konnte ihr Gesicht nicht sehen, spürte jedoch ihre Überraschung. Er nahm den modrigen Geruch der Betttücher und den schwachen Duft ihres mit Rosenwasser und Kräutern parfümierten Bades wahr.

»Ich habe nicht geglaubt, dass du zurückkommen würdest«, sagte sie mit fester Stimme.

»Warum sollte ich nicht?«, fragte er. »Ich musste wirklich mit den Wachposten sprechen, und zudem wollte ich dir noch ein wenig Zeit für dich allein geben.«

Er berührte ihren nackten Arm. Sie erschauerte, aber als sie nicht vor ihm zurückwich, strich er mit den Fingerspitzen über ihr Gesicht, aus dem die Tränen verschwunden waren. Ganz offensichtlich hatte sie ihren Kummer bezwungen, und Miles hoffte, dass es keine Nachwirkungen mehr gab. Er durfte sich nicht das Bild vorstellen, dass irgendwo hinter seiner Schulter Lyulphs Schatten lauerte und er mit ansehen musste, dass der Normanne, der sein Heim und sein Land an sich gerissen hatte, zu allem Überfluss noch Anspruch auf seine Frau erhob.

Christen verhielt sich passiv, reagierte weder auf seine

Berührung, noch zuckte sie vor ihm zurück. So unbeteiligt, wie sie dalag, hätte er genauso gut in eine Figur aus warmem Ton eindringen können, während Lyulph of Ashdyke hinter ihm das Geschehen mit toten Augen verfolgte. Es gab einen Moment, wo Miles meinte, nicht weitermachen zu können, aber die Abstinenz der letzten Zeit, sein gesunder junger Körper und sein Instinkt trieben ihn auf den Höhepunkt zu. Keuchend stieß er hart in sie hinein und verlor sich in einem Moment schierer Erlösung, als nichts außer Wonne mehr existierte. Zurück in der Realität wurde er sich der Tatsache bewusst, dass sein Hunger nicht gestillt worden war und er sich von Lyulphs Geist immer noch strafend beobachtet fühlte.

Christen rang nach Luft, als er sich aus ihr zurückzog, und er spürte, wie sie sich verkrampfte.

»Habe ich dir wehgetan?«, fragte er und streichelte ihr Haar. Er wollte es in all seiner silbrig-goldenen Pracht sehen und etwas dazu sagen, wusste indes nicht, wo er anfangen sollte.

»Ein wenig«, sagte sie. »Ich bin nicht daran gewöhnt, stundenlang auf einem Pferd zu sitzen, und Lyulph war nicht...« Sie brach ab.

»Was war er nicht?«

»So kraftstrotzend.«

Miles drehte den Kopf auf dem Kissen, dem leichter Lavedelduft entstieg. Als kraftstrotzend bezeichnet zu werden hätten viele Männer als Kompliment gewertet, aber sein Horizont war nicht so beschränkt. »Ich habe mich von dem Moment mitreißen lassen«, entschuldigte er sich. »Nächstes Mal wird es anders sein.«

Er legte die Hand auf ihren Arm und spreizte den Daumen ab, um leicht über die Seite ihrer Brust zu streichen. Sie zuckte zusammen, und ihre Brustwarze verhärtete sich.

»Hab keine Angst, ich werde dich heute Nacht nicht mehr behelligen. Es war für uns beide schwierig, schlaf jetzt.«

»Mylord, ich…«

»Schlaf jetzt«, wiederholte er. »Wir sprechen morgen weiter.«

Sie verstummte und kehrte ihm den Rücken zu. Ihr Atem ging leise und stockte immer wieder, während sie darum kämpfte, ihr Schluchzen zu unterdrücken. Miles starrte in die Dunkelheit, fragte sich, was er sich hier aufgeladen hatte und warum es überhaupt von Bedeutung war, wenn das Land den wichtigsten Teil dieser Ehe darstellte, so wie es bereits bei seinem eigenen Vater und seiner widerspenstigen walisischen Braut der Fall gewesen war.

6

Während sie Wolle spann, behielt Christen die Frauen im Auge, die den Rest der alten Binsen auf dem Boden sowie den darin enthaltenen Unrat in eine Ecke der Halle kehrten, damit der Abfall zu der Mistgrube gekarrt wurde und eine dicke Schicht frischer Binsen ausgestreut und mit aromatischen Kräutern besprenkelt werden konnte.

Diener strichen Tünche aus einem mit der weißen Mischung gefüllten Fass auf die Wände, und ein Zimmermann reparierte die Tische. Mildrith, die Frau des Konnetabels, flatterte wie ein Spatz mit zwei Köpfen umher, stand jedem im Weg und war mehr ein Hindernis als eine Hilfe. Aude hingegen zeigte sich resolut und tüchtig. Zweifellos besaß sie ein besseres Gespür für Stimmungen als die von ihren Aufgaben überforderte Christen.

»Lass sie nicht zu hart arbeiten«, riet sie, als sie neben ihr stehen blieb, um die Plackerei zu beobachten. »Wenn du sie zu sehr antreibst, werden sie und die anderen dir nicht mehr bereitwillig gehorchen.«

Christen überlegte. War das der Eindruck, den sie mit ihren Forderungen nach einer Säuberung und Instandsetzung hervorgerufen hatte? Es war für sie eine Möglichkeit gewesen, vor Gedanken an andere Dinge zu fliehen und sich in die Arbeit zu stürzen. Ein Eifer, der ganz eindeutig von den Dienern, die auf ihr Geheiß schuften mussten, nicht geteilt wurde.

»Du hast recht«, sagte sie. »Es ist Zeit, es für heute genug sein zu lassen. Die Halle muss für die Abendmahlzeit hergerichtet werden. Den Rest erledigen wir morgen.«

Aude ging, um den Frauen Anweisungen zu erteilen, und Christen stieg die Treppe zu ihrer Kammer hoch. Miles war bei Tagesanbruch zu einem Patrouillenritt über ihre Ländereien aufgebrochen, die ständig durch englische und walisische Kriegerhorden bedroht wurden. Vielleicht war er ihr auf diese Weise auch aus dem Weg gegangen, denn seit ihrer Ankunft vor drei Tagen lebten sie in einer kühlen Höflichkeit, die durch eine latente Spannung verschärft wurde.

Ein ungestüm dahinstürmendes kleines Mädchen rannte in sie hinein, prallte zurück und fiel der Länge nach in die Binsen. Als sie laut zu weinen begann, legte Christen ihre Spinnarbeit zur Seite und beeilte sich, sie aufzuheben. Ungefähr drei Jahre alt, schätzte sie, mit zwei unordentlichen Zöpfen kupferroten Haares. Sommersprossen von derselben Farbe sprenkelten ihre kleine Nase. Schluchzend betrachtete das Kind seinen aufgeschürften Ellbogen und sprach auf diese Weise Christens unerfüllten Mutterinstinkt an. Sie zog die Kleine in die Arme und tröstete und streichelte sie. »Still jetzt, keine Tränen, meine Süße. Und sagst du mir, wie du heißt?«, fragte Christen das Mädchen auf Englisch und wiederholte es auf Französisch, als sie einen verständnislosen Blick erntete.

»Emma.« Das Kind schniefte und sah Christen direkt an, die ein leises Schluchzen erstickte. Die grünblauen Augen, der Schwung ihrer Brauen sowie ihr Gesichtsausdruck wiesen deutlich auf ihre Abstammung hin.

Eine Frau kam auf sie zu, die Christen am Tag ihrer Ankunft in Milnham vom Feuer aus mit unverschämter Herausforderung angestarrt hatte. »Emma, komm her, Schätzchen«, befahl sie.

Das Kind löste sich aus Christens Armen und ging zögernd zu ihr. Kritisch musterte Christen die grobe Gestalt, bei der es sich offensichtlich um Emmas Kinderfrau handelte. Sie gefiel ihr kein bisschen, und sie suchte stattdessen lieber Ähnlichkeiten zu jemand anderem, die sie nicht fand. Großer Gott, war das etwa eine Mätresse? Sicherlich nicht, und trotzdem ließ die Aura von Aufsässigkeit, die von ihr ausging, darauf schließen, dass sie eine gehobene Position im Haushalt einnahm.

»Du solltest besser auf das Kind aufpassen«, tadelte Christen sie frostig. »Was, wenn sie in das Feuer gefallen wäre?«

»Ja, Mylady. Ich werde in Zukunft auf sie achten.« Der Stimme der Frau mangelte es an jeglicher Ehrerbietung. Ihre ausladenden Brüste hoben sich. Was hatte Guyon gleich gesagt? Dass Miles die Frauen gut ausgestattet mochte, und das war diese Dirne eindeutig. Christen juckte es in den Fingern, ihr die unverdiente Hochnäsigkeit irgendwie aus dem Gesicht zu wischen. Sie tat es nicht, dafür war sie viel zu neugierig, was es mit den beiden auf sich hatte. Sie würde Miles später in der Abgeschiedenheit ihrer Schlafkammer danach fragen. Obwohl Aude sicher ebenfalls Bescheid wusste, wollte sie es lieber von ihrem Ehemann hören.

Nicht lange, und Miles kam in die Halle. Seine Patrouille hatte abgesehen von einem kleineren Überfall auf eine Schweineherde bei einer der abgelegenen Ansiedlungen nichts ergeben. Miles hegte ohnehin den Verdacht, dass der tölpelige Kundschafter die Geschichte frei erfunden hatte, um seine eigenen Versäumnisse zu vertuschen.

Derartige Belanglosigkeiten hatten ihn allerdings nicht lange beschäftigt, und während er mit seinen Männern einen großen Bogen gen Westen geritten war, kehrten seine Gedanken zu seiner jungen Frau zurück wie zu einem scharfkantigen Zahn, an dem die Zunge ständig herumspielte, selbst wenn bei jeder Berührung Blut floss.

Seit jener ersten Nacht hatte sie nicht mehr geweint. Nach außen hin gab sie sich gelassen und gleichmütig und ließ nichts von dem in ihr lodernden Feuer erkennen, das seine Aufmerksamkeit erregt hatte, als sie ihn anflehte, das Leben ihres Bruders zu verschonen. Er wusste, dass er in dieser Situation einige Fehler gemacht hatte, doch er wusste nicht, wie er die Dinge wieder in Ordnung bringen sollte, wenn er ständig mit ihrem ausdruckslosen braunäugigen Blick und den nichtssagenden Antworten konfrontiert wurde.

Wenigstens die Halle erfreute ihn. Hier hatte sich einiges zum Besseren verändert, und das war einer ständig anwesenden Burgherrin zu verdanken. Der Geruch von Tünche brannte in seiner Nase, und ein großes Fass davon stand abgedeckt und zur weiteren Verwendung bereit in einer Ecke. Neue Binsen verströmten einen frischen Duft. Sie würden jetzt zusätzlich Schilfrohr, das gerade am Fluss geschnitten wurde, gebündelt im Kellergewölbe zur Reserve lagern. Außerdem fiel Miles auf, dass die Art, wie die Tische für die Abendmahlzeit aufgestellt waren, entscheidend einladender war als sonst. Alles erledigten sie wortlos. Erst abends im Schlafgemach begannen sie zu reden.

»Ist auf deiner Patrouille alles gut verlaufen?«, erkundigte sie sich, als sie auf dem Bett saß und ihre Zöpfe kämmte.

Er zuckte die Achseln und löste seinen Schwertgurt. »Ohne Zwischenfälle, außer dass ich einem faulen Schweinehirten die Hölle heißgemacht habe.«

Sie nickte und legte den Kamm weg. »Ich möchte mit dir über Hodierna sprechen, wenn es dir recht ist«, sagte sie, während Miles sich mühsam und schwer atmend aus seinem Kettenhemd kämpfte.

»Was ist mit ihr?«

»Ist das Kind deines?«

Er faltete das Kettenhemd und rollte es zusammen. »Ja, sie ist meine Tochter. Du wirst dem Kind hoffentlich nicht seine Abstammung vorwerfen?«

»Natürlich nicht, und deswegen habe ich nicht gefragt. Es würde mich nicht einmal kümmern, wenn sie auf einem Misthaufen geboren wäre. Sie sieht allerdings aus, als würde sie auf einem leben. Deshalb werde ich deine Tochter aufziehen und versorgen, als wäre sie meine eigene. Du kannst jedoch nicht von mir erwarten, dass ich und diese Frau unter demselben Dach leben. Das ist unmöglich.«

Er schüttelte den Kopf. »So einfach ist das mit ihr nicht.«

Zorn flammte in ihren Augen auf. »Es ist eigentlich sehr einfach. Ich werde mich nicht von einer Frau respektlos behandeln lassen, die ihre Pflichten vernachlässigt und mich ansieht, als wäre ich Dreck unter ihren Füßen. Du hast mir versprochen, mich in Ehren zu halten, nur habe ich bislang von dieser Ehre nicht gerade viel gesehen.«

Er fuhr sich mit den Händen durch seine Haare und seufzte. »Hodierna mangelt es an Manieren, aber in diesem Sommer hatte ich keine Möglichkeit, in meinem Haushalt Ordnung zu schaffen. Schließlich stand ich wochenlang im Feld. Ich werde mit ihr sprechen, sowie ich zur Ruhe gekommen bin.«

Christen legte den Kamm mit einem vernehmlichen Geräusch auf die Truhe. »Wenn du so großen Wert auf diese Schlampe legst, dann soll sie die Halle sauber halten und für die Mahlzeiten sorgen. Heute hat sie den ganzen Tag keinen Handschlag getan, während sich alle anderen die Finger blutig gearbeitet haben.«

»Christen, ich ...«

»Und das arme Kind kommt mir vor wie ein Bettlerbalg, schlecht gekleidet und verwildert, als würde es in den Wäldern hausen. Wahrscheinlich glaubst du, deiner Pflicht als ihr Erzeuger nachgekommen zu sein, indem du ihr einen Schlafplatz in der Halle zugebilligt hast.«

»Das reicht«, unterbrach Miles sie heftig, und sie merkte, dass sein Blut vor Ärger zu kochen begann.

»Das reicht bei Weitem nicht«, schoss Christen zurück. »Du hast gesagt, zwischen uns müsse Wahrheit herrschen, doch alles, was ich von dir bekommen habe, sind Lügen und ausweichende Antworten. Lyulph war zweimal der Mann, der du je sein wirst. Er hätte nie zugelassen, dass seine zufällig gezeugte Tochter in Lumpen herumläuft und seiner Frau seine Hure direkt vor die Nase gesetzt wird. Immerhin war er kein unehelich geborener Anhänger eines unehelichen Thronräubers!«

Wütend trat Miles zwei Schritte vor und grub die Finger in ihre Schultern. »Und hätte dein kostbarer Lyulph das hier getan?«, ließ er seinen Zorn heraus und brachte sie mit einem harten, fordernden Kuss zum Schweigen.

Einen Moment lang vermochte sie sich vor Verblüffung nicht zu rühren, dann begann sie, sich gegen ihn zur Wehr zu setzen, biss, trat und kratzte, kämpfte darum, sich zu befreien, während er entschlossen war, sie festzuhalten. Der Weinkrug kippte um, rote Flüssigkeit strömte heraus und durchtränkte die frischen Binsen. Sie tastete auf dem Tisch herum, bekam einen Becher zu packen und schwang ihn in Richtung seines Kopfes, wobei der Wurf sein Ziel verfehlte und der Becher an einem Kleiderschrank zerschellte. Alles Mögliche warf sie nach ihm und wurde immer weiter zurückgedrängt, bis sie mit ihren Knien gegen das Bett stieß und er sie darauf hinunterdrückte. Obwohl sie sich verzweifelt wehrte, gab er sie nicht frei.

»Ich bin nicht Lyulph«, drohte er. »Dein geliebter Mann wird nicht von den Toten zurückkehren, also solltest du dich besser daran gewöhnen, dass du jetzt mit mir auskommen musst, denn ich bin alles, was du hast.«

Christen entfuhr ein empörtes Schluchzen, bevor er sie erneut küsste, dabei ihre Lippen öffnete und sie mit der Zunge liebkoste. Mit einem Mal änderte sich etwas. Ihr Mund wurde weich, reagierte auf seinen, und ihre Hüften rieben sich an seinem Becken. Ihre Haut schien empfindlicher geworden zu sein; jede Berührung seiner Lippen oder seiner Fingerspitzen löste Wonneschauer zwischen ihren Schenkeln aus, wo sich alle Gefühle konzentrierten.

Sanft knabbernd zog er eine Spur an ihrem Kinn und Hals hinunter, bis er zu dem Spalt zwischen ihren Brüsten kam. Seine Bartstoppeln kratzten über ihr Fleisch, lösten Erregung aus und bewirkten, dass sie nach Luft schnappte, als seine Lippen ihre Brustwarzen fanden und er sie behutsam in den Mund nahm. Seine Hand wanderte unter ihr Hemd, an der Innenseite ihrer Schenkel hoch, suchte den Mittelpunkt und strich zart wie eine Feder darüber. Christen bäumte sich auf, spreizte die Beine und krallte die Finger in seine wattierte Tunika, die eine störende Schicht bildete und sie die Hitze seiner Haut nicht spüren ließ.

Gemeinsam entledigten sie sich ihrer Kleidungsstücke, zogen und zerrten vor drängender Sehnsucht, tauschten Küsse und berührten sich, während der Zorn vom Anfang ihrer Begegnung in Lust umschlug. Diesmal hieß Christen die heiße Woge willkommen, die sie erfasste, und nahm die Herausforderung an. Was immer er für diese andere Frau empfand, im Moment dachte er nicht an sie. Christen presste sich gegen ihn, passte die Bewegung ihrer Hüften seinem Rhythmus an, ihre Brüste schmiegten sich gegen seinen harten Brustkorb, und ihre Arme schlangen sich fest um ihn. Plötzlich durchzuckte sie eine sengende Wonne, die fast einem Schmerz glich, und sie schrie auf, weil die Welle sie höher trug, als sie ertragen konnte. Hart und schnell stieß er in sie hinein, grub die Finger in ihr Haar, und seine Stimme brach, als sein Samen sich in ihren Körper ergoss und Christen von einer Gefühlsexplosion nach der anderen geschüttelt wurde.

Langsam fand sie wieder zu sich, wenngleich noch immer von Nachbeben der Lust durchflutet. Miles erging es nicht anders. Behutsam berührte er eine Strähne ihrer zerzausten Haare. »Es tut mir leid«, murmelte er, »das war unverzeihlich.«

Sie schüttelte den Kopf. Die Leidenschaft hatte die Hitze ihrer Wut zu Asche verbrannt. Jetzt verspürte sie eine Mattigkeit, die sie gerne ausgelebt hätte, wenn nicht die Unstimmigkeiten wegen der ehemaligen französischen Geliebten nach wie vor nicht geklärt waren. Christen sprang über ihren Schatten.

»Lassen wir es gut sein, ich verzeihe dir, weil ich denke, dass ich selbst in dieser Sache nicht ganz unschuldig bin.«

»Ich habe es nicht besser verdient. Ich hätte dir von Emma und Hodierna erzählen sollen.«

Sie stützte sich auf einen Ellbogen. Sein Ton klang bedauernd, und er machte ganz und gar nicht den Eindruck, als würde er über eine geliebte Konkubine sprechen. »Ja, es wäre besser gewesen, wenn ich früher erfahren hätte, dass Emma deine Tochter ist und zusammen mit ihrer Mutter hier lebt.«

»Lieber Gott, nein!« Ein Ausdruck von Entsetzen, der an Abscheu grenzte, huschte über sein Gesicht. »Ich würde mich eher selbst entmannen, als das Bett mit ihr teilen!«

Er stand auf, um aus dem Krug, der unter dem Fenster stand, zwei Becher Wein einzuschenken.

»Was ist sie dann für dich?«, fragte Christen, als er ihr einen davon reichte und wieder in das Bett stieg. »Sag es mir!«

»Emmas Mutter ist im Kindbett gestorben. Sie war

meine Mätresse, die Tochter eines Söldners aus Rouen, und ihr Name war Felice. Hodierna ist ihre Base, die bei dem Kind eingesprungen ist. Es war eine Frage der Loyalität.«

»Dieses Band scheint nicht beidseitig zu sein. Hat dir nie der verwahrloste Zustand deiner Tochter Anlass zur Sorge gegeben?«

»Offen gestanden, ist er mir gar nicht aufgefallen«, räumte Miles ein und schüttelte den Kopf. »Als Emma geboren wurde, war ich gar nicht da, sondern habe im Dienst des Königs einen Feldzug in England vorbereitet und bin erst nach Rouen zurückgekehrt, als Felice bereits einen Monat im Grab lag. Hodierna hat sich während des Wochenbetts um Emma gekümmert und ist geblieben, um sie zu versorgen. Ihr eigener Mann ist in der großen Schlacht von Hastings gefallen, und da sie mit Felice verwandt war und nicht wusste, wohin sie gehen sollte, habe ich sie als Kindermädchen eingestellt. Das ersparte mir die Schwierigkeit, jemanden zu finden, der für das Kind da war. Sie kamen vor über einem Monat aus Rouen nach England, als ich erneut mit dem König unterwegs war, und seitdem hatte ich noch keine Zeit, all diese Dinge zu klären. Lahme Ausreden, ich weiß, jetzt wird sich zum Glück einiges ändern.« Er trank von seinem Wein. »Du sagst, du würdest nichts dagegen haben, Emma unter deine Fittiche zu nehmen?«

»Es wäre meine größte Freude. Die arme Kleine. Mein eigenes totgeborenes Kind war ein Mädchen und wäre jetzt ungefähr so alt wie sie.«

Miles schüttelte den Kopf. »Ich bin nicht stolz auf das, was ich zu FitzOsbern gesagt habe. Offen gestanden, widert es mich an. Ich habe es getan, weil es die Situation erforderte – trotzdem wird der Geschmack von Scham mir noch lange anhängen. Das ist keine Entschuldigung, lediglich ein Grund.«

»Und diesen Grund verstehe ich«, sagte Christen. »Auch wenn es schmerzt, verstehe ich es. Hast du Emmas Mutter geliebt?«

Miles verzog das Gesicht. »Es ging nicht um Liebe, ich mochte sie und sie mich.« Er griff nach Christens Hand und verflocht ihre Finger miteinander. »Ich habe sie nicht benutzt, und wenn beruhte das auf Gegenseitigkeit. Wir waren fast gleichaltrig, und ich war bei Weitem nicht ihr erster Mann. Ihr Vater war ein von Herzog William von der Normandie bezahlter Söldner und sie eine der Frauen, die an den Hof kamen, um Männern gefällig zu sein. Sie brauchte einen Ernährer und ich den Trost einer Frau – ein Mittel, um zwischen meinen Pflichten gegenüber dem Herzog Vergessen und Ruhe zu finden. Im Laufe der Zeit wurde mehr daraus, vor allem als sie schwanger wurde. Die Frauen vom Hof haben ihre Mittel und Wege, um so etwas zu verhindern, diesmal passierte es eben, und wir waren beide damit zufrieden.« Er sah sie an. »Ich habe um sie getrauert, als sie starb, und ich habe unsere Tochter anerkannt. Dennoch war ich nachlässig, und du hast mir zu Recht Vorwürfe gemacht.«

Er stellte die leeren Becher zur Seite und griff nach ihr. »Ich möchte, dass in meinem Haushalt Frieden und Zufriedenheit herrscht. Ob ich dieses Ziel erreiche, weiß ich nicht, würde aber sehr gerne die Vergangenheit hinter uns lassen und noch einmal neu anfangen, wenn du dazu bereit bist. Ich weiß, dass es schwierige Zeiten geben wird, und zweifle nicht daran, dass wir uns mehr als einmal streiten werden. Zumindest sollten wir es wenigstens versuchen.«

Ihre Wangen brannten. »Ja, ich bin dazu bereit.«

Er beugte sich zu ihr, um sie zu küssen, und Miles wurde langsam klar, dass Christen trotz ihres mehrjährigen Ehelebens sehr wenig von Liebesspielen wusste. Sein Blut geriet in Wallung, wenn er an die langen Herbst- und Winterabende und das sinnliche Vergnügen dachte, sie all das zu lehren, was Lyulph versäumt hatte. Und diesmal würde er darauf achten, langsam, sanft und zärtlich vorzugehen. Er probierte es sofort und verlagerte halb lachend sein Gewicht auf ihren Körper. »Was ist mit dem Essen?«, fragte sie und bog sich ihm gleichzeitig entgegen.

»Das wird betrüblich spät stattfinden«, erwiderte er, küsste ihren Hals und begann, sich in einem müßigeren Tempo als zuvor zu bewegen.

»Was wirst du zu Hodierna sagen?«, fragte Christen etliche Zeit später, als sie ihr Haar zu zwei ordentlichen Zöpfen flocht. Miles lag im Bett, den Kopf auf seinen angewinkelten Arm gestützt, und betrachtete sie zufrieden. Sie revanchierte sich, indem sie seinen drahtigen Körper mit den kräftigen Muskeln bewunderte. Sie vermochte es kaum zu fassen, was zwischen ihnen geschehen war, und brauchte Zeit, um darüber nachzudenken und sich an die lustvollen Gefühle zu erinnern, die der Priester des Ortes vielleicht als Sünde betrachten würde, die sie zur Not schließlich beichten konnte.

Miles schürzte die Lippen. »Du hast recht, sie kann

nicht hierbleiben, das sehe ich mittlerweile ganz klar. Ich werde das tun, was ich viel früher hätte tun sollen: meine Schuld ihr gegenüber mit Münzen abtragen und sie entlassen. Und die Verantwortung für Emma werde ich auf dich übertragen. Das erledige ich gleich morgen, bevor ich nach Ashdyke reite und überprüfe, wie die Bauarbeiten vorankommen.«

Bei dem Gedanken, das Kind unter ihre Fittiche zu nehmen, breitete sich Wärme in Christen aus. »Wie lange wirst du fort sein?«

»So lange, wie es dauert, dass meine Gegenwart bekannt und respektiert wird.« Er schnitt eine Grimasse. »Guyon ist ehrlich und aufrichtig, bei Streitfällen hingegen, die er zu schlichten hat, ist er nicht fähig, die feineren Schattierungen zwischen Schwarz und Weiß zu sehen. Und da ich weiß, dass FitzOsbern ein Auge auf das Geschehen hier hat, werde ich aufpassen. Wenn er nämlich den Verdacht hegt, dass ich sorglos geworden bin oder meine Pflichten vernachlässige, dann wird er sofort eingreifen, und das ist nicht wünschenswert. Guyon wird sich vorsichtshalber für einige Tage hier einrichten.«

Christen fühlte sich nicht wohl, als sie sich an den Mann und die Kränkungen erinnerte, die er ihr zugefügt hatte. Seine Einmischung war das Letzte, wonach ihr der Sinn stand, und die Aussicht, Miles gegen Guyon als Aufpasser einzutauschen, behagte ihr noch weniger. Hatte sie vor ein paar Stunden ihren neuen Ehemann zum Teufel gewünscht, so fände sie es jetzt besser, seine Pflichten würden ihn auf der Burg festhalten. Wie sollten sie sich denn richtig kennenlernen, wenn er ständig fort war?

Die junge Frau erhob sich, um ihr Hemd und das lose fallende Wollkleid aus dem rostbraunen Alltagsstoff überzustreifen.

»Warum versteckst du dich in diesen sackartigen Kleidungsstücken?«, fragte Miles.

Sie errötete. »Es ist der englische Schnitt. Ich käme mir unschicklich vor, wenn ich mich so kleiden würde wie eine normannische Lady am Hof.«

»Unsinn, ein Edelstein sollte die passende Fassung haben, damit sein Glanz zur Geltung kommt«, hielt er dagegen, »und du bist ein Edelstein. Ich habe einige passend gekleidete Engländerinnen von hohem Rang bei Hof gesehen, natürlich musst du dich kleiden, wie du es für richtig hältst«, sagte er und schob die Decken weg.

»Je mehr Schichten uns im Moment trennen, desto besser«, gab sie zurück. »Ich fürchte bloß, dass das Essen inzwischen vertrocknet oder verbrannt ist.«

»Wir könnten Brot und Käse im Bett essen«, schlug er mit einem mutwilligen Grinsen vor.

Christen schüttelte den Kopf und lächelte. »Sosehr ich das vielleicht genießen würde, wir haben uns laut genug gestritten, um den gesamten Haushalt zu schockieren. Wenn wir nicht wie ein gesittetes Ehepaar in der Halle erscheinen, werden die Leute Gott weiß was denken, vielleicht dass wir uns gegenseitig umgebracht haben.«

Grinsend griff Miles nach seinen Kleidern. »Du solltest nicht so ein Temperament an den Tag legen«, sagte er. »Wir hätten die ganze Angelegenheit vernünftig und in einer Lautstärke besprechen können, die jenseits der Tür nicht zu hören gewesen wäre. Und da behauptet Guyon glatt, du seist eine Nonne. Nonnengewänder trifft vielleicht zu, doch was darunter verborgen liegt, ist mit Sicherheit entschieden zu heiß für ein Kloster.«

Tadelnd sah Christen ihn an und schob das Kinn vor. Sie wusste, dass er spottete, aber dies war eine Sprache, deren Feinheiten sie erst noch lernen musste. Er nahm sie in die Arme. »Komm«, sagte er. »Sei wegen ein paar Scherzen nicht gleich böse.«

»Sollte ich lieber lächeln, wenn es dir gerade passt und nicht mir?«, gab sie keck zurück, während ihre Hand verstohlen nach oben wanderte, um sich gegen seine Brust zu pressen und den gleichmäßigen Schlag seines Herzens und seine sehnige Kraft zu spüren. »Außerdem bin ich nicht böse.«

»Meine Launen sind dein Problem«, räumte er ein und beugte sich vor, um an ihrem Ohr zu knabbern. »Wenn du einen Funken Verstand hättest, würdest du mir meinen Willen lassen, bis ich mich verabschiede, und dann tun, was du willst.«

»Ich habe dir zweimal den Willen gelassen, mein Lieber, gesteh mir eine Atempause zu«, erwiderte sie und entwand sich seiner Umarmung.

Miles reagierte mit einem Glitzern in den Augen. »Eine Atempause«, wiederholte er. »Also schön, ich werde dir eine Atempause bis nach dem Essen gewähren, und dann kannst du mir noch einmal meinen Willen lassen, bis ich von hier aufbreche.«

7

»Hodierna, dir bleibt in dieser Angelegenheit keine Wahl«, sagte Miles mit mühsam erzwungener Geduld. »Wie ich bereits sagte, werde ich dir genug bezahlen, damit du nach Rouen zurückkehren kannst, und dir außerdem ein Packpferd für dein Gepäck und ausreichend Vorräte überlassen, um den Winter durchzustehen.«

Die Kinderfrau scharrte mit den Zehen in den frischen Binsen, vor deren Einstreu in der Halle sie sich gedrückt hatte. Sie hatte die Augen niedergeschlagen ohne jede Andeutung von Unterwürfigkeit. Vielmehr brodelte in ihr eine Mischung aus Unverständnis und Hass, die der arroganten Engländerin galt, die Miles zusammen mit einem Ehekontrakt in die Burg gebracht hatte. Das alles hatte Hodiernas faules Leben schlagartig beendet. Sie hasste diese lange Nase, die überall hineingesteckt worden war und stets etwas zu bemängeln fand. Ebenso die braunen Kuhaugen, die sich besitzergreifend auf Miles und alles, was er besaß, hefteten, vor allem auf die kleine Emma.

Dabei hatte Hodierna zuversichtlich damit gerechnet, dass die lautstarke Auseinandersetzung zwischen Miles und seiner englischen Frau, die sie belauscht hatte, nicht ohne Folgen bleiben würde. Insofern war es ein unangenehmer Schock gewesen, das frisch vermählte Ehepaar am Tag darauf Hand in Hand aus seiner Schlafkammer kommen zu sehen. Miles mit der Miene eines gleichermaßen befriedigten und mit sich selbst zufriedenen Mannes. Seinen verquollenen Augen nach zu urteilen hatten die beiden die Nacht auf eine ähnliche Weise verbracht. Genau genommen hatte sie schon in dem Moment, als sie zu ihm befohlen worden war, gewusst, wie ihre Zukunft aussehen würde.

»Das ist dem Kind gegenüber in höchstem Maße ungerecht«, versuchte die Frau einen Protest vorzubringen. »Sie hat nie eine andere Mutter als mich gekannt, deshalb betrachtet sie mich als enge Verwandte und eigenes Fleisch und Blut. Zusätzlich habe ich sie aus der Normandie hierher zu Euch gebracht!«

»Egal, du bist nicht ihre Mutter und bist deiner Aufgabe nicht gerecht geworden«, erwiderte Miles. »Ich bin ihr Vater. Zugegeben, ich habe ihr weniger Aufmerksamkeit geschenkt, als ich sollte. Emma ist zum Glück noch jung genug, um eine Veränderung zu akzeptieren, und meine Frau ist bereit, sie mit offenem Herzen aufzunehmen. Ich selbst beabsichtige, meinen Pflichten von jetzt an besser nachzukommen.«

»Pflichten?«, schnaubte Hodierna höhnisch. »Ihr sprecht von Emma, als wäre sie ein Kleiderbündel, während ich sie geliebt und für sie gesorgt habe ...«

»Ein Lumpenbündel trifft es besser«, unterbrach Christen sie verletzend. »Ich nehme an, es war zu viel verlangt, neben all deiner Liebe und Fürsorge auch noch darauf zu achten, dass sie angemessen gekleidet und gewaschen wird. Das Kind ist für dich scheinbar nichts als ein Mittel zum Zweck.«

»Das ist üble Nachrede, englische Schlampe.«

Miles sprang auf, und Hodierna taumelte einen Schritt zurück. »Entschuldige dich augenblicklich bei ihr!«

Hodierna gehorchte und senkte den Kopf. »Ich habe mich im Ton vergriffen«, murmelte sie und presste die Lippen zusammen.

»Lass es gut sein, Mylord.« Christen streckte ihm die Hände hin. »Lass es gut sein und bring die Sache zu Ende. In der letzten Zeit ist genug getan und gesagt worden.«

Als Miles sich wieder setzte, blieb sein Körper angespannt. »Ich werde dich auszahlen, wie ich es versprochen habe. Du bekommst außerdem sicheres Geleit bis Striguil, wo du ein Schiff oder ein anderes Transportmittel für die Weiterreise finden wirst. Edward, mein Konnetabel, wird sich um die Einzelheiten kümmern. Und ich werde dafür sorgen, dass dir ein Geleitbrief mit meinem Siegel ausgestellt wird. Du hast drei Tage, um deine Vorkehrungen zu treffen. Geh jetzt und bereite alles vor.«

Mit zusammengekniffenen Lippen zog sich Hodierna zurück, ohne jegliche Einwände, denn das Angebot war großzügig und durfte nicht gefährdet werden. Außerdem konnte sie diesen Kampf sowieso nicht gewinnen.

»Hodierna hat mir gegenüber die Entschuldigung vorgebracht, es sei sinnlos, Emma ihr bestes Kleid anzuziehen, wenn sie den ganzen Tag in der Halle und auf dem Hof herumtobt«, sagte Miles. »Dabei habe ich ihr Geld für den Unterhalt meiner Tochter gegeben.«

Christen seufzte. »Ganz offensichtlich hat sie es nicht für diesen Zweck verwendet. Schau sie dir an.«

Sie winkte dem kleinen Mädchen zu, das von Wulf-hilds Schoß rutschte und halb auf sie zukam, bevor es stehen blieb und sie mit großen, ängstlichen Augen ansah. Miles kauerte sich vor sie hin und streckte die Hand aus, woraufhin sie näher kam und sie scheu ergriff.

Ihr Haar war gekämmt worden, bis es glänzte wie geschmolzenes Kupfer, und fiel ihr offen um die schmalen Schultern. Ihr Kleidchen aus grünem Leinen reichte ihr bis knapp zu den Knöcheln, und die Ärmel ihres Unterkleids endeten ein gutes Stück vor ihren Handgelenken.

»Sie ist daraus herausgewachsen«, sagte Christen, »und das ist ihr bestes Kleid. Hodierna hätte sie dir in nichts anderem präsentiert, weil sie wusste, dass du ganz genau hinschauen würdest.«

Miles fluchte verhalten. »Ich bin blind gewesen«, murmelte er. »Ich sehe die kleinsten Beschädigungen in einer Burgmauer, doch was sich direkt vor meinen Augen abspielt, habe ich nicht gesehen.«

Christen legte ihm die Hand auf die Schulter. »Und ich hätte die Löcher in der Mauer nicht bemerkt und dadurch Feinden Zugang gewährt.« Sie hockte sich neben ihn, um auf Augenhöhe mit dem Kind zu sein. »Komm«, sagte sie. »Ich werde von jetzt an deine Mutter sein.«

Emma zögerte noch einen Moment, dann hellte sich ihr Gesicht plötzlich auf, sie rannte zu Christen und schlang die Arme fest um ihren Hals.

Miles erhob sich ganz vorsichtig, um seine kleine Tochter, die er kaum kannte, nicht zu erschrecken, und schämte sich dafür, dass alles so weit gekommen war. Als Emma den Hals verrenkte, erkannte er in dem schönen kupferfarbenen Haar und der hübschen sommersprossigen Nase Felice wieder.

»Ich weiß, was die größere Sünde ist«, sagte er verlegen, »und um alles noch schlimmer zu machen, muss ich heute fortreiten und euch allein lassen.« Er blickte Christen mit aufrichtigem Bedauern an. Die letzte Nacht hatte ihre Beziehung von Grund auf verändert, Verletzlichkeiten waren bloßgelegt und Erkenntnisse gesammelt worden. Nun war er begierig darauf, neue Entdeckungen zu machen und mehr Zeit mit ihr zu verbringen, wenn es nicht ständig Hindernisse gab.

Christen erhob sich und setzte Emma geschickt auf ihre Hüfte. »Guyon wird vor Einbruch der Nacht hier sein«, sagte Miles, um sie beide zu beruhigen. »Bis dahin hat Edward den Oberbefehl über den Turm.« Er küsste Christen auf die Lippen und gab seiner Tochter einen Abschiedskuss auf die Wange.

»Gott segne deine Mission«, sagte Christen.

»Und Gott schütze dich«, erwiderte er und wandte sich nach einem zweiten leidenschaftlichen Kuss ab, bevor die Dämmerung begann und die Reise gefährlicher wurde, etwa durch den Hinterhalt einer walisischen Räuberbande oder durch englische Rebellen.

Christen stieg auf die Palisadenbrustwehr hoch und sah zu, wie Miles und seine Männer aus Milnham herausritten und den Weg einschlugen, der sie nach Ashdyke bringen würde. Sie blickte ihnen nach, bis sie nur noch ferne Flecken in der Landschaft waren.

»Fort«, sagte Emma. »Schon wieder fort.«

»Ja, Süße, so Gott will, werden sie bald zurückkommen.« Sie setzte Emma ab. »Komm, wollen wir sehen, ob sich ein Becher Buttermilch für dich findet? Mit etwas Honig vielleicht? Und anschließend suchen wir einen Stoff aus, um ein hübsches Kleid für ein hübsches Mädchen zu machen.«

Emma nickte begeistert und umfasste Christens Hand, als sie in die Halle zurückkehrten.

Dort war Hodierna gerade dabei, ihr Gepäck zusammenzupacken. Als sie Christen erblickte, schaute sie sie derart hasserfüllt an, dass sogar Emma Angst bekam und ihr Gesicht in Christens Rock verbarg. Hoffentlich verschwand Hodierna so schnell wie möglich, dachte Christen voller Abscheu.

Guyon, der als Marschall seinen Freund Miles als Aufpasser vertrat, blieb wie angewurzelt stehen, als er die Halle betrat. Seine Augen quollen aus den Höhlen, als er die getünchten Wände, die frischen Binsen und das geschäftige Treiben in sich aufnahm. Nachdem er sich von seinem Schock erholt hatte, blickte er sich um, um nach dem dafür Verantwortlichen Ausschau zu halten, und war nicht überrascht, als er Christen mit der kleinen Emma an der Hand auf sich zukommen sah.

»Ihr kommt früh, Sire«, sagte sie. »Wir hatten Euch nicht so bald erwartet, jedenfalls bin ich froh, dass Ihr hier seid.«

Er konnte schwerlich zugeben, dass er den ganzen Weg hierher im Galopp zurückgelegt hatte, weil er dem Urteilsvermögen seines Lords in dieser Angelegenheit nicht traute. »Mylady«, grüßte er steif. Als er sie jetzt im hellen Tageslicht betrachtete und sah, wie selbstbewusst sie auftrat, musste er zugeben, dass sie zwar keine Schönheit, aber außerordentlich anziehend war und gut mit dem Kind umgehen konnte. Ohne Zweifel hatte sie zudem Veränderungen bei Miles ausgelöst, der bei seiner Ankunft in Ashdyke so geistesabwesend gewesen war und dazu geneigt hatte, ziellos in die Ferne zu schauen. Allerdings hatte sich das geändert, sobald es darauf ankam, wachsam und scharfsinnig zu sein.

Guyon nahm seinen Gürtel ab und reichte ihn seinem Knappen mit der Anweisung, das Schwert zu überprüfen und die lederne Scheide zu polieren. »Ihr seid sehr beschäftigt gewesen, Mylady«, bemerkte er.

Christen war sich seiner Reserviertheit bewusst, die er nach wie vor nicht wirklich abgelegt hatte, und befahl einem Diener, ihm Wein zu bringen. »Wie gehen die Arbeiten in Ashdyke voran?«, erkundigte sie sich.

»Einigermaßen«, gab er stirnrunzelnd zurück. »Ich wäre zufriedener, wenn der Earl of Hereford aufhören würde, seine Nase in jede Ecke zu stecken und seine Soldaten zur Kontrolle zu schicken.« Er blickte nach unten, als die kleine Emma am Saum seines Kettenhemds zupfte. »Wie nun, meine junge Dame«, sagte er. »Du siehst heute sehr hübsch aus.«

»Das ist mein neues Kleid.« Emma hielt ihm den Stoff zur Begutachtung hin. Es war geschneidert aus dem grüngoldenen walisischen Plaid, das Christen aus Ashdyke mitgebracht hatte. »Meine neue Mama hat es für mich gemacht.« Angesichts dieser Information schossen Guyons Brauen bis zum Haaransatz hoch.

»Neue Mama?«, hakte Guyon nach.

»Ich nehme an, Miles hat Euch von Hodierna berichtet?«

Emma stürmte davon, um Paladin zu streicheln, der ohne Leine durch die Halle streifte und alles beschnüffelte.

»Pal tut ihr nichts«, versicherte Guyon und trank einen Schluck Wein. »Sie sind am selben Tag geboren und seitdem sozusagen Wurfgeschwister.«

Christen widerstand dem Drang, Emma von dem riesigen Hund wegzuziehen, da beide von dem Wiedersehen begeistert zu sein schienen und sie Guyon ein gutes Stück mehr Vertrauen schenkte als er ihr, wie sie wusste.

»Miles hat es mir erzählt«, sagte er. »Hodierna hat es längst verdient, fortgeschickt zu werden. Ich kann nicht behaupten, dass ich sie vermissen werde; das Feuer wird den Raum um einiges besser wärmen, wenn es nicht von ihrer Kehrseite verdeckt wird.«

Christen stieß ein Lachen aus, und sie erlebten einen Moment gemeinsamer Erheiterung, bevor sie sich entschuldigte und stattdessen dafür sorgte, dass der Tisch zum Abendessen gedeckt wurde. Der Mastiff hatte sich wie ein Welpe auf den Rücken gerollt, und Emma kitzelte seinen gefleckten Bauch.

Guyon wandte sich an Aude, die gerade in die Halle gekommen war. »Was haltet Ihr von der Frau meines Lords?«, fragte er mit einem zweifelnden Blick in Christens Richtung.

»Sie ist genau das, was Miles und dieser ganze Ort hier brauchen, ein neuer Besen, der die Spinnweben wegkehrt.« Sie berührte seinen Arm. »Macht Euch keine Sorgen. Ihr werdet ihn nicht verlieren, weil er sich eine Frau genommen hat. Er braucht Euch trotzdem noch.«

Guyon sah sie skeptisch an, als hätte sie den Verstand verloren, drückte ihr den Becher in die Hand und stolzierte davon, um sich seines Kettenhemds zu entledigen.

Der einsetzende Regen, der in der Nacht begann, wurde rasch zu einer Sintflut, die die Kleider durchtränkte und die Haut zu Eis erstarren ließ. Hodiernas Maultier, ein temperamentvolles Geschöpf, begann zu bocken und sich zu sträuben.

Die drei Männer, die ihre Eskorte bildeten, verfluchten hinter ihrem Rücken das Pech, dass sie sie auf Geheiß ihres Lords nach Bristol bringen mussten. Die Gegend war kaum besiedelt und wimmelte von gefährlichen walisischen und englischen Räuberbanden. Da konnten sie es nicht gebrauchen, dass das Wetter immer schlechter wurde und die Frau, zu deren Schutz sie abgestellt waren, sich als zänkischer Drache erwies. Wenn die Soldaten nicht auf das Banner ihres Lords geschworen hätten und ihm loyal ergeben gewesen wären, hätten sie die Kinderfrau ihrem Schicksal überlassen und wären nach Hause zurückgekehrt.

»Er will sie loswerden, warum sollte es ihm da etwas ausmachen?«, wollte der Jüngste des Trios wissen und wischte sich den Regen aus dem Gesicht.

»Es würde ihm eine Menge ausmachen, wenn sein Befehl nicht befolgt würde, Thomas«, warnte ihr Anführer Jordan, ein massiger, verlässlicher und wortkarger Sergeant. »Und sag nicht: Wer würde denn davon wissen? Wir alle würden es wissen, und er auch in dem Moment, wenn er uns ansieht.«

»Meinst du?«, fragte Thomas sorglos und strich sich das

dichte blonde Haar aus den Augen. »Ich würde sagen, er ist zu sehr mit seiner neuen Braut beschäftigt, um über den Saum ihrer Röcke hinauszublicken.«

»Das wird sich bald genug legen«, meinte Adam, der dritte Mann. »Hab noch nie erlebt, dass er länger als einen Monat für eine Frau entflammt ist.« Er kramte ein Stück Brot und ein gekochtes Ei aus seiner Satteltasche. »Ihm geht es mehr darum, diesen neuen Bergfried zu bauen und sein Herrschaftsgebiet auszuweiten, wenn ihr mich fragt. Ich kann ihm keinen Vorwurf daraus machen.«

»Marschall Guyon hält nicht viel von der Neuen«, warf Thomas ein.

»Wen wundert das? Das ist, als ob man plötzlich eine hübsche Hündin hat, die mehr Tricks kennt als man selbst und die mehr Gelegenheiten bekommt, sie anzuwenden«, brachte Adam vor, der einen leichten Schwips zu haben schien.

»Hübsch! Gottes Arsch, das englische Ale, das du in dich hineingeschüttet hast, muss deinen Blick getrübt haben.«

»Hüte deine Zunge, Junge, wenn du weißt, was gut für dich ist«, mahnte Jordan. »Sie hat Haare wie eine Walküre und ein Naturell, mit dem unser Lord noch lange zu tun haben wird, wenn er einzuschätzen hat, welche Richtung er einschlagen soll.«

»Aye, du hast recht«, grölte Thomas, »dass er …« Sein Frohsinn erstarb, er zügelte sein Pferd, griff nach seinem Schwert und brüllte einen Warnruf, als sich mehrere Reiter aus dem Wäldchen vor ihnen lösten. »Bei den Gebeinen Gottes!«

Jordan lenkte sein Pferd neben das Maultier und riss es am Zügel herum. Das Tier stemmte die Hinterhufe in den Boden und stieß einen schrillen Protestschrei aus, woraufhin er ihm einen Schlag über die Kruppe versetzte. Hodierna kreischte auf und schlang die Arme um den Hals des Tiers, als es sich aufbäumte. Die Männer gaben ihren Pferden die Sporen und trieben sie zu einem raschen Galopp an, ohne sich darum zu kümmern, ob die Kinderfrau bei ihnen war oder nicht. Sie auf offener Straße vor harmlosen Gesetzlosen und Straßenräubern zu schützen war eine Sache für eine große Bande, nicht für eine wilde Gruppe von gewissenlosen Banditen, und so ergriffen sie ohne Gewissensbisse die Flucht.

Hodierna fehlte der Atem, um ihrer Eskorte zu folgen. Es kostete sie all ihre Kraft, sich im Sattel des Maultiers zu halten, während Regen ihr ins Gesicht peitschte und in ihren Augen brannte. Gleichzeitig flatterte ihr der Schleier wie ein schmutzig weißer Vogel davon.

Ein Krieger, der mit nackten Beinen auf einem stämmigen walisischen Pony saß, galoppierte zu ihr, packte die Zügel und brachte das Maultier mit einem Ruck zum Stehen. Hodierna schrie laut auf, als sie aus dem Sattel gestoßen wurde und unsanft im Schlamm landete. Das Dröhnen von Hufen kam näher, und sie bedeckte ihren Kopf schützend mit den Armen.

Ihr Angreifer verzog tückisch den Mund. Seine dunklen Augen schätzten verlangend das Gepäck hinter ihrem Sattel ab, bevor sie über ihren Körper wanderten.

»Keinen zweiten Gedanken wert«, sagte der Engländer, der sein Pferd neben sie gelenkt hatte. »Schneidet ihr die

Kehle durch und macht der Sache ein Ende.« Er begleitete seine Worte mit einer bildhaften Geste.

»Nein!«, flehte Hodierna. »Nein!«

Aus dem Wald hinter ihr erschollen Schreie und triumphierendes Gebrüll. Sie wusste, dass sie auf sich allein gestellt war und gleich niedergemetzelt würde. Einst, vor fünf Jahren, als Felice und sie auf den Straßen von Rouen von der Hand in den Mund gelebt hatten, war ihr Verstand so scharf gewesen wie das Messer, das der Waliser in der Hand hielt. Dann war Miles in ihrer beider Leben getreten, und ihr Überlebensinstinkt stumpfte zunehmend ab. Töten oder getötet werden. Es war lange her, seit sie in so verzweifelten Kategorien hatte denken müssen, doch die Fähigkeit dazu war noch vorhanden. Sollte die englische Schlampe an ihrer Stelle getrost zur Hölle fahren.

»Wartet!«, rief sie in gebrochenem Englisch. »Wenn ihr mich umbringt, seid ihr um ein Maultier und meine armselige Habe reicher, aber wenn ihr mich am Leben lasst, verhelfe ich euch zu einer Burg.«

8

Christen sah Guyon nach, der mit einer Truppe von zwölf Männern auf Patrouille ritt, und als das Tor hinter dem letzten Pferd geschlossen wurde, nahm sie Emma mit in das Kellergewölbe hinunter, um zu überprüfen, wie viele Vorräte dort lagerten.

Paladin, den Guyon zurückgelassen hatte, begleitete sie. Der Hund schien fast ebenso an Emma zu hängen wie an seinem Herrn, und das Kind hatte darauf bestanden, dass er immer mitkam. »Er wird uns vor den Ungeheuern retten«, sagte sie ganz ernsthaft.

»Ich glaube nicht, dass sich irgendein Ungeheuer in die Nähe eines solchen Riesenhunds wagen würde«, erwiderte Christen mit einem schiefen Lächeln und dachte bei sich, dass Paladin vielleicht das Ungeheuer war. Immerhin war er fast groß genug, dass Emma auf ihm reiten konnte, und sein fauliger Atem reichte aus, um gestandene Männer vor einer Begrüßung zurückweichen zu lassen.

Der Vorratskeller der Burg war ein geräumiges Tonnengewölbe mit niedriger Decke, unter der ein normal großer Mensch noch stehen konnte, und dort waren alle Arten von Lebensmitteln gelagert. Neben getrocknetem Stockfisch und Salzfleisch, den typischen Vorräten, aßen sie im Moment frische Sachen, bis das kalte Spätherbstwetter einsetzte. Sie würde allerdings nachschauen müssen, wie viel Salz noch da war. Das Getreide war weitgehend aufgebraucht, Wein hingegen noch ausreichend vorrätig, genau wie ein Überschuss an Honig vom Vorjahr. An den Deckenbalken hingen Blutwürste, Speckseiten und ein paar Schinken zwischen Bündeln getrockneter Kräuter, und Paladin hob die Nase in Richtung der verlockenden Düfte.

Eine schlanke schwarze Katze schlich zwischen ein paar aufgestapelten Körben umher und verschwand im modrigen Dunkel am Ende des Gewölbes, gefolgt von ihren Jungen. Der Hund nahm von ihnen praktisch keine Notiz, es schien, als wären sie unter seiner Würde. Die Menschen hingegen wussten die Katzen, die sich um Schädlinge kümmerten, zu schätzen.

An einer Wand waren Kuhhäute aufgeschichtet, die einen üblen Gestank verbreiteten und vermutlich schlecht gegerbt waren. Emma fand ein weggeworfenes Kerbholz auf dem Boden, schlug damit gegen eine Reihe von Essigfässern, summte vor sich hin und sang dabei: »Rote Kuh, weiße Kuh, rote Kuh, weiße Kuh, bumm, bumm, bumm.«

Christen schenkte ihr ein liebevolles Lächeln, griff nach einem Krug, um den Inhalt zu inspizieren, und stellte fest, dass es sich um eine Art Fischöl handelte. Naserümpfend wich sie zurück und fuhr erschrocken zusammen, weil jemand auf den großen hölzernen Schalldeckel im Burghof hämmerte, um Alarm auszulösen. »Rote Kuh, weiße Kuh«, schoss es Christen durch den Kopf. Einen Moment war sie vor Schock wie gelähmt, dann rannte sie los, zog Emma von ihrem Spiel weg und eilte zur Halle. Paladin jagte unter lautem Gebell vor ihnen her.

»Rebellen im Burghof«, teilte Aude ihr knapp mit, als sie die Halle erreichten. »Waliser und Engländer, Dutzende von ihnen. Wahrscheinlich eine Splittergruppe von Eadric Cilds Bande.«

Ein Schrei wehte mit dem Wind zu ihnen herüber.

»Wie ist das möglich?« Christen würgte ihre Angst hinunter. Nicht noch einmal, lieber Gott, nicht noch einmal!

Aude schüttelte den Kopf. »Ich weiß es nicht. Ich saß in meiner Kammer am Webstuhl, hörte den Alarm und habe sie vom Fenster aus gesehen.«

Christen drehte sich um und sah, dass Edward völlig entsetzt auf sie zukam und dabei seinen Schwertgurt über sein Kettenhemd schnallte.

»Zieht die Brücke hoch«, wies sie ihn an.

»Ich habe den Befehl dazu bereits gegeben, Mylady«, erwiderte er. »Die Bastarde werden nicht weiter als bis zum äußeren Hof kommen, dafür verbürge ich mich.«

Christen gewann den Eindruck, dass seine Worte entweder als Beruhigung oder als Herausforderung zu werten waren. Eine neue Burgherrin von englischem Blut und zweifelhafter Loyalität, wer würde sich da für ihre Verteidigung verantwortlich fühlen? Guyon le Corbeis etwa? Sie fragte sich, wo er war und ob er noch lebte. Wenn er und seine Männer auf eine feindliche Horde von der Stärke derer, die sie gerade jetzt angriff, gestoßen waren, bezweifelte sie, dass er überlebt hatte.

»Diese Hodierna ist schuld«, schimpfte Edward. »Kam her, bettelte, eingelassen zu werden, jammerte, sie und ihre Eskorte seien von einer Räuberbande attackiert worden, und lenkte die Männer am Tor ab, während die Räuber die

Wachposten mit Pfeilen niederschossen und unsere äußeren Verteidigungsanlagen überrannten. Allerdings wird sie nie wieder jemanden verraten. Einer unserer eigenen Männer hat sie mit seinem Pfeil mitten ins Herz getroffen.«

Christen erschauerte, erinnerte sich an den Blick, den Hodierna ihr zugeworfen hatte, als sie aufgebrochen war, eine stumme Drohung, die keine leere war.

Wenn die Rebellen das äußere Tor, die Brücke und den Burghof kontrollierten, würden sie dort nicht untätig verharren, das wusste Christen. Sie würden schon Pläne schmieden, wie sie den Bergfried einnehmen konnten, und sie hatten bestimmt nach Verstärkung geschickt. Die Brücke zwischen Turm und Burghof hochzuziehen, würde den Verteidigern eine kurze Atempause verschaffen, doch wenn nicht rasch Hilfe kam, standen ihre Chancen mehr als schlecht.

Insgeheim fluchend, weil ihm für anderes der Atem fehlte, zügelte Guyon seinen erschöpften Hengst. Das Schlachtross blieb schnaufend und mit sich blähenden Flanken stehen. Schäumender Schweiß zog sich an dem Zügel entlang.

»Wo im Namen des blutigen Christus sind sie auf einmal hergekommen?« Der Ritter neben ihm, Etienne FitzAllen, wickelte einen Verband um eine tiefe Schnittwunde quer über seinem Handrücken.

Guyon zuckte die Schultern und blickte zu den drei Männern in seiner Begleitung, dem verwundeten Rest einer Gruppe von zwölf Söldnern. Sie waren ungefähr vier Meilen von Milnham entfernt auf Patrouille gewesen, als eine große Schar verbündeter Engländer und Waliser sie aus einem so gut getarnten Hinterhalt heraus angegriffen hatten, dass vier Männer tot waren, bevor er überhaupt bemerkt hatte, dass etwas nicht stimmte. Zu kämpfen war keine Option gewesen, sie hatten Fersengeld gegeben und um ihr Leben reiten müssen. »Sie wussten, dass wir kommen«, sagte er voller Hass.

»Woher kamen sie?«, fragte FitzAllen und blickte sich wachsam nach allen Seiten um. »Woher in Gottes Namen konnten sie das wissen?«

»Was glaubst du wohl?«, sagte Guyon verbittert. »Sie haben ihre Informationen aus der Burg bezogen. Von wem, weiß ich nicht. Zumindest habe ich heute Morgen niemandem mein Ziel verraten.« Er dachte an Christen, an die argwöhnischen braunen Augen, an den Umstand, dass sie Engländerin und der einzige Neuankömmling war und die Normannen bis aufs Blut verachtete.

Die anderen musterten ihn verstohlen von der Seite und schwiegen, hatten die Andeutung zweifellos verstanden. Guyon verstärkte seinen Griff um die Zügel und wendete seinen Hengst. »Alan, Hugh, reitet nach Ashdyke und teilt meinem Lord mit, was geschehen ist. Sagt ihm, dass ich herausfinden werde, was in Milnham vor sich geht, und ihm bei Einbruch der Dämmerung Bericht erstatten werde. Etienne, du kommst mit mir.« Guyon trieb sein ausgelaugtes Pferd zu einem stolpernden Trott an, fort von der Sicherheit und zurück in den Bereich der Gefahr.

In Ashdyke hörte Miles mit unbewegtem Gesicht einem Knappen zu, der ihn davon in Kenntnis setzte, dass Guyon und Etienne soeben auf ihren Pferden, die keine Kraft mehr hatten, in den Hof geritten waren. Er blickte auf seine geballten Fäuste hinab, entließ den Jungen mit einem Nicken und ging zum Tor, um nach dem zu schauen, was er nicht wissen wollte.

Einige Stunden zuvor waren Alan le Breton und Hugh FitzRobert mit der Nachricht von dem Angriff eingetroffen. Sein erster Impuls hatte darin bestanden, jeden verfügbaren Mann zu rufen und schnellstmöglich nach Milnham zu reiten, dann hatte er sich zur Geduld gezwungen, weil er mehr Informationen benötigte, bevor er handelte.

Dass fremde Krieger zahlreiche seiner Ländereien überfielen, waren schlimme Neuigkeiten, jedoch keine Katastrophe, es sei denn, es handelte sich um einen Plünderungstrupp, der unter Eadric Cild sein Unwesen trieb. Momentan waren er und seine walisischen Verbündeten nicht in unmittelbarer Nähe, und die Gefahr, dass seine wichtigen Besitzungen überrannt wurden, war nicht so groß. Lediglich Guyons seltsames Verhalten sowie sein eigenes Bauchgefühl sagten ihm, dass irgendetwas weit Schlimmeres in der Luft lag.

Guyon schwang sich von seinem zitternden Braunen und schien selbst einem Zusammenbruch nahe zu sein. Er riss sich seinen Helm vom Kopf, griff nach dem Wasserkrug, den ihm ein Diener hinhielt, und trank direkt aus dem Gefäß, bis er außer Atem war. Und dann sah er Miles unheilverkündend an.

»Das Luder hat dich verraten«, schrie er. »Der Burghof von Milnham ist voll von englischen und walisischen Rebellen, und wenn ich nicht heilloses Glück gehabt hätte, läge ich jetzt tot neben der Hälfte meiner Männer. Wir hatten keine Chance. Das Weib wusste, wo wir heute Morgen hinwollten; sie wusste es, und sie hat es ihnen gesagt.«

Miles starrte ihn ausdruckslos an, wollte nichts mehr hören. Er konnte nicht glauben, dass Christen nach dem harmonischen Verhältnis, zu dem sie gefunden hatten, etwas Derartiges tun würde.

»Du musst blind und blauäugig gewesen sein«, fuhr Guyon erbarmungslos fort. »Ihr Heim wurde von Fitz-Osberns Söldnern niedergebrannt, ihr Mann brutal ermordet, ihr Bruder von dir verstümmelt, und du bildest dir ein, sie hat das Herz einer Heiligen und vergibt und vergisst alles wie ein zahmer Hund.«

Etienne ließ den Blick zwischen den beiden Männern hin und her schweifen und sah irgendwann zu Boden, als wäre der Anblick von Schlamm von höherem Interesse.

»Du tätest gut daran, deine Stimme zu dämpfen«, erwiderte Miles knapp.

»Du glaubst mir nicht, oder?«, versetzte Guyon schroff. »Frag Etienne, er kann es bezeugen.«

»Ich möchte dir nicht glauben«, entgegnete Miles, »dennoch zweifle ich nicht an der Wahrheit dessen, was ihr beide gesehen habt. Aber wie könnte Christen die Rebellen benachrichtigt haben?«

»Es gibt immer Wege und immer Informanten, selbst an Orten wie Milnham«, sagte Guyon. »Sie hat gewartet, bis wir zu unserem Patrouillenritt aufgebrochen sind, und sie dann verständigt, ich sage es dir, eine andere logische Erklärung gibt es nicht.«

Miles schüttelte den Kopf und blickte zu der untergehenden Sonne, einer geschmolzenen Halbkugel, die in einem

Meer von Zinnoberrot und Anthrazitgrau versank. Er dachte an Christen, wie sie gegen ihn ankämpfte; daran, wie sie sich anfühlte und schmeckte, an die schwere Flut ihres goldenen Haars, an die sanften braunen Augen, an die Art, wie sie sich ihm entgegengebogen hatte. Und dann waren da die Zuneigung, die sie Emma entgegenbrachte, und die Mutterbande, die weit weniger vergänglich waren als körperliches Vergnügen. Er wandte sich von dem schwindenden Licht ab und betrachtete den angeschlagenen, zynischen Mann, der zusammengesunken auf dem Holzblock saß. Ein Mann, der ihn geliebt und beschützt hatte, seit er ein Jugendlicher gewesen war; ein Mann, der für ihn sterben würde, aber auch einer, der nicht immer recht hatte.

»Ich reite nach Milnham«, sagte er. »Ich muss die Fakten kennen und wissen, was du und Etienne gesehen habt, soweit ihr euch erinnern könnt.«

»Ich komme mit«, warf Guyon entschlossen ein.

»Nein, du musst hierbleiben und das Kommando übernehmen. Du bist nicht in der Verfassung, wieder loszureiten, und dasselbe gilt für dein Pferd. Hier kannst du mir besser dienen. Wenn es einem Dämon entgegenzutreten gilt, würde ich das lieber alleine tun.«

Guyon verzog den Mund. »Du meinst, du würdest dem Problem lieber ausweichen, was du nicht tun kannst, wenn ich dabei bin und dich mit der Nase daraufstoße.«

»Früher oder später müssen wir alle der Wahrheit ins Gesicht blicken«, gab Miles spitz zurück.

»Und das soll was heißen?«, fauchte Guyon.

»Das heißt, dass ich über alles nachdenken werde, was

du gesagt hast, und der Sache zum Wohle aller auf den Grund gehe, sobald ich kann. Zunächst brauche ich Einzelheiten von allem, was du auf deinem Erkundungsritt gehört und gesehen hast.«

»Hast du keine Angst?«, fragte Aude, als sie und Christen diejenigen versorgten, die bei dem ersten Angriff auf die Burg verwundet worden waren, sich aber in die Sicherheit des Bergfrieds hatten retten können. »Du wirkst so ruhig und gelassen.«

»Ich bin dermaßen außer mir vor Angst, dass mein Verstand wie gelähmt ist«, flüsterte Christen mit leiser Stimme. »Würde ich daran denken, was Lyulph in Ashdyke widerfahren ist oder was sie Emma vielleicht antun, wenn sie unsere Verteidigung durchbrechen, müsstest du mich zu Boden ringen und zum Schweigen bringen.« Sie legte die Hand auf den Griff des kleinen Haushaltsmessers an ihrem Gürtel. »Ich kann bloß beten, dass ich den Mut aufbringe, dieses Ding hier zu benutzen, wenn es sein muss. Ich bin eine aus freien Stücken mit einem normannischen Soldaten verheiratete Engländerin. Sie werden keine Gnade walten lassen.«

Aude starrte sie mit schreckgeweiteten Augen an. »Dazu wird es nicht kommen.«

Ohne etwas zu erwidern, drehte Christen sich um, ging davon und ließ die Schwägerin stehen. Es gelang ihr, die Fassung zu wahren, bis sie ihre Kammer erreichte. Sie schloss die Tür hinter sich und lehnte sich mit geschlossenen Augen dagegen, während trockene Schluchzer ihren Körper schüttelten.

Eine kurze Zeit ließ sie ihren Tränen freien Lauf, ließ die aufgestaute Anspannung aus sich herausströmen, dann straffte sie sich und zwang sich zur Beherrschung, weil es niemandem half, wenn sie die Nerven verlor.

Emma lag, ihre weiche Puppe an sich gedrückt, tief und fest schlafend in dem großen Bett. Ihre Mutter musste eine Schönheit gewesen sein, dachte Christen, da sich unter den kindlichen Konturen bereits die Andeutung eines reiferen, feinen Gesichts abzeichnete. Ob Felice wohl immer noch bei Miles wäre, wenn sie die Geburt überlebt hätte, überlegte Christen und verspürte kurzfristig eine aufwallende Eifersucht. Beschämt erkannte sie, wie peinlich es war, eine Frau zu beneiden, die bei der Geburt ihres Kindes gestorben war. Ein solcher Weg führte in den Untergang. Die Hand auf ihren flachen Bauch gelegt fragte sie sich, ob sie wohl jemals ein lebensfähiges Kind empfangen würde, und schimpfte sich sogleich für diese Torheit. So, wie die Dinge standen, war es unwahrscheinlich, dass sie überhaupt lange genug am Leben blieb, um Mutter zu werden.

Miles löste zwei Enterhaken von seinem Sattel und blickte vom Rand des Wäldchens aus nach Milnham hinüber. In der hufeisenförmigen Kurve brannte ein großes Feuer, Flammen schossen gen Himmel und ließen gezackte rote Zungen zwischen den dunklen Rauchschwaden aufschnellen, die über den Rand der Palisaden zu sehen waren.

Miles kannte die Männer, die das veranstaltet hatten. Walisische Nomaden und englische Rebellen, die sich im Kampf gegen ihren gemeinsamen normannischen Feind verbündet hatten. Sobald sie ausreichend Verstärkung bekommen hatten, würden sie den Bergfried einnehmen und alle Bewohner töten außer denen, die sie lieber versklavten, weil sie sich für sie als nützlich erweisen konnten. Alles von Wert würde erbeutet und sämtliche Gebäude bis auf die Grundmauern niedergebrannt werden, bevor die Straßenräuber und Wegelagerer sich über die Grenze zurückzogen und nichts als eine rauchende Ruine zurückließen.

Mit zusammengepressten Lippen reichte Miles einen der Enterhaken an Leofwin weiter, der sich die Schlingen der Lederleiter über Kopf und Taille schlang. Daraufhin wandte er sich an einen schlank gebauten Waliser, der eines der beiden Boote aus mit Häuten überzogenem Weidengeflecht vom Packpferd hob.

»Ich bin so weit, Mylord«, sagte er auf Walisisch.

Miles bestätigte mit einem knappen Nicken und prüfte ein letztes Mal das Messer, das an seiner Hüfte hing. Eine Wolke zog über den Halbmond hinweg, und ein paar vereinzelte Regentropfen fielen auf sein mit Schlamm geschwärztes Gesicht, als er das Zeichen gab.

Seine Gruppe löste sich aus dem Wäldchen und bewegte sich tief geduckt auf den Hang zu, auf dem eines der ältesten Burggebäude, eine sogenannte Motte, thronte. Jeder Mann trug eine Tunika aus grauen, braunen, olivfarbenen und gelbbraunen Leinenflicken, sodass sie mit der nächtlichen Landschaft verschmolzen wie Mondschatten im Dunkeln.

Ihre erste Aufgabe bestand darin, mit den Booten den mit Wasser gefüllten Graben vor dem Hang zur ersten Palisade zu überqueren. Vier Männer, zwei in jedem Boot, waren mit einem Seil gesichert und wurden zur äußeren Seite des Grabens zurückgezogen, alles schnell und heimlich. In der Zwischenzeit hatte Leofwin an dem am weitesten vom Feuer entfernten Abschnitt Haken und Leiter über die Palisade geworfen, woraufhin Miles und seine Männer rasch die dünnen Ledersprossen hochkletterten, sich auf den Fußweg herabließen und im Dunklen schweigend nach rechts und links huschten. Mittlerweise hatte es stärker zu regnen begonnen, was ihnen zum Vorteil gereichte, weil die Männer ihre Kapuzen hochschlugen und nach unten blickten, sodass ihr Gesicht im Schatten lag.

Weiter vorne stützte sich ein Wachposten direkt auf die Palisade, hatte den Speer aus der Hand gelegt, weil er aus einem Weinkrug trank. Miles stürmte los, stürzte sich auf ihn und durchtrennte mit einem Schnitt seine Luftröhre, bevor er mehr als einen Grunzlaut ausstoßen konnte. Miles fing den in sich zusammensackenden Körper auf, ließ ihn zu Boden sinken und warf den Speer über die Palisade. Dann wischte er sein Messer ab, stieg über den toten Wächter hinweg und schlich zu einer Stelle, wo die Treppe zu dem hölzernen Torhaus hinunterführte.

Zu seiner Rechten hörte er zweimal das Bellen einer Füchsin. Er erwiderte den Ruf und hielt angespannt atmend inne, bis der Fuchsruf ein weiteres Mal ertönte, diesmal links von ihm, und Erfolg verkündete. Der Fußweg auf der Mauer gehörte ihnen. Jetzt mussten sie noch die Wächter im Torhaus überwältigen und dem Rest von Miles' Männern das Tor öffnen.

Inzwischen war die Nacht vorbei, und die Sonne krönte als blutroter Ball den Himmel. Miles riss sein Schwert aus dem Körper seines Gegners, wischte die Klinge an der

Tunika des Mannes ab, bis sie sauber war, und schob sie in die Scheide zurück. Er ließ eine unregelmäßige Spur von Leichen hinter sich, während er selbst mit Blut besudelt war, von dem keins das seine war, und es kam ihm äußerst seltsam vor, dass plötzlich alles vorüber sein sollte. Niemand war übrig geblieben, um noch zu kämpfen, denn die Morgendämmerung hatte sowohl Sieg als auch Vernichtung gebracht. So war es immer nach einer Schlacht. Der erbitterte Kampf, der ständige Druck und dann der Moment, wo alles zu Ende ging. Der Moment des Übergangs zwischen dem letzten Hieb und dem Sieg.

Er schüttelte das Gefühl ab, denn es gab noch viel zu tun. Er sah zu, wie Leofwin einen walisischen Banditen zu sich hinüberzerrte, lädiert, jedoch noch am Leben und nach der aufwendigen Verarbeitung seiner Rüstung zu urteilen eindeutig ein Mann von hohem Stand.

»Der englische Anführer ist tot«, sagte Leofwin, »vielleicht wollt Ihr ja ein paar Worte mit dem hier wechseln, bevor Ihr ihn zu seinem Schöpfer schickt.«

Miles sah Leofwin stirnrunzelnd an. Der walisische Gefangene war verängstigt, fast in Panik. Er war noch sehr jung, vielleicht achtzehn oder neunzehn Jahre alt. Ein Alter, in dem man seine Tapferkeit zur Schau stellen wollte und dann alles schiefging. »Warum sollten wir ihn zu seinem Schöpfer schicken, wenn er uns lebendig viel nützlicher sein kann?«, antwortete er. »Seine Leute kennen die Regeln von Lösegeld und Austausch gut, und er sieht einflussreich genug aus, dass jemand für sein Leben bezahlen will.«

Leofwin entspannte sich ein wenig. »Ich dachte nur, dass Ihr vielleicht nicht geneigt seid, Gnade walten zu lassen…«

Sein Blick schweifte über das Gelände zu ihren eigenen Männern, die emsig damit beschäftigt waren, die Leichname zu durchsuchen und den Toten alles Verwertbare abzunehmen. Die blutigen Körper wurden anschließend auf einen Karren geladen, um in einem Massengrab verscharrt zu werden.

Miles gab einen gereizten Laut von sich. »Mich hat es verwirrt, zum ersten Mal so nah bei meinem Heim zu kämpfen. Überlass ihn einfach mir, ich kümmere mich um ihn, kümmere du dich um die Männer.«

Leofwin zögerte einen Moment, verbeugte sich und verschwand, woraufhin Miles sich an den jungen Mann wandte. »Dein Name?«, fragte er auf Walisisch.

»Cynan ap Owain«, erwiderte dieser unsicher.

»Und, Cynan ap Owain, bist du die Mühe wert, dich am Leben zu lassen, oder solltest du lieber auf diesem Karren von hier fortgeschafft werden wie die anderen, die es gewagt haben, meine Gastfreundschaft zu strapazieren?« Demonstrativ zog Miles seinen Dolch aus der Scheide, die auf seinem Rücken hing.

Der junge Mann leckte sich über die trockenen Lippen. »Meine Familie wird ein hohes Lösegeld für mich zahlen«, stammelte er.

»Deine Familie?«

»Ich bin der Neffe von Prinz Bleddyn, meine Mutter ist seine Schwester.«

Miles dachte nach und begutachtete die Dolchklinge. Diese Information war äußerst interessant. Lord Bleddyn war ein walisischer Prinz. Wenngleich kein berühmter Mann spielte er eine wichtige Rolle bei den Rivalitäten zwischen Engländern, Normannen und Walisern, die sich teilweise verschärften und Unterstützung brauchten, um sinnvoll gelöst zu werden

»Es ist leichtsinnig von Lord Bleddyn, einem unerfahrenen jungen Burschen so ein Kommando zu übertragen«, sagte Miles verächtlich und registrierte, dass der junge Mann erstarrte. »Oh, ich weiß, dass du an Überfällen teilnimmst, seit du zwölf warst, dies hier ist lediglich eine Nummer zu groß für dich.« Er deutete auf die unversehrten Befestigungen des Hauptturms, der immer noch stolz auf seinem Erdhügel aufragte.

Cynan errötete. »Es war Ingelric, der gesagt hat, wir sollten es auf einen Versuch ankommen lassen.«

»Und ich nehme an, dass sich Ingelric unter den Toten auf diesem Karren befindet? Er war der Anführer der Engländer, oder?«

Der junge Waliser schluckte. »Ich wollte die Frau töten und es dabei belassen, dann meinte Ingelric, Eadric Cild würde uns reich belohnen, wenn es uns gelänge, diese Burg einzunehmen.«

Die Frau töten. Vor Schreck rann Miles ein kalter Schauer den Rücken hinunter, trotzdem setzte er das Verhör fort.

»Ich gehe davon aus, dass dein Onkel über diese Aktionen informiert ist?«

Der Junge wandte den Blick ab. »Nun ja, er weiß, dass ich mit Ingelric Raubzüge unternehme«, erwiderte er ausweichend.

»Und er ist wahrscheinlich an Eadric Cilds Plänen beteiligt und hat sich vermutlich mit ihm getroffen?«

Cynan ap Owain lief erneut rot an. »Ich werde Euch nicht mehr verraten«, stieß er hervor und presste die Lippen zusammen.

»Vorerst hast du uns genug gesagt«, beruhigte Miles ihn.

Wenn Eadric die Waliser überredete, sich seiner Rebellion anzuschließen, und ihre Anführer aufsuchte, um sich erforderliche Mittel und Unterstützung zu sichern, war das eine Information, die FitzOsbern interessieren würde, und solange der Earl damit beschäftigt war, Eadrics Schatten hinterherzujagen, stellte er einen weniger schmerzenden Dorn in seinem Fleisch dar. Miles trat einen Schritt zurück. Es brachte nichts, diesem Jungen weitere Einzelheiten zu entlocken. Ein solcher Grünschnabel wäre zu einem Kriegsrat zwischen Eadric und Bleddyn nie zugelassen worden, und wenn man ihn bezüglich der Anzahl der Männer befragte, würde er wahrscheinlich ohnehin eine falsche Antwort geben. Eadric dürfte mit seiner persönlichen Leibwache zu Bleddyn geritten sein und den Hauptteil seiner Soldaten irgendwo zwischen Wigmore und Shrewsbury in Reserve gehalten haben.

Miles befahl zwei seiner Männer, den jungen Mann in einen komfortablen Gewahrsam zu nehmen. Als sie ihn fortführten, holte Miles tief Luft und drehte sich zu dem Bergfried und der Zugbrücke um, die soeben herabgelassen worden war, um ihnen Zutritt zu gewähren.

Christen verschlug es die Sprache, als Miles mit Leofwin und einem humpelnden Soldaten, den sie zwischen sich schleppten, die Halle betrat. Das Gesicht ihres Mannes war mit einer schwarzen Masse verschmiert, und bei seiner blutbesprizten Tunika und dem Schuhwerk handelte es sich um Kleidungsstücke, die selbst der ärmste Bauer fortgeworfen hätte. Seine Hände starrten vor Schmutz und Blut.

»Großer Gott!«, entfuhr es ihr.

»Huw ist verletzt«, sagte er kurz angebunden. »Er hat sich den Fuß gebrochen, als er über die Palisade geklettert ist.« Er vermochte ihr nicht in die Augen zu sehen, und als sie die Hand nach ihm ausstreckte, wich er ihr geschickt aus. »Tu für ihn, was du kannst.« Er ließ den Mann auf eine der Pritschen sinken, die auf einer Seite der Halle für die Verwundeten aufgestellt worden waren.

Christen sah Leofwin verwirrt an, ihr entging nicht, dass sie gemieden wurde. Selbst in die Schlafkammer ließ Miles sie nicht hinein, sondern zog demonstrativ den Vorhang hinter ihnen zu. Bestürzt starrte sie ihnen hinterher und erwog halbherzig, ihnen nachzugehen und zu fragen, was nicht in Ordnung sei, doch das Stöhnen ihres neuen Patienten erinnerte sie daran, worin ihre dringendste Pflicht bestand.

Der Waliser beobachtete sie mit der Wachsamkeit eines nervösen Pferds, als sie ihr kleines Messer zückte, um seine Hose aufzuschneiden und sich den Schaden anzuschauen.

»Warum seid ihr alle wie Bettler gekleidet?«, fragte sie Huw.

»Wie sollten wir sonst zwischen ihren Reihen hindurch und über die Palisade kommen?«, entgegnete Huw. »Wie sollten wir sonst in die Burg gelangen, um den Männern die Tore zu öffnen?«

»Ihr habt ihre Reihen durchbrochen?«

»Ja, weil Lord Miles einer der besten Kundschafter ist, die der König in seinen Diensten hat«, erwiderte Huw, wobei in seinen Augen zugleich etwas aufglomm, das an Verachtung grenzte und das sie nicht verstand.

Christen senkte die Lider und beugte sich über ihre Arbeit. Irgendetwas war geschehen, und es betraf sie, da war sie sicher. Allerdings hatte sie keine Ahnung, was es war. Die Feindseligkeit des Walisers war nahezu greifbar zu spüren, und Leofwin und Miles hatten sie beide gemieden, als litte sie unter einer ansteckenden Krankheit. Sie fragte sich, ob ihr Bruder an dem Angriff beteiligt gewesen war. Vielleicht war er getötet worden, und Miles wollte nicht, dass sie es erfuhr.

Sie versorgte ihren Patienten, so schnell sie konnte, machte es dem Mann bequem und ging dann in ihre Schlafkammer. Zu ihrer Verblüffung fand sie dort nicht bloß Miles und Leofwin vor, sondern ein Dutzend mit dunklem Schlamm verschmierte Männer. Abrupt hörte Miles zu sprechen auf, als er sie sah, was ihre Überzeugung verstärkte, dass etwas nicht stimmte, dass ihr Bruder sich vielleicht unter den Toten befand.

»Mylady, würdest du für etwas zu essen und zu trinken sorgen?«, sagte er in einem sehr förmlichen Ton, der keine Vertrautheit erlaubte.

Christen hob das Kinn. »Ich wünschte, du würdest es nicht für notwendig erachten, mich unter einem Vorwand wegzuschicken«, erwiderte sie. »Wenn du nicht willst, dass ich von deinen Plänen erfahre, dann bitte mich, die Kammer zu verlassen... Die Wahrheit, Mylord, ist mir lieber als Ausflüchte.«

»Die Wahrheit?« Er hob die Brauen. »Darüber sprechen wir später, im Moment haben wir dafür keine Zeit.«

Sie maß ihn mit einem langen Blick und ging dann zur Tür hinaus. Fast im selben Moment wurde ihr bewusst, dass sie einen Schatten hatte, einen von Miles' älteren Männern. Offensichtlich traute ihr Mann ihr gerade mal so weit, wie er sie sehen konnte, und sie würde nichts mehr herausfinden, bis sie unter vier Augen mit ihm sprechen konnte.

Christen war mit Aude in ihrer Schlafkammer, als Miles seinen letzten Pflichten nachkam und sich einen kurzen Moment der Ruhe gönnte. Alle waren noch immer auf der Hut, falls Verstärkung für die Feinde an ihren Toren auftauchte. Insofern war Miles überrascht, dass sie in der Morgendämmerung noch nicht da gewesen waren. Um es sogleich zu überprüfen, dafür war er zu zerschlagen und zu kampfmüde. Er wunderte sich lediglich, was eine große Räuberbande dazu bewogen hatte, seinen Bergfried halb zu erobern und ihn dann aufgrund fehlender Unterstützung seitens der eigenen Verbündeten wieder zu verlieren. Wie auch immer, es hatte Milnham eine Atempause verschafft, damit sich die Leute neu formieren und erholen konnten.

Eine Badewanne mit leicht dampfendem Wasser war für Miles vorbereitet worden, und Christen nahm die Gelegenheit wahr und kam zu ihm. Sie hatte ihren Schleier abgenommen, ihr geflochtenes Haar auf ihrem Kopf festgesteckt, ihre Kleider abgelegt und trug allein ihr Hemd. Als er sie ansah, hatte Miles noch nie ein so großes Verlangen empfunden oder sich so elend gefühlt. Unwillkürlich trat er einen Schritt zurück.

Sie blieb stehen und ließ die Hand sinken, die sie nach

ihm ausgestreckt hatte. Dann drehte sie sich zu dem Krug auf der Truhe um, goss ihm einen Becher Wein ein und hielt ihn ihm auf Armeslänge hin. »Er ist nicht vergiftet«, sagte sie. »Selbst wenn ich den Wunsch gehegt hätte, deinen Wein mit Eisenhut zu würzen, hätte ich keine Gelegenheit dazu gehabt, so scharf, wie ich beobachtet wurde. Was glaubst du überhaupt, was ich tun möchte? Eigenhändig jeden im Turm abschlachten?«

»Nicht eigenhändig«, erwiderte er, nahm ihr den Becher ab und trank.

Christen ging zum Fenster, drehte ihm den Rücken zu und verschränkte die Arme vor der Brust. Aude machte sich unauffällig im Hintergrund zu schaffen, räumte Tiegel mit Salbe und Verbandsstreifen weg, faltete hier etwas zusammen, strich dort etwas glatt und ließ sich bewusst Zeit damit.

»Ist mein Bruder tot?«, fragte Christen, ohne sich umzudrehen.

Miles ließ den Becher sinken und begann sich zu entkleiden. »Woher soll ich das wissen?«, entgegnete er gereizt. »Er war nicht unter den Toten im Hof, und ich bezweifle, dass er zusammen mit den anderen kommen wird. Ein Mann mit einer halben rechten Hand ist ein Nachteil im Kampf.«

»Osric ist Linkshänder«, gab sie spitz zurück, »und mit dem, was du ihm von seiner rechten Hand gelassen hast, ist er immer noch fähig, einen Schild zu halten.«

»Dann kann er, wenn er mit dem Rest der Bande herkommt, mit demselben Empfang rechnen, den wir seinen Kameraden bereitet haben.«

Miles legte seine Flickenkleider ab und löste die Bänder seiner Hose. Die Erschöpfung hatte eingesetzt, flutete in Wellen über ihn hinweg, und es gelang ihm kaum, die Knoten an seinen Flicken zu öffnen. Seine Augen brannten, und in seinem Kopf tobte ein gnadenloser Schmerz.

»Ich habe dich nicht verraten«, sagte sie ruhig. »Ich weiß nicht, was man dir erzählt hat, egal, es war eine Lüge. Selbst um das Leben meines Bruders willen würde ich so etwas nicht tun.«

»Hier wurde überhaupt nichts gesagt, zumindest nicht von jemandem in meinen Diensten, aber ich weiß einfach nicht, was ich glauben und wie ich mit dir verfahren soll«, erwiderte Miles müde. »Du solltest wissen, dass Cynan ap Owain dich mit dem Versuch, Milnham einzunehmen, in Verbindung gebracht hat.«

Sie fuhr herum und sah ihn schockiert an. »Das ist lächerlich! Ich weiß nicht einmal, wer Cynan ap Owain ist, geschweige denn, dass ich auf so vertrautem Fuß mit ihm stehe, um gemeinsam mit ihm Komplotte zu schmieden.« Sie durchquerte mit ein paar Schritten den Raum und blieb vor ihm stehen, beugte sich über seinen Stapel abgelegter Kleider und zog sein Messer aus der Scheide, bevor er sie daran hindern konnte. »Wenn du denkst, ich würde Emma in die Hände dieses Packs fallen lassen, dann solltest du mit allem lieber gleich jetzt ein Ende machen.« Sie drehte die Waffe um und reichte sie ihm mit dem Heft zuerst. Ihre Augen sprühten vor Zorn und waren voller Tränen.

Miles nahm ihr den Dolch ab, auf dessen Metall sich das Licht spiegelte. Er war zu Tode erschöpft und konnte kaum noch klar denken. Wenn sie wollte, würde sie ihn jetzt auf der Stelle töten können.

»Wenn ich dir glaube«, sagte er, »dann muss ich akzeptieren, dass sowohl Guyon le Corbeis als auch Cynan ap Owain lügen. Dem Waliser würde ich keinen Glauben schenken, Guyon hingegen mein Leben anvertrauen. Was soll ich jetzt denken?«

Christen schob das Kinn vor. »Ich war mit Emma im Kellergewölbe, als der Angriff erfolgte. Es war Hodierna, der du verpflichtet bist, sie hat die Wachposten so lange abgelenkt, wie es nötig war«, erklärte sie ihm verächtlich.

Jetzt war Miles völlig verwirrt. Durch einen Nebel der Erschöpfung versuchte er sich daran zu erinnern, was Guyon ihm erzählt und was ap Owain gesagt hatte. *Ich wollte die Frau töten.*

»Du sagtest, zwischen uns sollte Wahrheit herrschen, und was passiert, wenn du diese Wahrheit nicht glaubst?«, fragte sie und in ihren Augen schimmerten erneut Tränen.

»Christen.« Wieder streckte er ihr die Hand hin, wobei ihm verspätet bewusst wurde, dass er das Messer noch in der Hand hielt. »Ich glaube dir«, sagte er und ließ das Messer fallen. »Ich verstehe das alles bloß nicht und bin im Moment nicht in der Lage, es zu versuchen.« Er ging mit unsicheren Schritten zu der Badewanne hinüber, wo es ihn Anstrengung kostete, das Bein anzuheben und in das Wasser zu steigen. Als die Hitze ihn erfasste, schloss er die Augen und lehnte sich gegen den Rand der Wanne. Innerhalb weniger Sekunden war er eingeschlafen.

Christen wechselte Blicke mit Aude. »Was soll ich tun?«, fragte sie, trat zu der Wanne und blickte auf Miles hinunter.

»Wasch ihn«, riet sie, »und steck ihn ins Bett. Ich bezweifle, dass du in den nächsten Stunden etwas Vernünftiges aus ihm herausbekommen wirst. Er hat all seine Kraftreserven aufgebraucht, und du deine genauso. Ich werde dir helfen.«

Christen nahm ein weiches Leinentuch und kniete sich neben die Wanne. Zaghaft begann sie ihren Mann zu waschen, und bei dieser Tätigkeit wurde ihr klar, wie verwundbar er jetzt war mit all den Blutergüssen und Prellungen. Sie brauchte lange, um die dicke Schicht aus Blut und Schmutz von seinen Händen und Fingern zu entfernen und sein Gesicht zu säubern, das er mit Erde eingerieben hatte, um es in der Dunkelheit unsichtbar zu machen. Das Tuch kratzte über seine Bartstoppeln, die sie mit einem geeigneten Messer behutsam wegschabte.

»Ist das Vertrauen?«, fragte sie Aude. »Heißt das, er vertraut darauf, dass ich ihm nicht die Kehle durchschneide, wenn er es wagt, sich in meiner Gegenwart so verletzlich zu zeigen?«

»Das nehme ich an«, entgegnete Aude lächelnd. »Zwischen euch sind böse Worte gefallen. Ein wenig Versöhnlichkeit würde auf beiden Seiten nicht schaden. Ich bin sicher, dass er uns hören kann, selbst wenn er schläft. Er ist wie ein Hund, der immer mit einem gespitzten Ohr döst.«

Christen musste über ihre Worte lächeln, selbst wenn sie den Tränen nah war. »Du hast recht«, sagte sie. »Sowohl was die Versöhnlichkeit als auch die bösen Worte betrifft.«

»Komm«, sagte Aude sachlich. »Wir müssen ihn wecken, um ihn aus dem Wasser herauszubekommen, bevor es kalt wird, und ihn dann ins Bett zu bringen. Wer weiß, wie viel

Zeit uns bleibt, bis die Rebellen wiederkommen, sofern das nicht inzwischen weniger wahrscheinlich geworden ist.«

Christen wandte sich, dankbar für Audes Pragmatismus, praktischen Angelegenheiten zu. Gemeinsam rüttelten sie Miles wach, so gut es eben ging, und machten ihn fertig für sein Bett, wo er sofort weiterschlief.

»Wir sollten ihn wecken, wenn wir erneut angegriffen werden«, meinte Aude, »und ihn ansonsten schlafen lassen.«

»Ja«, stimmte Christen zu und sah Aude an. »Ich schulde dir etwas für deine Weisheit.«

Ihre Schwägerin umarmte sie und küsste sie auf die Wange. »Du schuldest mir gar nichts. Wir sind Frauen, dazu eine Familie, und wir sollten zusammenhalten. Ich hatte bislang keine Schwester, jetzt habe ich eine bekommen.«

Miles erwachte in einem schwachen grauen, von Kerzenflammen erzeugten Licht. Regen prasselte gegen die Fensterläden. Als er versuchte, sich zu bewegen, schmerzte jeder Knochen in seinem Körper. Seine Kehle war ausgedörrt und sein Mund so strohtrocken, dass seine Lippen an seinen Zähnen klebten.

Christen trat rasch an sein Bett und fragte, ob er etwas trinken wolle.

»Wasser«, krächzte er heiser.

Sie nickte, klopfte das Kissen auf, schob ihm weitere in den Rücken, um ihn zu stützen, und brachte ihm das verlangte Wasser. »Du bist in der Badewanne eingeschlafen«, sagte sie. »Aude und ich mussten dir ins Bett helfen, wobei

147

ich sehr in Versuchung war, dich stattdessen zu ertränken«, scherzte sie.

Er streckte die Hand aus, berührte mit den Fingerspitzen vorsichtig ihr Gesicht. »Wenn es um dich geht, kann ich nicht mehr vernünftig denken«, sagte er, war erleichtert, dass sie nicht zurückwich. »Das hat mir Guyon auch schon vorgeworfen, und zumindest in diesem Punkt glaube ich ihm.«

»Ist das eine Entschuldigung oder ein Vorwurf?«, fragte sie.

»Eine Entschuldigung«, erwiderte er, griff nach ihrem Zopf und zog sie zu sich, um sie zu küssen. Sie leistete kurz Widerstand und gab dann nach. Er streichelte ihr Gesicht, seine Hand wanderte zu ihrer Taille und dann zu ihrer Hüfte, bevor ein sengender Schmerz, der ihm den Atem verschlug, ihn innehalten ließ.

»Du bist verletzt«, rief sie erschrocken.

Er schenkte ihr ein träges Lächeln. »Eine leichte Zerrung«, erwiderte er. »Der Teil, auf den es ankommt, hat keinen Schaden davongetragen.«

Ihre Lippen zuckten. »Wahrscheinlich der einzige Teil von dir, der verschont geblieben ist. Wenn ich jetzt in dein Bett käme, könnte ich nie sicher sein, ob du vor Wonne oder vor Schmerz stöhnst, und ich denke, dir ginge es genauso.«

»Der Schmerz ist ein Teil des Vergnügens«, gab er mit einem mutwilligen Grinsen zu bedenken. »Verriegele die Tür, und ich verspreche dir, mich nicht zu beklagen.«

Da sie sich bei diesem speziellen Wortgefecht im Nachteil befand, wechselte Christen das Thema. »Du hast bis nach Mittag geschlafen. Edward hat mit den Füßen ein Loch in den Boden gescharrt, während er darauf gewartet hat, dass du aufwachst. Aude und ich hatten unsere liebe Not, ihn von dir fernzuhalten.«

»Wie lange?« Sein Grinsen verflog, und er schlug die Decken zurück. »Warum hast du mich nicht geweckt?«

»Das wäre kaum möglich gewesen, es sei denn, unter deinem Bett wäre ein Pechfass explodiert.«

Wie sehr seine Muskeln schmerzten, erkannte sie an seinem Gesicht, als er zu der Kleidertruhe wankte und ein sauberes Hemd nebst Tunika herausnahm. Christen half ihm mit ruhiger Gelassenheit beim Ankleiden und als er seine Hose unter der Tunika befestigte, holte sie einen weiteren mit Wein gefüllten Becher. Er nahm das Getränk entgegen und sah sie an.

»Die Waliser ...«

»Von denen war nichts zu sehen. Leofwin hat Kundschafter ausgesandt, um bei den Gehöften nachzufragen, und sie sagen dasselbe. Kein einziger wurde gesichtet und erst recht kein Engländer.«

Miles schüttelte den Kopf. »Das begreife ich nicht. Sie würden kaum aufgeben, wenn sie die Gelegenheit haben, Milnham einzunehmen, oder?« Er rieb sich die Stirn. »Geh und bring Edward zu mir, und such einen Boten. Und außerdem einen Schreiber. Oh, und sorge für etwas zu essen. Ich könnte einen Bären verspeisen.«

Sie gab den ungleichen Kampf auf, warf die Hände in die Luft und verschwand, um zu tun, was er verlangte. Ihr neuer Ehemann erwies sich als echte Naturgewalt, stellte sie fest.

Als sie mit einem beladenen Tablett zurückkam, war Miles damit beschäftigt, eine Botschaft für Guyon zu verfassen, um ihn von der Lage in Kenntnis zu setzen und ihn vor einer Bande plündernder Waliser und Engländer zu warnen. Der Schreiber war noch mit dem Dokument beschäftigt, als Miles einen zweiten Brief an FitzOsbern diktierte, in dem er mit Ausnahme von Cynan ap Owain die wenigen Überlebenden des Angriffs in die Obhut des Earl of Hereford gab. Und er leitete die Informationen bezüglich Eadric Cilds jüngster Machenschaften mit Lord Bleddyn an Hereford weiter. Ein dritter und letzter Brief ging an Bleddyn selbst und enthielt die Lösegeldbedingungen für seinen Neffen sowie die Aufforderung, sein Bündnis mit Eadric noch einmal zu überdenken.

»Reine Zeitverschwendung, ich weiß«, erklärte Miles achselzuckend, »zumindest gebe ich ihm die Möglichkeit, es sich anders zu überlegen.« Er blickte auf, als es an der Tür klopfte. »Komm herein.«

Edward, der Konnetabel, trat ein, machte Anstalten, etwas zu sagen, und wurde von einem fast doppelt so großen Mann mit Schultern von der Breite einer Falkensitzstange zur Seite gestoßen.

»Gerard!« Miles sprang auf. Sein Gesichtsausdruck schwankte zwischen Freude und unguten Befürchtungen.

»Du hast immer noch nicht gelernt, deine verdammten Verwandten unter Kontrolle zu halten, richtig?«, dröhnte sein Besucher, dabei warf er einen mit Roststreifen überzogenen Helm auf das Bett. »Ich hätte eigentlich gedacht, in Frieden durch die Ländereien meines eigenen Bruders reisen zu können, leider nein!«

Bruder? Erschrocken betrachtete Christen den Riesenkerl. Während Miles schlank, dunkel und feinknochig war, glich dieser Mann einem mächtigen Löwen. Sein vom Helm flach gepresstes Haar leuchtete flammend rot, dazu hatte er einen breiten Mund und volle Lippen sowie eine Reihe starker weißer Zähne. Nichts an ihm ließ eine Verwandtschaft zu Miles vermuten.

»In der Gegend kommt es derzeit zu Rebellionen, das muss ich zugeben«, erwiderte Miles, der langsam seine Fassung zurückgewann. »Was ist genau passiert?«

»Verdammte Waliser und Engländer. Wir sind auf einen zwanzig Mann starken Trupp von ihnen gestoßen, der auf dem direkten Weg zu dir war. Ich weiß nicht, wer von uns überraschter war, immerhin hatten wir die schärferen Zähne. Einer von ihnen wartet unten im Burghof auf dich, behauptet, mit dir verwandt zu sein.« Er fuhr sich mit den Fingern durch sein rotes Haar und blickte sich um. »Bei den Gebeinen Gottes, gibt es an diesem gottverlassenen Ort nichts zu trinken? Meine Kehle ist so ausgetrocknet wie der Schwengel eines Priesters!«

Mit vor Verwunderung geweiteten Augen überließ Christen ihm den Becher, den sie Miles hatte reichen wollen. Gerard leerte ihn mit vier großen Schlucken und betrachtete sie anschließend über den Rand des Bechers hinweg mit Augen, die von einem lebhaften, klaren Blau waren.

»Ich hatte viel mehr von der Bande erwartet«, sagte Miles. »Und ich hätte sie mit dem Schwert willkommen geheißen, wenn du es nicht für angemessen erachtet hättest, ihren Weg zu kreuzen und mir die Arbeit abzunehmen.«

»Ja, ich sehe, dass du mit ihnen gerechnet hast.« Gerard

drückte Christen den Becher wieder in die Hand. Sein Blick glitt über seinen Bruder hinweg. »Deswegen trägst du wohl eine dünne Tunika statt einer Rüstung und trinkst mittags in deiner Schlafkammer Wein. Wo ist Guyon?«

»Du benimmst dich wie ein Stier«, sagte Miles mit nachsichtiger Zuneigung. »Wie kann ich dir das alles in einigen wenigen Minuten erklären? Ich wette, du musst ohnehin deine Frau erst noch begrüßen.«

Gerard funkelte ihn finster an. »Ein Stier vielleicht, aber einer, der deine Ablenkungsmanöver kennt. Aude wird sich noch einige Minuten gedulden, und bezüglich deiner Antworten sehe ich kein Zeitlimit.« Gerard warf seinen schlammbespritzten Umhang auf das zerwühlte Bett und setzte sich auf die Bettdecke. »Wenn ich nur einen Funken Verstand gehabt hätte, wäre ich in der Normandie geblieben. Dieses ganze Land hier ist ein Pechfass, das darauf wartet zu explodieren. Ich erwäge, Aude nach Rouen zurückzuschicken.«

Christen reichte Gerard den frisch gefüllten Becher. »Ich bringe mehr Wein«, sagte sie. »Und außerdem etwas zu essen.«

Als sie zur Tür ging, ruhten Gerards Augen anerkennend auf dem Schwung ihrer Hüften. »Vielleicht brauche ich mich gar nicht weiter nach dem Grund für die Unruhen in deinen Herrschaftsgebieten zu erkundigen und zu fragen, warum du keine Rüstung trägst.« Er maß die unordentlichen Laken mit einem anzüglichen Blick. »Hat dich lange im Bett festgehalten, wie?« Er trank einen weiteren Schluck Wein und nahm sich etwas Brot und Käse von Miles' Frühstückstablett.

»Biete das Wenige an Höflichkeit auf, das in deinem dicken Schädel noch übrig ist, Gerard, und wenn sie zurückkommt, werde ich dir meine Frau formell vorstellen«, sagte Miles.

Gerard verschluckte sich fast. »Du dunkler walisischer Bastard!«, verkündete er Krümel versprühend. »Ich fasse es nicht! Wann und warum?«

»Schon wieder Fragen?«, grinste Miles.

»Erzähl es mir, bevor ich dich erwürge«, sagte Gerard. »Ich bin nicht in der Stimmung für Späße.«

»Friede, ich auch nicht. Ich habe sie geheiratet, um das Land ihres toten Mannes meinem Besitz hinzufügen zu können. Sie ist eine englische Witwe mit Landsitzen, die einen halben Tagesritt von hier entfernt liegen.«

»Englisch?« Geräuschvoll stieß Gerard die Luft aus. »Beim Leben Gottes, kleiner Bruder, du liebst es, mit dem Feuer zu spielen.«

»Das würde ich nicht sagen. Viele Soldaten aus der Normandie haben englische Witwen geheiratet.«

Miles suchte seine Stiefel und fluchte, als ein verkrampfter Muskel schmerzte. Während er sich fertig ankleidete, erzählte er Gerard alles, was seit dem Tag passiert war, an dem er nach Ashdyke geritten war und es für sich beansprucht hatte.

Gerard hörte ruhig und aufmerksam zu, sodass die Zuneigung zu seinem Bruder sich vertiefte. An Gerard war nichts auszusetzen. Er hatte ein gutes Herz und einen scharfen Verstand, war ein ausgezeichneter Reiter und ein kluger Taktiker, zudem respektierten ihn seine Männer und mochten ihn. Aude betete ihn förmlich an und sorgte sich trotz seines Ochsennaturells ständig um ihn. Und Miles liebte Gerard so, wie er wenige Menschen auf der Welt liebte.

Dabei hatte sein Bruder kein angenehmes Leben gehabt. Als verängstigtes zwölfjähriges Kind war er aus einem freien Leben inmitten der Grenzhügel gerissen und in ein Leben voll eiserner Disziplin, anderer Sitten und Gebräuche gestoßen worden. In ein Leben, in dem näselndes Französisch und nicht frei sprudelndes Walisisch die erste Sprache gewesen war. Anfangs eine traumatische Erfahrung, doch irgendwann war Gerard der einzige Fels in der Brandung gewesen.

»Nun, du legst deine Messlatte höher an, als ich es je wagen würde«, stellte Gerard endlich fest und blies die Wangen auf. »Meine Bedürfnisse sind allerdings schlichterer Natur, was deine nie gewesen sind. Ich bin hier, wenn du mich brauchst, und das wird immer so bleiben.« Er beugte sich vor, um Miles einen kräftigen Schlag auf den Bizeps zu versetzen, der ihn heute zusammenzucken ließ.

»Danke, Bruder«, erwiderte der etwas sarkastisch. »Ich weiß, dass ich auf dich zählen kann.« Er verzog das Gesicht. »FitzOsbern genießt es, mir ständig etwas vorzuschreiben, aber im Moment legt ihm meine Nützlichkeit einen Maulkorb an. Die Waliser können zumindest eine Zeitlang mit Geiseln und Bestechungsgeldern gekauft werden. Du hast etwas von einem Verwandten gesagt?«

Gerard verzehrte den Rest seines Brotkantens und griff nach dem Laib, um ein weiteres Stück abzureißen, bevor er wieder zuhörte.

»Er gehörte zu der Horde von Outlaws, auf die wir getroffen sind, als sie auf dem Weg waren, sich denen anzuschließen, die versuchten, deinen Turm einzunehmen«, sagte er, schwenkte dabei eine Hand. »Er entschloss sich, lieber auf seine Verwandtschaft mit dir zu pochen, als an der Spitze meiner Klinge zu tanzen. Ich habe ihn an deinen Schandpfahl gebunden, wo er darauf warten kann, dass du dich mit ihm befasst. Seine Gefährten sind inzwischen alle Krähenfutter, fürchte ich.«

»Ich gehe gleich und verhöre ihn«, versprach Miles, der vermutete, die Identität dieses speziellen Verwandten bereits zu kennen, und beschloss, dass es nichts schaden konnte, ihn noch eine Weile schmoren zu lassen.

»Was hält denn Guyon davon, dass du in den Stand der Ehe getreten bist?«, wollte Gerard wissen und zeigte ein erheiterndes Grinsen.

Miles hob die Schultern. »Er wird sich daran gewöhnen.«

»Aha, das alte Schlachtross billigt die Verbindung also nicht?«

»Du weißt ja, wie er ist. Brummt düstere Warnungen in seinen Bart und grollt wie eine Gewitterwolke.«

»Er neigt dazu, sich seinem letzten Schützling gegenüber etwas besitzergreifend zu verhalten«, bemerkte Gerard mit einem verständnisvollen Nicken. »Wo ist er? Ich hatte damit gerechnet, dass er an dir klebt wie dein Schatten.«

»Er ist in Ashdyke.«

In diesem Moment wurde die Tür geöffnet, und Christen erschien mit einer Platte Brot und kaltem Fleisch. Aude, Gerards Frau, folgte ihr mit einem randvollen Krug, stellte ihn auf die Truhe und stemmte die Hände in die Hüften.

»Ich kann mich also noch einen Moment gedulden?«, sagte sie, und ihre Augen sprühten Funken.

Gerards Blick schoss von Aude zu Christen, die das Kinn vorschob.

»Kreuz nicht die Klinge mit ihr«, warnte Miles amüsiert. »Du kannst nur verlieren.« Er machte sich daran, über das frische Essen herzufallen.

»Du weißt am besten, wie man mit Engländern umgeht«, gab Gerard zurück, ging zu Christen und gab ihr einen geräuschvollen Kuss auf die Lippen. »Willkommen, Schwester«, grüßte er. »Wenn du über meine Fehler hinwegsiehst, sehe ich auch über deine hinweg, und wir werden ausgezeichnet miteinander auskommen.«

Christen taumelte, als er sie aus seiner bärenhaften Umarmung entließ. Er erinnerte sie ein wenig an Guyon, bloß ohne die unterschwellige Feindseligkeit. Gerard machte inzwischen Versäumtes bei Aude gut. Sanft zog er sie an sich, nahm ihr Gesicht zwischen seine Hände, küsste sie zärtlich und murmelte ihr etwas ins Ohr, das sie erröten und wie eine Braut strahlen ließ.

Christen blickte zu Miles und hob bedeutungsvoll die Brauen. »Edward sagte, er würde in der Halle auf dich warten.«

Miles musterte das eng umschlungene Paar und steuerte auf die Tür zu. »Ich gehe jetzt zu ihm«, sagte er. »Und dann muss ich mich noch mit diesem schwarzen Schaf unserer Familie befassen. Auf weitere Geschichten würde ich lieber noch etwas warten. Im Übrigen ist Gerard momentan ganz eindeutig mit Aude beschäftigt.«

9

Siorl ap Gruffydd blinzelte zu seinem Neffen hoch. Ein Auge war fast ganz zugeschwollen und glich einer reifen lila Pflaume, und der Zustand des anderen war auch nicht viel besser. »Du erkennst mich nicht, oder?«

Miles, der die Fesseln des Walisers durchtrennt hatte, richtete sich auf und schob sein Messer in die Scheide zurück. »Deine eigene Schwester würde dich im Moment nicht erkennen, Onkel«, entgegnete er. »In deinem Alter solltest du Verstand genug haben, deine alten Knochen am Feuer zu wärmen, statt sie aufs Spiel zu setzen, indem du an den Grenzen herumstreifst und Unruhe stiftest.«

»Von wegen alt. Du warst immer ein respektloser Balg.« Siorl spie einen Mundvoll blutigen Speichels aus, ein Schneidezahn fehlte ohnehin seit Kurzem.

»Alt genug, um erwischt und ordentlich durchgeprügelt zu werden«, erwiderte Miles streng und zog den Zwillingsbruder seiner Mutter auf die Füße.

Siorl ap Gruffydd schwankte, sobald er aber das Gleichgewicht zurückerlangte, stieß er sich von Miles ab, als wäre seine Berührung Gift. »Woher sollte ich wissen, dass mir dieser ungeschlachte Hurensohn über den Weg läuft?« Er rieb sich die leuchtend roten Striemen an seinen Handgelenken.

»Du hast mir immer eingeschärft, dass der Überraschungseffekt für den Sieg von elementarer Bedeutung ist.«

»Ja, schon, doch das war zu viel der Überraschung. Zuerst hielt ich ihn sogar für deinen Teufelsspross von Vater, der aus der Hölle zurückgekehrt ist, um mir erneut das Leben schwer zu machen«, behauptete Siorl und bekreuzigte sich anschließend vorsichtshalber.

Miles verbarg sein Grinsen hinter seiner Hand. Zwischen Gerard und ihrem Vater bestand eine starke Ähnlichkeit, und Siorl hatte ihn von dem Moment an gehasst, wo er ihn zu Gesicht bekommen hatte. Ein Gefühl, das auf Gegenseitigkeit beruhte.

»Es geschieht dir alles ganz recht, wenn du unbefugt auf Gelände eindringst, auf dem du nichts verloren hast. Wärst du zu Hause geblieben, dann würdest du jetzt nicht in dieser Klemme stecken.«

Siorl verzog die Lippen und spie einen Zahnsplitter aus. »Es ist ja nicht so, als wäre ich im Kampf besiegt worden. Mein Pferd hat gescheut und mich gegen einen Baum geschleudert.«

Miles war versucht, eine Bemerkung bezüglich der Reitkunst seines Onkels einzustreuen, entschied dann aber, dass er damit Salz in eine schmerzende Wunde streuen würde, und er wollte nicht zu sehr an Siorls Selbstwertgefühl kratzen. Ohne jeglichen weiteren Kommentar zerrte er den Onkel zu einem Kochfeuer hinüber und wies den Diener, der es schürte, an, etwas Cider zu bringen.

»So wie dein Mund aussieht, bezweifle ich, dass du etwas essen möchtest«, sagte Miles, nachdem er die aufgeplatzte Lippe begutachtet hatte.

»Nein.« Siorl betrachtete den Neffen argwöhnisch. »Was hast du jetzt mit mir vor?«

»Sag du es mir.« Miles stemmte die Hände in die Hüften.

»Wir sind blutsverwandt, und ich habe dir beigebracht, von dem Land zu leben, wo jemand anders verhungert wäre, habe dich gelehrt, still und heimlich vorzugehen und Fährten zu folgen wie ein Wolf.«

»Das hast du«, bestätigte Miles. »Und jetzt forderst du von mir ein, dass ich dir etwas zurückgebe. Wenn ich mich recht erinnere, hast du mich auf Geheiß meines Großvaters ausgebildet, und das soll ich offenbar zurückzahlen, wenn ich dich recht verstehe.«

Der Diener kam mit einem Horn Cider zurück. Siorl trank mit der weniger ramponierten Seite seines Mundes einen vorsichtigen Schluck. »Ich gebe zu, dass es mir zuwider war, dem Sohn eines normannischen Wüstlings irgendetwas beizubringen, doch da ich keine andere Wahl hatte, habe ich mein Bestes für dich getan. Und dafür schuldest du mir etwas.«

Miles protestierte, da es für ihn eine verdrehte Wahrheit war. »Ich schulde dir überhaupt nichts. Hätte mein Großvater nicht ein scharfes Auge auf dich gehabt und wärst du nicht auf sein Wohlwollen angewiesen gewesen, hättest du mich weggejagt wie einen streunenden Hund.«

Siorl zuckte die Achseln und setzte sich auf den Boden. Mit einem Mal wirkte er unter all seiner Großspurigkeit alt und müde. »Vielleicht geschah es deiner Mutter zuliebe.«

»Tu nicht so«, beschied Miles ihn verärgert. Er hatte sich bereits gefragt, wie lange es dauern würde, bis Siorl diesen speziellen Trumpf ausspielte. »Ihr standet euch nie sehr nah. Du bist nicht einmal gekommen, als sie starb. Was immer ich mit dir anstelle, wird ihre Seele meiner Meinung nach nicht lange trauern.« Er kauerte sich vor seinen Onkel, sodass sie sich auf Augenhöhe befanden. »Was hattest du eigentlich auf meinem Land zu suchen?«

Siorl bedachte ihn mit einem wölfischen Lächeln. »Ich habe gehört, es sei nicht länger dein Land. Sieht aus, als hätte ich mich geirrt.«

»Ein grüner Junge und eine undisziplinierte Horde sind keine ernst zu nehmenden Gegner«, warf Miles ihm voller Verachtung vor die Füße.

»Möglich, allerdings wären die gesamten Truppen von Bleddyn und Eadric Cild mehr, als du abbeißen und wieder ausspucken könntest«, erwiderte Siorl wütend. »Sei nicht so voreilig damit, deine Gegner zu verhöhnen. Wenn unsere Krieger nicht anderswo beschäftigt gewesen wären, dann wären sie heute noch vor Tagesanbruch über dich hergefallen und hätten deine Überreste in alle Winde zerstreut.«

»Anderswo beschäftigt, was heißt das?«, hakte Miles panisch nach, da er Böses befürchtete.

»Mehr werde ich nicht sagen«, gab sich der Onkel geheimnisvoll und widmete sich seinem Trinkhorn. »Auch wenn du mir die Hände abhackst, wirst du mich nicht zum Reden bringen, sondern wirst es früh genug herausfinden.«

»Gott im Himmel«, seufzte Miles. »Wer hat dir bloß diese Lügengeschichten ins Ohr gesetzt? Zufälligerweise etwa ein fingerloser Engländer oder zwei?«

Siorl warf ihm einen angewiderten Blick zu. »Du bist gescheit, Neffe, leider nicht gescheit genug.«

»Lassen wir das. Was hattest du denn auf meinem Land zu suchen?«, wiederholte Miles. »Den Truppen die Aussicht auf eine größere Beute als Milnham schmackhaft machen?«

Als er keine Antwort erhielt, versuchte er es anders. Er erhob sich und streckte sich vorsichtig. »Um was geht es dieses Mal? Hereford? Ich denke nicht. Dieser Tage eine zu schwer zu knackende Nuss. Worcester? Shrewsbury?« Eadrics Lager musste in der Nähe aller drei Orte liegen, wobei Miles am ehesten auf Shrewsbury tippte, zumal ihm das angespannte Zucken von Siorls Wangenmuskeln nicht entgangen war, als er den Ort erwähnt hatte.

»Es wäre mir lieber, wenn es William FitzOsbern treffen würde«, erwiderte er nachdenklich. »Eadric und Bleddyn sind Narren. Über die Grenze hinweg Fangen zu spielen, ist eine Sache. Männer wie FitzOsbern und Roger de Montgomery auf ihrem eigenen Grund und Boden herauszufordern, ist ein ganz anderer Kessel mit Fischen.«

»Ja, mit faulen Fischen!«, spuckte Siorl aus »Und sie werden ihr Leben in einer Senkgrube aushauchen. Es sind nicht allein Eadric Cild und Bleddyn, die euch Normannen den Untergang bringen werden. Da sind außerdem noch Edwin und Morcar of Mercia. Da sind die Söhne von Harold Godwinson, die den Tod ihres Vaters rächen werden. Da sind der König von Norwegen und Hereward Leofricson in den Fens. Gegen so viele Feinde kannst du dich nicht behaupten.«

»Das kommt darauf an«, beschied Miles ihn knapp. »Jeder von denen, die du genannt hast, ist sicherlich für sich allein zu fürchten, aber jeder pflegt seine ganz persönlichen Machtgelüste und wird sie schwerlich mit anderen teilen. Ich stimme dir zu, dass sie die Normandie vielleicht als gemeinsamen Feind betrachten, doch sich gegen diesen gemeinsamen Feind zu verbünden, ist etwas ganz anderes. William der Bastard kämpft härter in der Schlacht als irgendeiner von denen, die du aufgezählt hast.«

»Fahr zur Hölle!« Siorl warf das leere Horn zu Boden.

»Ich verbürge mich dafür, dass du vor mir dort landest«, erwiderte Miles seelenruhig. Sein Onkel hatte ihm gesagt, was er wissen wollte, obwohl es nichts war, was ihn sonderlich überraschte.

In diesem Moment kam der Stallknecht, den er gerufen hatte, mit einem kastanienbraunen Packpony zurück. Miles nahm die Zügel und reichte sie an seinen Onkel weiter. »Nimm das Pferd und dein Leben und verschwinde von hier. Und solltest du zufällig Lord Bleddyn treffen, richte ihm aus, dass ich seinen entlaufenen jungen Gänserich sicher eingesperrt habe, falls es ihm beliebt, herzukommen und ihn zu holen.«

Siorl riss Miles die Zügel aus der Hand. Das Pony bockte und tänzelte, als er sich auf seinen Rücken schwang und dabei das Gesicht verzog, weil seine Verletzungen ihm Schmerzen bereiteten.

»Ich werde deine Gastfreundschaft nicht vergessen«, erklärte Siorl zynisch und lenkte sein stämmiges kleines Pferd auf das Tor zu. »Vielleicht werde ich mich sehr bald revanchieren, wenn dein normannischer Stolz blutend unter unseren Speeren liegt.«

»Träume wärmen das Herz, lieber Onkel«, versetzte Miles mit einem sarkastischen Lächeln.

Siorl schlug dem Pony mit dem Zügel über den Hals und stieß ihm die Fersen in die Seiten, sodass es in einen widerwilligen Trab verfiel. Zugleich erlosch das Lächeln auf Miles' Gesicht, und er machte sich auf den Weg, einen Boten zu finden.

Gerard biss in einen gerösteten Hühnerschenkel, kaute kraftvoll und schluckte. »Shrewsbury?«, meinte er. »Ha! Roger de Montgomery wird herumrennen wie eine verbrühte Katze.«

Miles scheuchte den Jungen, der darauf wartete, seinen Becher nachzufüllen, mit einer Handbewegung weg. »Das ist kein Grund zur Heiterkeit. Die Engländer halten Chester. Jetzt muss noch Stafford oder Shrewsbury fallen, dann befinden sich sämtliche nördlichen und mittleren Marschen in ihren Händen. Wir sitzen in diesem Land nicht so fest im Sattel, dass wir es uns leisten könnten, uns zurückzulehnen und zu lachen.«

»Ich habe nicht gelacht«, sagte Gerard. »Oder zumindest nicht über die Situation. Christus weiß, dass es dieser Tage wenig Grund zur Freude gibt, es sei denn, man ist zufällig Engländer.« Er nahm einen weiteren Bissen und spülte ihn mit einem Schluck Wein hinunter.

Miles sah seinen Halbbruder an, registrierte seine innere Anspannung und die hektische Art, wie er sein Essen herunterschlang. »Aus welcher Ecke kommt der Ärger zuerst, was meinst du?«, fragte er, dachte dabei an seine Unterredung mit Siorl.

Gerard hob die breiten Schultern. »Wer vermag das schon zu sagen? Ich müsste Gedanken lesen können, um diese Frage zu beantworten. Mal was anderes: Die Dänen haben vor der Nordküste eine Flotte liegen, und die Leute dort sind mehr Dänen als Engländer. Wenn die Flotte landet, wird sie freudig begrüßt werden, und Harolds Söhne sind wahrscheinlich in Irland unterwegs und könnten sich mit ihnen zusammenschließen, obwohl keiner von ihnen das Kaliber ihres Vaters hat. Das hält sie jedoch nicht davon ab, Probleme zu machen.« Gerard wischte sich die Finger an einem Tuch ab und hob seinen Becher.

Miles schnitt eine Grimasse. »Zum Glück gibt es niemanden, der über König Williams Fähigkeit verfügt, all diese Ameisennester zu vereinen.« Er schob seinen eigenen leeren Teller weg. »Was ich gerne wissen möchte, ist, warum du hier bist, wenn das gesamte Land im Begriff steht, in Rebellionen zu versinken?«

Gerard bediente sich mit einer weiteren Portion Huhn. »Ich befinde mich in der Ruhephase vor einem Sturm, wie ich hoffe«, erwiderte er. »Ich habe meine Frau vor Ostern das letzte Mal gesehen, und der König hat mir die Erlaubnis erteilt, dich im Grenzgebiet zu besuchen.« Er spie einen Knochensplitter in die Binsen. »Oh, und er wünscht, dass ich dich mitbringe, wenn ich zurückkomme.«

»Weswegen?«, wollte Miles ungnädig wissen. Er spürte, wie sich eine kalte Hand um sein Inneres schloss. Er hatte nicht die geringste Lust, gerade jetzt wieder in König Williams Dienste zurückzukehren.

»Es mangelt ihm an guten Kundschaftern«, erklärte Gerard. »Aubrey FitzSimons Hirn ist letzten Monat in York einer englischen Axt zum Opfer gefallen.«

Miles bekreuzigte sich und sprach die obligatorischen

Worte für den Frieden von FitzSimons Seele. »Was ist mit seinem Waliser?«

»Prys? Ist bei einem Streit während eines Würfelspiels erstochen worden. Er hatte bereits immer den Verstand eines kopflosen Huhns, wenn er getrunken hatte. Jetzt ist er so tot wie ein Huhn.«

»Hier gibt es mehr als genug für mich zu tun«, entgegnete Miles stirnrunzelnd. »Da muss ich nicht durch die Gegend ziehen.«

Gerard wischte sich die Hände ab. »Das mag ja sein, aber wann hat das unseren Seigneur je gekümmert? Von deinem Schlag gibt es nicht viele, die herausragende Reiter sind und unbemerkt Feinde auskundschaften können. Du bist wertvoll für ihn, Bruder, zu wertvoll, als dass er dich entbehren würde.«

Miles blickte zu Christen und Aude hinüber. Sie waren verstummt, und ihre Mienen verrieten deutlich, dass sie zumindest den letzten Teil des Gesprächs mit angehört hatten.

Schnell wechselte Gerard das Thema. »Der König hat außerdem einen Auftrag für dich, von dem deine Schatztruhen profitieren werden.«

»Er gibt mit der einen Hand, was er mit der anderen an sich rafft?«, meinte Miles zynisch.

»Er will ein Pferd für seinen Jüngsten, Prinz Henry.«

Miles stieß ein Seufzen aus. »Der Junge ist noch keine zwei Jahre alt. Wonach soll ich Ausschau halten, nach einem irischen Pony?«

»Nein, es ist für die Zeit, wenn er älter ist«, sagte Gerard. »Der König meint, wenn er und das Pferd sich jetzt schon kennenlernen, werden sie miteinander vertraut sein, wenn der Bursche sechs oder sieben ist. Der König vertraut darauf, dass du ein gutes Tier aus deiner Zucht auswählst. Mir wäre es weitaus lieber, du würdest anständige Schlachtrösser aussuchen und keine Kinderreitpferde.«

Miles lehnte sich in seinem Stuhl zurück, um den Blick durch die Halle schweifen zu lassen, in der Normannen, Engländer und Waliser derzeit in kameradschaftlicher Gemeinschaft beim Essen saßen. Er dachte an das, was Siorl auf seinem im Kreis tänzelnden Pony im Hof gesagt hatte. Normannischer Stolz, der unter Rebellenspeeren blutete. Auf was für einem schmalen Grat sie alle balancierten! Er wollte sein Herrschaftsgebiet nicht verlassen, um erneut mit dem König zu reiten. Irgendetwas hatte sich in letzter Zeit in ihm verändert. Er wollte sesshaft werden und in Frieden leben. Sein Land bestellen und sich davon ernähren. Ein Großteil dieses Gefühls rührte von dem her, was in Ashdyke geschehen war, als er die Rebellen zurückgetrieben und inmitten von Feuer und Zerstörung Christen gefunden hatte. Wie ein Schlag, der das Eisen auf dem Amboss traf, hatte dieser Moment ihn für immer verändert. Er wollte hierbleiben, bei seiner Frau, und herausfinden, wer sie war. Er wollte leben, bis er ein alter Mann war, und in dem Bewusstsein, dass er gute Arbeit geleistet hatte, in seinem Bett sterben.

Christen legte ihren Rocken weg. Sie hatte während der letzten Stunde Wolle gesponnen, und der schmale Stab trug jetzt einen dicken Mantel aus feinem cremeweißem Garn.

»Ich habe noch nie jemanden mit so geschickten Fingern gesehen«, sagte Aude anerkennend. »Du hast doppelt so viel gesponnen wie ich, und deine Arbeit ist viel besser als alles, was ich zustande bringe«, gab sie ehrlich zu.

Christen errötete ein wenig, nahm es aber als gebührend hin, denn sie hatte eine besondere Begabung für diese Handwerkskunst. »Es macht mir Spaß«, sagte sie zu Aude. »Und deine eigene Arbeit ist auch sehr gut.«

Christen erhob sich und ging zu der kleinen Emma, die den Frauen mit einer winzigen Spindel nachgeeifert hatte, bis sie sich zu langweilen begann, und jetzt mit ihrer Puppe spielte. Ihr ordentlich über eine Schulter geflochtenes und von einem blauen Band zusammengehaltenes Haar schimmerte wie herbstliches Buchenlaub.

»Komm«, sagte sie. »Lassen wir die Spinnarbeit eine Weile ruhen. Wir gehen spazieren und schauen, ob wir deinen Vater finden können.«

Emma sprang glücklich auf, klemmte sich ihre Puppe unter den Arm und griff vertrauensvoll nach Christens Hand.

Sie entdeckten Miles in den Ställen, wo er ein kleines Pferd untersuchte und mit dem obersten Stallknecht Godwin dessen Vorzüge besprach. Von Emmas hohem, freudigem Geplapper abgelenkt drehten sich die Männer um. Der Stallknecht verbeugte sich, während Miles zur Begrüßung zu ihnen lief und Emma durch die Luft wirbelte. »Wir werden dich auch bald auf ein Pferd setzen, magst du?«

Emma zog die Nase kraus und kicherte. »Und Alina auch!« Sie wedelte mit ihrer Puppe. »Alina kann reiten.«

Christen betrachtete das Tier, das Miles zusammen mit

dem Stallknecht begutachtet hatte. Es war nicht groß, dafür perfekt proportioniert, und sein Fell schimmerte wie polierter Karneol.

»Für Prinz Henry?«, fragte sie.

»In der Tat.« Miles wandte sich ab, um das weiche Maul des Pferdes zu streicheln. In seiner Stimme schwang ein Hauch von Bedauern mit. Er hasste es, sich von diesem Fohlen zu trennen, und wünschte sich, er hätte ein Tier gleichen Alters und gleicher Statur, das er dem König, der ein ausgezeichneter Pferdekenner war, für seinen Sohn würde anbieten können.

Miles setzte Emma ab, als sie zu zappeln begann. Ein umgedrehter Eimer hatte ihre Aufmerksamkeit erregt, und sie hüpfte davon, um sich mit ihrer Puppe daraufzusetzen und ihr eine erfundene Geschichte zu erzählen.

»Wie lange dauert es, bis du abreisen musst?«, fragte Christen.

Miles ließ die Hand an den kräftigen Vorderbeinen des Braunen hinuntergleiten. »Einen Monat vielleicht, wenn ich Zeit herausschinden kann. Länger auf keinen Fall.«

Das Pony stupste sie an; bettelte um einen Leckerbissen. »Und was ist mit dem Wiederaufbau von Ashdyke?«, erkundigte sie sich stirnrunzelnd. »Was ist mit FitzOsbern? Und dann dieser jüngste Überfall. Kannst du dem König nicht eine Nachricht schicken, dass du unabkömmlich bist?«

Miles lachte humorlos auf. »Niemand widersetzt sich dem König oder sagt ihm, dass etwas nicht möglich ist. Nicht, wenn er am Leben bleiben will.« Er richtete sich auf. »Immer wieder hat er gewonnen, selbst wenn die Chancen für ihn so schlecht standen, dass höchstens ein Irrer auf ihn setzen würde. Er ist aufgrund seines eisernen Willens Herzog der Normandie und König von England. Wenn ich seinem Befehl nicht Folge leiste, wird er mich vernichten. Verglichen mit dem König ist FitzOsbern ein Nichts.«

Ein kalter Klumpen setzte sich in Christens Magengrube fest. Sie hatte dasselbe Gespräch mit Lyulph geführt, bevor er auf Geheiß König Harolds fortgeritten war, um die Norweger bei Stamford zurückzuschlagen. Er war von diesem Felddienst zu ihr zurückgekehrt – o ja, er war zurückgekehrt, auf einer Trage, mit einem verbundenen und eiternden Bein und erloschenen Lebensgeistern.

»Wie lange wirst du fort sein?«

Er zuckte die Achseln. »Das weiß ich nicht. Der König wird diesen Feldzug den ganzen Winter lang führen, wenn es sein muss, und dasselbe auch von seinen Männern erwarten.«

Christen senkte den Blick, damit er ihre Angst nicht sah, aber sie stand zu dicht bei ihm, um ihn täuschen zu können.

»Du kannst es nicht ändern«, sagte er. »Ich schulde William Bündnistreue und bin verpflichtet, ihm zu dienen.«

»So wie Lyulph Harold verpflichtet war. Ich habe ihn drei Jahre lang nach und nach sterben sehen, bis die Handlanger des Earl of Hereford ihn endgültig in Stücke gehackt haben. Wenn ich dieses Grauen noch einmal ertragen muss, zerbreche ich daran.«

»Du bist stark genug, um alles zu ertragen, was immer geschieht. So viel weiß ich inzwischen von dir. Wenn nicht um meinet- oder deinetwillen, dann wegen Emma. Ich weiß, wie viel sie dir bedeutet. Eine andere Frau mag sie geboren haben, du hingegen bist mittlerweile zu ihrer Mutter geworden.«

Sie blickten beide zu dem kleinen Mädchen hinüber, das mit seiner Puppe spielte und mit den Handflächen auf dem Eimer herumtrommelte. Miles nahm Christen bei den Schultern und sah ihr in die Augen. »Ich werde so schnell zu dir zurückkommen, wie ich kann. Sollte ich im Kampf fallen, werde ich auf der Stelle sterben. Du wirst nicht an einen lebenden Leichnam gefesselt bleiben, das verspreche ich dir.«

Christen blinzelte, in ihren Augen standen Tränen. »Ich habe Angst«, erwiderte sie und presste den Kopf gegen seine Schulter. »Angst, dass am Ende nichts von mir übrig sein wird als eine aus dem Fels des Erduldens gemeißelte Säule ohne die Fähigkeit, etwas zu empfinden, weil ich gezwungen war, jegliche Gefühle in mir zu verschließen. Das wird ebenfalls geschehen, wenn du nicht zurückkommst. Wie sicher können wir sein.

Es ist ja gut und schön, wenn du sagst, ich werde nicht an einen lebenden Leichnam gefesselt bleiben, aber was passiert, wenn du nicht zurückkommst? Wie sicher wird dann jeder von uns sein, jeder von uns und beide zusammen?«

Er streichelte ihren Rücken. »Ich muss gehen«, sagte er. »Mir bleibt keine andere Wahl, und daher müssen wir beide mit der Trennung fertigwerden. Sollte ich nicht zurückkehren, vertraue ich darauf, dass du dir zu helfen weißt. Such die Hilfe der Kirche. Guyon wird hierbleiben, und er ist trotz eurer früheren Differenzen ein Fels, auf den du dich stützen kannst, das garantiere ich dir. Ich weiß, es ist schwierig ... «

Sie nickte und machte sich los, um zu ihm hochzublicken. »Ja, ich weiß, dass du recht hast. Ich kann mich nicht in einer Ecke verkriechen und wünschen, dass all das vorbeigeht, weil Gott denen hilft, die sich selbst helfen. «

»Uns bleibt noch ein bisschen Zeit, bevor ich aufbrechen muss«, entgegnete er. »Wir können Pläne schmieden und Vorsichtsmaßnahmen treffen. «

Emma kam zu ihnen, schob sich zwischen sie und sah mit ängstlich geweiteten blauen Augen zu Christen hoch. »Warum weinst du, Mama?«, fragte sie.

Christen rang sich ein Lächeln ab, wischte sich über die Augen und beugte sich auf Höhe des Kindes hinunter. »Siehst du, jetzt weine ich nicht mehr«, sagte sie. »Ich habe mich einen Moment traurig gefühlt, aber dann habe ich dich angeschaut und war wieder glücklich. Du machst mich glücklich. « Sie stand auf und nahm Emmas Hand. »Komm, deine Tante Aude wird sich bereits wundern, wo wir sind. Ich muss noch eine Zeitlang spinnen, doch ich werde dir dabei eine Geschichte erzählen. Eine Geschichte, die du noch nie gehört hast, von einer Lady, die Stroh zu Gold spinnen konnte. «

Christen blickte Miles an. »Wir sehen dich später in der Halle«, sagte sie. »Aber nicht viel später, hoffe ich. «

»Nein, es wird nicht mehr lange dauern. « Er zwang sich, gleichfalls zu lächeln. »Ihr beide macht mich glücklich und werdet es immer tun. «

10

Landsitz Ashdyke
walisisches Grenzgebiet

Guyon lauschte dem Prasseln des Regens. Er fiel seit Tagesanbruch stetig und gnadenlos, und der verhangene, blei-
graue Himmel verhieß noch mehr davon. Er untersuchte
die Klinge seines Schwertes auf Beschädigungen und schliff
mit seinem Wetzstein sorgsam eine kleine Kerbe am Rand
glatt. Die Rebellen hatten versucht, Milnham einzunehmen, und Miles hatte ihm eine Warnung geschickt, dass sie
es auch auf Ashdyke abgesehen haben könnten. Er hoffte,
sie würden es tun, denn er wünschte sich einen guten, erbit-
terten Kampf, um die Atmosphäre zu reinigen. Alles sollte
sauber und ordentlich sein auf eine Art, die er verstand
und mit der er umgehen konnte. Der Angriff auf Milnham
lag fast einen Monat zurück, und Guyon versuchte sich
immer noch mit seinem Irrtum abzufinden, dass Christen
sie verraten hatte. Er fühlte sich schuldig, kam sich wie ein
Narr vor, und hasste die Situation, in der er sich befand.
Wenngleich Christen kein Vorwurf zu machen war, hatte
ein Teil von ihm noch immer das Gefühl, als wäre alles
ihre Schuld.

»Messire Miles ist hier«, verkündete Alan de Barfleur,

einer der Sergeanten, der in die fast wieder bewohnbare Halle stapfte, um die Nachricht zu überbringen. »Ich dachte, Ihr würdet das wissen wollen.« Er deutete über seine Schulter in Richtung des Tores.

Guyon sprang auf. »Endlich! Warum hat er mich nicht vorher benachrichtigt?«, fragte er verärgert.

Alan zuckte die Achseln. »Vielleicht hielt er es so für sicherer«, meinte er und beobachtete Guyon, der sein frisch geschärftes Schwert packte und in den Regenguss hinausging, um Miles zu begrüßen.

»Da nähert sich Ärger«, stellte Gerard mit lauter Stimme fest, als er von seinem grauen Hengst stieg. Die Bemerkung war an Guyon gerichtet. »Er sieht aus wie ein Bulle, der die Absicht hat, Eindringlinge zu verscheuchen.«

Guyon funkelte Gerard missmutig an. Sie waren ungefähr gleich groß und ähnlich breit gebaut. »Du gibst mir keinen Grund, das nicht zu tun«, schoss er zurück.

Gerard stieß ein ironisches Lachen aus. »Wie immer.«

Christen verdrehte entnervt die Augen gen Himmel, trat zu Guyon und legte eine Hand auf seinen muskelbepackten Arm. »Bitte«, sagte sie. »So, wie die Dinge momentan stehen, können sie nicht bleiben, und ich möchte mich nicht zwischen Euch und Euren Lord stellen.« Sie dämpfte die Stimme, sodass nur er sie hören konnte, und sprach rasch und knapp, falls ihre Furcht vor ihm die Oberhand über ihren Mut gewinnen sollte. »Bislang habe ich keinen Grund, Euch zu mögen. Ihr habt keinen Zweifel daran gelassen, dass Ihr mir nicht traut, aber um des Landes willen, Ashdyke eingeschlossen, müssen wir zu einem Einverständnis gelangen. Ich bin wider bessere Einsicht hier, und

Miles kann es sich nicht leisten, sich in zwei entgegengesetzte Richtungen zerren zu lassen. Es steht zu viel auf dem Spiel. Wir sollten Verbündete sein.«

Guyon nickte. »Ich schulde Euch eine Entschuldigung dafür, dass ich geglaubt habe, Ihr hättet Milnham an die Rebellen verraten«, brummte er verlegen. »Und ich stehe zu meinem Fehler. Dennoch werdet Ihr Euch nicht bei mir einschmeicheln, wie Ihr es bei meinem Lord getan habt.«

Christen konnte sich ein Grinsen nicht verkneifen. »Ein Waffenstillstand reicht völlig. Miles braucht Euch. Es ist Platz genug für uns beide da, glücklicherweise, selbst wenn sich unsere Wege selten kreuzen.« Sie zog die Hand von seinem Arm weg. »Ich muss das Auspacken des Gepäcks überwachen und mich um ein kleines Mädchen kümmern, das mir alles bedeutet, genau wie ihrem Vater. Und außerdem müssen wir aus diesem Regen heraus.«

Sie drehte sich um und hielt Emma, die Wulfhild gerade aus dem Gepäckkarren gehoben hatte, eine Hand entgegen. Die Kleine rannte zu ihr, schlang die Arme um ihre Hüften und blickte sich zu Guyon um.

»Paladin«, sagte sie. »Wo ist Paladin?«

Ein verwirrter Guyon deutete auf die Halle. »Versteckt sich drinnen«, erwiderte er. »Du weißt ja, dass er keinen Regen mag.«

An der Tafel in Ashdykes neuer Halle, die noch nicht ganz fertig war, verhielt sich Guyon ungewöhnlich schweigsam, aß und trank wesentlich weniger als sonst und trug nichts zu dem Gespräch am Tisch bei. Er wusste, dass er ein schweres Unrecht begangen hatte. Dabei hatte Christen alles getan, was in ihrer Macht stand, um zu verhindern, dass Milnham in die Hände der Rebellen fiel, und hatte sich mitfühlend und pflichtbewusst um die Verwundeten gekümmert.

Wie ein Falke in der Mauser saß er geduckt da und starrte in seinen Becher. Er wusste sehr wohl, dass er freundlicher zu ihr sein sollte, doch sein Fehler führte dazu, dass ihm die Worte im Hals stecken blieben. Ab und an warf er ihr verstohlene Blicke zu und war froh, dass nichts an ihrem Verhalten darauf hindeutete, sie könnte irgendwie auf Rache sinnen. Sie hatte nach ihrer Rückkehr warme, trockene Kleider angezogen und trug ihr Haar nach normannischer Mode, die zwei glänzende aschblonde Zöpfe unter ihrem Schleier hervorschauen ließ. Sie war nicht unbedingt schön, besaß aber Ausstrahlung. Überdies lag in ihren rehbraunen Augen ein waches Wissen, und sie verfügte über eine ruhige Kraft, die nicht unterschätzt werden durfte.

War er eifersüchtig? Guyon schrak vor dem Gedanken zurück. Selbsteinschätzung war nicht seine Sache. Er war ein einfacher Mann und wollte ein einfaches Leben führen. Essen, Schlafen, Krieg und Huren. »Ich bin aus grobem Holz geschnitzt«, pflegte er zu sagen. Es lag ihm nicht, mit all diesen romantischen Vorstellungen zu leben. Ein Becher war ein Becher, egal wie kunstvoll man ihn verzierte.

Er verschluckte sich fast, als Gerard ihm kräftig auf den Rücken schlug. »Hör auf zu schmollen, du altes Schlachtross!«, rief er vergnügt.

»Kann ich meinen Wein nicht in Ruhe trinken, ohne dass du mich störst?«, beschwerte sich Guyon.

»Und du kannst es wohl nicht ertragen, dass der Letzte

von uns aus dem Nest flüchtet, oder?« Gerard grinste, füllte seinen eigenen Becher nach und setzte sich neben Guyon, der ihn verbittert ansah.

»Wein trübt dir immer den Verstand«, bemerkte er säuerlich.

Gerard musterte ihn durchdringend. »Wenigstens habe ich welchen«, konterte er, verschränkte die Arme auf dem Tisch und beugte sich vor. »Seit mein Vater dich eingestellt hat, hattest du immer junge Burschen, die du im Umgang mit Waffen ausgebildet hast. Sechs an der Zahl, einen nach dem anderen. Du wurdest immer gebraucht. Und dann hat er nach dem Tod unserer Mutter die Waliserin geheiratet, und direkt nachdem wir deiner Obhut entwachsen waren, kam Miles, und du konntest einen weiteren Jungen unter deine Fittiche nehmen. Nur was geschieht mit einem alten Schlachtross, wenn seine Dienste nicht mehr benötigt werden? Wird es vielleicht auf die Weide abgeschoben?«

Guyon machte Anstalten, seinem Peiniger, der gerade eine unumstößliche Wahrheit ausgesprochen hatte, die er sich nicht eingestehen mochte, einen Schlag zu versetzen, doch Gerard packte sein Handgelenk mit dem stählernen Griff eines jungen Mannes. »Hör zu, alter Narr, wenn du den richtigen Augenblick abwartest und mit Miles' Frau Frieden schließt, kannst du vielleicht eine weitere Generation großziehen und unterrichten.« Als Guyon ihn mit zusammengekniffenen Augen betrachtete, fügte Gerard ohne jeglichen Spott hinzu: »Sei nicht so störrisch. Du setzt deine eigene Zukunft aufs Spiel.«

Immerhin hatte Gerards Ermahnung ein bisschen geholfen, und seine Stimmung hatte sich gehoben. Der Gedanke,

Miles' künftige Söhne im Umgang mit Waffen unterweisen zu dürfen, war ihm bislang nie gekommen, jetzt grübelte er eingehend darüber nach.

Als Jugendlicher war Miles im Vergleich zu seinen stürmischen Brüdern von einem ganz anderen Schlag gewesen. Schlank und dunkel, nicht so breit gebaut, dafür doppelt so schnell, dazu mit einem wachen Verstand gesegnet. Selbst im Ruhezustand hatte dieser Verstand gearbeitet, sich gedreht wie ein Mühlrad. Ein Kind, das er mit Christen zeugte, würde höchstwahrscheinlich weder zu massig sein, um sich hinter einen Schild zu ducken, noch zu schmal, um die Klinge einer dänischen Axt abzuwehren. Es sei denn, die Frau war unfruchtbar oder gebar bloß Töchter. Bei dem Gedanken verdüsterte sich sein Gesicht, und er leerte seinen Becher. Als der kindliche Diener vortrat, um ihn erneut zu füllen, wehrte er mit einer ungeduldigen Geste ab, erhob sich vom Tisch und ging nach draußen, um Luft zu schnappen.

»Du solltest dem Armen nicht so zusetzen«, schalt Aude ihren Mann und versetzte Gerard einen Stoß.

»Der dumme Kerl läuft mit einer Augenbinde herum, bis jemand sie ihm wegreißt«, polterte Gerard nicht gerade bußfertig. »Als wir Kinder waren, haben wir das ständig getan, als Männer können wir uns das nicht mehr leisten, wir verlieren die Fähigkeit und die Aufrichtigkeit. Ich mag ihn einerseits piesacken, andererseits liebe ich diesen alten Bastard.« Er ballte die Faust. »Ich möchte, dass er mit seinem Schicksal zufrieden ist, und wenn ich ihm zu diesem Zweck ein paar unliebsame Wahrheiten vorhalten muss, dann soll das eben so sein.«

Miles musterte seinen Bruder forschend. Gerard verstand Guyon besser als irgendein anderer. In vielerlei Hinsicht waren sie sich charakterlich ähnlich, verschiedene Facetten desselben Edelsteins. Gerard war die lautere, überschäumende Version und verfügte über die Flexibilität des jüngeren Mannes. Er war weniger engstirnig als Guyon und für Veränderungen offen, dabei hatten sie die gleiche Art, die Welt zu sehen, vor allem wenn es um militärische Angelegenheiten ging, und beide betrachteten Miles als jemanden, der ihrer Anleitung und Weisheit bedurfte.

»Und wie soll ich das bewerkstelligen?«, erkundigte er sich. »Soll ich ihn ständig mit meiner Zunge auspeitschen, um das Beste aus ihm herauszuholen?«

»Ihm gelegentlich die Sporen zu geben dürfte genügen«, erwiderte Gerard lächelnd. »Lass ihn hart arbeiten und sorg dafür, dass er beschäftigt ist, bis genug Söhne da sind, die ihm seine Augenbinde wegziehen. Der Moment, wo er glaubt, er sei nutzlos auf die Weide gestellt worden, ist der Moment, wo du ihn verlieren wirst.« Gerard trank einen weiteren Schluck Wein. »Guyon wird älter, das gebe ich zu, aber er ist noch nicht zu alt.«

Auf dem Tisch breitete sich eine kleine Weinpfütze aus, in die Miles jetzt mit der Fingerspitze ein Muster malte. »Du hältst mir da eine schöne Predigt, Gerard, doch wie in Gottes Namen soll ich Guyons Fantasie aktivieren?«

»Welche Fantasie?«, spottete Gerard. »Mach dir keine Sorgen, Bruder. Ich habe die Saat bereits für dich gesät. Jetzt bleibt es dir und der Lady überlassen, dafür zu sorgen, dass etwas in der Wiege liegt.«

Miles hob die Brauen und schielte zu Christen, die errötete. Er lächelte, als er sich an eine oder zwei äußerst erfolgreiche Begegnungen erinnerte. »Das ist in Arbeit«, versetzte er lapidar. »Ich…«

Er brachte den Satz nicht zu Ende, sondern blickte bestürzt zur Tür. Guyon, der draußen gewesen war, um seine Blase zu entleeren, kam in die Halle zurück und brachte Begleitung mit, den Earl of Hereford und zwei Ritter seiner Leibwache.

Christen war augenblicklich auf den Füßen, man sah den Widerwillen auf ihrem Gesicht. Ihre Miene spiegelte Zorn und Abscheu wider. Miles erhob sich ebenfalls und umfasste warnend ihre Hand. »Ruhig, Liebes«, murmelte er. »Wir müssen den Earl of Hereford als geehrten Gast begrüßen, selbst wenn es sich vermutlich nicht um einen freundschaftlichen Besuch handelt.« Er beschrieb eine herrische Geste, die den Diener aufforderte, an der erhöhten Tafel hastig weitere Gedecke aufzulegen.

FitzOsbern streifte seine schweren Lederhandschuhe ab, als er die Stufen zu dem Podest hochstieg, und warf sie auf den Tisch. Sie sahen aus, als würden immer noch Hände darinstecken. Seine Männer nahmen rechts und links von ihm Platz.

Miles deutete eine flüchtige Verbeugung an. »Das ist in der Tat eine Überraschung, Sire«, sagte er, »seid herzlich eingeladen, an unserer Mahlzeit teilzunehmen.«

Der Earl schüttelte den Kopf, nahm lediglich den Becher Wein entgegen, den Aude eingeschenkt hatte. »Ich habe keine Zeit, an meinen Magen zu denken«, wehrte er knapp ab und begann wieder zu reden, sobald Miles und Christen bei ihm am Tisch saßen.

»Ich war nicht in Hereford, als Euer Bote eintraf, sodass er mich erst gestern Abend erreicht hat«, erklärte FitzOsbern. »Schade, dass er es nicht eher geschafft hat.« Er trank, stellte seinen Becher ab und spreizte seine großen Hände, die wie Pranken aussahen, auf dem Tisch. »Die Stadt York ist an die Dänen gefallen. Im Humber liegt eine dänische Flotte, und die Einheimischen haben sie freudig willkommen geheißen und sich gegen uns aufgelehnt. Der König ist auf dem Weg in den Norden, um diesen unverschämten Banditen ein für alle Mal ein Ende zu setzen. Euch und Gerard wird deshalb befohlen, schnellstmöglich zu ihm zu stoßen.«

»York ist gefallen?« Gerard wechselte einen pessimistischen Blick mit Miles.

»Genau wie Stafford und Shrewsbury. Die letzte Stadt haben Bleddyn und Eadric Cild bis auf die Grundmauern niedergebrannt. Ich bin dorthin beordert, um die Garnison zu befreien, solange die Burg sich noch gegen den Feind behauptet. Exeter befindet sich im Aufruhr, und Somerset hat gleichfalls eine Rebellion angezettelt. Der König reitet bereits nach Stafford, um sich persönlich mit der Situation zu befassen, und will dann nach York hinüber, um den dortigen Angriff niederzuschlagen.« FitzOsbern bedachte sie mit einem hinterhältigen Lächeln. »Ich könnte Euch selbst brauchen, aber der König hat das Vorrecht, und ich weiß, wem von uns Ihr lieber dienen würdet.«

Miles verzog das Gesicht und dachte, momentan keinem von beiden. »Wo kann ich ihn finden?«

»In Holderness, wo er Dänen jagt, und er will Euch jetzt bei sich haben, so schnell wie möglich.«

»Der Arsch des Teufels«, brummte Gerard, »und da kriechen wir hinein, wenn wir diese Rebellen nicht unter Kontrolle bringen.« Sein Blick wanderte über die Tafel hinweg und heftete sich auf Christen, die mit aschfahlem Gesicht auf der Kante der Bank saß. »Sperrt sie ein, solange Ihr fort seid, und lasst sie streng bewachen. Die Engländer pflegen ihre Versprechen zu brechen.«

»Ich werde mit meiner Frau verfahren, wie sie es verdient und wie ich es für richtig halte«, entgegnete Miles nachdrücklich und wandte sich an Christen. »Du kannst gehen«, sagte er. »Nimm Aude mit; derartige Angelegenheiten gehen Frauen nichts an.« Er griff unter den Tisch, um ihr Knie zu drücken.

Christen kam die Galle hoch, doch sie erhob sich, knickste tief mit Aude an ihrer Seite und verließ die Halle. Hinter sich hörte sie FitzOsbern zu Miles sagen, dass man ihr nicht das gefährliche Privileg zubilligen sollte, ein Speisemesser an ihrem Gürtel zu tragen.

In der Sicherheit ihrer Kammer zückte Christen den kleinen Dolch mit dem Hirschhorngriff, von dem FitzOsbern gesprochen hatte, und begutachtete die Klinge. Sie stellte sich vor, diese dem Earl of Hereford in die Seite zu rammen, dann schleuderte sie die Waffe weg und barg das Gesicht in den Händen.

Aude bückte sich, um den Dolch aufzuheben, und gab ihn Christen zurück. »Ja«, sagte sie, »ich empfinde dasselbe. Je eher dieser Mann hier verschwindet, desto besser. Leider werden die schlechten Nachrichten, die er bringt, selbst dann noch bleiben, wenn er fort ist.«

»Allerdings«, bestätigte Christen. Ein Gefühl eisiger

Furcht hatte begonnen, durch ihren Körper zu kriechen. Es rührte von all den Dingen her, die sie in sich verschlossen und über die sie nie gesprochen hatte. Immer hatte sie gedacht, es würde nicht nötig sein. FitzOsberns Neuigkeiten hingegen hatten alles geändert.

»Stimmt etwas nicht?«, erkundigte sich Aude besorgt. »Abgesehen von FitzOsbern?«

Christen schob das kleine Messer in die Scheide. Sie besaß es seit ihrer Kindheit, und ihr Name war entlang der Mitte der Klinge eingraviert. »Ich kann es dir nicht sagen«, erwiderte sie, »weil ich erst mit Miles darüber sprechen muss. Es geht um etwas, das ich ihm längst hätte erzählen müssen, es betrifft FitzOsberns Neuigkeiten.«

Aude betrachtete Christen mit einem beunruhigten Ausdruck, in ihrem Gesicht spiegelte sich eine Mischung aus Mitgefühl und Argwohn wider. »Du spinnst ein kompliziertes Netz«, stellte sie fest.

»Es handelt sich nicht um Verrat«, versetzte Christen. »Sondern um eine Familienangelegenheit, und noch dazu um eine, die ich gleich von Anfang an hätte klären sollen. Nur war der Zeitpunkt nie richtig.«

Aude schnalzte wenig begeistert mit der Zunge, gab Christen dennoch einen raschen Kuss auf die Wange. »Was immer es ist, ich wünsche dir Glück, und ich werde für einen guten Ausgang dieser Sache beten.«

Christen dankte ihr. Sie würde jedes Gebet brauchen, das sie bekommen konnte.

FitzOsbern trank seinen Wein aus und streifte seine Handschuhe über. »Ich habe es ernst gemeint, als ich sagte, Ihr solltet Eure englische Frau überwachen lassen«, betonte er. »Sie könnte gefährlich werden.«

Guyon stand vom Tisch auf. »Ich habe die Dinge nicht immer so gesehen wie Lady Christen«, widersprach er herausfordernd. »Aber ich sage Euch, dass sie so loyal und aufrichtig ist wie die Frau des Königs selbst. Aufgrund meiner eigenen Dummheit in der Vergangenheit habe ich an ihr gezweifelt und zu spät eingesehen, dass ich damit falschlag. Und jetzt gebe ich zu, dass ich mich geirrt habe.«

»Das mag ja sein«, hielt der Earl dagegen, »auf jeden Fall schadet es nicht, auf der Hut zu sein. Menschen, besonders Frauen, sind nämlich wankelmütig, sogar die, denen man blind vertraut. Seht Euch an, was Samson widerfahren ist, als er Delilah vertraute.«

»Meine Frau ist nicht so«, protestierte Miles. »Wie mein Marschall sagt, würde ich ihr mein Leben anvertrauen und das Leben meines Kindes. Sie ist alles, was ich mir wünschen könnte.«

»Nun, dann verabschiedet Euch von derartigen Wünschen«, kanzelte ihn der Earl ab, als sie die Halle verließen, um sich zu den Ställen zu begeben. »Ein langer, harter Winter wird vergehen, bevor Ihr sie wiederseht. Ihr braucht für Eure Arbeit einen klaren Verstand, nicht einen, der von den Forderungen einer Frau getrübt ist.«

»Ich wage zu behaupten, dass mein Verstand weniger getrübt ist als der Eure, Sire«, wagte Miles zu behaupten, als sie ins Freie traten. Hinaus in ein feines, stetiges Nieseln, das vom Himmel fiel.

Der Earl durchbohrte ihn mit einem verächtlichen Blick.

»Betet, dass Eure scharfe Zunge nicht einmal schwerer wiegt als Eure Nützlichkeit.«

Sein Pferd wurde aus dem Stall geführt und die schützende Decke über dem Sattel weggezogen. FitzOsbern packte die Zügel und stieg auf den Hengst.

»Beeilt Euch«, bellte er Miles zu. »Der König erwartet Euch. Ihr solltet innerhalb einer Stunde auf der Straße sein. Es bleibt noch lange genug hell, um Euch auf den Weg zu machen, damit Ihr bei Einbruch der Dunkelheit in Hereford seid.«

Miles machte die übliche Verbeugung und verharrte in dieser Haltung, bis der Earl durch das offene Tor galoppierte und die mit Pfützen übersäte Straße nach Hereford entlangritt.

Christen blickte von ihrer Näharbeit auf, als Miles den Raum betrat. Der Feuerschein ließ schimmernde Tröpfchen in seinem Haar funkeln und auf seinem Umhang glitzern. Er setzte sich auf das Bett und rieb sich mit einem tiefen Seufzer die Augen.

»Es tut mir leid wegen FitzOsbern«, sagte er, »leider habe ich keine andere Wahl.«

Sie nickte und nähte wortlos weiter, dachte an die Folgen, die ihr vielleicht bevorstanden. Wenn sie ihren Mann im Kampf verlor, würde FitzOsbern Ashdyke und Milnham für sich beanspruchen und sie rauswerfen, sie bestenfalls einem seiner Männer geben. Ihre Ängste wurden noch verstärkt durch etwas, das sie ihm gleich auferlegen musste.

»Mich bedrückt etwas anderes sehr viel mehr als das

Benehmen des Earl of Hereford«, begann sie zögernd. »Es betrifft meinen Großvater.«

Miles runzelte die Stirn und verschränkte die Arme vor der Brust. »Ich dachte, dass du außer deinem Bruder keine Verwandten mehr hast?«

»Es war bislang nicht notwendig, ihn zu erwähnen«, redete sie sich heraus.

»So wie es nicht wichtig war, dass ich dir von Emma erzählt habe? Ich kann mich noch gut an deine Antwort erinnern.«

Seine Frau hielt seinem Blick stand. »Das war etwas anderes. Sie ist dein leibliches Kind, das unter deinem Dach lebt. Ich habe meinen Großvater nicht mehr gesehen, seit ich Lyulph geheiratet habe. Gut möglich, dass er längst tot ist, wenn allerdings nicht und sein Leben in Gefahr gerät, ist es meine Pflicht, ihn zu warnen.«

»Und warum sollte sein Leben in Gefahr sein?«

»Er lebt in Staffordshire, im Norden der Grafschaft, er ist dort ein Gefolgsmann und der Than eines Landsitzes namens Oxley.«

»Und was genau soll ich jetzt tun?«

»Die Wölfe von seiner Tür fernhalten, so wie du sie von meiner ferngehalten hast. Du stehst in der Gunst des Königs. Es kann gewiss nicht so schwer sein, meinen Großvater zu schützen.«

Miles schüttelte den Kopf. »Wenn sich der Zorn des Königs gegen Staffordshire richtet, dann kann ich dir aus eigener Erfahrung sagen, dass es nichts gibt, was man dagegen tun kann.« Er begann seinen Schild zu untersuchen, und seine gesamte Ausrüstung wurde inspiziert und für einen Kriegsfeldzug bereitgemacht, um von Staffordshire und dem Großvater vorübergehend abzulenken, zumal ihn ein wachsendes Gefühl des Widerstrebens überfiel. »Ich mag dem König ja nützlich sein, ein Mitglied seines engeren Kreises bin ich jedoch nicht.«

»Wie auch immer, er braucht dich dringend, sonst hätte er nicht FitzOsbern zu dir geschickt, um dich zum Aufbruch zu drängen.«

»Nicht so dringend, um mir alles zu gewähren, worum ich ihn bitte«, schränkte Miles ein.

Christen legte ihre Näharbeit beiseite. »Wenn du für meinen Großvater nichts tun kannst, vergiss, dass je darüber gesprochen wurde.«

Miles rieb sich mit der Handfläche über das Gesicht. »Wenn ich etwas tun soll, muss ich viel mehr wissen, bevor ich in den Ring steige.«

»Also hör gut zu.« Christen verschränkte die Arme vor der Brust, als wollte sie sich selbst schützen. »Es ist Wulfric, Lord von Oxley und der Vater meiner Mutter«, sagte sie. »Wenn der Tod ihn noch nicht ereilt hat, wird er zu Martini seinen fünfundsechzigsten Winter beginnen.«

»Demnach bestand zwischen ihm und Lyulph kein allzu großer Altersunterschied«, stellte Miles fest. Die Kerze in ihrem Halter flackerte im Luftzug, der unter einem der Fensterläden hindurchwehte, und Regen prasselte gegen das Holz. »Zwischen ihnen lagen zehn Jahre, und das war einer der Gründe, weswegen er nach meiner Hochzeit die Verbindung ganz abgebrochen hat. Als ich ein Kind war, hat mein Großvater mich abgöttisch geliebt. Er hat mir auf Jahrmärkten Bänder und billige Schmuckstücke gekauft, und ich war sein verhätscheltes Schoßhündchen. Anscheinend war ich das Ebenbild meiner Großmutter, die seine Liebe und das Licht seines Lebens war. Osric schlug der Seite meines Vaters nach und war für meinen Großvater einfach ein weiterer männlicher Vertreter der Blutlinie. Als meine Eltern starben, fand er, dass ihm die Vormundschaft zustand und somit das Recht, mich mit einem Mann seiner Wahl zu verheiraten. Er bot Geld, aber König Edward zog es vor, mich Lyulph als Belohnung für seine geleisteten Dienste zur Frau zu geben. Ich war fünfzehn Jahre alt und kannte meine Pflicht, und es war nicht möglich, sich den Wünschen des Königs zu widersetzen.«

»Und dein Großvater erhob Einwände, weil du zu ihm gehört hast, und fand, dass er entscheiden dürfe, wen du heiratest?«

Sie nickte. »Er war wütend, weil seine Pläne durchkreuzt worden waren. Er sagte, der König würde sich einmischen, dabei handle es sich um eine Familienangelegenheit. Nicht ganz, denn mein Vater war Krönvasall gewesen, von daher fiel meine Ehe unter die königlichen Schenkungen. Mein Großvater weigerte sich jedoch, der Verbindung seinen Segen zu geben, weil Lyulph nicht gut genug für mich sei, und brach den Kontakt ab. Seitdem habe ich ihn nicht mehr gesehen, und auf meine Botschaften, die ich ihm geschickt habe, bekam ich nie eine Antwort. Mein Gewissen gebietet mir, ihn nach Möglichkeit zu schützen, sofern er noch lebt. Wir sind immerhin verwandt und haben uns einmal nahgestanden.«

Miles dachte über ihre Worte nach. Ein alter Mann, vor Stolz stachelig wie eine Dornenhecke und wahrscheinlich so gefährlich wie die wilden Eber, die an solchen Orten hausten. Nein, kein alter Mann, berichtigte er sich selbst. Mit fünfundsechzig hatten manche Männer noch immer Kraft und Feuer in sich. Sein eigener Großvater mütterlicherseits hatte bis zu seinem siebzigsten Winter eine Kriegerhorde angeführt und aktiv an Kämpfen teilgenommen.

»Weißt du, ob dein Großvater mit König Harold auf dem Schlachtfeld von Hastings gekämpft hat? War er ein fähiger Krieger?«

»Ich weiß, dass er Männer nach Stamford und Senlac geschickt hat, die mein Bruder anführte, weil er der Erbe war. Deswegen wurde er enteignet und das Land, das ein Jahr zuvor auf ihn übergegangen war, wurde beschlagnahmt. Einer von Montgomerys Vasallen hat die Ländereien an sich gerissen, nur bin ich nicht so töricht zu glauben, dass man an dieser speziellen Situation etwas ändern kann.«

»Nein«, stimmte Miles sarkastisch zu. »Hat sich dein Großvater nach der großen Schlacht ergeben?«

»Zum Wohle des Dorfes, wie ich gehört habe. Osric wurde zum Rebellen und floh nach Wales, um sich Eadric Cilds Bande anzuschließen. Das ist alles, was ich weiß.«

Miles seufzte und fuhr sich durch das Haar. »Mit mehr Glück, als mir eigentlich zusteht, und mit dem Wohlwollen des Königs könnte ich ihm vielleicht helfen, wobei dein Bruder ein großes Hindernis ist. Eadric und seine Verbündeten richten überall zwischen Shrewsbury und Chester Verwüstungen an. Es ist sehr gut möglich, dass dein Bruder Oxley ins Auge gefasst hat, so wie damals Ashdyke, und womöglich mit ähnlichen Folgen. König William in heller Wut lässt FitzOsbern wie einen Heiligen aussehen. Wenn sich herausstellt, dass man in Oxley Rebellen Zuflucht gewährt, wird der oberste Normanne es vom Antlitz der Erde tilgen.«

Alarmiert schaute Christen ihn an. »Ich kenne Osric, er wird genau das tun. Du musst ihn aufhalten.«

Miles wiegte nachdenklich den Kopf hin und her. »Ich könnte tatsächlich nach Oxley gehen und deinen Großvater vor der drohenden Gefahr warnen, was er wahrscheinlich ignorieren würde, weil er eher Osrics Partei ergreift, da Blut bekanntlich dicker als Wasser ist.« Er rieb sich das Kinn. »Natürlich könnte ich auch deinen Bruder aufspüren, ihm wegen seiner Treulosigkeit einen Mühlstein um den Hals binden und ihn im nächstbesten Fluss ersäufen – eine Vorstellung, die ich überaus verlockend finde. Oder ich müsste mich direkt an den König wenden.«

»Hast du nicht gerade gesagt, wenn er in heller Wut ist, lässt er FitzOsbern wie einen Heiligen aussehen?«, fragte Christen verwirrt. »Was würde das also nützen?«

»Komm, hilf mir in die Rüstung«, sagte er, ging zum Kleiderständer und nahm seine wattierte Tunika zum Unterziehen von der Truhe. Nachdem er das Kleidungsstück übergestreift und Christen es zurechtgezupft hatte, zögerte er, bevor er sein Kettenhemd anlegte. »Ich würde mit dieser Geschichte so, wie sie im Moment steht, nicht zum König gehen«, fügte er hinzu.

»Anlügen darfst du ihn nicht. Wenn er das herausfindet, würde er dir bei lebendigem Leib die Haut abziehen. Ich habe genug über ihn gehört, um das zu wissen.«

»Ich habe nicht die Absicht, ihn zu belügen. Meine Haut ist mir zu wertvoll, um so ein Risiko einzugehen, und außerdem schulde ich dem König meine Loyalität. Trotz all meiner Bedenken bin ich vor ihm niedergekniet und habe ihm die Treue geschworen.«

»Was wirst du stattdessen tun?«, wollte sie wissen. »Das hier ist kein Ratespiel für den Dreikönigstag.«

Miles nahm ihre Hände in die seinen und zog sie an die Lippen. »Spaß beiseite. Ich werde den König bitten, mir Oxley zu übertragen, um es für ihn zu verwalten.«

Es verschlug Christen die Sprache. Wie hatte sie sich je einbilden können, diesem Mann an Ideenreichtum ebenbürtig zu sein?

»Du tust was?«

Bevor er es ihr erklärte, kämpfte er sich in sein Kettenhemd, ein Stahlgeflecht, das aus Tausenden zusammengenieteter Ringe bestand und bis zum Knie fiel. Es hatte seinen Vater so viel gekostet, dass der Lord sich halb im Scherz beschwert hatte, Miles dürfe nicht mehr größer oder breiter werden. »Jede Burg, deren Lord dem Earl nicht die Lehenstreue schwört, wird bis auf die Grundmauern zerstört oder der Betreffende wird rücksichtslos gefügig gemacht. Ich bin mit König Williams Armee geritten und habe mit ihr geplündert, ich weiß, was sich da abspielt. Ich werde ihn bitten, mir Oxley zu geben, da meine Frau dort familiäre Beziehungen hat.«

»Und wenn mein Großvater noch am Leben sein sollte und dir Widerstand leistet?«, fragte Christen, der ganz übel bei den verschiedenen Strafaktionen geworden war.

»Das lasse ich auf mich zukommen; ich muss zwischen hier und Staffordshire über vieles nachdenken und meine Wünsche gut verkaufen.«

»Übernimm dich nicht und stell dir keine Fallen, in denen du stecken bleibst«, gab sie erschauernd zurück.

Miles schlang sich seinen Schwertgurt um die Taille und schloss die Schnalle. Dann befestigte er die Schwertscheide daran und band die Riemen fest. »Wäre es dir lieber, wenn ich direkt nach Oxley reiten würde, um deinem Großvater entgegenzutreten oder um deinen Bruder aufzuspüren?«, fragte er. »Auf diese Weise wird der Zorn des Königs wenigstens abgelenkt, und ich kann versuchen, etwas zu tun, um deinen Großvater und sein Dorf vor Racheaktionen zu bewahren. Wenn er noch lebt, wird Oxley an dich fallen und an unsere Nachkommen. Osric wird nie erben, das kann ich dir mit Sicherheit sagen. Sein einziger Weg führt ins Exil oder in den Tod.«

»Ich weiß nicht, was sinnvoll ist. Es spielt keine Rolle, weil ich den Verdacht hege, dass du ohnehin tun wirst, was du willst.«

Miles zog sie an sich und hielt sie in einer leichten Umarmung, damit sie nicht schmerzhaft gegen das glitzernde Geflecht seiner Rüstung gepresst wurde. »Ich schwöre, dass ich zuversichtlich bleiben werde. Mach dir keine Sorgen und treib dich bloß nicht in den Wahnsinn. Ich verspreche, mein Bestes für deinen Großvater und Oxley zu tun.«

Seine Lippen waren so fordernd wie seine Hände sanft, und sie reagierte auf ihn aus dem Bedürfnis, ihm zu glauben, und aus der Angst, ihn vielleicht nie wiederzusehen.

Hinter ihnen ertönte ein heiseres Räuspern, gefolgt von dem leisen Klicken der Vorhangringe. Miles spähte über seine Schulter und begegnete dem mitfühlenden Blick seines Bruders.

»Die Pferde sind gesattelt, und die Männer warten«, sagte Gerard. »Bei Christus, es ist ein elendes Wetter zum Reiten. Ich sage dir, die Wildnis des Nordens, die wir erleben werden, ist kein Ersatz für die Wärme und die Behaglichkeit hier.«

»Dann bleibt hier.« Ein trostloser Unterton schwang in Christens Stimme mit.

»Es ist mir lieber, wenn Haut mein Fleisch bedeckt, statt an einem Schandpfahl von einer Peitsche zerfetzt zu werden«, erwiderte Gerard sarkastisch und bedachte Christen mit einem tröstlichen Lächeln. »Wir werden zurück sein, bevor du dichs versiehst, und bringen genug Beute mit, um dich und Aude wie Königinnen zu schmücken.«

»Den Engländern abgenommene Beute, an der ihr Blut klebt?«, versetzte Christen bitter. »Wird es so kommen, Miles?«

Sie starrte ihn an, in seinem Kettenhemd, so wie sie ihn bei ihrer ersten Begegnung gesehen hatte. Dieselbe stählerne Härte, die die Unterschiede zwischen ihnen betonte. Ein normannischer Eindringling und Störenfried und eine englische Witwe. Immerhin hatte sie ihn geheiratet, mit ihm gelebt, mit ihm gestritten und gelacht und begonnen, den vielschichtigen, überaus liebevollen Mann unter dieser schützenden Metallhülle zu entdecken. Es half alles nichts. Sie konnte nicht in seinen Augen lesen.

»Nein«, sagte sie. »Ich glaube nicht, dass ich das will.«

Miles schloss sie in die Arme, und nach kurzem Zögern klammerte sie sich an ihn. »Gott schütze dich, Mylord«, flüsterte sie, als er den Kuss beendete und sie freigab.

»Gott sollte mir besser beistehen«, erwiderte er und zog

den Vorhang beiseite, um den Hauptraum zu betreten, wo sich die Männer, die ihn begleiteten, um die Feuerstelle versammelt hatten und Becher mit heißer Brühe tranken, um auf der Straße etwas im Magen zu haben.

Christen zog ihren eigenen dicken Umhang und feste Stiefel an und ging in die Halle, wo sie feststellte, dass Miles vollkommen von seinen Leuten in Anspruch genommen wurde. Deshalb suchte sie Aude, damit sie sich gegenseitig Trost spenden konnten, während ihre Männer sich auf den Krieg vorbereiteten.

11

Burg Stafford
November 1069

Miles glitt vom Rücken des Grauen und stand in dem fast
knöchelhohen Morast des Burghofs von Stafford. Ein eisiger Wind schlug seinen durchweichten Umhang gegen seinen Rücken und peitschte den Schweif des Hengstes gegen
seine schlammbespritzten Fesseln. Ein Stallbursche kam
aus dem schützenden Stall gerannt, um die Zügel zu nehmen, und Miles übergab Cloud seiner Obhut.

Der Regen, der während der letzten Stunde ihrer Reise
aufgehört hatte, setzte wieder ein, glich einem feinen, nassen Nebel, der in die Knochen drang, bis man meinte, sie
würden nie wieder warm werden. Er nahm seinen Helm ab
und berührte abwesend eine wunde Stelle, wo seine Kappe
die Haut aufgescheuert hatte. Dann befahl er Leofwin, die
Vorräte, die sie erbeutet hatten, zum Marschall zu bringen.

Die Packpferde stampften hinter Leofwin her davon.
Obwohl es kaum später Nachmittag war, wurde das Licht
rasch schwächer, und Fackeln flackerten in dem Haupt-
turm. Miles wandte sich in die entgegengesetzte Richtung zu einem der baufälligen Kochschuppen am Rand
der Burghofpalisade. Eine stämmige Flämin mit strähni-

gen braunen Zöpfen rührte in dem großen Eisentopf, der über den Flammen hing. Sie trat zurück, um sich mit ihrem hochgekrempelten Ärmel über die Stirn zu wischen, und sah Miles an.

»Was habt Ihr mir denn dieses Mal gebracht?«, fragte sie mit starkem Akzent.

Miles streckte die Hände in Richtung des Feuers aus, um sie zu wärmen. Der Essensduft des brodelnden Eintopfs stieg ihm verlockend in die Nase.

»Genug, um deinen Kessel auch weiterhin am Sieden zu halten«, sagte er kurz angebunden und setzte sich auf die Bank neben dem Feuer. Dort versuchte er, die verwirrten, verängstigten Landbewohner nicht mehr vor sich zu sehen, deren Vorräte ihre Soldaten geraubt hatten, um die normannische Armee zu ernähren. Vor seinem geistigen Auge stiegen immer noch die Bilder der brennenden Häuser auf, und er konnte noch immer das Jammern von Frauen und Kindern und die wütende Verzweiflung der Männer hören.

»Nichts, was das von gestern übertrifft, möchte ich wetten, Sire«, sagte die Frau, die sich von seiner Schroffheit absolut nicht beeindrucken ließ. »Habe noch nie so viele Schafe auf einmal gesehen.«

Miles stöhnte. Er und Leofwin waren an der Spitze der Hauptplünderer auf eine große Herde schwarzgesichtiger Schafe gestoßen, die nur von einem alten Mann und seinem Enkel bewacht wurde. Um sein Gewissen zu beschwichtigen, hatte Miles ihnen ein Dutzend trächtiger Mutterschafe nebst Bock gelassen und den Rest zur Burg getrieben, um die Truppen zu versorgen.

»Ihr könnt genauso gut Euren Anteil für Eure Mühe erhalten«, fügte die Flämin hinzu, als er nichts erwiderte, schöpfte eine großzügige Portion Hammeleintopf in eine Schale und reichte sie ihm.

Automatisch nahm er sie entgegen. Fettige Fleischstücke schwammen in einer Brühe aus Zwiebeln, Salbei und Gerste. Er dankte ihr und entfernte sich ein Stück, als zwei Männer tropfend und verfroren von ihrem Wachdienst kamen.

Er schloss die Hände um die Schale, hob sie an die Lippen und trank einen Schluck. Außerhalb des Unterstands prasselte der Regen in Strömen vom Himmel und füllte die Löcher in dem aufgewühlten Schlamm des Burghofs. Ein Junge rannte mit einer Fackel in der Hand über die Brücke und verschwand im Bergfried. Ein weiterer Plünderertrupp ritt mit einer Kuh, einem muhenden Kalb und einem mit Mehlsäcken und Zwiebelsträngen beladenen Packpferd im Schlepptau auf sie zu. Die Männer fluchten auf Flämisch und verwünschten das vermaledeite englische Wetter.

Die Frau am Kessel kreischte eine Begrüßung, auf die ein heiseres Geplänkel auf Flämisch folgte, das Miles lediglich zur Hälfte verstand. Inmitten der Rückkehrer wurde er von Lukas, dem Anführer der Truppe, begrüßt. Er übergab sein Pferd einem Gefährten und kam zum Feuer, um sich eine Schale Eintopf zu holen. Lukas versetzte der Köchin einen gutmütigen Schlag auf die Kehrseite, scheuchte seine grölenden Männer mit einer Geste weg und setzte sich neben Miles auf die Bank.

»Scheußliches Wetter«, bemerkte er zur Begrüßung und trank geräuschvoll einen Schluck Brühe. »Von Euren erbeuteten Hammeln?«

Als Miles eine Bestätigung murmelte, fuhr Lukas fort. »Der Marschall hat seinen Augen nicht getraut, als er diese ganze blökende Herde im Burghof sah. Ich dachte, sie würden ihm aus den Höhlen quellen.« Er schlürfte einen weiteren Schluck und musterte Miles mit klugen Augen. »Ihr wirkt nicht allzu glücklich deswegen, oder ist es der Regen, der Euch die Laune verdirbt.«

Ungeduldig wehrte Miles die Fragen des Flamen ab und hoffte, er würde verschwinden.

»Es liegt also nicht daran, dass Ihr eine englische Frau habt?« Lukas grinste und stieß Miles den Ellbogen in die Rippen. »Eure Männer und meine erzählen sich am Lagerfeuer da so einige Geschichten. Ich habe gehört, sie hat ein hitziges Temperament und ein entsprechendes Verhalten unter der Bettdecke?«

»Nichts von alledem«, erwiderte Miles abweisend und ärgerte sich gewaltig, dass seine Männer seine Ehe als gefundenes Fressen für Lagerfeuerklatsch betrachteten. »Wenn du es unbedingt wissen musst«, herrschte er den lästigen Frager an, »ich bin es leid, bemitleidenswerte Bauern quer durch den Morast zu jagen, um ihnen ihre Vorräte abzunehmen.« Er drückte dem verdutzten Söldner seine halb geleerte Schale in die Hand, erhob sich und stapfte aus dem Schuppen in den trüben Nieselregen hinaus.

In den Ställen auf der anderen Seite des Burghofs herrschte geschäftiges Treiben, da weitere Plünderungstrupps, die den Tag über die Gegend durchstreift hatten, soeben zurückkamen. Miles betrat das Gebäude und entließ den jungen Burschen, der sich um Cloud gekümmert hatte. »Lass ihn«, sagte er. »Mach dich anderswo nützlich, bevor der König hier mit einer Rebellion seiner eigenen Soldaten fertigwerden muss.« Er nahm das Halfter des Grauen und streichelte das weiche Maul.

»Sire.« Der Bursche duckte sich unter Clouds Hals hinweg und ging, um das Pferd eines bretonischen Ritters zu versorgen, das ausschlug und nervös stampfte.

Cloud schnupperte an Miles' Haar und Gesicht und stupste ihn an, weil er Futter verlangte. Miles schob ihn weg und rieb ihn erst mal ab. Der Hengst hatte schon sein dichtes Winterfell bekommen; die rauchfarbenen Flecken saßen so tief in dem weißen Haar, dass das Ganze fast einem Pelz glich. Er war bis zum Bauch mit Schlamm verklebt und konnte erst gestriegelt werden, wenn der Schmutz in seinem Fell getrocknet war. Stattdessen hob Miles die Hufe nacheinander an, um sich zu vergewissern, dass die Eisen noch fest angenagelt und sauber waren. Einen Stein im Huf des Hinterbeins musste er mit seinem Dolch entfernen. Plötzlich schrak das Pferd zusammen und warf sich nach vorne, sodass Miles das Gleichgewicht verlor und hart gegen die Trennwand geschleudert wurde. Keuchend gelangte er wieder auf die Füße und rang nach Luft, bevor er das Pferd eingehender untersuchte. Für den Kampf ausgebildet war der Hengst von feuriger Wesensart, im Umgang mit Miles jedoch gutmütig und verspielt. Offenbar war ein langer roter Schnitt in seinem dichten Winterfell, der sich bis auf sein Hinterteil zog, der Grund für seine heftige Reaktion. Es war keine ernsthafte Verletzung, löste aber einen heftigen Schmerz aus, wenn jemand versehentlich auf die Stelle drückte. Miles fiel ein, dass gerade erst ein Stallbursche mit einer Mistgabel dicht an Cloud vorbeigekrochen war.

Immer noch außer Atem beruhigte Miles das Pferd, sprach beschwichtigend auf es ein und streichelte seinen Hals und sein Gesicht. Der Graue wieherte und stupste ihn erneut an, bis Miles ihn mit einem Apfel fütterte, den er für sich selbst aufgespart hatte. Als er den Blick über Clouds mächtigen gescheckten Körper zu der Wunde gleiten ließ, gestand er sich ein, dass er tief in seinem Herzen keine Freude mehr an Feldzügen und Schlachten hatte. Und wenn er dem König nicht geschworen hätte, diese ganzen räuberischen Streifzüge für seine Ländereien zu unternehmen, hätte er seine Sachen gepackt und wäre in das Grenzgebiet zurückgekehrt.

Es hatte damit angefangen, dass er und Gerard bei Lindsay zu dem König gestoßen waren und die Dänen durch die sumpfigen Gebiete von Holdernes verfolgt hatten. Miles hatte sich damals bereitwillig auf diese Jagd begeben, denn die Feinde waren ebenso wie sie selbst Ausländer, hauptsächlich auf ihren eigenen Vorteil bedachte Abenteurer, und so hatten ihn keinerlei Gewissensbisse an der Verfolgung gehindert. Er hatte seine Fähigkeiten als Kundschafter genutzt, um sie aufzuspüren, dann ohne Vorwarnung angegriffen, Attacken zu Pferd eingesetzt und sich der Heimlichkeit eines langen Messers im Dunkeln bedient. Weder er noch Gerard hatten einen einzigen Mann verloren, lediglich ein Pferd eingebüßt, das im Morast versunken war. Insgesamt gingen sie als Sieger über die flüchtenden Dänen hervor.

Nicht gewillt, den Kampf aufzugeben, zogen sich ihre Opfer über den Humber zurück, der für die normannischen Truppen unzugänglich war, weil sie in diesen Gewässern nicht über die nötigen Schiffe verfügten. Der König hatte wutentbrannt über die Flussmündung zu seinen Feinden gestarrt und sich schließlich Richtung Westen gewandt, erst nach Nottingham, um mehr Truppen zusammenzuziehen und die Lage in ganz England besser einschätzen zu können. Anschließend war er im Vertrauen darauf, dass die Rebellionen in anderen Gebieten zumindest vorerst eingedämmt waren, nach Staffordshire aufgebrochen, um an den dortigen Aufständischen Rache zu nehmen.

Bislang hatte Miles weder die Zeit noch die Gelegenheit gefunden, mit William über Oxley zu sprechen. In Nottingham, wo dies möglich gewesen wäre, hatte der König ihn losgeschickt, um die Straßen nach Norden auszukundschaften, und als er zurückkehrte, war der Herrscher anderswo beschäftigt, und er musste einem seiner Adjutanten Bericht erstatten.

Dabei war ihm entgangen, dass besonders in Stafford die Plünderei immer größere Ausmaße annahm und die Burg als Zentrum diente. Miles hatte an diesem Morgen, bevor er losgeritten war, um eine Audienz beim König gebeten, doch Gott allein wusste, wann einem solchen Gesuch stattgegeben würde.

Miles dachte an das Dorf, das sie an diesem Nachmittag angegriffen hatten, es hieß Fletesbroc. Sie hatten Anweisung, keinen Widerstand zu dulden. Wenn die Menschen sich weigerten, ihr Hab und Gut zur Versorgung der normannischen Armee herzugeben, würden ihre Heime niedergebrannt und die Rädelsführer getötet. Die Besitztümer des gesamten Dorfes sollten vernichtet werden, damit diejenigen, die übrig geblieben waren, zu sehr mit ihrem Überlebenskampf beschäftigt waren, um eine neue Rebellion anzuzetteln. William, Herzog der Normandie und König von England, war entschlossen, die Bevölkerung von Nordengland durch Aushungern zur Unterwerfung zu zwingen.

Miles blickte auf seine Hand, die auf dem rauen Fell des Hengstes ruhte, und stellte sich vor, wie sie ein blutverklebtes Schwert umfasste. Und dann dachte er an Christen. Übelkeit stieg in ihm auf, und er stolperte zu einer Ecke des Stalls, wo er weit mehr als den Hammeleintopf von sich gab.

Gerard, der auf der Suche nach Miles in den Stall kam, fand ihn grau im Gesicht und würgend in der Box seines Hengstes vor. Er erinnerte sich daran, wie der Halbbruder erstmals in die Normandie, in die Familienburg außerhalb von Rouen gekommen war, und daran, wie ungewohnt all das für einen in den grünen Hügeln aufgewachsenen zwölfjährigen Jungen gewesen war. Die bösartigen Neckereien und der Spott der älteren Jungen fielen ihm ein, die sich über Miles' schlanken Körperbau und seinen fremdartigen Akzent lustig gemacht hatten. Er hatte die Hänseleien tapfer ertragen, mit unbewegtem Gesicht und ausdruckslosen Augen, nur Gerard hatte ihn mehr als einmal in einem solchen Zustand in einer Ecke des Hofes überrascht.

»Heb dir das für später auf.« Er legte Miles einen muskulösen Arm um die Schulter. »Der König will dich sehen. Ich habe gerade von seinem Diener den Befehl bekommen. Beeil dich also.«

»Sag ihm, er soll zur Hölle fahren«, stieß er mühsam hervor.

»Sag ihm das selbst«, gab sein älterer Bruder ungerührt zurück. »Ich verspüre nicht den Wunsch, mir das Fell gerben zu lassen, weil ich eine Bemerkung wiederhole, die du gemacht hast.«

Miles stützte sich an Gerards massiger Gestalt ab. Seine Stimme war von tiefem Abscheu erfüllt. »Gerard, mir ist schlecht, ich kann nicht gehen. Es ist zu viel für mich.«

Der Bruder schüttelte ihn kurz und heftig. »Du musst, du hast keine andere Wahl.«

Mit der Hand fuhr er über Clouds kräftigen Hals und grub die Finger in das dichte silbrige Fell. »Ich hätte keine Engländerin heiraten und ihr Macht über mein Herz und mein Gewissen geben sollen. Ich glaube nicht, dass ich je wieder in der Lage sein werde, ihr ins Gesicht zu sehen.«

»Ich weiß wirklich nicht…«, begann Gerard zu protestieren, dann brachte er das Problem auf den Punkt. »Du wirst ihr ganz gewiss nie wieder ins Gesicht sehen können, wenn du jetzt nicht zum König gehst und ihn um Oxley bittest«, sagte er energisch. »Das ist deine einzige Chance.«

Miles krallte die Finger fester in das Fell des Hengstes und fragte sich, was wohl der Blutpreis war. »Ich wünschte, ich wäre auf dem Schlachtfeld von Hastings gefallen«, bedauerte er sich selbst und trat aus dem Stall in den strömenden Regen hinaus.

»Was hat Euch aufgehalten?«, wollte William wissen, der in England über Teile des Landes herrschte, die ihm zu seinem Verdruss ziemlich viel Ärger bereiteten. Er war untersetzt, fast korpulent, gestählt und muskulös. Doch sein Leibesumfang, der sich unter seinem schweren scharlachroten

Gewand abzeichnete, schränkte seine Körperkraft nicht ein. Sein dunkles Haar war von Silberfäden durchsetzt.

Miles trat näher und beugte vor dem königlichen Stuhl das Knie. »Bitte um Verzeihung, Sire«, erwiderte er hölzern. »Mein Hengst wurde heute bei einem Gefecht verletzt, und ich habe ihn gerade versorgt, als ich Euren Befehl erhielt.«

Der König maß ihn mit einem durchdringenden Blick und bedeutete ihm, sich zu erheben. »Es ist hoffentlich nichts Ernstes? Wir müssen so viele Pferde gesund erhalten wie möglich.«

»Nein, Sire, es war ein durch eine Mistgabel verursachter Schnitt. Eine Fleischwunde, die nicht tief geht.« Eine Fackel flackerte in ihrer Halterung und gab ein sparsames Licht.

William forderte ihn auf, auf einer Bank neben seinem Stuhl Platz zu nehmen, und wies einen jungen Burschen an, einen Becher Wein zu reichen. »Wenn ich mit Euch fertig bin, werdet Ihr nicht mehr das Nötige haben, um die Hände zu heben und um Gnade zu flehen, von Mistgabeln ganz zu schweigen«, sagte er eisig. »Ihr werdet morgen einen größeren Kreis ziehen, Miles. Nehmt, was wir gebrauchen können, und verbrennt den Rest. Ich werde ein Feuer durch das Land schicken, das dem Schweif des Kometen gleicht, der den Tod von Harold dem Usurpator vorhergesagt hat. Die Engländer sollen mich durch Flammen und Schwert als ihren König anerkennen, wenn sie es nicht anders wollen.«

Miles schwieg, obwohl William seine niedergeschlagenen Augen eindeutig als Ehrerbietung wertete.

Einer der anderen Männer im Raum, ein hochrangiger Lord namens Robert de Tosny, Lord of Belvoir, wandte sich von dem Kohlebecken ab, an dem er sich die Hände gewärmt hatte. »Mir ist ein Gerücht zu Ohren gekommen, dass Ihr eine englische Frau habt, le Gallois?«, sagte er. »Das muss ein langer, kalter Weg sein, der Euch von Eurem Ehebett fortgeführt hat.«

König William musterte Miles scharf. Robert de Tosny war FitzOsberns Schwager, und eine so beiläufig fallen gelassene Information konnte bloß der Wahrheit entsprechen. »Was habt Ihr dazu zu sagen?« De Tosny grinste hinterlistig wie ein Fuchs und legte es darauf an, Miles mit seiner Frage in Schwierigkeiten zu bringen. Er wirkte ausgesprochen selbstgefällig.

»Es stimmt in der Tat«, erwiderte sein Gegner mit einem zwanglosen Achselzucken. »Außerdem ist es Schnee von gestern. Ich habe noch am Tag der Hochzeit eine Kopie des Vertrags an den König geschickt und eine weitere bei den Mönchen in Hereford hinterlegt.«

»Nun, ich habe sie ganz bestimmt nicht zu sehen bekommen«, beschwerte sich William, »und meine Sekretäre hätten mich darauf aufmerksam machen sollen. Welches Recht habt Ihr, ohne meine offizielle Erlaubnis eine Frau zu nehmen?«

»Das Eroberungsrecht, Sire?«, gab Miles zurück und presste die Lippen zusammen, bevor er sich seinem König gegenüber noch mehr herausnehmen konnte.

Der unbehagliche Moment zog sich hin. Dann hellte sich Williams finstere Miene auf, und seine Lippen verzogen sich zu einem sparsamen Lächeln, das mit einem gehässigen Kommentar verbunden war. »Wahrscheinlich hat einer meiner Beamten entschieden, dass die Heirat eines halb walisischen Vasallen von niedrigem Rang angesichts der Flammen der Rebellion zur Unbedeutsamkeit verblasst. Und wahrscheinlich hatte er recht, es sei denn, bei Eurer Braut handelt es sich zufällig um Edyth Swannesha.«

»Kein Vergleich mit Harolds damaliger Mätresse«, mischte sich Tosny erneut großspurig ein. »Meines Wissens wurde sie mit einer großzügigen Mitgift ausgestattet.«

»Sie hätte eine bessere Mitgift gehabt, wenn Euer Schwager nicht so erpicht darauf gewesen wäre, seine Handlanger zu schicken, um ihr Land zu verwüsten«, gab Miles vorwurfsvoll zurück.

De Tosny hob die Brauen und machte ein gekränktes Gesicht, während der König nach Argumenten griff, die keinen der Beteiligten kränkten.

»Ich habe nicht nach Komplikationen Eurer Eheschließung gefragt«, mäkelte er ungnädig. »Eine Engländerin ist das, sagt Ihr?«

»Ja, Sire. Christen of Ashdyke. Ihr Mann kämpfte bei Stamford gegen die Norweger und wurde zu schwer verwundet, um an der Schlacht bei Hastings teilzunehmen. Er hat Euren Beamten für seine Ländereien den Lehnseid geschworen, ein paar Jahre später starb er in einem Kampf zwischen den Männern des Earl of Hereford und dem Bruder seiner Frau, für den er nicht verantwortlich war.«

Der König rieb sich das Kinn. »Ich vermute, Ihr geht aus gutem Grund nicht auf die Einzelheiten ein, was ich für den Moment auf sich beruhen lasse. Was ich hingegen erfahren möchte, ist, ob Ihr Eurer neuen Frau traut.«

»Ich zweifle nicht an ihrer Loyalität«, versicherte Miles.

De Tosny verhielt sich wie ein eitler Gockel. »Frauen wissen ja nicht einmal, worum es bei Kriegen und Auseinandersetzungen geht«, sagte er hochnäsig und wollte sich wichtigmachen. »Wahrscheinlich hat sie bereits einen Eurer englischen Diener in ihr Bett genommen, und wenn Ihr zurückkehrt, wird sie den Balg, den sie trägt, als Euren ausgeben und hinter Eurem Rücken über Euch lachen!«

Der arrogante Lord wusste nicht, wie ihm geschah, als er plötzlich in einem schmerzhaften Ringergriff gefangen war und sein Gesicht nach unten in das Becken mit den glühenden Kohleklumpen hinuntergedrückt wurde.

»Entschuldigt Euch unverzüglich, bevor ich ein neues Lächeln in Euer Gesicht brenne«, verlangte Miles.

»Ihr idiotischer walisischer Hurensohn, lasst mich los!« De Tosny wand sich, versuchte sich aus der eisernen Klammer zu befreien, aber Miles reagierte darauf, indem er seinen Griff verstärkte und de Tosnys Gesicht näher an die glühenden Kohlen heranbrachte.

Der König beugte sich vor. »Lasst ihn gehen, Miles, damit er sich ebenfalls bei mir entschuldigen kann. Eine offene Sprache weiß ich zu schätzen, Beleidigungen, die aus der Gosse stammen könnten, werde ich nicht dulden.«

Widerstrebend lockerte Miles seinen Griff und trat zurück. Sein Opfer stieß sich mit rotem Gesicht und vor Wut schäumend von ihm ab, strich seine Tunika glatt und wandte sich an den König. »Wenn ich Euch beleidigt habe, bitte ich um Verzeihung, Sire«, sagte er, obgleich seine verkniffene Miene verriet, welche Überwindung ihn das kostete.

Der Herrscher von großen Teilen der Insel bewegte ruckartig den Kopf und befahl knapp: »Geht und bringt mir Euren Bruder. Ich will mit ihm sprechen.«

»So, Miles.« König William lehnte sich zurück und streckte die Beine aus. »Erzählt mir von Eurer plötzlichen Heirat und dieser Engländerin, die so ein Muster an Tugend ist, dass Ihr de Tosnys Gesicht wegen einer Bemerkung brandmarken wolltet. Bislang habt Ihr Euch auf die allerwesentlichsten Punkte beschränkt, jetzt will ich alles wissen, und ich werde es merken, wenn Ihr mir etwas verschweigt.«

Miles griff nach seinem Wein und trank einen großen Schluck. Es hatte ihn beruhigt, sich an Robert de Tosny abzureagieren, und er fühlte sich in der Lage, dem König mit sachlicher Neutralität zu berichten, was dieser wissen wollte.

William hörte zu, dabei beobachtete er Miles mit halb geschlossenen Augen und strich sich über sein mit dunklen Bartstoppeln bedecktes Kinn. Es ging um Ashdyke. Angeblich war die Aneignung nicht allein aus Gewinnsucht erfolgt, sondern aus vielschichtigen Motiven. Wenngleich der König Miles als einen seiner wertvollsten Kundschafter betrachtete, hatte er so seine Schwierigkeiten. Er musste das eine gegen das andere abwägen, und gerade jetzt war er sich nicht sicher, zu welcher Seite sich die Waagschale neigte.

»Im Zusammenhang mit Ashdyke gibt es noch etwas, Sire, eine Gunst, die ich von Euch erbitten möchte«, wagte Miles einen Vorstoß, nachdem er seine Geschichte zu Ende erzählt hatte.

»Dann nennt sie mir«, entgegnete William. »Wir wollen einmal sehen, wie weit Eure Dreistigkeit geht. Vermutlich bin ich Euch für das Pferd meines Sohnes etwas schuldig, es ist ein ausgezeichnetes Tier.«

Miles streckte sich und holte tief Atem. »Der Großvater meiner Frau, sollte er noch leben, hat Landbesitz in dieser Grafschaft; der größte Teil davon ist ein Dorf namens Oxley. Statt zuzusehen, wie es vernichtet wird, falls er sich als feindselig erweist, bitte ich Euch, es mir zuzusprechen. Ich kenne die genaue Größe des Besitzes nicht, habe jedoch Grund zu der Annahme, dass er nicht allzu groß ist. Zumindest nicht groß genug, um das Interesse Eurer hochrangigen Lords zu wecken.«

König William schürzte die Lippen und maß Miles mit einem abschätzenden Blick. »Alles hat seinen Preis, le Gallois.«

»Ja, Sire, ich weiß aus Erfahrung, dass dem so ist.«

»Dann verlange ich als Gegenleistung für das Anrecht auf dieses Land, dass Ihr auf eigene Kosten bis Mariä Lichtmess in meinen Diensten verbleibt. Von Stafford aus werden wir hoch nach York reiten und dann durch die Berge, um die Engländer aus Chester hinauszujagen. Ich werde Eure Fähigkeiten dringend benötigen.« Er sah Miles mit harten Augen an und schlug die großen Fäuste auf die Lehnen seines Stuhls. »Die Entscheidung liegt bei Euch. Ich kann Euch nicht bis nach Weihnachten festhalten, aber wenn Ihr geht, könnt Ihr sicher sein, dass Ihr den Besitz in Staffordshire an die Flammen verliert und Eure Ländereien im Grenzgebiet dem Earl of Hereford übertragen werden.«

Miles starrte seinen Herrscher ungläubig an und bemühte sich, Ruhe zu bewahren. Er hatte seine Antwort. Oxley war in der Tat der Blutpreis. Williams Gesicht spiegelte kein Erbarmen wider, nachdem er Miles' Schwachstelle gesucht und gefunden hatte. Schlimmer noch war, dass der König ihm so harte Bedingungen auferlegte, um ihn auf die Probe zu stellen und ihn zu warnen, im Rahmen seiner Dienste seine Grenzen zu überschreiten.

Es half nichts. Miles schluckte das Gift hinunter und zwang sich, vor seinem König niederzuknien und ihm den Lehnseid für den neuen Landsitz zu leisten. Dass er an allen militärischen Aktionen im Winter teilnehmen musste, legte ihn in Ketten.

William gab ihm den Friedenskuss und verabschiedete sich zufrieden. »Geht«, sagte er. »Haltet Euch an Eure Abmachung, dann halte ich mich an meine.«

12

Oxley
Region Staffordshire

Miles lenkte Cloud zwischen den Eichen und Buchen hindurch, die Oxleys nördlichste Grenze bildeten. Kurz vor Winterbeginn waren die meisten Bäume fast kahl, ihre Blätter bedeckten zumeist den Boden. In der Ferne heulte ein Wolf im schwindenden Licht und erhielt von zwei Gefährten eine Antwort. Der Hengst warf den Kopf hoch, schnaubte und rollte mit den Augen. Miles streichelte seine Ohren und sprach sanft in Walisisch auf ihn ein.

Leofwin, sein Begleiter, verlagerte sein Gewicht im Sattel und blickte angespannt um sich. Sein Schwert steckte locker in der Scheide, damit er es schnell ziehen konnte.

Der schneidende Wind peitschte Blätter durch die Luft, die nicht selten die beiden Reiter trafen. Sie hatten den größten Teil des Tages gebraucht, um diese verlassene Ecke von Staffordshire zu erreichen, behindert durch Graupel, Eisregen und einen stürmischen Wind, der ihnen mit der Schärfe eines Rasiermessers in die Haut schnitt.

Wenn Guyon statt Leofwin ihm den Rücken decken würde, hätte er sich längst eine Predigt über die Unvernunft anhören müssen, zu einem gottverlassenen Ort wie diesem zu reiten, umgeben von einer waldigen Wildnis, bewohnt von Hirschen, Wölfen und ein paar mürrischen englischen Bauern. Oxley, der Blutpreis, eine Handvoll Nichts. Dennoch veranlasste die Situation Miles zu einem kurzen Lachen.

»Schließ nie einen Handel mit einem König oder einer Frau ab, denn du wirst es bereuen«, sagte er zu seinem verwirrten Begleiter. »Diese Übereinkünfte sind meist keinen roten Heller wert, und du wirst dafür mit deiner Seele bezahlen.«

»Mylord?«, fragte Leofwin nach.

»Ach, nichts.« Miles schüttelte den Kopf, als sie den Abstieg zu einer von Bäumen gesäumten Furt in Angriff nahmen. »Es waren die abschweifenden Gedanken eines fiebrigen …«

Abrupt brachte er den Hengst zum Stehen, der den Hals hochgeworfen hatte, und gab ein Zeichen nach hinten, das den zehn Söldnern galt, die in seinem Gefolge ritten.

»Was ist?«, erkundigte sich Leofwin, als Miles abstieg, um den aufgewühlten Schlamm und den Pferdemist dazwischen genauer in Augenschein zu nehmen und anschließend das Dornengestrüpp am Rand. »Man braucht ungefähr zwölf Pferde, um ein solches Durcheinander anzurichten«, sagte er. »Einige sind beschlagen, andere nicht. Entweder ist Lord Oxley ein bekannter Pferdehändler, oder es gibt einen anderen Grund dafür, dass ein Reitertrupp kürzlich hier durchgekommen ist.« Er stieg wieder auf Cloud und schob den linken Arm durch die Riemen seines Schilds.

»Ein Dutzend?«, meinte Leofwin. »Dann sind wir ihnen ebenbürtig, falls es sich um Rebellen oder Feinde handelt.«

Miles schüttelte den Kopf. »Nicht ganz. Vermutlich sind noch mindestens fünf Fußsoldaten dabei, die gut bewaffnet sind. Siehst du die Spuren im Schlamm, die von den Schäften ihrer Speere und Äxte herrühren. Und wenn sie Zugriff auf beschlagene Pferde haben, wird dasselbe auch für gute Waffen gelten.«

»Bei den Wunden Christi«, murmelte Leofwin und spähte nach hinten zu den Männern, die mitbekommen hatten, dass irgendetwas im Gange war. »Reiten wir weiter?«, fragte er, und voller Anspannung schweifte sein Blick über die nähere Umgebung.

»Natürlich reiten wir weiter, ganz vorsichtig, bis wir ihre genaue Anzahl kennen und wissen, wozu sie fähig sind.«

Er packte die Zügel und trieb den Hengst zu dem rauschenden Wasser hinunter. Obwohl es sich um eine Furt handelte, war der Übergang nach den starken Regenfällen nicht gerade leicht. Das rasch dahinfließende Wasser schäumte um die Fesseln der Pferde und stieg in der Mitte so hoch, dass es bis zu Schultern, Bauch und Hinterteil reichte. Es war eiskalt und bewirkte, dass sich die Beine und Schenkel der Männer trotz der kurzen Zeit, die sie sich im Wasser befanden, taub anfühlten.

Auf der anderen Seite angekommen stieg Miles erneut ab, um die Huf- und Fußabdrücke zu überprüfen, bevor er seine Männer um sich scharte, um ihnen seinen Plan für die Vorgehensweise zu erklären. »Leofwin, komm mit mir, der Rest von euch sucht im Wald Schutz und bindet den Pferden die Mäuler zu. Wir müssen uns so geräuschlos wie möglich verhalten.« Er nickte einem stämmigen normannischen Soldaten auf einem kräftigen kastanienbraunen

Pferd zu. »Etienne, du hast während meiner Abwesenheit das Kommando. Ich übertrage dir die Verantwortung, damit du die üblichen Signale für Vorstoß oder Rückzug geben kannst.«

»Ja, Mylord.« Der Ritter hatte bereits den Kopf zu dem sumpfigen Pfad gedreht, der zu dem Dorf führte, und folgte damit Miles' Blick. Außerdem registrierte er den Klang einer nörglerischen Männerstimme, die zu ihnen herüberwehte, untermalt vom verzweifelten Schluchzen einer Frau und dem Weinen eines verängstigten Kleinkinds. Miles schwang sich rasch wieder in den Sattel und zog sein Schwert.

Ein Mann kam aus dem Dämmerlicht um die Wegbiegung auf sie zu. Er mühte sich mit einem beladenen Handkarren ab. Er war knochendürr und schon ziemlich alt. Silberne Haarsträhnen lugten unter dem Rand seiner wollenen Kappe hervor. Seine kurze Tunika aus rostbraunem Stoff war an mehreren Stellen geflickt und sein Umhang mottenzerfressen. Ein Stück hinter ihm lief eine jüngere Frau, die in ein Kleid aus demselben rostfarbenen Stoff und in einen zottigen Schaffellumhang gekleidet war. In einem um ihre Schultern geknoteten Schal trug sie ein etwa neun Monate altes Baby auf dem Rücken.

Der Mann hielt den Kopf zum Schutz vor dem Wind gesenkt, als er darum kämpfte, den Karren über die Furt zu zerren, wenngleich Gott allein wissen mochte, wie er heil auf die andere Seite gelangte. Die Frau blieb schlitternd stehen und stieß mit weit geöffnetem Mund einen gellenden Schrei aus, der das Baby ansteckte. Der Mann hob den Kopf, folgte ihrem Blick und ließ seinen Handkarren langsam in den Schlamm sinken. Ein Ausdruck völliger Verzweiflung verzerrte sein Gesicht, und er fiel neben seinem schwankenden Wagen weinend auf die Knie. Die Frau drehte sich um und begann schluchzend den Weg zurückzustolpern, den sie gekommen war.

Für Miles ein Zeichen einzugreifen. Er trieb Cloud vorwärts, wobei die Hufen des Hengstes Schlammklumpen hochschleuderten, die auf den alten Mann prasselten. Miles ging es darum, die Frau aufzuhalten, bevor sie im Dorf Alarm schlagen konnte, sofern es nicht ohnehin zu spät war. Sie sank auf die Knie und flehte ihn auf Englisch an, ihr Leben und das ihres Babys zu verschonen.

»Steh auf«, erwiderte Miles kurz angebunden. »Du wirst nicht sterben.«

Sie bedeckte den Kopf mit den Händen und wiegte sich hin und her, bekam in ihrer Panik gar nicht mit, was er sagte. Er blickte auf sie hinunter und dachte daran, wie Christen bei ihrer ersten Begegnung ohne Rücksicht auf ihr eigenes Leben ihrem Bruder zu Hilfe geeilt war.

»Steh auf«, wiederholte er eindringlich. »Ich gebe dir mein Wort, dass dir nichts geschehen wird. Warum flieht ihr aus dem Dorf?«

Ihre Antwort bestand aus einem weiteren Jammerlaut, woraufhin Cloud mit zuckenden Ohren zur Seite tänzelte. Miles fluchte, ließ den störrischen Hengst einen Halbkreis beschreiben und lenkte ihn zu dem alten Mann zurück, der wieder auf die Füße gelangt war und benommen in das trübe Novemberlicht starrte.

»Warum lauft ihr davon?«, wollte Miles wissen. »Wusstet ihr, dass wir kommen?«

Der Mann schüttelte mit klappernden Zähnen den Kopf, und sein Blick schoss zu Miles' Truppe auf ihren Schlachtrössern. »Nein, Lord«, stotterte er mit krächzender Stimme, vor Kälte und Angst schlotternd.

»Bei der Liebe Gottes, gib ihm eine Pferdedecke!«, herrschte Miles Leofwin an und fuhr dann fort: »Ich suche Wulfric, den Lord von Oxley. Ich will ihm nichts Böses, er ist mein Verwandter.«

Der alte Mann fing die Decke auf, die Leofwin ihm zuwarf, und blickte erst den rauen, dicken Stoff in seinen knorrigen Händen und dann wieder Miles an. »Lord Wulfric ist nicht mehr der Lord«, erwiderte er, dabei entblößte er einen Mund voll gelber, abgenutzter Stümpfe. »Seit diesem Nachmittag nicht mehr. Ich und Freda, wir sahen unsere Chance und flohen mit dem Kind. Sie haben ihren Mann getötet und sich mit ihr vergnügt. Kein Wunder, dass das Mädchen nicht mehr bei Verstand ist.« Sein Blick musterte erneut ihre Gruppe, und er bekreuzigte sich. Plötzlich geriet er in Rage. »Normannen oder Engländer, was zählt das überhaupt, ihr seid schließlich alle gleich. Nur zu, macht ein Ende mit mir und meinem Mädchen und bringt es hinter Euch.« Er warf die Decke fort und riss den ausgefransten Saum seiner Tunika auf, um seine skelettähnliche Brust zu entblößen.

Miles ignorierte die dramatische Geste und blickte mit zusammengekniffenen Augen den Weg entlang. »Du sagst also, ihr flieht vor den Engländern? Und die waren es, die den Landsitz eingenommen haben?«

Der alte Mann nickte heftig. »Ja. Wie ein Wolfsrudel fielen sie über uns her. Ich sagte es ja, ihr seid alle gleich.«

»Lord Wulfric, ist er tot?«

»So gut wie. Sie metzelten ihn nieder, als er sie aufzuhalten versuchte, die Bastarde. Reitet weiter, beendet, was sie begonnen haben, aber beeilt Euch. In Oxley gibt es nicht mehr viel zu plündern.«

»Wie weit ist es bis zum Dorf?«

»Ungefähr fünfhundert Meter.« Er schloss seine Tunika und starrte Miles verwirrt an, fragte sich ganz offensichtlich, warum er nicht tot war.

»Wo sind sie jetzt?«

»Als wir geflohen sind, waren sie alle in der Halle, möge Gott sie verrotten lassen; sie haben ihre Beute sortiert und Lord Wulfrics Ale in sich hineingeschüttet.«

»Nicht mehr lange«, erwiderte Miles voller Zorn. »Heute Nacht werden sie blicklos im Morast schlafen. Wie ist dein Name?«

»Golding, Mylord.«

»Gut, geh und beruhige deine Tochter und kehrt dann zu eurem Haus zurück, wenn es noch steht. Bei diesem Hochwasser könnt ihr die Furt ohnehin nicht überqueren, ihr würdet völlig durchweicht werden und das nicht überleben.« Der alte Mann starrte ihn mit offenem Mund an. »Wickel dich in Christi Namen in diese Decke oder gib sie zurück, ich habe keine Lust, sie an den Schlamm zu verschwenden.« Er wendete Cloud und wappnete sich dafür, mit seinen Männern noch eine Strecke weit zu reiten.

»Lord Wulfric hat gar keine normannischen Verwandten«, warf der alte Mann verwundert ein und schlang sich die Decke um die Schultern.

»Jetzt schon«, entgegnete Miles.

Es war vollkommen dunkel, als Miles und seine Männer mit dem Angriff auf die englischen Rebellen begannen, die in der Halle von Oxley lautstark feierten. Es waren insgesamt vierzehn, hauptsächlich Engländer, dazwischen ein paar Waliser und Dänen. Elf zechten in der Halle, drei standen draußen Wache und waren eifrig damit beschäftigt, Oxleys Keller zu leeren. Keiner von ihnen war nüchtern.

Miles und seine Männer duckten sich hinter der hölzernen Palisade und warteten mit der Geduld von Raubtieren ab, die sich an ihre Beute heranpirschten. Einige der Pfähle waren verrottet, ein paar fehlten ganz, ein Beweis dafür, dass hier alles seit einigen Jahren nicht mehr instandgehalten worden war.

Durch einige Lücken in dem Schutzzaun konnte Miles das Brunnenhäuschen und den Wächter sehen, der sich dagegenlehnte und große Schlucke aus seinem Trinkhorn in sich hineinkippte. Aus der Halle drangen Rufe und heiseres Gelächter, gefolgt von einem gewaltigen Rülpser, als einer der Feiernden ins Freie torkelte, um gegen die Mauer des Herrenhauses zu urinieren, die aus Lehm und Flechtwerk bestand. Eine in den Schatten nicht zu erkennende Frau kreischte laut. Kurz darauf schwankte ein Soldat aus dem Dunkeln in den Fackelschein und stopfte seine Genitalien in die Hose zurück. »Du bist an der Reihe!«, rief er dem Wächter beim Brunnen zu und griff sich in den Schritt, um zu unterstreichen, was er meinte, bevor er in die Halle zurückstolperte.

Der Wächter hob erwartungsvoll sein Trinkhorn, um es zu leeren, stellte fest, dass es nur noch Tropfen enthielt, und warf es in den Garten, bevor er sich über das Gesicht wischte und zu der Mauer hinüberschlurfte.

Miles gab Leofwin ein Zeichen, huschte durch die Lücke auf das Gelände und schlich katzengleich geräuschlos durch den Garten. Ein Messer blitzte auf, und Blut ergoss sich in einem heißen Schwall über Miles' Hand, während sein Gegner zu Boden sank und sich im Todeskampf wand. Miles trat über ihn hinweg, stieß den Ruf eines Waldkauzes aus und erhielt Antwort von Leofwin, der den von ihm ins Visier genommenen Wachposten unschädlich gemacht hatte. Daraufhin schickte Miles sich an, den dritten Mann auszuschalten.

Wulfric of Oxley strich mit den Händen über den alten Zobelumhang, der seinen Körper bedeckte, und erinnerte sich daran, wie sein Vater ihn ihm als Geschenk bei seiner Hochzeit mit Aelfreda überreicht hatte. Eine Decke für zwei, die man sich teilen konnte, wenn man in der Dunkelheit fror. Der alte Lord spürte, dass diese Dunkelheit jetzt an ihm zog und Aelfreda am Rand seines Blickfelds auf ihn wartete, jung wie damals mit blondem Haar, das ihr bis zur Taille fiel, und Lippen, die sich zu einem einladenden Lächeln öffneten.

Licht flackerte schmerzhaft vor seinen Lidern auf, zerstörte die Schönheit seiner Vision und schleuderte ihn in die erbärmliche Realität der Hütte zurück, in die sie ihn getragen hatten, damit er dort mit dem Blut, das aus der Speerwunde in seiner Seite floss, sein Leben aushauchen konnte.

Als er die Augen öffnete, sah er eine Schnur Blutwürste

und eine geräucherte Speckseite an dem Deckenbalken hängen, die von den marodierenden Söldnern noch nicht entdeckt worden waren. Bonde, einer der Diener aus der Halle, hielt eine brennende Fackel direkt vor sein Gesicht, und der Verletzte hörte dessen Frau Gythe flüstern, der Lord sei noch am Leben, aber sie sollten besser den Priester holen.

»Pater Edgar ist weg«, sagte Bonde fast stimmlos. »Hat die Beine in die Hand genommen und ist wie alle anderen, die einen Funken Verstand hatten, in die Wälder geflüchtet. Bloß Narren wie wir sind als Zielscheiben für diese Feiglinge in der Halle geblieben.«

»Still«, warnte die Frau. »Er wird dich hören. Darüber ist er noch nicht hinaus.«

»Trinkt dies, Mylord.« Gythe hob Wulfrics Kopf behutsam an und berührte seine Lippen mit einem hölzernen Becher. »Es wird Euren Durst stillen.«

Der Alte drehte den Kopf zur Seite, sodass die bittere Flüssigkeit in seinen Bart sickerte. »Geh«, flüsterte er. »Du kannst nichts mehr für mich tun. Dein Mann hat recht. Ihr solltet in die Wälder fliehen und euch in Sicherheit bringen, solange euch noch die Zeit dazu bleibt.«

Gythe schüttelte bedrückt den Kopf. Sie hatte ihr ganzes Leben lang in der Halle gedient und konnte diese Gewohnheit jetzt nicht ablegen.

Wulfric schloss erneut die Augen und suchte nach der Dunkelheit. Fünfundsechzig Jahre hatte er an diesem Ort verbracht, und ohne diese Wunde wären wahrscheinlich zehn weitere hinzugekommen, denn er erfreute sich einer robusten Gesundheit, und sein Körper war nach wie vor der eines Mannes, der seine Blütezeit noch nicht lange hinter sich hatte. Es war eine Ironie des Schicksals, dass ausgerechnet ein englischer Speer ihm den Tod brachte, wo überall ringsum seine Landsleute normannischer Brutalität zum Opfer fielen.

Die Soldaten waren kurz nach Mittag gekommen, eine gut bewaffnete, jedoch wilde, disziplinlose Horde aus Walisern, Engländern und Dänen, die Shrewsbury und Stafford geplündert hatten und nun vor dem Zorn von FitzOsbern und dem mächtigen König flohen, den sie ausgetrickst hatten.

Wulfrics erste Empfindungen bei ihrem Anblick waren Furcht und Vorfreude gewesen, wobei letztere rasch verflogen war, als er erkannte, dass sich sein Enkel Osric nicht inmitten der Truppe befand.

Dann hätte er dieser Horde vielleicht zu essen gegeben und sie mit Vorräten versorgt, aber da die Normannen beunruhigend nah waren, hatte er den Fehler begangen, zu zögern und trotz Drohungen mit ihnen zu verhandeln. Am Ende war sein Temperament mit ihm durchgegangen, und er hatte ihnen befohlen zu verschwinden. Das Ergebnis war, dass sie inzwischen seine Halle und alles, was sich darin befand, besetzt hielten, während er mit einer tiefen Speerwunde in der Hütte eines Dieners lag und sein Leben langsam aus dem Loch in seiner Seite tröpfelte.

Ein Krampf verzerrte sein Gesicht. Die Normannen würden ohnehin kommen und Oxley entweder einnehmen oder es dem Erdboden gleichmachen. Er hatte sein Leben für einen Moment der Schwäche weggeworfen und eine falsche Wahl getroffen. Es überraschte ihn nicht, denn sein ganzes Leben war eine Abfolge solcher unglücklichen Entscheidungen gewesen.

Er dachte an seine geliebte Aelfreda, und einen Moment lang sah er sie wieder in den Schatten. Sie streckte ihre Hand aus, ermutigte ihn, danach zu greifen, aber er konnte nicht, noch nicht. Seine Zeit war ganz nah, dass er keinen Atem mehr im Körper hatte.

Seine Frau war ihm bereits vor langer Zeit vorausgegangen, war in ihrem dreißigsten Winter im Kindbett gestorben. Ihre Tochter Saea hatte eine gute Partie gemacht und Burwald Trigson, einen wohlhabenden Gutsbesitzer aus Shropshire geheiratet, wobei das Verhältnis zwischen ihm und seinem Schwiegersohn über lauwarme Herzlichkeit nie hinausgegangen war. Eine Weile hatten die Kinder sein Leben erhellt: Osric unzähmbar und mutwillig, Christen ihrer Mutter so ähnlich, dass es ihm das Herz brach.

Irgendwann änderte sich alles. Der Junge war zu einem selbstsüchtigen Schwächling herangewachsen, das Mädchen an die Ehe mit einem alten Mann verschwendet und mit kaum fünfzehn Jahren zu einer gesetzten Matrone gemacht worden. Daran war er nicht unschuldig, es war unverzeihlich gewesen, dass er sie mit einem der Huscarls verheiratete, einem Mann aus der Leibgarde von König Edward. Lyulph galt als ein tapferer Mann, der für seine Dienste mit Christens Hand belohnt worden war, obwohl er viel älter und von niedrigerem Stand als sie war. Wulfric hatte oft darüber nachgedacht, den Riss zwischen ihnen zu kitten, allerdings hatte sein Stolz ihn in seiner eigenen Dunkelheit festgehalten. Zu sehr, um den ersten Schritt zu tun, und nun war es zu spät.

Ein plötzlicher Luftzug wehte Rauch über das Bettgestell in der Hütte, auf dem Wulfric in seinen Zobelumhang gehüllt lag. Als er zu husten und zu keuchen begann, war Gythe sofort an seiner Seite und ermahnte ihren Mann, die Tür zu schließen.

»Still, Frau«, warnte Bonde, der hinausgeschaut hatte, eindringlich. »Irgendetwas geht in der Halle vor sich. Hör mal, da wird gekämpft.«

Wulfrics Zähne klapperten. Aus der Ferne, fast als wäre es ein Teil seines dunklen Traums, vernahm er die Rufe von Männern auf Englisch und dann das Geräusch einer Schwertklinge.

Bonde schlich hastig wieder in die Hütte. »Es sind die Normannen«, verkündete er mit wildem Blick. »Jetzt ist es mit Sicherheit aus mit uns.«

Pferde trabten vorbei, und auf Französisch wurde ein Befehl gebrüllt, gefolgt von einem dumpfen Aufschlag und einem Schrei. Gythe presste das Ende ihres Schleiers vor ihr Gesicht und sank wimmernd auf einen Stuhl.

Wulfric sammelte seine verlöschenden Kräfte, schob unter Aufbietung übermenschlicher Willenskraft die Beine über die Bettkante und rappelte sich hoch. Jeder Atemzug brannte in seinen Lungen, und er spürte heißes Blut von seiner Taille abwärts rinnen. Vornübergebeugt und sich an der Wand abstützend stolperte er zur Tür.

Ein normannischer Soldat beugte sich über einen auf der Straße liegenden Rebellen. Ein Ritter zu Pferd hielt den Rotschimmel seines Kameraden am Zügel. Die Streitaxt des Rebellen lag neben ihm im Schlamm. Der Normanne hob sie auf, wog sie in der Hand, befestigte sie an seinem

Sattel und stieg wieder auf den Rotschimmel. Mit gesenkten Lanzen ritten die beiden Männer auf die Halle zu.

Sowie sie sich weit genug entfernt hatten, verließ Bonde eilig die Hütte, um den Toten auf der Straße zu durchsuchen. Es war ein rotbärtiger Krieger, dessen Schläfe von einem der Pferde eingedrückt worden war und der eine verzierte silberne Armspange und einen guten pelzgefütterten Umhang trug. Bonde nahm beides an sich, dabei blickte er sich die ganze Zeit furchterfüllt um.

Wulfric stöhnte und rutschte, eine Hand auf seine Wunde gepresst, am Türpfosten hinunter zu Boden. Gythe rief Bonde etwas zu, als er mit seiner Beute zurückkam, und gemeinsam trugen sie den Lord zu seiner Bettstatt zurück, legten ihn darauf und bedeckten ihn erneut mit dem Zobelumhang.

»Geht«, keuchte Wulfric. »Ich befehle euch zu verschwinden. Wenn ihr bleibt, werdet ihr sterben so wie ich und dieser Bastard dort draußen.«

Gythe und Bonde wechselten einen Blick gegenseitigen Einverständnisses, packten ihre Habseligkeiten in ein Bündel und schickten sich an, die Flucht zu ergreifen. Sie konnten nichts mehr für ihren Lord tun.

»Gott segne Euch, nehme Euch an seine Brust und halte Euch«, sagte Gythe. Tränen liefen ihr über das Gesicht, als sie einen Krug Wasser und einen halben Laib Brot neben Wulfrics Bett abstellte.

Kurz darauf huschten sie aus ihrer Hütte und machten sich mit ihren drei Ziegen und den fünf Silberpennys, die unter einem Stein der Feuerstelle vergraben gewesen waren, auf den Weg in die Wälder. Wulfric in seinem Zobelmantel überließen sie seinen sterbenden Träumen.

Miles wischte die Klinge seines Schwerts am Körper des toten Mannes zu seinen Füßen sauber und trat über die Bank hinweg, um am Kopfende der Halle stehen zu bleiben und sich umzuschauen. Sie war ein Trümmerfeld aus umgestürzten Bänken, zerbrochenen Krügen, verschüttetem Essen, verstreuten Beutestücken und toten Soldaten. Die Rebellen hatten keine Chance gehabt. Mit vollen Mägen, stark betrunken und in der Hoffnung, dass in einer so bitterkalten Nacht keine Normannen in dieser abgelegenen Wildnis von Staffordshire unterwegs sein würden, hatten sie sich in einem Gefühl falscher Sicherheit gewiegt und dies mit dem Leben bezahlt.

Mit verschlossenem Gesicht schritt Miles durch die Halle, die er jetzt als sein Eigentum betrachtete, und stieg über Leichen hinweg. Er brauchte einen der Diener, die sich in einer Ecke zusammendrängten wie eine Schar Hennen beim Anblick eines ausgehungerten Fuchses.

»Du und du«, befahl er und deutete auf zwei junge Burschen. »Sucht einen Karren, ladet die Toten darauf und bringt sie zur Kirche. Sie fallen nunmehr unter Gottes Verantwortung. Der Rest schiebt die Tische an die Wand und bringt hier alles einigermaßen in Ordnung.« Er blickte sich um. »Wo ist euer Lord? Ich muss mit ihm sprechen, und ich schwöre, dass ich ihm nichts Böses will.«

Nach einer langen Pause trat ein blonder, halbwüchsiger Junge vor, den seine Mutter am Genick in die Anonymität zurückzuziehen versuchte. »Er ist unten im Dorf, Sire«, sagte er und wischte sich mit dem Ärmel einen Tropfen von der Nase. »Gythe und Bonde versorgen ihn.«

»Bring mich zu ihm«, verlangte Miles und beschrieb

eine Geste mit der geöffneten Hand, die Geld versprach, um den Befehl weniger herrisch wirken zu lassen.

Der Bursche nickte, blickte zu seiner ängstlichen Mutter und dann wieder zu Miles. In seinen Augen lag ein Glitzern, das dem Jungen ein Abenteuer versprach und das Gefühl, für einen Moment wichtig zu wirken.

Auf dem kurzen Weg zum Dorf setzte Miles den Jungen vor sich in den Sattel und ließ sich berichten, was alles geschehen war, nachdem die Räuberbande eingetroffen war. Sein junger Führer gab bereitwillig Auskunft.

»Lord Wulfric sagte ihnen, sie könnten etwas zu essen für sich und Futter für ihre Pferde bekommen, dann müssten sie weiterreiten, weil es für ihn zu gefährlich sei, sie zu beherbergen.«

Miles dachte bei sich, dass dies fast eine Wiederholung der Situation war, die er bei Christen und Lyulph erlebt hatte. Auf jeden Fall hatten die Menschen Angst vor solch wilden Soldatengruppen.

»Sie haben den Lord einen normannischen Arschkriecher und einen Verräter an seinem Blut genannt«, fuhr der Junge fort. »Lord Wulfric brüllte sie an zu verschwinden und zog sein Schwert, wobei es zum Kampf kam und unser Herr von einem Speer verwundet wurde. Einige unserer Männer wurden getötet, der Rest floh in die Wälder.«

Als seine Stimme verklang, fragte Miles ihn nach seinem Namen. »Eric, Sire, Eric, Sohn des Brixi, mein Vater ist tot und meine Mutter Witwe.«

»Ist dein Vater im Kampf gefallen?«, hakte Miles nach.

Eric schüttelte den Kopf. »Nein, er hat sich bei der letzten Ernte an einer Sense geschnitten, und die Wunde hat sich entzündet. Ich bin jetzt der Mann im Haus. Es ist niemand mehr übrig, den meine Mutter heiraten könnte.«

»Und du machst deine Sache gut«, sagte Miles. »Es muss schwierig sein.«

Der Junge zuckte die Achseln. »Warum sprecht Ihr so gut Englisch, wenn Ihr ein Normanne seid?«

»Weil ich bloß halb Normanne bin und in diesem Land geboren wurde, als König Edward auf dem Thron saß. Meine Mutter war Waliserin, dafür hatte ich eine englische Kinderfrau.« Er lächelte den Jungen an. »Man könnte sagen, ich bin ein Mischling.«

Der Junge grinste zurück und drehte sich dann im Sattel um. »Wir sind da, das ist Gythes Häuschen.«

Miles prägte sich den Namen des Jungen ein, als er ihn von Clouds Rücken hob. Einen Moment lang klammerte er sich wie ein Affe fest, dann ließ er mit vor Freude strahlendem Gesicht los. Vielleicht gab es ja für ihn eine Beschäftigung in seinem Gefolge. Jemand mit Selbstvertrauen und einem wachen Verstand war immer zu gebrauchen.

Miles band die Zügel an einen Birnbaum vor der hölzernen Hütte an. »Pass auf Cloud auf«, sagte er, dabei tätschelte er sowohl das Pferd als auch den Jungen. Dann stieß er die Tür aus Korbgeflecht auf, zog den Kopf ein und betrat die Kate.

In das Dunkel blinzelnd blieb er stehen. Das verlöschende Feuer in der Mitte des Raums spendete noch ein wenig Licht und Wärme, war jedoch fast erloschen. Er konnte noch den beißenden Duft gekochter Zwiebeln riechen, was ihm verriet, dass die Bewohner ihr Heim erst vor kurzer Zeit verlassen hatten. Und unter seinem Fuß war ein Stein locker, woraus er schloss, dass die Leute vor ihrer Flucht hier ihr verstecktes Geld ausgegraben hatten. Vorsichtig ging er um die Feuerstelle herum, hielt dann inne, um zu lauschen, und hielt den Atem an, um sich auf das nahezu unhörbare Geräusch zu konzentrieren, das in den dunklen Schatten hinter der Trennwand erklang.

»Mylord Wulfric?«, fragte er leise.

Er vernahm ein Stöhnen und einen schwachen Atemzug. Miles, dessen Augen sich an das Dämmerlicht zu gewöhnen begannen, konnte die verschwommenen Umrisse eines Strohsacks auf einem niedrigen Bettgestell ausmachen. Er kauerte sich an das Feuer, fand etwas Anmachholz und steckte einen Ast in Brand, um den kleinen Raum in ein gelblich braunes Licht zu tauchen. Er hielt die Fackel hoch und bewegte sich leise hinüber zu der Bettstelle, wo er im Flackern die Umrisse eines alten Manns entdeckte, dessen Kopf wie ein Totenschädel aussah.

»Mylord Wulfric?«, wiederholte Miles und hockte sich neben das Bett.

Die buschigen Brauen des Kranken zogen sich gequält zusammen. »Lasst mich allein, seid so gut«, hauchte er. »Und nehmt diese verfluchte Fackel weg. Lasst mich in Frieden sterben oder tut, was Ihr tun müsst, und macht ein Ende, wenn Ihr deswegen gekommen seid.«

»Ich bin nicht hier, um Euch zu töten, Mylord«, erwiderte Miles.

Er fand eine kleine Kerzenlampe und entzündete sie mit der Fackel, um dem Raum etwas Licht zu geben, und trat an das Bett, um den Zobelpelz behutsam anzuheben.

»Nein!« Der alte Mann entriss ihm mit der Kraft der

Verzweiflung den Umhang, aber Miles hatte bereits auf dem Leinenverband die ausgedehnten Flecke zwischen Rippe und Hüfte gesehen.

»Liegt still«, beruhigte er Wulfric, als dieser sich vor Schmerzen wand.

»Es ist eine tödliche Verletzung, mir kann nicht mehr geholfen werden. Ihr solltet gehen«, flüsterte der Lord und schloss die Augen, um das Glitzern der Rüstung und das ansprechende junge Gesicht nicht mehr sehen zu müssen, das sich über ihn beugte.

»Das würde ich ja gerne tun, bloß habe ich einen langen Weg auf mich genommen, um Euch zu sehen. Ich bin wegen Eurer Enkelin Christen of Ashdyke hier. Sie ist in Sicherheit und bei guter Gesundheit. Sie sendet Euch ihre Liebe und erfüllt ihre Pflicht.«

Wulfrics Lider flackerten. »Christen«, stammelte er und leckte sich über seine trockenen Lippen. »Ihr seid ein Normanne, wenn ich mich nicht irre, und Ihr sprecht Englisch mit einem ausländischen Akzent.«

Der Schweiß auf Wulfrics Gesicht und seine Blässe verrieten Miles, dass ihm sehr wenig Zeit blieb und ganz gewiss keine für ausführliche Erklärungen. »Lyulph starb bei einem Überfall auf Ashdyke, und Christen hat mich aus freien Stücken geheiratet. Ich habe ihr versprochen, dafür zu sorgen, dass Ihr und Oxley sicher seid, wenn dies in meiner Macht steht. Für Euch, Mylord, komme ich zu spät, für das Dorf und seine Bewohner werde ich hingegen mein Bestes tun. König William wird das Land nicht beschlagnahmen, solange es sich in meiner Obhut befindet.«

Wulfric starrte Miles an, kniff die Augen zusammen und versuchte sich zu konzentrieren. »Christen … Es war nicht richtig, dass sie Lyulph geheiratet hat. Ein junges Mädchen und ein alter Mann. Die Leute haben behauptet, ich sei eifersüchtig, und vielleicht war ich das sogar, nur nicht so, wie sie dachten. Jetzt ist sie Eure Frau, sagt Ihr?«

»Wir haben sehr übereilt geheiratet, um Ashdyke vor dem Earl of Hereford zu retten«, räumte Miles ein. »Keiner von uns bereut die Entscheidung, müsst Ihr wissen. Ich würde Euch als letzten Akt von Nächstenliebe und Verzeihen bitten, uns Euren Segen zu geben.«

»Wem soll ich verzeihen?« Das Zerrbild eines Lächelns huschte über Wulfrics zerfurchtes Gesicht. »Kommt näher, damit ich Eure Augen sehen kann.«

Miles folgte der Bitte. Wulfrics Blick, mit einem Mal so scharf wie eine geschliffene Klinge, heftete sich prüfend auf ihn, drang bis in seine Seele. Das Schweigen zog sich hin, weil Miles die Musterung ruhig über sich ergehen ließ. Wenn es dunkle Flecken auf seinem Gewissen gab, gehörte seine Liebe zu Christen nicht dazu.

»Ihr seid ein Normanne«, wiederholte Wulfric und fuhr erneut mit der Zunge über seine ausgetrockneten Lippen.

»Mein Vater war Normanne, der sich zur Zeit König Edwards hier niederließ. Meine Mutter war Waliserin. Ich wurde hier geboren und hatte eine englische Amme.«

»Ihr steckt also in einem Dreieck«, stellte Wulfric fest. »Ein Teil von jedem, aber für welche Seite entscheidet Ihr Euch?«

»Ich entscheide mich dafür, mich einzufügen«, erwiderte Miles, »denn es gibt keinen anderen Weg hin zu Frieden.«

»Ihr wisst hoffentlich, dass ich gegen Euch kämpfen würde, wenn ich die Kraft dazu hätte.« Der alte Mann schwieg eine Weile. »Dennoch sagt mir mein Instinkt, dass Ihr ein Ehrenmann seid, und unter diesen Umständen muss mir das genügen.« Er streckte eine zitternde Hand aus, um sie auf Miles' Kopf zu legen. »Ich erteile dieser Ehe meinen Segen. Möge sie lang und fruchtbar sein. Zum Beweis dafür habe ich etwas, von dem ich wünsche, dass Ihr es meiner Enkelin gebt… Hier, in den Pelz eingenäht. Es hat meiner Frau Aelfreda und davor ihrer Mutter gehört. Benutzt Euer Messer«, drängte Wulfric schwer atmend.

Endlich zog Miles den Dolch aus seinem Gürtel, packte den Zobel an der Stelle, auf die Wulfric deutete, und fand den ebenfalls aus Zobel gefertigten Beutel mit etwas Rundem und Hartem in der Mitte.

»Schnell!«, keuchte Wulfric.

Miles schlitzte die Naht am oberen Rand auf und zog ein Stück weiches, zusammengefaltetes Leder heraus. Als er es öffnete, kam ein runder, kunstvoll gearbeiteter Anhänger, der auch als Brosche verwendet werden konnte, zum Vorschein: Gold und Granaten, die einen seinen eigenen Schwanz jagenden Wolf darstellten. Der Schmuck glitzerte in seiner Hand, und die Beine des Tiers schienen in den flackernden Flammen zum Leben zu erwachen.

»Schwört, dass Ihr meiner Enkelin die Brosche geben werdet.«

»Ich schwöre es«, entgegnete Miles. »Ich schwöre es bei meiner Seele.«

»Seit Aelfredas Tod lag sie fast vierzig Jahre lang auf meiner Brust, welch große Verschwendung. Begrabt mich in diesem Pelz, dann werde ich besser schlafen.« Er blickte auf irgendetwas hinter Miles, das allein er sehen konnte. »Aelfreda, ja, ja, ich komme jetzt zu dir. Du warst geduldig, und nun ist alles vollbracht.« Wulfric lächelte, als das Licht in seinen Augen erlosch.

Miles beugte sich über Christens Großvater, um seine Lider zu schließen und ihn träumen zu lassen. Behutsam zog er den Zobelpelz bis zum Kinn des alten Manns hoch. Die Brosche in seiner Hand war vom Kontakt mit seiner Haut noch warm, und Miles betrachtete sie erneut, bewunderte die Handwerkskunst, während er gleichzeitig über die Entstehung dieses Schmuckstücks nachdachte, das der Frau des Großvaters gehört hatte. Wulfrics Leben hatte in einer schäbigen Hütte geendet, mit einem Fremden an seiner Seite und einer von Reue erfüllten Vergangenheit, und er betete um die Weisheit, nicht selbst in die Falle einer solchen Anhäufung von Fehlern zu tappen. Wie ein Wolf, der seinen eigenen Schwanz jagte.

Sorgfältig befestigte er die Brosche in seinem Umhang und stand auf. Sein Messer lag immer noch auf dem Zobelpelz, und er bückte sich, um es an sich zu nehmen.

Hinter ihm wurde die Tür aufgestoßen, und eine Windbö wehte in den Raum. »Du stinkender normannischer Hurensohn!«, tobte Osric, stürzte sich auf den Schwager und nutzte den Überraschungsangriff, um Miles zu Boden zu stoßen. Im nächsten Moment spürte er die eisige Kälte einer Klinge an seinem Hals, und Miles wusste, dass er jetzt sterben würde. Tatsächlich wäre er tot gewesen, wenn der Junge, der mit ihm hierhergeritten war, nicht in die Hütte gerannt wäre und sich auf Osric geworfen hätte, sodass dessen Messer abrutschte und an den Gliedern von Miles' Kettenhemd kratzte.

Laut aufbrüllend schüttelte Osric den Jungen ab und schleuderte ihn gegen die Hüttenwand, als würde er sich einer Ratte entledigen. Miles tastete nach seinem Messer, schloss die Finger darum und sprang auf die Füße.

»Du mörderischer Bastard!« Osrics Stimme schlug in ein raues Schluchzen um. »Ich hatte fast geglaubt, Christen habe recht und ich sei ein Narr weiterzukämpfen und sollte besser Frieden schließen. Gott möge mir beistehen, wenn ich mir ansehe, was du und die deinen getan habt, werde ich euch alle töten, bis die Flüsse rot von normannischem Blut sind!«

»Dein Großvater ist durch die Hände der Engländer gestorben, nicht durch meine«, gab Miles schwer atmend zurück. »Ich hatte keinen Grund, ihm Böses zu wünschen.«

»Lügner! Er stand dir im Weg, und du hast ihn ermordet.«

Osric ging erneut auf den Mann seiner Schwester los. Miles duckte sich unter dem Angriff weg, wand sich und schob einen Fuß vor, um den anderen am Rand der Feuerglut zu Fall zu bringen. Und als er auf ihm kniete, ritzte das Messer Osrics Luftröhre.

»Mach schon, tu es!«, stachelte der Schwager ihn an. »Warum sollte ein weiterer Toter dein Gewissen belasten?«

»Das würde er gar nicht«, hielt Miles ihm von oben herab vor. »Dabei würde ich der englischen Sache wahrscheinlich einen großen Dienst erweisen, wenn ich es täte, worauf ich wegen deiner Schwester und des Versprechens, das ich ihr gegeben habe, verzichte und dein Leben verschone.«

Er zog sein Knie von Osrics Kreuz weg, stand auf und schob sein Messer in die Scheide, nachdem er dem Schwager seine Waffe abgenommen hatte.

Auf Händen und Knien kroch Osric zu der Bettnische hinüber, um den Leichnam seines Großvaters zu betrachten. Die Wunde stamme von einem Engländer, behauptete Miles, was Osric nicht glaubte. Die Normannen verwüsteten ganz Staffordshire, was ein so verbohrter Mensch wie Osric leugnete. Er lehnte alles ab, was nicht in sein Denken passte. Jetzt hob er die Decke und sah die blutgetränkten Verbände an. Bitterkeit erfüllte seine Seele und floss über. Er zog die Decke zurecht und küsste die erkaltende Wange seines Großvaters. Dann wirbelte er ohne Vorwarnung herum, riss einen Ast Anmachholz an sich und schlug damit nach Miles. Der warf sich zur Seite, um dem Hieb auszuweichen, und stieß sich dafür den Kopf an einem Regal mit Krügen an. Osric versetzte Miles einen weiteren Hieb, um sicherzugehen, dass er nicht wieder auf die Füße kam, und starrte seinen blutenden, reglos am Boden liegenden Schwager keuchend an. »Du Bastard«, fauchte er und bückte sich, um nach seiner Waffe zu greifen.

Ein leises Geräusch veranlasste ihn herumzufahren, und er sah den Jungen an der Wand entlang auf die offene Tür zuschleichen. Osric ging mit dem Messer in der Hand auf ihn los und griff unverhofft nach ihm. Es gelang ihm, den Ärmel zu packen, doch Eric riss sich los und rannte aus vollem Hals um Hilfe rufend in die Nacht hinaus. Osric hörte draußen fragende Stimmen in näselndem Französisch und Hufgetrommel auf dem Weg.

Fluchend duckte er sich unter der Tür weg, band Miles'

Hengst von dem Birnbaum los und schwang sich in den Sattel. Cloud bäumte sich auf und drehte sich im Kreis. Das geringe Gewicht auf seinem Rücken und das ruckartige Ziehen am Gebiss machten ihn nervös.

»Komm schon, du blutiger Klumpen Krähenfutter!«, wütete Osric.

»Hola!«, rief ein normannischer Ritter, der im trüben Dämmerlicht auf ihn zujagte. »Mylord?«

Osric stieß dem Grauen die Fersen so hart in die Seiten, wie er konnte, woraufhin ihn der Hengst in einem widerspenstigen, unregelmäßigen Galopp von den Normannen wegtrug.

Etienne FitzAllen zügelte sein eigenes Pferd und nagte an seiner Lippe. Der Flussdunst verdichtete sich rasch zu einem dicken Nebel, und ein graues Pferd auf unbekanntem Gelände durch graue Wolken zu verfolgen, war im besten Fall zeitaufwendig und im schlimmsten Fall fruchtlos. Allerdings war es der Hengst seines Lords, der entführt worden war und den er nicht einfach davonrennen lassen durfte. Etienne stieg ab, hob den schluchzenden Jungen vom Boden auf und schüttelte ihn.

»Wo ist dein Lord?«

Der Junge verstand das schnelle Französisch nicht, doch was der Ritter meinte, war offensichtlich, und Eric zeigte auf die Hütte. Etienne zog sein Schwert und stieß ihn zur Seite.

Die Hüttentür hing an einer einzigen Angel. Schwaches Licht von draußen und das trübe Flackern einer Talglampe erleuchteten das Innere.

»O Christus«, murmelte er, als er angestrengt in die Schatten spähte. »O Christus im Himmel.«

Miles wurde sich der Geräusche im Raum bewusst, dem leisen Klirren von Kettengeflecht, als jemand auf und ab schritt; dem Flüstern von Frauen, dem Winseln eines Hundes und dem gereizten Keifen seines Bruders, als der wedelnde Schwanz des Tiers einen Becher vom Tisch fegte.

»Schaff diesen räudigen Köter hier heraus«, verlangte Gerard in fehlerhaftem Englisch.

Eine Jungenstimme antwortete. Eric, dachte Miles und wunderte sich, wieso er den Namen des Jungen kannte, wo er sonst kaum etwas wusste. Abgesehen von dem Umstand, dass sich sein Schädel anfühlte, als würde der gesamte Gepäcktross einer Armee mit eisenbeschlagenen Karrenrädern darüber hinwegrollen.

Sein gequältes Stöhnen rief Gerard an sein Bett. »Miles, Gott sei Dank!« Erleichterung und Furcht schwangen in seiner Stimme mit. »Kannst du mich verstehen?«

»Hör auf zu brüllen, du Ochse, sonst fliegt mir der Kopf weg«, murmelte Miles mit zusammengebissenen Zähnen.

»Wenn der nicht so stabil wäre, wärst du jetzt tot«, gab Gerard zurück. »Du hast einen ganzen und einen halben Tag bewusstlos hier gelegen. Leofwin hat nach mir geschickt, weil er nicht wusste, ob du am Leben bleiben würdest.«

Miles kämpfte seinen Brechreiz nieder und zwang sich, die Augen aufzuschlagen. Gerards besorgter Blick begegnete seinem. Er trug sein Kettenhemd, und Schlammspritzer sprenkelten sein Gesicht. Hinter ihm standen Leofwin und Etienne mit ähnlich angstvollen Mienen. »Heilige Jungfrau«, stöhnte er. »Jemand soll meinen Kopf abschneiden und mir einen neuen bringen, der nicht so wehtut. Was ist passiert?«

»Du warst dumm genug, keinen Helm zu tragen, das ist passiert.« Gerard plusterte sich ärgerlich auf, um seine Sorge zu überspielen. »Immer dasselbe. Ich kann mich erinnern, dass sowohl unser Vater als auch Guyon dir für diese spezielle Unterlassungssünde das Fell gegerbt haben. Nun, diesmal hast du deine Lektion zweifellos auf die harte Weise gelernt.«

»Hör auf, mir Strafpredigten zu halten, und hör auf zu brüllen.« Miles schloss erneut die Augen und schluckte.

Sein Bruder holte Luft, um weiter zu schimpfen, aber der Anblick des geschwollenen Blutergusses auf seiner Schläfe und der verklumpten Wunde, die in seinem Haar verschwand, hinderte ihn daran. »Gottes Blut, du walisischer Mischling, ich wünschte, ich würde dich nicht lieben«, lamentierte er.

»Das ist das Problem mit streunenden Hunden«, murmelte Miles. »Nimm sie bei dir auf, und ehe du dich versiehst, haben sie dir das Herz herausgerissen.«

Gerard verdrehte die Augen. »Das Einzige, was herausgerissen wurde, waren ein paar deiner Haare, und zwar von meiner eigenen Hand. Wenn dieses englische Bürschchen nicht Etienne alarmiert hätte, wärst du jetzt tot und begraben, statt einen eingeschlagenen Schädel zu pflegen.«

»Eric?«

Gerard stürzte sich auf ihn. »Was, du erinnerst dich also?«

»Nein, zumindest glaube ich es nicht. Bei den Gebeinen Gottes, mein Gehirn fällt eher gleich heraus.«

»Ich werde einer der Frauen sagen, dass sie dir einen Trank bringen soll.«

Gerard trat zu dem Vorhang und gab schroff seinen Wunsch weiter. Als er zurückkam, betastete Miles behutsam das Ausmaß seiner Verletzung.

»Was ist genau passiert?«, fragte er erneut.

»Dem Jungen zufolge wurdest du von einem versprengten englischen Rebellen angegriffen, den du übersehen hast, als du Oxley eingenommen hast. Er hat dich im Kampf überwältigt, dir dein Messer abgenommen und wollte die Sache gerade beenden, als er den Jungen sah und stattdessen ihn verfolgte. Etienne hörte den Burschen schreien und sah ihn auf den Weg rennen, wo der Rebell bereits Cloud genommen hatte und in den Nebel geflüchtet war. Wir haben ihm vergeblich Suchtrupps hinterhergeschickt, er ist spurlos verschwunden, und unser bester Fährtensucher liegt im Bett und ist nicht ganz bei Verstand.«

Miles runzelte die Stirn. Irgendetwas Wichtiges lauerte direkt außerhalb seiner Reichweite; etwas bezüglich seines Angreifers, woran er sich eigentlich erinnern sollte, nur war das im Nebel abhandengekommen.

»Etienne dachte zuerst, du seist tot. Als sie dich nicht wach bekamen, schickte Leofwin nach mir.« Gerard stemmte die Hände in die Hüften. »Du solltest besser schnell wieder auf die Beine kommen, Miles. Ich gebe keine fürsorgliche Krankenpflegerin ab.«

Miles ignorierte die Spitze und kämpfte sich durch einen See aus Wolle, um sich daran zu erinnern, was sich in den Momenten ereignet hatte, bevor er niedergeschlagen worden war. Er hatte Eric bei Cloud vor der Hütte gelassen. Drinnen war es dunkel gewesen, und er hatte an der Feuerstelle eine Fackel angezündet und einen alten Mann sterbend auf der Bettstatt an der Wand vorgefunden. Seine Lider flogen auf.

»Mein Umhang«, rief er. »Gerard, wo ist mein Umhang?«

»So schnell mal wieder nicht!« Gerard hob die Hände. »Spaß beiseite, du brauchst Zeit, um dich zu erholen.«

Miles gab nicht nach. »Mein Umhang, gib ihn mir. Da ist etwas, das ich tun muss.«

Gerard ging zu der Truhe und griff nach dem zusammengefalteten Kleidungsstück, das mit Schlamm und Mist bespritzt war und an dem Strohhalme von dem Hüttenboden klebten. Er musterte Miles zweifelnd. »Du gehst nirgendwo hin«, wiederholte er. »Und wenn ich dich festhalten und mich auf dich setzen müsste.«

»Schluss! Hilf mir lieber, mich aufzusetzen«, bat er.

Seufzend beugte sich der Bruder über Miles, hob ihn so sanft hoch wie eine Mutter ein Kleinkind und klopfte die Kissen hinter ihm auf. »Du bist ganz grün geworden«, stellte er fest. »Musst du dich übergeben?«

»Nein«, behauptete er. »Gib mir einfach den Umhang.«

»Sieht für mich eher wie der Lumpen eines Bauern aus«, bemerkte Gerard. »Ich hoffe, deine Frau ist im Umgang mit einer Nadel genauso tüchtig wie bei der restlichen Haushaltsführung.«

Miles ignorierte ihn und tastete den oberen Rand des Umhangs ab, bis er die Brosche aus Silber und Granaten fand. »Was immer es ist, lass mich das machen, du schaffst das nie«, meinte Gerard.

Weiterhin tat Miles so, als wäre er taub, obwohl die Anstrengung, sich zu bewegen, dazu führte, dass er sich mit jeder Sekunde elender fühlte. Er drehte den Umhang um, wo zwischen Pelz und Wolle vergraben die Wolfsbrosche glitzerte, deren rote Granataugen fast lebendig wirkten.

»Das ist das Letzte, woran ich mich erinnere«, sagte er. »Christens Großvater hat sie mir für meine Frau gegeben und unsere Verbindung gesegnet. Von dem Rest weiß ich nichts mehr.«

Gerard beugte sich vor, um die Brosche in ihrem Fellnest zu betrachten. »Vielleicht hat er dir verraten, wo sich noch mehr von solchen Sachen befindet. Sie ist kostbar genug, um aus dem Grab eines Königs zu stammen.«

»Das glaube ich nicht«, entgegnete Miles nachdenklich. »Die Farbe von Gold wäre mir nicht so stark im Gedächtnis geblieben, auch wenn kein Mensch für Reichtümer unempfänglich ist. Zum Teufel. Warum kann ich mich nicht daran erinnern!« Er umfasste seinen Kopf, der sich anfühlte, als würde ein Gewitter darin toben.

Eine Dienerin erschien mit einem Becher voller Honig und Wein, in den ein Opiat gemischt worden war.

»Hier.« Gerard nahm der Frau den Becher ab. »Das wird deine Schmerzen lindern und dir helfen zu schlafen. Du darfst dich jedenfalls nicht übernehmen.«

»Deine Schuld«, entgegnete Miles schwach. »Du hättest gehen sollen, als ich es dir gesagt habe.«

»Undankbarer Klotz«, knurrte Gerard. »Jetzt gehe ich ganz bestimmt. Du schläfst, und wir sehen uns später.«

Gerard blieb noch einen Moment stehen, dann hob er in seiner Rüstung schwer die Schultern und verließ den Raum, um damit anzufangen, das Trümmerfeld von Oxley aufzuräumen.

Obgleich er dem Tod ganz knapp entronnen war, erholte Miles sich rasch und war innerhalb einer Woche wieder auf den Beinen. Er machte sich mit Oxley und seinen Bewohnern vertraut, fand heraus, wie sein Vorgänger hier regiert hatte, wie der Besitz genutzt wurde und welche Sitten hier herrschten, und innerhalb von zwei Wochen saß er trotz Gerards Bemerkung, er werde sich endgültig den Schädel einschlagen, falls ihm plötzlich schwindelig würde, wieder im Sattel.

»Ich bin kein Säugling, den man in Windeln packen muss«, sagte Miles mit ärgerlicher Belustigung, als er seinen Kastanienbraunen in Erics Obhut zurückließ, auf seine kalten Hände blies und über den mit Raureif überzogenen Hof in die hölzerne Halle ging. »Wenn ich nächste Woche wieder zu dem König stoßen soll, muss ich reiten können.« Er sah zu, wie der Rauch von der langen Feuerstelle zu den Lüftungsschlitzen hochstieg.

Gerard wischte einen Tropfen von seiner Nasenspitze. »Unser König legt den Weg jetzt nicht zurück, das hat der Bote gestern gesagt. Er sitzt am Ufer des Aire fest und findet nach diesem ganzen Regen keine begehbare Furt.« Gerard versetzte Miles einen Stoß. »Hast du nicht zugehört, oder hat sich dein Verstand erneut auf Wanderschaft begeben?«

»Ich habe ihn genauso gut gehört wie du«, beschied Miles ihn, ging zu der Feuerstelle und stellte sich vor die Wärme der Kohlen. »Der König sitzt fest, weil er Männer wie mich braucht, um eine Furt zu finden.«

Ein Junge briet eine Reihe Tauben an einem Spieß. Gerard beäugte die fett glänzenden Tiere hungrig. »Du hast deine Meinung geändert, nicht wahr?«, meinte er, als er ein langes Gerät mit zwei Zinken ergriff, es in eine Taube stach und sie von dem eisernen Stab zog. »Letztes Mal, als du angeheuert wurdest, habe ich dich dabei ertappt, wie du dir die Eingeweide aus dem Leib gekotzt und gesagt hast, du könntest nicht mehr. Hat dich der Schlag auf den Kopf wieder zur Vernunft gebracht?«

Miles schüttelte den Kopf. »Gegen bewaffnete Männer kämpfe ich auf Befehl meines Lords. Wenn er nach York geht, um die Engländer und Dänen zu vertreiben, dann verpflichtet mich meine Ehre dazu, ihn zu begleiten, Überfallritte dagegen überlasse ich lieber anderen.«

Gerard fluchte, als er sich an einer heißen Taube die Finger verbrannte. »Du bist verrückt. William wird auf seinem Marsch alles verwüsten, bis kein lebendes Wesen mehr übrig ist. Geh mit deiner Wunde als Vorwand lieber nach Hause und rühr dich nicht von deinem Feuer weg.«

»Ich kann nicht«, beharrte Miles, der trotz der Feuerstelle bis auf die Knochen durchgefroren war. »Ich habe einen Eid geleistet, bis Lichtmess zu dienen, und wenn ich diesen Schwur nicht halte, wird er mir Ashdyke und Oxley abnehmen und sie einem anderen übertragen. Du weißt, was er von Eidbrüchigen hält.«

Gerard biss in die Taube und wischte sich eine Fettspur von der Wange. Er gab zu, dass Miles wahrscheinlich recht hatte. Ein einmal dem König geleisteter Schwur war heilig und konnte nie rückgängig gemacht werden. Harold Godwinson hatte sein Versprechen gebrochen, dem Herzog der Normandie auf den englischen Thron zu verhelfen, und die Krone selbst an sich gerissen. Seitdem lag sein zerstückelter

Leichnam in einem nicht gekennzeichneten Grab. Dessen Lage blieb geheim, damit es nicht zum Ziel eines Personenkults wurde oder zum Ziel von englischen Rebellen.

»Du hast dir schon immer zu viel aufgebürdet«, sagte Gerard mit vollem Mund. »Ich bin froh, dass ich nicht solche Lasten tragen muss außer der, mich am Leben zu halten, versteht sich.«

Miles schenkte ihm ein interessiertes Lächeln. »Bedrückt es dich nie, dass du kein eigenes Land besitzt?«

»Wenn du der jüngste von sechs Söhnen bist, weißt du, dass das wenig mehr als ein Traum ist. Du rechnest damit, von deinem Schwert und am Feuer eines anderen Mannes zu leben.«

»Verspürst du nie den Wunsch, irgendwo Wurzeln zu schlagen? Wenn ich heim nach Milnham komme, weiß ich, dass es mir gehört, jeder Stock und Stein und jedes Stück Land.«

»Ich habe nie darüber nachgedacht«, antwortete Gerard, warf die Überreste der Taube einem bettelnden Hund zu und machte Anstalten, das Thema abzutun.

»Was ist mit Aude?«

Gerard verzog das Gesicht und rieb sich den Nacken, eine Gewohnheit, die Miles übernommen hatte. »Ich nehme an, ihr fehlt das manchmal«, räumte er achselzuckend ein. »Ich weiß, dass es nicht leicht ist, die Frau eines umherziehenden Soldaten zu sein, und dass viele Ritter in meiner Position nicht heiraten. Sie scheint zufrieden zu sein, mit Christen in Milnham zu leben, und die Mieteinnahmen von dem Haus in Rouen haben wir als zusätzliches Einkommen.«

»Und wenn der König dir ein Lehen anbietet?«

Gerards Augen verengten sich argwöhnisch. »Was genau hast du vor?«

Miles bedachte ihn mit einem gleichmütigen Blick. »Mir ist der Gedanke gekommen, dass es nützlich sein könnte, entlang der Grenze eine Reihe von Bollwerken zu haben, die sich gegenseitig beschützen. Ashdyke und Milnham bilden den unteren Abschnitt, Oxley und irgendwelche in deinem Besitz ziehen sich vielleicht Richtung Chester.«

»Wie lange spukt dir diese Idee schon im Kopf herum?«, fragte er mit kritischem Unterton.

»Seit wir heute über den Besitz geritten sind. Diese Böschung, die den Fluss überblickt, wäre der ideale Platz für einen Turm. Du kannst bis nach Wales hinüber und meilenweit in alle anderen Richtungen blicken.«

»Dein Verstand ist wie das Mahlwerk einer Mühle, die Räder drehen sich ständig und stehen nie still.« Gerard schüttelte lachend und stirnrunzelnd zugleich den Kopf. »Da habe ich dich bemitleidet, als du gebeten hast, während unseres Ritts eine Pause zu machen. Ich habe nämlich gedacht, deine Kräfte ließen nach, dabei hast du die ganze Zeit Pläne ausgebrütet.«

»Geschmiedet, nicht ausgebrütet«, berichtigte Miles grinsend. »Was immer geschieht, ich werde auf dieser Böschung einen Bergfried bauen. Ob deine eigenen Türme meinem mit einem Wachfeuer antworten, hängt von deinem Ehrgeiz ab. Für Männer wie uns ist es Zeit zu bauen.«

»Und was soll ich tun?«, zierte sich Gerard. »Einfach zu William marschieren und ihn um ein Lehen bitten? ›Sire, mein Bruder möchte, dass Ihr mir Land an der walisischen

Grenze übertragt, damit unsere Familie in der Zukunft zu einer mächtigen Bedrohung werden kann?‹«

»Sei kein Schwachkopf«, erwiderte Miles mit entnervter Zuneigung. »Selbst wenn du eine Handvoll Gunstbezeugungen bekämst, würden wir kaum höher aufsteigen als Leute wie FitzOsbern und Montgomery, oder?«

»Ich bin mit meinem Leben zufrieden, wie es ist«, erklärte Gerard. »Lass mich in Ruhe.« Er warf Miles einen missmutigen Blick zu. »Vor ein paar Wochen hast du geschworen, nichts anderes tun zu wollen, als nach Hause zu gehen, dir eine Decke über den Kopf zu ziehen und nie wieder zum Vorschein zu kommen, und schau dich jetzt an: randvoll mit Ehrgeiz und beflügelt von dem Willen, Reiche aufzubauen.«

»Es ist eine Frage des Gleichgewichts«, erwiderte Miles. »Und sicher ist es besser, an das Bauen zu denken als an das Zerstören.«

»Übernimm dich ja nicht oder überfordere mich, was das angeht.« Gerard hob die breiten Schultern und stapfte die Halle hinunter.

Miles sah ihm nach und unterdrückte ein Lächeln. Das Ei war gelegt worden. Jetzt musste Gerard bloß noch darauf sitzen, bis er es als seinen eigenen Nachwuchs akzeptierte.

13

Milnham-on-Wye
Dezember 1069

Christen kniete vor der Kleidertruhe aus Eichenholz, sah die zusammengefalteten Stoffballen durch und suchte nach Material für eine neue Tunika für Miles, die sie ihrem Gepäck hinzufügen wollte. Sie würde die Tage des Weihnachtsfestes in Ashdyke verbringen, als Herrin den Platz am Kopf der Tafel einnehmen, ihre eigene Position festigen, und dem Hof dort vorstehen.

Eine Bahn tiefblauer Wolle stach ihr ins Auge. Die Motten hatten sich zwar über eine Ecke hergemacht, ansonsten war alles unversehrt. Mit Stickerei verziert wäre der Stoff für alle passend. Sie nahm die Wolle aus der Truhe, kramte weiter, fand einen mit Rauten durchwobenen goldbraunen Moiré, den sie neben den blauen Stoff legte.

Ein eisiger Luftzug ließ sie trotz der Wärme des Kohlebeckens und der dicken Kleiderschichten, die sie trug, frösteln. Er kam durch eines der Fenster, das nicht fest geschlossen war. Draußen schneite es. Weiße Flocken fielen millionenfach von einem bleigrauen Himmel. Da kein Wind wehte, war es ein stilles, federleichtes Herabwehen. Eine kurze Weile stand sie wie verzaubert da und sah ihnen zu, bis sie endlich die Läden schloss und den Riegel vorschob. Dann suchte sie die Wärme des Kohlebeckens, das wie ein Drachenauge glühte.

Das eisige Wetter hatte früh eingesetzt, und die normannischen Geistlichen in Hereford behaupteten, dies sei eine Strafe für das Volk, weil es gewagt habe, sich dem gesalbten König zu widersetzen. Tadelnd richtete man seitdem den Blick gen Norden, wo die Rebellion am heftigsten tobte.

Christen hatte einen Brief von Miles erhalten, bevor der Herbstregen die Flüsse hatte anschwellen lassen und die Boten nicht mehr durchkamen. Über einen Schreiber aus Nottingham hatte Miles ihr mitgeteilt, dass es ihm gutgehe und dass die eingedrungenen Dänen aus Holderness vertrieben und über den Humber gejagt worden seien. Der Ton hatte fast fröhlich geklungen und ihr genau deshalb Zweifel eingeflößt, weil ein Krieg für die Opfer kein Spiel war. Sie hegte den Verdacht, dass der Bericht nicht die Wahrheit sagte, sondern dass die Situation dort viel düsterer und dramatischer war. Vor ein paar Wochen waren Berichte eingetroffen, was der König in Staffordshire tat. Sie waren mit einer durchnässten, halb verhungerten fünfköpfigen Familie aus einem Ort namens Fletesbroc angekommen, die an einem Abend reisemüde, hungrig und niedergeschlagen an den Toren von Milnham aufgetaucht war. Ein Schmied, seine Frau und drei Kinder gaben an, von Miles geschickt worden zu sein, um sich in Milnham niederzulassen, weil ihr eigenes Dorf von den Normannen niedergebrannt worden sei. Da Milnham einen Schmied brauchte und derartige Handwerker immer nützlich waren, hatte Christen ein Haus im Dorf für sie gefunden und den Vater im Turm beschäftigt. Da durch den Anblick der mageren, blau gefrorenen Kinder ihre Mutterinstinkte geweckt worden waren, hatte sie die gesamte Familie unter ihre Fittiche genommen und dafür gesorgt, dass sie mit Essen versorgt, gekleidet und untergebracht wurden. Zuerst weigerte sie sich, dem Schmied zu glauben, als er ihr erzählte, Miles sei für das Brandschatzen von Fletesbroc verantwortlich gewesen, und bezichtigte ihn der Lüge, aber die Mienen seiner Frau und seiner ältesten Tochter ließen sie verstummen. Sie blickte der Wahrheit ins Gesicht und fand sie so unerträglich, dass sie sich ihr nicht stellen mochte. Der Schmied hatte die Achseln gezuckt und düster festgestellt, dass Fletesbroc sich glücklich schätzen könne. Offenbar hatte Miles nicht gründlich gesucht, ob sie ihr Vieh und ihre Nahrungsmittel vor ihm versteckt hatten. Anderen Orten war es jedenfalls wesentlich schlechter ergangen. Dort hatten die Flamen alle jungen Männer im kampffähigen Alter getötet und alles Essbare entweder verbrannt oder zur Versorgung der normannischen Truppen mitgenommen.

»Wir sind die Glücklichen«, sagte er und hob die dreijährige Emma hoch, als sie jammernd um seine Beine strich. »Wenn der Schnee kommt, wird da oben eine weiße Hölle sein, und der König hat noch nicht einmal mit seinen Feld- und Raubzügen angefangen. Das hat mir Euer Lord gesagt, als er mir Gnade gewährte.« Seine Lippen zuckten ironisch, als er das Wort aussprach. »In diesem Winter wird es sonst für niemanden nördlich des Humber Gnade geben.«

Bei solchen Worten grauste es Christen immer. In ihrer Unschuld hatte sie Miles gefragt, ob die Normannen rauben und töten würden, und er hatte sich im Gegenzug erkundigt, ob sie das wirklich wissen wollte.

Seit der Ankunft dieser vor dem Hungertod Geflüchteten hatte sie nichts mehr von ihm gehört, und Weihnachten rückte rasch näher. Manchmal war es ihr sogar möglich, sich einzubilden, sie sei überhaupt nicht verheiratet und würde ganz anders leben. Dass sie die Stoffballen gesucht hatte, um eine Tunika für Miles zu nähen, sollte sie aus ihrem Wachtraum in die Realität zurückholen und ihr einreden, dass sie einen Ehemann hatte, der gesund und unversehrt zu Hause sein werde, bevor das Frühlingsgras die Hänge grün färbte. Doch die Gebete wurden nicht immer erhört. Der Frühling würde zu spät für diejenigen kommen, deren Gebeine unter dem Schnee eines von Normannen heimgesuchten Winters lagen und zu denen vielleicht auch die Bewohner von Oxley zählten. Und dieser Mann, mit dem sie verheiratet war und für den sie tiefe Gefühle entwickelte, war ein Teil dieses zerstörerischen Treibens. Manchmal fragte sie sich, was Lyulph wohl davon gehalten hätte …

An diesem Morgen hatte sie den Gürtel, an dem ihre Schlüssel hingen, um zwei Löcher weiter machen müssen. Aude hatte sie beobachtet und mit hochgezogenen Brauen gefragt, ob es da etwas gab, das sie wissen sollte. Christen hatte den Kopf geschüttelt, denn ihre Blutung hatte seit ihrer Hochzeit immer pünktlich eingesetzt, wenngleich ganz schwach und nicht länger als einen Tag. Immerhin war sie bei guter Gesundheit, manchmal müde, ansonsten fühlte sie sich wohl. Es wäre ein Segen, wenn sie schwanger wäre, dann müsste sie nicht über alles nachgrübeln, was im Norden geschah.

Emma war ein lebhafter Wildfang, um den sie sich nicht allzu sehr kümmern musste, da sie lediglich einen Teil ihrer Energie in Anspruch nahm. Wenn sie hingegen im Bett lag, waren die langen Nachtstunden dunkel und einsam. Oft leistete Aude ihr Gesellschaft, obwohl sie als Normannin eine andere Sichtweise vertrat. Außerdem war sie aufgrund von zwölf Jahren als Soldatenfrau an die langen Abwesenheiten und das zermürbende Warten gewöhnt.

Christen wandte sich vom Feuer ab und ging in die belebte Halle hinunter, um die Frau aus Fletesbroc zu suchen. Sie saß am Feuer und flocht einen Korb, dabei behielt sie ihre älteren Kinder im Auge, Mädchen im Alter von sieben und fünf, die in den Binsen herumtobten. Emma rannte kreischend zwischen ihnen und um sie herum. Ein Zopf hatte sich gelöst, sodass ihr dichte, kupferfarbene Haarsträhnen über den Rücken fielen. Ihre Wangen waren gerötet, und ihre Augen strahlten. Das Baby krabbelte von seiner Mutter weg auf die spielenden Kinder zu, und die Frau ließ ihre Arbeit im Stich, um ihm zu folgen und es hochzuheben. Plötzlich bemerkte sie die Burgherrin und knickste steif.

»Es ist gut, sie so zu sehen«, sagte Christen. »Ihre Kinder sind in einem Alter, wo sie ihre Sorgen beim Spielen vergessen können.«

»In der Tat, Mylady«, erwiderte die Frau, die Wenfled hieß. »Ich wünschte, ich wäre jetzt selbst in diesem Alter.«

Christen hielt ihr den zusammengefalteten Stoff hin. »Ich brauche ihn nicht«, sagte sie, »ich dachte, du hättest vielleicht Verwendung dafür.«

Die Frau maß sie mit einem reservierten Blick, nahm das Geschenk aber recht würdevoll entgegen und legte es neben sich.

»Es ist das Mindeste, was ich tun kann. Ich hoffe, ihr werdet hier sesshaft und baut euch ein neues Leben auf.«

Wenfled neigte den Kopf. »Das hoffe ich genauso, Mylady.«

»Darf ich?« Christen streckte die Arme aus, und die Frau reichte ihr das Baby, das Freda hieß.

Christen kitzelte die Kleine unter dem Kinn und bewunderte ihre leuchtend blauen Augen und rosigen Wangen. »Sie ist bildhübsch.«

»Ja«, erwiderte die Mutter, »doch in diesen unsicheren Zeiten habe ich Angst um sie und meine anderen Töchter.« Sie legte den Kopf leicht zur Seite. »Ihr habt einen normannischen Lord geheiratet«, stellte sie fest. »Beunruhigt Euch das nicht?«

Christen küsste die Locken des Babys. »Natürlich tut es das«, räumte sie ein. »Derzeit geht es ums Überleben, und unter allen von uns gibt es gute und ehrenhafte Menschen, ob es nun Normannen oder Engländer oder Waliser sein mögen. Es war die Unbesonnenheit meines eigenen Bruders, die dazu geführt hat, dass ich Witwe wurde, und es war mein normannischer Ehemann, der mich vor William FitzOsberns Söldnern bewahrt hat. Wir tun, was wir tun müssen, und wir beten um Gnade.«

Ein Soldat betrat die Halle und schüttelte Schnee von

seinem Mantel. Ein großer rehbrauner Mastiff trottete neben ihm her. Der Mann ging zur Feuerstelle hinüber und streckte die Hände zu der Wärme hin. Emma ließ ihre Spielkameraden mit dem freudigen Ruf »Paladin!« zurück, rannte zu dem Hund und schlang die Arme um seinen kräftigen Hals. Der Rüde wedelte so heftig mit dem Schwanz, dass sein Hinterteil fast zu seinem Vorderleib wurde. Christen gab das Baby zurück und ging zu Guyon.

»Angesichts dieses Schnees, der uns zu verschlingen droht, habe ich nicht mit Eurem Kommen gerechnet«, sagte sie und wies einen Diener an, Wein zu bringen.

»Er wird noch einen Tag auf sich warten lassen.« Guyon nahm den Becher, der ihm gereicht wurde, und leerte ihn mit drei Schlucken. »Die Männer sind zum Aufbruch bereit, wenn Ihr es seid.«

Ihre Lippen zuckten. Ein Waffenstillstand existierte, wenngleich ein zerbrechlicher. Sie war sich durchaus bewusst, welches Unbehagen es Guyon bereitete, sie nach Ashdyke zu eskortieren, um dort das Weihnachtsfest zu feiern und dem Haushalt vorzustehen. Immerhin waren sie bislang einigermaßen miteinander ausgekommen ohne Streitigkeiten oder Tiefschläge. Cynan ap Owain war gegen eine überschaubare Lösegeldzahlung und unter dem Versprechen, Miles' Herrschaftsgebiete nicht zu überfallen, zu seiner Familie zurückgekehrt. Die Verhandlungen waren zwischen Guyon und Miles' Onkel Siorl ap Gruffydd geführt worden, der während des Angriffs auf Milnham gefangen genommen und dann von Miles freigelassen worden war. Der Normanne behauptete freilich, er sei ein Schurke, den man im Auge behalten müsse. Da er ein Verwandter sei, könne man sich wahrscheinlich darauf verlassen, dass er die Regeln nicht zu heftig brach.

Der gebürtige Normanne blickte sich in der Halle um. »Der neue Schmied, lebt er sich gut ein?«

»Er arbeitet hart, genau wie seine Frau«, erwiderte Christen. »Sie haben nach dem, was ihnen widerfahren ist, noch immer große Angst, also schaut sie nicht so finster an. Ich erinnere mich noch, wie Ihr das anfangs mit mir gemacht habt.«

Guyon warf ihr einen reumütigen Blick zu. »Damals hatte ich guten Grund dafür. Aber jeder Mann kann seine Meinung ändern.«

Er bückte sich, um mit Emma zu sprechen, die sich augenblicklich wie ein Hündchen in seine Arme warf und ihm einen geräuschvollen Kuss auf die Spitze seiner Hakennase gab.

»Dafür habe ich vielleicht gelernt, dass Euer Bellen manchmal schlimmer ist als Euer Beißen«, gab Christen lächelnd zurück und ging, um ihren dicken Mantel zu holen und sich von Aude zu verabschieden, die zurückblieb, um während ihrer Abwesenheit als Burgherrin aufzutreten.

»Wenn wir nicht einschneien, sehe ich dich im Januar wieder.« Christen küsste Aude auf die Wange und verspürte eine warme Welle der Zuneigung für sie. Es stimmte, was sie bezüglich Güte und Ehre gesagt hatte, und sie schätzte die Aufrichtigkeit und Offenheit. »Ich werde dich vermissen.«

»Ich dich auch«, erwiderte Aude warm. »Pass auf dich auf und gute Reise.«

Christens gescheckte Stute war nicht begeistert, an einem eiskalten Dezembertag ihren Stall verlassen zu müssen, zeigte das, indem sie ausschlug und schnappte. Dabei wurde ihre Reiterin fast zu Boden geschleudert und klammerte sich am Sattel fest, als sie aus Milnham herausritt.

In dem Dorf, an dessen Außenbezirken sie entlangritten, bevor sie auf die Straße einbogen, die nach Ashdyke führte, wimmelte es von Menschen, die sich angesichts des drohenden Schnees beeilten, Brennmaterial und Vieh an ihr Feuer zu bringen. Ein Mann in einer dicken, wattierten Tunika grüßte sie, als sie vorbeizogen. In seiner behandschuhten Faust hielt er einen Wolfsspeer.

Guyon zeigte darauf. »Jetzt ist die Zeit, wo die Wölfe in das Dorf hinunterkommen«, erklärte er. »Schätze, wir werden diesen Winter ein Rudel oder zwei zu Gesicht kriegen. Ihre Felle wärmen, stinken jedoch grauenvoll.«

»Die im Norden werden gut genährt werden, die vierbeinigen wie die zweibeinigen«, sagte Christen spöttisch, als sie das letzte Gehöft passierten und über die winterliche Gemeinschaftsweide trabten, wo die Ziegen und Schafe der Dorfbewohner unter Aufsicht von zwei Hirten und ihren abgerichteten Wachhunden von den kurzen Grasbüscheln fraßen.

»Ihr solltet Euch glücklich schätzen, dass Ihr als Gefährtin des Wolfs mit dem Rudel mitlauft«, erwiderte Guyon.

Christen betrachtete ihn aus schmalen Augen. »Glücklich«, wiederholte sie und nickte. »In der Tat, Ihr tut gut daran, mich zu erinnern, welches Glück ich habe.«

Ohne weiter darüber zu reden, ritten sie durch ein bewaldetes Gebiet. Die Äste wirkten im fahlen Winterlicht tiefschwarz. Vereinzelte Schneeflocken schwebten wie blasse Motten zwischen den Bäumen umher. Die Hufe ihrer Pferde verursachten auf dem Teppich aus Moos gedämpfte Geräusche. Ab und an erklang das Klicken von Metall, wenn sich das Eisen eines der Pferde gelockert hatte.

Plötzlich flatterte vor ihnen eine Ringeltaube auf, und das Schlagen der Flügel hallte gespenstisch in der Stille wider. Etwas Silbernes blitzte zwischen den Baumstämmen zur Rechten auf und erregte Guyons Aufmerksamkeit. Kaum hatte er nach seinem Schwert gegriffen, erwachte der Wald zum Leben. Männer tauchten grölend und brüllend zwischen den Bäumen auf und strömten auf die Straße, einige waren zu Fuß unterwegs und trugen schlichte walisische Kleidung, andere waren beritten und hatten Rüstungen an. Bevor Guyon seinen Schild hochriss, um einen Hieb abzuwehren, kreuzte sich sein Blick mit dem seines Angreifers, und entsetzt erkannte er Christens Bruder. Guyon stieß seinen Schild nach vorne und zog sein Schwert. Irgendwo schrie eine Frau, die er nicht beachtete, denn seine Konzentration galt seinem Gegner. Er drängte sein Pferd gegen Osrics Grauen, der nicht zurückwich, sondern sich aufbäumte und mit den Vorderhufen auskeilte. Bevor Guyon sein Schwert herabsausen ließ, erkannte er Cloud.

Ein knurrender bräunlicher Streifen sprang zwischen die beiden Männer, und Paladin bekam den Schlag ab, der seinem Herrn zugedacht gewesen war. Das Todesheulen des Hundes vermischte sich mit Guyons schmerzlichem Gebrüll. Er führte einen Hieb gegen Osric und hätte ihn vielleicht getroffen, wenn nicht einer der Waliser sein langes Messer benutzt hätte, um dem Kastanienbraunen die

Sehnen zu durchtrennen, sodass Pferd und Reiter zu Boden stürzten. Guyon schrie auf, als sein Schienbein mit einem vernehmlichen Knacken brach.

Christens in Panik geratene Stute, die auf keinen Befehl mehr reagierte, bockte, bis sie ihre Reiterin abgeworfen hatte, und donnerte den Weg zurück, den sie gekommen war, als wäre ein feuerspeiender Drache hinter ihr her.

Atemlos und von dem Sturz schockiert lag Christen da, nur Emmas gellende Schreie veranlassten sie zu reagieren. Ein walisischer Bandit hatte Wulfhild von ihrem Maultier gezerrt und auf den Boden geworfen, um sie in Gegenwart von Emma zu vergewaltigen. Ohne nachzudenken, zog Christen ihr Messer aus dem Gürtel und stürzte sich auf den Mann.

Der Waliser starb, ohne es wirklich zu bemerken, denn Christen hatte rein zufällig ein lebenswichtiges Blutgefäß getroffen. Blut schoss aus der Wunde und durchtränkte Wulfhilds Kleid. Voller Ekel schob das Mädchen den Sterbenden beiseite und rappelte sich hoch, während Christen das Messer wegwarf und Emma in die Arme schloss, um sie zu beruhigen.

»Vorsicht, Mylady!«

Wulfhilds Warnruf kam zu spät, und Christen wurde durch den Fausthieb eines Kriegers zu Boden geschleudert. »Du Aaskrähe, willst du deine eigenen Leute umbringen?«, herrschte sie ihn auf Englisch an.

»Eine Normannenhure bekommt, was sie verdient«, gab der Mann mit gezücktem Messer in der Hand zurück. »Hier ist eine, die kein Teufelsbalg mehr in die Welt setzen wird.«

»Hör auf, Goldwin!«, brüllte Osric vom Sattel des stampfenden Grauen aus. »Es ist meine Sache, mich um sie zu kümmern.«

Christen konnte es nicht fassen, ihren Bruder hier zu sehen. »Osric! Was hast du getan? Was für ein Verrat ist das?«

»Ich würde sagen, frag deinen normannischen Ehemann, wenn er noch leben würde«, schnappte Osric.

Der Soldat Goldwin spuckte ihr vor die Füße, schob das Messer in die Scheide zurück und gesellte sich zu seinen Kameraden, die den Toten ihre Rüstungen und Waffen abnahmen.

Osric drehte sich um und nahm die Zügel des eingefangenen Pferds, das sein Freund Hrothgar hielt. »Steig auf, Christen«, befahl er. »Ich bringe dich nach Wales.«

»Ich gehe nirgendwo mit dir hin«, zischte sie. »Für mich bist du ein Feigling.« Sie warf erst ihrem Bruder und dann seinem Freund Hrothgar einen Blick voll zorniger Verachtung zu.

Osric wehrte sich. »Du hast als Engländerin keine Wahl. Tu, was ich dir sage.«

»Hier lebt noch einer, soll ich ihm die Kehle durchschneiden?«

Osric zog die Zügel an und ritt zu Guyon hinüber, den seine Männer unter dem Körper seines kastanienbraunen Hengstes hervorgezogen hatten. Er lag vor Schmerzen grau im Gesicht und schwitzend auf dem Boden. Blut sickerte aus seinem gebrochenen Bein.

»Wieso reitet Ihr das Pferd meines Lords?«, wollte Guyon in stockendem Englisch wissen, als wäre er der Sieger und stünde nicht kurz davor, von dem Mann, der auf ihn hinunterstarrte, getötet zu werden.

»Mein Pferd«, berichtigte Osric ihn mit einem höhnischen Grinsen. »Le Gallois liegt tot in der Hütte eines Bauern; er starb durch meine Hand, um den Mord an meinem Großvater und den Bewohnern von Oxley zu rächen.«

»Das ist eine Lüge«, stieß Guyon hervor. »Solche wie Ihr würden meinen Lord nie im Kampf besiegen, und er wollte Oxley der Lady zuliebe unversehrt in seinen Besitz bringen. Er hatte keinen Grund, es zu zerstören.«

Der Waliser, der hinter Guyon stand, setzte ihm das Messer an den Hals und wartete auf Osrics Befehl.

Christens Bruder schüttelte den Kopf. »Nein, Auge um Auge, Hand um Hand, denke ich. Hack ihm die rechte Hand ab, damit er nie wieder ein Schwert benutzen kann, selbst wenn sein Bein heilt.«

»Aufhören!«, schrie Christen, kämpfte sich auf die Füße und rannte zu Osrics Steigbügel. »Das kannst du nicht tun!«

»Warte es ab«, stieß er mit höhnischem Grinsen hervor und bleckte die Zähne wie ein angriffslustiger Wolf.

Bevor sie sich auf ihren Bruder stürzen konnte, stieg Hrothgar von seinem Pferd, packte sie und zerrte sie weg. Cloud bäumte sich auf und schlug mit den Vorderhufen aus, und vor Wut und Kummer wie von Sinnen wollte Christen auf Osric losgehen, aber ein anderer Krieger kam ihm zu Hilfe, und gemeinsam banden sie einen Strick um ihren Oberkörper und schleiften sie zu dem reiterlosen Pferd.

Auf Osrics Befehl traf ein Schwert Guyons Handgelenk

und durchtrennte Knochen und Sehnen. Ein kurzer, unterdrückter Schrei war alles, was den Angreifern an Triumph vergönnt war, bevor Guyon das Bewusstsein verlor und der Waliser ihn mit einem Tritt wegstieß.

»Was ist mit dem Mädchen?«, fragte Hrothgar. »Und dem Kind?«

»Lass sie, sie werden uns bloß hinderlich sein.« Osric bedachte beide mit einem gleichgültigen Blick. »Sie können Gott auf Knien danken, dass ich beschlossen habe, Gnade walten zu lassen.«

»Mama!«, schluchzte Emma. »Mama, je suis effrayée!«

Weder das Französisch des kleinen Mädchens noch die Bedeutung der Worte waren Osric entgangen. »Zu wem gehört der Balg?«

»Sie ist das Kind einer Dienerin«, erwiderte Wulfhild rasch. »Die Lady hat sie als kleine Hilfe für die Erwachsenen zu sich genommen, das ist alles.«

»Schau dir ihre Augen an. Ich würde ihren Erzeuger überall erkennen.« Hrothgar bückte sich, um das Kind vor sich in den Sattel zu setzen, strich ihr kupferfarbenes Haar zurück und drehte ihr Gesicht zu Osric, der daraufhin mit seiner gesunden Hand nach seinem Schwert griff.

»In Gottes Namen, sie ist erst drei Jahre alt!«, entfuhr es Wulfhild voller Entsetzen. Hrothgar lenkte sein Pferd von Osric weg, um ihn von einem weiteren Zugriff abzuhalten. »Nein, tu das nicht.«

Osric holte tief Luft. »Nun gut, dann nimm sie mit«, sagte er achselzuckend. »Die Waliser können sie als Sklavin haben. Überquer den Wye bei der Furt. Ich treffe dich dort, wenn wir das Dorf niedergebrannt haben.«

Hrothgar nickte und ritt los, führte das Pferd, auf das Christen wie ein erlegtes Wild gebunden war, am Leitzügel in Richtung Wales.

»Christen, es war zu deinem eigenen Besten«, beharrte Osric, als spräche er mit einem nervigen Kind. »Warum bist du so unvernünftig?«

»Unvernünftig?«, empörte sich seine Schwester. »Heilige Mutter Gottes! Das sagst du zu mir nach allem, was du getan hast?«

Sie wandte den Blick von ihm ab und ließ ihn durch die rauchige Halle schweifen, die Cynan ap Owain gehörte, inzwischen junger Anführer der Waliser, nachdem sein Vater am Fieber gestorben war. Das einzige Licht kam von flackernden Binsenlichtern, denn die Fensterläden waren zum Schutz vor dem tobenden Schneesturm alle fest geschlossen. Trotzdem machten alle, die sich in der Halle befanden, zum Schutz vor der Kälte ihre Schlafplätze um das verlöschende Feuer herum zurecht. Emma schlief in unruhiger Erschöpfung neben Christen und wimmerte gelegentlich, wenn sie in ihren Träumen wiederholte, was sie tagsüber erleben musste.

»Wenn du Oxley verlassen und ihn mit einem Messer über unseren Großvater gebeugt vorgefunden hättest...«

»Ich glaube dir kein Wort«, entgegnete sie fest. »Miles würde nie...«

»Ich bin kein Lügner«, schrie Osric, »und weiß, was ich gesehen habe. Um mich zu vergewissern, dass unser Großvater in Sicherheit ist, habe ich Eadric Cilds Truppe verlassen und bin nach Oxley geritten. Als ich dann ankam, stand dein Mann mit einem Messer in der Hand über ihm.«

»Es stimmt, Mylady«, mischte sich Hrothgar ein. »Oxley wurde geplündert und Lord Wulfric ermordet. Ich habe es mit meinen eigenen Augen gesehen.«

Christen starrte Hrothgar an. Seine Miene war offen und aufrichtig, und angeblich war er Zeuge der Ereignisse gewesen.

»Nein. Ich werde daran zerbrechen und will nichts mehr wissen. Warum hast du nicht zugelassen, dass dieser Mann mich tötet, als er es wollte?«

Osric sah sie befremdet an. »Du bist meine Schwester«, sagte er.

»Und Blutsverwandtschaft verpflichtet, willst du sagen?«, verhöhnte sie ihn. »Und was soll ich denken, wenn ich sehe, wie die Bewohner von Milnham aus ihren brennenden Häusern fliehen. Du bist nicht besser als die normannischen Wölfe, die unser Land heimsuchen. Eher schlimmer, in Milnham herrschte nämlich Frieden. Jetzt hast du FitzOsbern die Tore geöffnet, damit er sich Ashdyke, Milnham und Oxley mit einem einzigen großen Bissen einverleiben kann. Dein Blut kann am heutigen Tag stolz auf dich sein.«

Osrics Augen sprühten Feuer. »Was weißt du schon von Verpflichtungen gegenüber seinem Blut, wenn du es wie eine heiße Hündin mit einem normannischen Mörder treibst!«

Er hob die Hand, um sie zu schlagen, doch Hrothgar hinderte ihn daran. Christen wich schluchzend zurück und stand kurz vor einem endgültigen Zusammenbruch. Während Osric sich mit einem angewiderten Laut abwandte, schlug seine Schwester weinend die Hände vors Gesicht.

»Was für eine vergnügte Versammlung für jemanden, der einen so erfolgreichen Raubzug durchgeführt hat«, spottete Cynan ap Owain, der mit einem Becher Met in der Hand aus dem rauchigen Dämmerlicht auftauchte.

»Meiner Schwester liegt am Herzen, was wir verbrannt haben«, erwiderte Osric abwertend. »Und sie macht mir Vorwürfe, weil ich völlig zu Recht Rache genommen habe.«

»Was du selbst verbrannt hast, ist richtig«, korrigierte ihn Cynan. »Ich hatte keinen Anteil daran, außer dass ich dir Zuflucht vor dem Sturm gewährt habe«, fügte der Waliser süffisant hinzu und musterte Christen mit Interesse sowie Mitgefühl. Ganz offensichtlich war sie die Freude ihres Lords gewesen, und es wunderte ihn nicht, dass sie ihren Bruder zutiefst ablehnte, weil er die Grundpfeiler ihres Lebens zerstört hatte.

Cynan, der durch den Tod seines Vaters eine neue Reife entwickelt hatte, blickte von der zusammengekauerten Frau zu Osric hinüber und dachte, dass er den Mann gerne loswerden würde. Er war eine gefährliche Gesellschaft, zumal er gerade erst von einem Überfall auf ein Dorf zurückgekehrt war, das Cynans Männer zu verschonen geschworen hatten. Überdies haftete Osric ein Hauch von Wahnsinn an.

»Sie ist nicht in dem Zustand, den anderen Frauen zu folgen, wenn du zu Eadric zurückgehst«, sagte Cynan und trank seinen Met aus. »Und für das Kind wird es wegen seines normannischen Blutes ohnehin schwer werden.«

»Was geht mich das an?«, fragte Osric achselzuckend.

»Es mag dich ja nichts angehen, mich hingegen sehr wohl. Das Mädchen ist großmütterlicherseits mit Siorl ap Gruffydd verwandt, der sich bereitfinden könnte, sie aufzunehmen. Hast du einmal daran gedacht, dass sich deine Schwester davonschleichen und dich an die Normannen verraten könnte, wenn du sie mit zu Eadric nimmst? Ausreichend Grund scheint sie zu haben.«

Osric öffnete den Mund, um aus Prinzip abzustreiten, dass Christen so etwas tun würde, ließ es dann lieber, weil Cynan recht hatte. Noch vor sechs Monaten hätte er ihr getraut, heute nicht mehr. Sie war zu einem Mühlstein an seinem Hals geworden, und nichts vermochte sie zu Gehorsam ihm gegenüber zu bewegen. »Was schlägst du also in deiner Weisheit vor, um das Problem zu lösen?«, erkundigte er sich.

Cynan hob angesichts von Osrics spöttischem Ton die Brauen. »Du solltest sie bis zum Frühjahr bei uns lassen. Ich werde einen Reiter zu Siorl schicken, um ihn zu informieren, dass sie hier ist. Sicherlich können wir alle zu einer freundschaftlichen Familie werden.«

14

Chester
Februar 1070

Gerard spähte trübsinnig in die Suppe, die gerade zu brodeln begann. Drei Streifen Trockenfleisch, eine halbe schimmelige Zwiebel und eine Handvoll Gerste stellten für einen Mann seiner Größe schwerlich eine Kriegerration dar, aber es war alles, was sie hatten, es sei denn, er schlachtete sein Pferd. Was immer geschah, er hatte nicht die Absicht, den Rest des Weges nach Chester zu Fuß zurückzulegen.

Schneeregen zischte im Feuer und stach wie eisige Nadeln in sein Gesicht. Eric, der die Pferde versorgt hatte, kam frierend zurück. Die Kapuze über die Ohren gezogen und die Hände in die Achselhöhlen geschoben, kauerte er sich vor die Flammen, nieste und wischte sich mit dem Ärmel über die Nase.

Gerard starrte in die Flammen, ohne dem zitternden englischen Jungen irgendwelche Beachtung zu schenken, und fragte sich, ob der Frühling je wiederkommen werde. Der kriegserprobte Mann hatte diesen speziellen Feldzug so satt, dass er, wenn sein dem König geleisteter Schwerteid und seine eigene Selbstachtung nicht wären, schon vor

Wochen von der Armee desertiert und nach Milnham in die tröstenden Arme seiner Frau zurückgekehrt wäre.

Er beobachtete, wie sich zwei Männer bemühten, einen Unterschlupf aus Häuten zu errichten, doch der beißende Nordwind machte ihre Bemühungen immer wieder zunichte. Sie hatten sich über den Fluss Aire gekämpft, waren nach York weitergezogen, hatten auf dem Weg geplündert und gebrandschatzt und sich auf Kundschafter wie Miles verlassen, um sich in dem rauen, unwegsamen Gelände zurechtzufinden. In Holderness mussten sie schwere Schlachten miterleben, nachdem die Dänen über den Humber zurückgekommen waren, um mit ihren Landsleuten das Winterfest zu feiern. Es wurde eine erbitterte und blutige Angelegenheit. Gerard blickte auf eine frisch verheilte Schnittwunde, die quer über seine Hand lief, wo ihn das Messer eines Gegners getroffen und ihm sein Schwert aus den Fingern geschlagen hatte. Zum Glück für ihn hatte der Mann keinen Helm getragen, sodass er ihn mit seinem Schild zu Boden knüppeln konnte.

Schließlich hatten sie die Dänen über den Humber zurückgetrieben, gefehlt hatten ihnen allerdings die Schiffe, um sie über die Flussmündung zu verfolgen, und einmal mehr wandte sich der König nach York, wo er unterwegs auf wenig Widerstand traf. Diejenigen, die fliehen konnten, hatten dies getan. Die, die geblieben waren, wurden entweder getötet oder in alle Winde zerstreut. Jedenfalls hatten die Engländer und ihre Verbündeten York aufgegeben und es habgierigen Normannen überlassen.

William hatte dort immerhin Weihnachten gefeiert und die königlichen Insignien aus Winchester kommen lassen, um zwölf Tage lang den verbliebenen Engländern als unmissverständliche Warnung zu demonstrieren, dass er der gesalbte König des Landes war und Rebellion eigenmächtig herbeigeführte Vernichtung sei.

Im neuen Jahr war der Rest seiner Armee ausgezogen, um größtmögliches Unheil anzurichten, das Land zu verwüsten und auszuplündern, sodass nichts Lebendiges übrig blieb und Krähen und Wölfe sich an Aas mästeten. Die aufständischen nördlichen Earls ergaben sich daraufhin. Allein Chester blieb frei und widerspenstig.

Als Nächstes war William mit seiner Armee über die Pennines auf die Stadt zumarschiert, ein so schwieriges und entbehrungsreiches Unterfangen, dass sogar seine treuesten Anhänger zu meutern begannen. Der König hatte seine Männer aufgefordert, ihm entweder zu folgen oder zurückzubleiben, ohne Sold und ohne Belohnungen. Er war weitergezogen und hatte zwischendurch immer wieder kehrtgemacht, um die Nachzügler anzutreiben. Unermüdlich, rücksichtslos, tyrannisch. Er war erfolgreich gewesen, aber die Männer hatten sich ausgenutzt gefühlt und waren nicht alle bei der Stange geblieben.

Miles hatte nicht zu den Abtrünnigen gehört. Er war in den Bergen aufgewachsen und wusste, was er zu erwarten hatte. Während sich die Männer in ihren schweren Rüstungen durch die sumpfigen Talsohlen quälten, schlammige Hänge hoch und hinunter schlitterten, ihre Schlachtrösser Hufeisen verloren und zu lahmen begannen, hatte Miles den Ritt relativ bequem zurückgelegt. Er trug seine Kundschafterkleidung, sein Kettenhemd dagegen lag in eine Hirschhaut eingewickelt hinter seinem Sattel, und sein

Pferd war ein abgehärtetes einheimisches Pony, das selbst mit den kärglichsten Futterrationen auskam und doppelt so zäh und ausdauernd war wie die Schlachtrösser. Er befand sich in seinem Element, und es war eine süße Rache für all den Hohn und Spott, den er während seiner Jugend inmitten von Rittern in voller Rüstung und auf rassigen Pferden hatte ertragen müssen.

In der Ferne heulte ein Wolf. Eric drehte sich ruckartig zu dem Geräusch um, und seine Finger schlossen sich fester um einen brennenden Ast, den er an sich genommen hatte. Als ein weiterer Wolf in ihre Nähe kam, ließ das Geheul Gerard das Blut in den Adern gefrieren. Er legte die Hand an sein Schwert, stand auf und starrte in Richtung ihrer Pferde, die scheuten und schnaubten. Seine Kopfhaut prickelte. Sobald es still wurde, drehte er sich zum Feuer um und sah dort Gerard hocken, der sich die Hände wärmte.

»Christus am Kreuz, was denkst du dir dabei, dich so an uns heranzuschleichen«, schimpfte er erschrocken. »Ich hätte dich auf meine Klinge spießen können«, fügte er scherzhaft hinzu«

»Das hättest du nicht«, antwortete Miles belustigt. »Mein Messer hätte sich in deinen Hals gebohrt, bevor du dein Schwert aus der Scheide gezogen hättest. Du bist eine hervorragende Zielscheibe für die Waliser, wenn sie es auf dich abgesehen hätten. Hier, hör auf, mich so finster anzustarren, und wirf den in den Topf.« Er hielt ihm einen schlaffen Körper mit weißem Winterfell hin.

»Bei den Gebeinen Gottes, ein Hase!« Gerard lief das Wasser im Mund zusammen. »Dafür werde ich nicht bloß

Ruhe geben, sondern sogar eine Gigue rund um das Feuer tanzen.«

»Kein Grund, solche Mätzchen aufzuführen«, erwiderte Miles lachend. »Wahrscheinlich würde das Feuer vor Schreck ausgehen. Komm, gib ihn mir zurück, ich werde ihn abbalgen.«

Gerard beobachtete, wie Miles rasch und geschickt zu Werke ging, und gab im Geheimen zu, dass sein Bruder über Fähigkeiten verfügte, die für das Überleben der normannischen Armee und den Magen eines Soldaten von elementarer Bedeutung waren. Er zerlegte den Hasen und ließ die Stücke in den Topf fallen.

»Wie hast du ihn gefangen?«

»Das war nicht leicht«, versetzte Miles. »Ich musste ihn von dem englischen Boten trennen, der ihn für seine eigene Abendmahlzeit vorgesehen hatte und nicht erpicht darauf war, ihn herzugeben.« Er tätschelte das Messer an seinem Gürtel. »Ich habe es aussehen lassen, als wären es die Waliser gewesen.«

Gerard warf ihm von der Seite einen fragenden Blick zu. »Wie meinst du das, englischer Bote? Wie weit entfernt war der?«

»Fünf oder sechs Meilen.« Miles legte einen Ast auf die Flammen. »Direkt außerhalb von Chester.«

»Wir sind bereits so nah?« Gerard fuhr sich durchs Haar. »Christus sei Dank dafür. Meine Arme sind inzwischen doppelt so lang, weil ich mein Pferd ständig aus Schlammlöchern herauszerren und zum Weitergehen zwingen muss.«

»Du solltest lieber Christus danken, wenn du den gegnerischen Äxten gegenüberstehst«, dämpfte Miles seine Begeisterung und streute aus einem kleinen Kästchen in seinem Beutel eine Handvoll getrocknete Kräuter in den Topf.

»Sieht es schlimm aus für uns?«

»Die Frau, mit der König Harold in wilder Ehe gelebt hat, und seine Söhne sind in der Stadt. Es ist der letzte Sammelpunkt.«

»Dann entsprechen die Gerüchte der Wahrheit?«, wollte Gerard wissen und schob ein paar Zweige mehr in das Feuer.

»Der Engländer, der so zuvorkommend für dein Essen gesorgt hat, war zudem hilfsbereit genug, mir zu berichten, dass Lady Edyth alle loyalen Engländer nach Chester bestellt, um gemeinsam Widerstand zu leisten.« Miles hob den Kopf und sah seinen Bruder ernst an. »Es wird von Kampf gesprochen, Gerard, und es wird eine blutige Angelegenheit werden.«

»Das ist nichts Neues«, wiegelte Gerard achselzuckend ab und gab sich Mühe, gleichmütig zu wirken, was ihm nicht ganz gelang.

»Nein«, stimmte Miles zu. »Es könnte sich genauso gut um Stafford oder York oder Durham handeln.«

»Wenigstens können wir diesmal nach Hause, wenn es vorüber ist.«

»Du hast hier kein Zuhause«, erinnerte ihn Miles mit einem müden Lächeln.

»Wenn der König mir ein Lehnsgut anbietet, werde ich es annehmen, ohne vor ihm zu kriechen und um Brosamen zu betteln. Ich bin mit dem Leben zufrieden, wie es ist.«

»Komm, tu nicht so. Er schuldet dir eine Grafschaft,

von einem Lehen ganz zu schweigen«, erinnerte Miles ihn nachdrücklich. »Wenn du ihn nicht aus dieser Schneewehe herausgezogen und zu der Vorhut zurückgebracht hättest, dann würde jeder rebellische Engländer jetzt frohlocken.«

»Du hättest Söldner werden sollen«, kritisierte Gerard seinen Bruder mit finsterem Gesicht. »Es war weiter nichts. Er hatte sich verirrt. Ich brauchte nichts als ein Seil und musste ein einziges Mal kräftig ziehen.«

»Eine gerechte Belohnung für deine Mühe. Und erzähl mir nichts vom Preis für irgendwas. Ich bezahle gerade für das Privileg, Oxley zu besitzen.« Miles griff nach einem Stock und rührte mit unbewegtem Gesicht den Eintopf um.

Sie waren zu lange im Krieg gewesen, dachte Gerard. Erschöpft und unwillig von Kampf zu Kampf zu ziehen, durch verbranntes und ausgehungertes Land oder durch Wildnisse wie diese, die kein Mann mit klarem Verstand mitten im Winter durchqueren würde.

»Du brauchst Ablenkung, etwas, das dir Entspannung verschafft wie diese Dirne in York«, sagte er. »Das ist es, was du jetzt nötig hast.«

Miles hielt mit dem Rühren inne. Vor seinem inneren Auge entstand das Bild einer jungen Frau, üppig gebaut und bereit, viel zu geben. Er sah seinen Bruder an und lachte. »Ich dachte, sie würde mich unter sich begraben.«

»Ich gebe zu, sie war ein bisschen …« Gerard wölbte die Hände und breitete die Arme aus.

»Ein bisschen! Es war …« Er brach ab, als Eric mit Brennholz zum Feuer zurückkehrte und die Nase über den Kessel schob, von dem ein anregender Fleischduft aufzu-steigen begann.

»Es war, als vögelte man einen Wal«, beendete Miles den Satz, lachte erneut, und die Anspannung fiel von ihm ab. »Du musst für einiges geradestehen.« Er wurde ernst. »Nach langer Abstinenz tut das immer gut. Egal, ich will meine eigene Frau, Gerard. Ich will mit ihr in meinem eigenen Bett liegen, in meinem eigenen Bergfried, auf meinem eigenen Grund und Boden, alles mit Christen an meiner Seite. Einen Monat lang möchte ich dort bleiben und nichts tun außer schlafen, anständige Mahlzeiten zu mir nehmen und meine Frau lieben, vielleicht nicht in dieser Reihenfolge.« Er lächelte Eric an und zerzauste dem Jungen das Haar, als hätte er einen Scherz gemacht, in Wahrheit jedoch machte er sich Sorgen.

Er hatte keine Ahnung, wie viel Christen von diesem Feldzug im Norden wusste. Das schlechte Wetter und sein sich ständig ändernder Standort hatten einen regelmäßigen Briefwechsel verhindert. Sein Zuhause war ein Traum, an den er sich höchst bruchstückhaft erinnerte. Manchmal wachte er in kalten Schweiß gebadet und panikerfüllt auf und fragte sich, ob dieser Ort wirklich existierte oder ob er ihn sich bloß einbildete wie die Frau mit den großen braunen Augen und dem silberblonden Haar. Vor allem fragte er sich, ob diese Frau ihn mit offenen Armen empfangen oder ihm voller Verachtung den Rücken zukehren würde, wenn sie erfuhr, dass Oxley in englischem Blut ertrunken war.

Mit seinem Bruder darüber zu reden war vergebliche Liebesmüh. Gerard verstand ihn nicht. Und im Grunde wusste er nicht, ob er sich selbst verstand. Sie hatten so lange unter dem Schatten dunkler Wolken gelebt, dass ein bevorstehender klarer Himmel unvorstellbar schien.

»Das Kochen werde ich dir überlassen«, sagte er unvermittelt zu Gerard. »Der König benötigt meinen Bericht, und nachdem ich den Topf gefüllt und mir die Knochen gewärmt habe, muss ich wieder meinen Pflichten nachkommen. Wir sehen uns später, wenn der Hase gar ist.«

Als er sich umblickte, war der Platz am Feuer leer, und in der Dunkelheit erklang ringsum ein Heulen, als wären Wölfe unterwegs.

15

Miles duckte sich unter der Klinge der Streitaxt weg, stieß dem englischen Krieger den Buckel seines Schildes ins Gesicht und führte, als sein Gegner zurücktaumelte, einen Hieb gegen dessen Hals. Die Klinge war nach einem Tag ständigen Gebrauchs stumpf, und Miles musste viel Kraft aufwenden, damit sie tief eindrang. Der Krieger mit der Axt sank in den rot besudelten Schlamm und starb noch an dem grauen Spätnachmittag, während sich purpurrote Wolken im Westen zusammenballten.

Miles packte die Zügel eines galoppierenden Schlachtrosses, befreite den Fuß seines toten Reiters aus dem Steigbügel und zog sich in den Sattel. Sein kastanienbrauner Hengst war während des im Morgengrauen erfolgten Angriffs auf die Verteidigungsanlagen der Stadt von englischen Äxten niedergestreckt worden.

Er trieb sein neues Reittier auf eine Gruppe von Engländern zu, die die Straße nach St. Olaf zu ihrer Herrin Edyth blockierten, der Frau des früheren Königs Harold, die ihm nicht kirchlich angetraut worden war. Sie und ihr Sohn hatten zu lange gewartet, aus der Stadt in das sichere Wales zu fliehen, und so wie die Leibgarde Harold bis zum letzten tödlichen Schlag beschützt hatte, so verteidigten diese Engländer jetzt Harolds ungekrönte Königin. Die Stadtmauern mochten von einer Handvoll Bürger verraten worden sein, die um ihr Auskommen fürchteten, doch Edyths Huscarls waren eine loyale Truppe, die keinen Zoll Boden aufgeben würde, solange noch Leben in ihnen steckte.

Ein weiterer englischer Krieger versperrte Miles den Weg und schwang seine Axt. Es war ein Huscarl in voller Rüstung mit Helm und Nasenstück, wie Miles es trug, bloß wog der Mann fast doppelt so viel, war größer und breiter und außer sich vor Wut.

Miles' neues Pferd brach unter dem Hieb der Klinge zusammen. Er rollte sich unter dem sterbenden Tier weg und kämpfte um sein Leben. Der runde Schild, den er nach dem Verlust seines eigenen dem Leichnam eines Fußsoldaten abgenommen hatte, bot keinen Schutz vor der Wucht einer englischen Axt, und Miles konnte höchstens ausweichen, sich ducken und darauf warten, dass sein Gegner einen Fehler machte oder allmählich ermüdete.

Immerhin hatte er den Vorteil schneller, leichtfüßiger Jugend, wohingegen der englische Krieger ein älterer Mann war. Aber genau darin bestand die Gefahr: langjährige Erfahrung, höheres Gewicht, mehr Kraft und brennende Entschlossenheit konnten durchaus von Vorteil sein.

Die Axt bohrte sich direkt neben Miles' Bein in den Boden. Es gelang ihm, die Deckung des anderen zu durchbrechen, wurde indes durch einen kräftigen Tritt zurückgeworfen, und erneut sauste die Axt auf ihn nieder. Er war schneller, spürte jedoch, wie eine mit Kerben übersäte Klinge seine Wange streifte. Miles rappelte sich hoch, bevor sein Widersacher ein weiteres Mal zum Schlag ausholen konnte. Zu seinem Unglück rutschte er auf dem durch

Blut und Eingeweide glitschig gewordenen Boden aus, landete auf dem Rücken und wurde in letzter Minute von Gerard durch einen Axthieb für den Gegner gerettet. »Bei Gott, bist du anstrengend!«, seufzte der Bruder und erkundigte sich sogleich alarmiert nach Leofwin. »Wo um Himmels willen ist er?«

»Verschwunden. Ich habe ihn im Gedränge verloren.«

»Steig hinter mir auf, ohne Pferd überlebst du in diesem Getümmel keine Minute. Zudem droht neue Gefahr.«

Geistesgegenwärtig fing Gerards hochgerissener Schild den Hieb einer Streitaxt ab. Ein anderer Angreifer schwang eine Keule mit voller Wucht, sodass sie zusammen mit den Vorderhufen des Pferdes durch die Luft wirbelte, und als der Huscarl zu Boden geschleudert wurde, versetzte Miles ihm den Todesstoß.

Nach Atem ringend schwang Miles sich hinter seinem Bruder auf das Pferd, und Gerard formierte in einer kurzen Verschnaufpause die Männer neu. Ungefähr ein Drittel war von dem Rest getrennt worden, als die Engländer einen Keil in ihre Reihen getrieben hatten, ohne diesen Vorteil auf Dauer nutzen zu können. Englische und normannische Soldaten lagen in den Straßen, Opfer der Engländer wie der Normannen.

Miles fing ein weiteres reiterloses Pferd ein, einen braunen Hengst mit weißer Blesse, dessen Zügel lose herabhingen und dessen Sattel mit Blut besudelt war. Er erkannte das Tier, es stammte aus seiner eigenen Zucht, und er hatte es letztes Jahr im Gegenzug für geleistete Dienste an Hamo FitzWarren weitergegeben. Jetzt lag der junge Mann mit dem Gesicht nach unten neben Gefährten und Feinden.

Miles klopfte dem Braunen auf den zottigen Hals und sprach mit fester, ruhiger Stimme auf ihn ein. Nachdem er Hamos Normannenschild entfernt hatte, stieg er auf das Pferd, um weiterzukämpfen, denn es war noch nicht vorbei, die Auseinandersetzung wurde zu einem tödlichen Versteckspiel aus Hinterhalten. Häuser und Gärten wurden geplündert, zerstört und verbrannt. Selbst bei Einbruch der Nacht ging es weiter, Gebäude standen in Flammen und färbten den Himmel rot, und ein starker Brandgeruch verpestete die Luft.

Kurz vor der Morgendämmerung nahmen sie in der Nähe des Kais Lady Edyth und ihren jüngsten Sohn Ulf gefangen, die als Nonnen verkleidet in einem leichten Boot zu entkommen versuchten. Die restlichen Huscarls kämpften mit aller Kraft, um die Festnahme ihrer Herrin zu verhindern, und starben so, wie sie auf dem Feld der Schlacht von Hastings gestorben waren und um ihren König trauern mussten.

In der Stadt wurde das sogenannte Totsignal geblasen, das das Ende der Kämpfe verkündete, und endlich gehörten die Überreste von Chester den Normannen.

Miles hörte das Horn und ließ den Kopf sinken. Sein Schwertarm pochte bis hoch zur Schulter, sein ganzer Körper bebte vor Widerwillen und Erschöpfung. Er war ausgelaugt, konnte nicht mehr. Ein Geräusch zu seiner Linken veranlasste ihn, sich mit erhobener Waffe zittrig umzudrehen. Ein Klirren und dem letzten Mann, den er praktisch getötet hatte, glitt das Schwert aus der Hand auf den Boden.

Miles brach der kalte Schweiß aus. Die Verkündung des

Sieges bedeutete ihm im Moment nichts, außer dass er sein Schwert nicht mehr benutzen musste. Darüber hinaus war er wie betäubt.

»Miles?« Gerard lenkte sein Pferd neben seines. Leofwin saß hinter ihm, mit einer blutigen Schwertwunde in der Wange. In der Nähe loderten Flammen auf, und ein Funkenregen stob in den Himmel, als ein brennendes Haus in sich zusammenstürzte. Miles wischte sein Schwert ab und schob es in die Scheide.

»Es ist vorbei«, sagte Gerard.

Miles nickte, war zu erschöpft und zu elend, um Freude zu zeigen. »Ja«, bestätigte er und dachte zugleich, dass es nie vorbei sein würde, wenngleich eine wunderschöne Morgendämmerung den Himmel färbte.

In der Halle des Hauses, das der König beschlagnahmt hatte, nannte Miles seinen Namen und wurde in die rauchige Wärme eingelassen. Farbige Dunstschichten erfüllten die Luft und brachten würzige Fleischdüfte mit sich. Nigel de Burcy, einer von Williams Beratern, machte fröhliche Bemerkungen über den Sieg und klopfte ihm auf den Arm. Miles zwang sich, angemessen zu antworten, und ging langsam durch die Halle auf den König zu, der mit einigen Befehlshabern und Schreibern an einem Tisch auf dem Podest saß. Miles erkannte einen Boten von FitzOsbern und fragte sich, welche Nachrichten aus dem Grenzgebiet er wohl brachte. Vielleicht gab es ja in Hereford Probleme. Zu seinem Ärger darüber, hierher befohlen worden zu sein, gesellte sich ein Anflug von Besorgnis.

Der König hob den Kopf und heftete den Blick auf

Miles, der verändert aussah. Seine für gewöhnlich klaren grauen Augen waren blutunterlaufen, und auf seinem Kinn prangten dunkle Bartstoppeln.

»Ihr habt nach mir geschickt, Sire?« Miles kniete sich mühsam nieder. Als er den Kopf senkte, bemerkte er das getrocknete Blut, das noch immer unter seinen Fingernägeln klebte.

»Erhebt Euch«, sagte König William, und als Miles sich steif aufrichtete, hielt er ihm einen fleckigen Pergamentbogen hin. »Mein Vetter, der Earl of Hereford, scheint zu glauben, dass Ihr tot seid«, verkündete er lapidar. »Und dem Inhalt dieses Briefes zufolge denken Eure Frau und Euer Konnetabel dies ebenfalls.«

Miles starrte die von FitzOsberns Schreiber mit dunkler Granatapfeltinte verfassten Sätze an. Einen Moment war sein Kopf vor Erschöpfung vollkommen leer. Er schüttelte ihn stumm, widmete sich erneut dem Dokument und nahm jedes Wort so langsam und sorgfältig in sich auf, wie er es als Kind getan hatte. Sein Vater hatte darauf bestanden, dass er Lesen lernte.

FitzOsbern wollte natürlich wissen, woher die Gerüchte über Miles' Tod kamen. Der Earl hatte einen Trupp Männer nach Milnham geschickt, um Nachforschungen anzustellen. Sie hatten die Dorfbewohner dabei angetroffen, wie sie die verkohlten Überreste ihrer Häuser durchsuchten, und im Bergfried selbst einen schwer verletzten, am Wundfieber leidenden Guyon le Corbeis gefunden. Er hatte angegeben, von Miles' rebellischem Schwager, der behauptete, ihn eigenhändig umgebracht zu haben, von seinem Tod erfahren zu haben.

Osric und seine Räuberbande waren mitten in dem schlimmsten Schneesturm des Winters mit Christen und Emma verschwunden, nachdem sie Guyon aus Rache in Ashdyke die rechte Hand verstümmelt hatten. Unter diesen Umständen hatte der Earl es für seine gottgegebene Pflicht gehalten, die Herrschaft über Ashdyke, Milnham und die Dorfbewohner zu übernehmen, bis weitere Einzelheiten bekannt wurden.

Miles schluckte bittere Galle hinunter. Osric hatte Christen und Emma. Heiliger Christus im Himmel. In seinem Gedächtnis blitzte plötzlich eine Erinnerung auf, so kurz und hell wie ein Schlag auf den Hinterkopf, und er musste sich gegen einen Tisch lehnen, um sich abzustützen. Eine Bauernhütte. Dunkelheit und Fackelschein und das wilde, verzerrte Gesicht von Christens Bruder, der ein Messer in der Hand hielt.

»Ihr habt meine Erlaubnis, unverzüglich aufzubrechen, um diese Angelegenheit zu klären«, sagte der König brüsk, nachdem er von der Geschichte erfahren hatte. »Ihr habt mir gut gedient, und ich brauche Euch im Moment nicht mehr. Kehrt nach Hause zurück und kümmert Euch um Euer Land und um Eure Frau. Ich werde ein Dokument für den Besitz in Stafford aufsetzen lassen, und dazu Urkunden, die Euren Anspruch auf die Landgüter in Hereford bestätigen, falls jemand Euer Recht darauf anzweifeln sollte.« Deutlicher würde der König in der Öffentlichkeit nicht zugeben, dass er damit FitzOsbern meinte, der nichts mehr herausgeben wollte, was er sich angeeignet hatte.

»Worauf wartet Ihr noch?«, fragte der König ungeduldig.

Miles riss sich zusammen und stolperte zu seinem Zelt zurück, wo er auf einen freien Stuhl sank, als seine Beine unter ihm nachgaben. Gerard stand augenblicklich neben ihm. »Was ist passiert?«

»Wenn ich das richtig verstanden habe, hat FitzOsbern Milnham, das ich mit Glück rauskriege«, erwiderte Miles, »und Osric hat Christen und Emma. Das ist zu viel.«

»Was? Rede nicht solchen Unsinn. Du hast deine fünf Sinne nicht beieinander.«

»Das muss es sein.« Miles nahm den Wein, den Eric brachte, und trank einen Schluck, obwohl ihm übel war. »Lies das«, sagte er und reichte Gerard den Brief. »Ich erinnere mich jetzt an das, was in Oxley geschehen ist. Es war Osric, der mich niedergeschlagen hat.«

Gerard hielt den Brief ins Licht und kniff die Augen zusammen. Seine Lippen bewegten sich mühsam, während er die Worte las. »Christus, was für eine üble Geschichte«, sagte er.

»Der König hat mir die Erlaubnis erteilt, sofort aufzubrechen, um mich um die Sache zu kümmern«, entgegnete Miles. »Ich reite los, sowie ich meine Sachen gepackt habe.«

»Ich werde zum König gehen und ihn bitten, dich begleiten zu dürfen.« Gerards Kiefer hatte sich erbittert verspannt. »Und sag nicht, du wirst alleine mit allem fertig, denn du wirst jemanden brauchen, der Guyons Platz einnimmt, sobald du dir den Besitz von FitzOsbern zurückgeholt hast.«

Miles trank einen weiteren Schluck Wein und blickte zu seinem Bruder hoch. »Ich hatte nicht die Absicht, etwas

Derartiges zu sagen, wollte vielmehr sagen, dass ich dich für dieses Unternehmen dringend brauche und du immer ein Fels für mich warst, wenn ich in Treibsand geraten bin.«

»Großartig!« Gerard schlug Miles so kräftig auf die Schulter, dass Wein über den Rand seines Bechers schwappte. »Ich bin also nützlich für dich.«

»Ich werde sie finden, Gerard«, sagte er. »Ich werde Christen und Emma finden oder bei der Suche nach ihnen sterben.«

»Nein, kleiner Bruder«, widersprach Gerard. »Du wirst Erfolg haben.«

16

Burg Hereford

William FitzOsbern betrachtete seinen Besucher äußerlich gelassen und innerlich von Enttäuschung und Verdruss aufgewühlt. Da seine Frau wegen einer schweren Erkältung indisponiert war, fiel es seiner jüngsten Tochter Alicia zu, ihrem unwillkommenen Gast Wein zu bringen und die Gastgeberin zu spielen. Sie hielt ihre dunkelblauen Augen sittsam gesenkt und verhielt sich zurückhaltend.

»Wie Ihr selbst seht, Sire«, sagte Miles in knappem Tonfall, »waren die Gerüchte von meinem Dahinscheiden vollkommen aus der Luft gegriffen, und Ihr habt keinen Grund, meine Ländereien weiterhin mit Euren Männern zu besetzen. Ich habe ein Schreiben des Königs bei mir, das meine Besitzansprüche bestätigt.« Er zeigte FitzOsbern das durch das königliche Siegel für rechtsgültig erklärte Dokument.

Alicia zog sich mit schwingenden Zöpfen zurück. Miles blickte einmal in ihre Richtung und dann wieder zu FitzOsbern. In seinem Inneren saß ein schmerzhafter Knoten. Seine ganze Existenz war lediglich darauf ausgerichtet, Christen und Emma von Osric zurückzuholen.

»Was sollte ich denn sonst tun?«, regte sich FitzOsbern

auf. »Der Besitz musste vor den Walisern und vor Eadrics Bande geschützt werden. Ich konnte die Gerüchte bezüglich Eures Todes nicht ignorieren und untätig bis zum Frühjahr abwarten. Es wäre der Gipfel der Torheit gewesen, dem allen keine Beachtung zu schenken, vor allem weil es gute Gründe dafür gab anzunehmen, dass es der Wahrheit entsprach. Ich habe so gehandelt, wie es jeder Mann mit militärischer Erfahrung getan hätte, und ich habe dem König geschrieben und um die Bestätigung dieser Geschichte gebeten.«

»Nachdem Ihr zuerst Ashdyke und Milnham besetzt habt.«

»Wie es aussah, wart Ihr tot, ohne dass es Erben mit Anspruch auf den Besitz gab, der regiert und verteidigt werden musste, besonders angesichts des Gesundheitszustands Eures Marschalls. Dass Ihr von mir erwartet hättet, anders zu handeln, lässt mich an Eurem Geisteszustand zweifeln.«

Miles stellte den Becher mit Wein auf den Tisch zurück, weil er ihn zu sauer fand. FitzOsberns Tochter beobachtete ihn verstohlen; ihr rotes Kleid bildete einen Farbfleck vor der weiß getünchten Wand.

»Ich verstehe, was Ihr meint«, versetzte Miles knapp, »trotzdem ersuche ich Euch, Eure Männer umgehend abzuziehen.«

»Das wird geschehen.« Der Earl beschrieb mit geöffneter Hand eine Geste. Er wünschte von ganzem Herzen, irgendein englischer Rebell hätte den Verstand und das Glück gehabt, Miles mit seiner Streitaxt bis zur Körpermitte zu spalten. So, wie die Lage war, würde er Miles'

Ländereien zurückgeben müssen. Es lohnte sich nicht, deswegen den Zorn des Königs auf sich zu ziehen, und es gab immer andere Fische, die man fangen konnte. Außerdem war da noch eine Möglichkeit, diesen besonderen Fisch weiterhin am Haken zappeln zu lassen.

»Tochter, hol den Schreiber und schick einen Jungen los, um einen Geistlichen für mich zu finden«, befahl er.

»Alicia ist ein gutes Mädchen und immer bemüht zu gefallen«, schmeichelte FitzOsbern und warf Miles einen durchtriebenen Blick zu. »Ihre Mutter wird sie vermissen, wenn sie heiratet und das Haus verlässt.«

»Ihr habt für Eure Tochter also bereits einen Heiratskontrakt abgeschlossen?«, fragte Miles höflich und gab sich größte Mühe, sich seine Ungeduld nicht anmerken zu lassen.

»Nichts Konkretes, doch ich hege Hoffnungen. Noch etwas Wein?«

Miles schüttelte den Kopf. »Danke, Sire, sobald der Schreiber Euren Befehl verfasst hat, werde ich wieder aufbrechen.«

Der Earl zuckte die Achseln und füllte seinen eigenen Becher erneut. »Maurice of Ravenstow, Montgomerys Bastard, hat um sie angehalten, aber ich bin bereit, sie als Zeichen guten Willens Euch anzubieten. Ihre Mitgift ist nicht groß, dafür gibt es nützliches Land östlich von Eurem, das ich Eurem erstgeborenen Sohn zugestehen würde.«

Seine Worte durchzuckten Miles wie ein Blitzschlag und verhärteten den Knoten in seinem Magen. »So interessant es wäre, von Euch Sohn genannt zu werden«, erwiderte er ausdruckslos, »Bigamie wird von der Kirche mit äußerster

Missbilligung betrachtet, und wie Ihr wisst, habe ich schon eine Frau.«

»Bigamie? Oh, die Engländerin.« FitzOsbern winkte mit einer narbenübersäten Hand ab. »Die Heilige Mutter Kirche wird Euch eine Annullierung wegen böswilligen Verlassens gewähren. Das lässt sich leicht einrichten. Eine kleine Münze, um die Räder zu schmieren, und Ihr seid frei. Mein Mädchen ist eine weitaus passendere Gefährtin für Euch.«

»Christen wurde gegen ihren Willen entführt«, sagte er mit unbeteiligter Miene. »Das nenne ich nicht böswilliges Verlassen.«

»Was immer der Grund für ihr Verschwinden ist, kann man inzwischen keinen Gewinn mehr aus ihr herausschlagen«, erwiderte FitzOsbern. »Ihr habt das Land. Was sonst zählt?«

Miles wandte sich ab und grub die Finger in seine Handflächen. Niemand anders als ein hirnloser Narr würde sich William FitzOsbern zum Feind machen.

Der Earl trank seinen Wein mit einem großen Schluck aus. »Sie ist mit diesen Räubern im Wirbel eines Schneesturms abhandengekommen. Wahrscheinlich ist sie tot.«

»So wie ich tot war?«, konnte Miles sich nicht verkneifen zu fragen.

»Seid nicht töricht«, warnte der Earl. »Ich biete Euch an, Euch Alicia zur Frau zu geben, was im Grunde ein Blutsband mit der Grafschaft selbst ist. Ihr solltet Euch nicht eigenhändig Steine in den Weg legen.«

Miles straffte sich, war jetzt sein eigener Herr. »Mir ist bewusst, welche Ehre Ihr mir erweist, Mylord. Wäre ich frei, würde ich in der Tat sofort auf Euer Angebot eingehen.«

»Ihr seid frei, Ihr Narr!«

»Nein, Mylord. Ich muss zumindest herausfinden, was meiner Frau zugestoßen ist und meiner Tochter.«

»Eurer Tochter? Oh, Ihr meint das Kind, das diese Dirne in Rouen geworfen hat? Warum solltet Ihr Euch darum kümmern? Höchstwahrscheinlich ist sie ohnehin nicht von Euch, diese Huren sind alle gleich.« Er legte die Stirn in tiefe Falten. »Kein Grund, mich so anzuschauen. Ich weiß, dass sie für das Knüpfen einer Eheverbindung nützlich gewesen wäre, vor allem für eine mit den Walisern. Unehelich geboren worden zu sein beeinflusst die Gesetze ihrer Blutlinie nicht.«

Miles täuschte eine Gleichgültigkeit vor, die er bei Weitem nicht empfand. »Sie ist immer noch mein Eigentum.«

FitzOsbern, nicht daran gewöhnt, dass ihm die Stirn geboten wurde, kniff die Augen zusammen. »Was gedenkt Ihr also zu tun?«, erkundigte er sich sarkastisch. »Ganz Wales durchkämmen, bis Ihr sie findet?«

»Ja.«

»Ihr seid wirklich von Sinnen!«

»Wenn ich Eadric Cild finde, finde ich Christens Bruder, und wenn ich ihren Bruder finde, dann wird sie nicht weit weg sein, und ich finde sie ebenfalls.«

FitzOsbern rieb sich das Kinn. »Meine Truppen und die von Montgomery werden jeden Tag nach Wales aufbrechen, um Eadrics Blut aufzuwischen, falls wir es für ihn vergossen haben. Wenn Eure Frau mittlerweile zu den Soldatendirnen gehört, vergesst sie lieber und nehmt Alicia zur Braut. Ihr wisst, was mit den Frauen geschieht, die einer besiegten Armee folgen.«

Miles starrte ihn an. Kalte Schauer rannen ihm über den Rücken.

»Ich sage Euch das jetzt«, fuhr FitzOsbern fort, »damit Ihr mich nicht später beschuldigt, bewusst geplant zu haben, Euch von etwas zu befreien, das in meinen Augen eine Belastung ist. Vielleicht ist sie gar nicht bei den englischen Ehefrauen und Huren, die Eadric folgen. Vielleicht ist ihr Bruder ja nach Irland geflohen. Oder sie sind alle in diesem mörderischen Schneesturm umgekommen. Egal was passiert ist, Ihr verschwendet mit Sicherheit Eure Zeit.«

Zum Glück für Miles, der drauf und dran war, dem Earl an die Gurgel zu gehen, kam Alicia FitzOsbern mit einem Schreiber zurück. Miles trug sein Schwert nicht, es war ihm an der Tür abgenommen worden. Offenbar dachte man, er hätte es sonst gegen FitzOsbern gerichtet. Er kannte diesen Mann, er war erbarmungslos und würde ihn ohne Skrupel auf die Soldatenhuren der Rebellen losschicken. Miles hatte schließlich gesehen, was sich im Norden abgespielt hatte.

»Ich werde sie finden, oder ich werde herausfinden, was ihr widerfahren ist«, sagte er mit unnachgiebiger Eindringlichkeit.

FitzOsbern wandte als Erster den Blick ab und befahl seinem Schreiber schroff, sein Pult aufzustellen.

Nachdem er von FitzOsbern die nötigen Dokumente erhalten hatte, scharte Miles in der Haupthalle seine Männer um sich, um nach Milnham zu reiten. Verwundert sah er, dass Alicia FitzOsbern auf ihn zukam.

»Mylady«, sagte er, als sie ein Stück von ihm entfernt stehen blieb, und registrierte ganz eindeutig eine auf langer Gewohnheit beruhende Vorsichtsmaßnahme.

Als sie den Blick hob, erkannte er, dass sie weniger stark unter der Fuchtel ihres Vaters stand, als er aus ihrem Verhalten in seiner Gegenwart anfänglich geschlossen hatte.

»Ich weiß, wie mein Vater ist«, sagte sie mit leiser, weicher Stimme. »Meine Stiefmutter liegt im Sterben, und er wirft ihr Faulheit vor, dabei kann sie kaum aus ihrem Bett aufstehen.« Sie holte tief Luft. »Wenn ich von hier entkommen könnte, würde ich es tun. Als er diese Ehe vorschlug, wollte ich vor Freude tanzen. Weil ich gehört hatte, dass Ihr nicht dazu neigt, Frauen aus einer Laune heraus zu misshandeln oder Eure Wut an ihnen auszulassen… Nein, hört mich bitte zu Ende an.« Sie streckte den Arm aus, um eine Hand auf seinen Ärmel zu legen. »Ich wollte Euch sagen, dass es zwar mein größter Wunsch ist, das Haus meines Vaters zu verlassen und einen Mann zu heiraten, der mich nicht wegen seines eigenen Versagens schlägt, ich mich aber nicht für die Pläne meines Vaters einspannen lassen werde. Lieber würde ich mich mit nichts als einem Hemd am Leib fortjagen lassen.«

»Eine ehrenhafte Haltung, Mylady«, erwiderte Miles mit einem Anflug von Wärme.

»Und eine aufrichtige. Seine Schläge haben bei mir Widerstand ausgelöst, keine Unterwerfung. Ich weiß, dass Ihr mich hassen müsst, weil ich seine Tochter bin, doch ich wünsche Euch wirklich alles Gute und hoffe, Ihr findet Eure Frau und Euer Kind.«

Als er sie ansah, wurde Miles plötzlich an Blumen erinnert, die ohne Erde auf Granitfelsen blühten. »Nein«, antwortete er in einem sanfteren Ton. »Ich hasse Euch nicht.« Er hob die Hand an, die sie auf seinen Ärmel gelegt hatte, und beugte sich höflich darüber. »Ich hoffe, dass Euch ein angenehmeres Leben beschert ist«, sagte er und verabschiedete sich.

17

Ansiedlung von Cynan ap Owain
April 1070

Cynan ap Owain reckte die Arme über den Kopf und gähnte herzhaft. Die Halle, die er hinunterschlenderte, wurde von gelbem Frühlingslicht durchflutet, das durch die offenen Fensterläden fiel. Eine Stunde nach der Morgendämmerung gingen die Angehörigen seines Haushalts geschäftig ihren Pflichten nach oder brachen ihr Fasten mit Roggenbrot und Schafskäse aus Quark. Zwei Frauen bereiteten in einem eisernen Topf einen Eintopf zu, und ein kleines Mädchen saß ganz in der Nähe und spann Schurwolle zu knotigem Garn. Ein Sonnenstrahl streifte ihren Scheitel und verwandelte die lockigen Haarsträhnen, die noch nicht gebändigt waren, in einen rotgoldenen Heiligenschein. Sie blickte auf, als wäre ihr bewusst, dass er sie musterte.

Cynan nahm seinen Platz an der erhöhten Tafel ein. Eine Frau löste sich von der Seite des Kindes und kam zu ihm, um ihm einen Becher Met einzugießen. Er betrachtete sie von der Seite, als sie den Krug anhob, und bemerkte, dass ihr Körper von der letzten Phase der Schwangerschaft angeschwollen war. Sie ignorierte seinen Blick, und nachdem sie seinen Becher gefüllt hatte, brachte sie ihm eine Platte mit Brot und Käse, bevor sie zu dem Mädchen zurückkehrte.

Cynan aß und trank und beobachtete sie dabei unter halb geschlossenen Lidern. Ihre Bewegungen waren schwerfällig, der feenhafte Gang, den sie bei ihrer Ankunft gezeigt hatte, war ihr abhandengekommen. Das Sonnenlicht schimmerte auf dem Arbeitskorb aus Binsen, den sie in der Hand trug, und ließ ihre Zöpfe weißgolden aufleuchten. Er begehrte sie und fragte sich, ob sie zugänglicher auf sein Interesse reagieren würde, wenn sie erst von der Last des Kindes befreit wäre. Es war schwierig, die Mauer zu durchdringen, die sie um sich herum errichtet hatte. Manchmal überlegte er, ob sich dahinter überhaupt etwas befand. Wenn er sie niederriss, bestand die Gefahr, auf der anderen Seite keine Belohnung vorzufinden, was er für unwahrscheinlich hielt. Vielleicht brauchte es nur ausreichend Zeit.

Er hatte sie bei sich aufgenommen, weil sie mit Siorl ap Gruffydd, ihrem Onkel, verwandt war. Der Gedanke, dass er, der junge Cynan, zeitweilig als Geisel unter ihrem Dach geweilt hatte und sie jetzt als Bedienstete unter seinem lebte, belustigte ihn. Das Kind und das Baby in ihrem Bauch würden sein Eigentum sein, mit dem er verfahren konnte, wie es ihm beliebte. Ihr eigener Bruder Osric hatte sie ihm für Waffen und Pferde verkauft und war davongeritten, ohne sich noch einmal umzudrehen. Er wusste, wer das bessere Geschäft gemacht hatte. Wenn sie bloß über ihren Kummer hinwegkommen und ihn ansehen würde, statt durch ihn hindurchzublicken.

Kurze Zeit später ließ Christen ihre Spinnarbeit ruhen und brachte einem Mann, der auf einem Strohsack am anderen Ende der Halle saß, etwas zu trinken.

»Wie geht es deinem Arm, Hrothgar?«, fragte sie.

»Etwas besser, wobei ich bezweifle, dass er je wieder gerade zusammenwachsen wird, Mylady«, erwiderte er mit einem wehmütigen Achselzucken und blickte auf den Trümmerbruch hinunter, der sich zum Glück für ihn auf derselben Seite befand wie seine fehlenden Finger, sodass er immer noch einen Arm und eine Hand gebrauchen konnte. »Ich kann mich glücklich schätzen, dem letzten Gefecht überhaupt entronnen zu sein. Wenn ich nicht durch ein totes Pferd verdeckt worden wäre, hätten mich FitzOsberns Männer gefunden und in Stücke gehackt. Und wie steht es bei Euch?«

Verlegen betrachtete Christen ihre auseinandergeratene Taille und winkte mit einer resignierten Geste ab. »Die Zeit kann nicht schnell genug vergehen. Ich wusste gar nicht, dass ich schwanger war, bis das Baby das erste Mal zu treten begann.« Sie legte eine Hand leicht auf ihren Bauch. Seit einigen Tagen verspürte sie ein unangenehm ziehendes und drückendes Gefühl im Rücken.

»Es ist also von dem Normannen?«

»Ja.« Das Licht in ihren Augen erlosch, und sie machte Anstalten, sich abzuwenden.

»Denkt nicht zu schlecht von Osric«, bat Hrothgar. »Er hat Euch einige Male schweres Unrecht zugefügt, das nicht allein seine Schuld war.«

Christen bedachte ihn mit einem bitteren Lächeln. »Ich versuche, gar nicht an Osric zu denken, und einige Male sind zu viele Male, um zu verzeihen oder es als unbeabsichtigte Torheit abzutun.«

»Mylady, Ihr habt immer noch Glück und es besser getroffen als die armen Seelen in Eadrics Lager.« Ein Schauer erfasste sie bei der Erinnerung. »FitzOsbern tut sein Möglichstes, um sie vom Antlitz der Erde zu tilgen, ähnlich wie der König den Norden verwüstet hat. Was seine Söldner den Frauen und Kindern antun, wäre noch nicht einmal in der Hölle gestattet.«

Christen schlug das Kreuzzeichen vor der Brust. »Er ist ein böser Mensch, eigentlich sind alle durch und durch schlecht«, entgegnete sie.

Das Baby bewegte sich in ihrem Leib, und sie streichelte die Stelle, wo sie den Tritt gespürt hatte. Eigentlich hatte sie nicht geglaubt, dass der Vater ihres Kindes zu dieser Sorte von Männern gehören könnte, und das war vielleicht die größte Enttäuschung von allen.

»Solange die Dänen bleiben, wo sie sind, und die Rebellen immer noch in Ely ausharren, wird sich Eadric nicht ergeben«, vermutete Hrothgar. »FitzOsbern hat uns leider in der Hand, zum Glück ist unsere Schale zu hart, als dass er sie knacken könnte.«

Christen blickte stumm zum Feuer, wo Emma in ihre Spinnarbeit vertieft saß. »Wenn ich über die Macht verfügen würde, sie zu verfluchen, würde ich sie nutzen«, seufzte sie.

»Das würden wir alle.« Hrothgar folgte ihrem Blick zu dem kleinen Mädchen und ließ ihn dann zu dem jungen walisischen Prinzen schweifen, der hinter dem Kind in seinem geschnitzten Stuhl am anderen Ende der Halle saß, aus einem Horn Met trank und hier das Sagen hatte. »Seid Ihr hier zufrieden, Mylady?«, fragte er.

»So zufrieden, wie ich sein kann, wenn das Herz in meiner Brust tot ist«, erwiderte Christen traurig. Sie wusste, was er wissen und was er von ihr hören wollte, und dass es darum ging, sein Gewissen zu beschwichtigen. »Siorl ap Gruffydd erkennt seine Verwandtschaft mit Emma widerwillig an«, antwortete sie. »Cynan behandelt mich gut, zu gut. Dennoch kann ich nicht auf die Weise auf ihn reagieren, die er am meisten zu schätzen wüsste.« Sie zuckte zusammen, als der Schmerz in ihrem Kreuz stärker wurde und ihr Leib sich unter ihrer Handfläche wie ein straff gespanntes Band anfühlte.

»Es kommt mir seltsam vor, Mylady, dass Osric Euch für eine Handvoll Schwerter an einen Waliser verkauft und der Verwandte Eures Mannes Euch Lord Cynan gibt, damit er Euch in seiner Halle behält. Ich weiß, dass Ihr nicht seine Mätresse seid, aber wer kann sagen, was geschehen wird, sobald das Kind geboren ist.«

Christen verzog das Gesicht. »In Wales ist eine solche Situation keine Schande«, erwiderte sie. »Eine Mätresse ist einer Ehefrau gleichgestellt, und ich denke, selbst wenn ich mich weigere, wird er mich vielleicht zur Ehe zwingen.«

Hrothgar räusperte sich. »Vielleicht wäre das das Beste?«, sagte er und ließ die Feststellung wie eine Frage klingen.

»Das Beste für wen?«

Sie sah, wie Cynan seinen Becher abstellte, sich erhob und die Halle hinunter auf sie zuschritt. Neben Christen blieb er stehen und umfasste ihre Schulter. »Sie gehört mir«, warnte er Hrothgar. Sein Ton klang trügerisch mild, seine Augen jedoch loderten vor Eifersucht. »Das ist mit ihrem Bruder ausgehandelt, und über die Bezahlung haben wir uns geeinigt.«

Hrothgar antwortete auf Cynans Herausforderung mit Entrüstung. »Ich habe Lady Christens Familie mein ganzes Leben lang gedient, und ich bin zu alt, um diese Loyalität für irgendjemanden aufzugeben.«

Der junge Waliserprinz widersprach auf der Stelle. »Dann geh und diene da, wo du am nützlichsten sein könntest. Geh zu ihrem Bruder, damit sich ein Schwachkopf zum anderen gesellt.«

Hrothgar schaute ihn böse an. Christen wich vor Cynan zurück, griff nach ihrem Korb und entschuldigte sich, dass sie dringend mal nach draußen müsse. Als sie die Halle verließ, hörte sie, wie Cynan Hrothgar noch einmal warnte.

Sowie sie im Freien war, blieb sie stehen und rieb sich das Kreuz, um den Schmerz zu lindern, als sich ihr Leib erneut zusammenzog. Sie hatte erst nach der Wintersonnenwende bemerkt, dass sie schwanger war, als sie auf ihrer Pritsche lag und das leichte Flattern neuen Lebens spürte. Erst da stellte sie fest, dass sie kurz nach ihrer Hochzeit in andere Umstände gekommen sein musste.

Unabhängig von ihren zwiespältigen Gefühlen für den Vater ihres Kindes hatte das Wunder neuen Lebens ihr Hoffnung gegeben und in ihr den heftigen Wunsch ausgelöst, das Ungeborene zu beschützen. Auch wenn sie wusste, dass ihrer beider Leben nicht leicht sein würde, war sie entschlossen zu überleben, wenn dies Gottes Wille war.

Mit einem Mal überraschte sie im Hof ein Flüssigkeitsschwall, der ihr Kleid durchtränkte und zu ihren Füßen eine Pfütze bildete. Eine Dienerin, die ihr nach draußen gefolgt war und sah, dass die Fruchtblase geplatzt war, nahm Christen am Arm und zog sie nach drinnen zu dem Frauengemach. Olwen, die bei Bedarf Hebammendienste leistete, eilte sogleich von ihrem Butterfass herbei, beruhigte Christen auf Walisisch, tätschelte sacht ihren Bauch und versicherte ihr durch Gesten, dass alles gut würde.

Wenngleich sie sich kaum verstanden, war sie für den Beistand dankbar. Da Christen aufgrund früherer Erfahrungen wusste, dass eine Geburt viele Stunden und manchmal Tage dauern konnte, bereitete sie sich darauf vor, diese Zeit zu ertragen, und betete zu Gott und der heiligen Margaret um Beistand während der Wehen.

Die Schmerzen waren diesmal extrem stark, sodass sie sie kaum mehr zu ertragen glaubte. Sie wand sich auf dem Strohsack und biss auf ein zusammengefaltetes Stück Stoff, als die Wehen fast ohne Pause über sie hinwegrollten.

Eine andere Frau, die ein bisschen Englisch konnte, half ihr, mit der Hebamme zu sprechen. »Olwen sagt, noch ein paar Minuten, und das Kleine ist auf der Welt.« Die Hebamme irrte sich, und Christen brauchte noch Stunden, bis sie das von ihrem Körper glitschige Baby in die Welt hinausstieß. Es begann sofort lautstark zu schreien, als wäre es ärgerlich, so jäh aus seiner warmen Hülle vertrieben worden zu sein.

»Bachgen bach hardd«, verkündete die Hebamme lächelnd.

»Ein prächtiger kleiner Junge«, übersetzte die andere Frau. »Hört bloß, was für kräftige Lungen er hat!«

Christen lachte und schluchzte gleichzeitig, von einer Flut widersprüchlicher Emotionen überwältigt, als sie die Arme nach ihrem Sohn ausstreckte. Olwen durchtrennte die Nabelschnur und legte ihn ihr in die Arme, und die Mutter drückte ihn nass, wie er war, wild zappelnd und lebendig an ihre Brust.

Später, als sie gesäubert worden war und man es ihr bequem gemacht hatte, liebkoste sie das Kind behutsam und blickte in sein winziges verschrumpeltes Gesicht. Die Haare waren fein und schwarz, die Augen wiesen den unbestimmbaren Schieferton aller Neugeborenen auf.

Als Hrothgar den Kopf zaghaft in die Kammer schob, lächelte Christen und bat ihn hereinzukommen. Auf Zehenspitzen schlich er zum Bett und streckte behutsam seine gesunde Hand aus, um die Faust des Babys zu berühren, die sich augenblicklich öffnete, sich dann um seinen Finger schloss und zugriff. »Er ist stark«, stellte er mit einem verwunderten Lächeln fest.

»Das wird er auch sein müssen«, erwiderte Christen. »Selbst als Cynans Ziehsohn wird sein Leben hart sein. Außenseiter wie er müssen ihren Wert immer unter Beweis stellen.«

»Ziehsohn?« Hrothgar blinzelte, dann lief er rot an. »Oh, ich verstehe. Walisisches Recht.«

»Praktisch betrachtet bin ich seine Frau, ob ich will oder nicht. Wer wird uns ernähren und kleiden, wenn nicht er? Osric? Siorl ap Gruffydd?« Sie verzog resigniert das Gesicht. »Cynan wird ihn als seinen eigenen Sohn großziehen. Und da ich ihn und Lord Siorl kenne, wird es ihnen ein großes Vergnügen bereiten, meinen Sohn als jungen Mann ausreiten zu sehen, um die Ländereien zu überfallen, die laut seinem englischen Geburtsrecht sein Eigentum sind.«

»Das ist nicht recht, Mylady.« Hrothgar starrte auf seinen Finger hinab, den das Baby umfasste.

»Habe ich denn eine Wahl?«, sagte sie und blinzelte die Tränen weg, die ihre Sicht trübten. In Wahrheit wollte sie trotz ihrer Freude vor Kummer schreien, aber sie hielt beide Gefühlsextreme unter Kontrolle. »Glaubst du, Cynan wird mich gehen lassen, nachdem er beinahe auf dich losgegangen ist, weil du es gewagt hast, dich mit mir zu unterhalten? Ich bin der Beweis seiner Macht. In dem Moment, wo ich mich von der Geburt erholt habe, will er mich in seinem Bett haben. Ich bin zwangsweise seine Frau, und das Kind gehört ihm, wenngleich er nicht der Erzeuger ist. Und wo sollte ich überhaupt hingehen?« Ihre Stimme zitterte. »Glaubst du, er wird mich am Leben lassen, wenn wir ihm sein Eigentumsrecht auf Ashdyke und Milnham streitig machen wollen?«

»Hat Euer Lord nicht einen Bruder?«, fragte Hrothgar.

Christen schüttelte den Kopf. »Hoff nicht auf Hilfe aus dieser Richtung. Er ist mit Miles in den Norden gegangen, und ich weiß nicht, ob er überhaupt noch lebt. Er besitzt kein eigenes Land, und obwohl er FitzOsbern für Miles das Herz aus der Brust schneiden würde, verfügt er nicht über die Macht dazu, ohne sich selbst zu vernichten.«

Sie blickte auf, als eine der anderen Frauen mit Emma den Raum betrat. Als sie Christen sah, machte sich das Kind los, rannte zu ihr, schlang ihr die Arme fest um den Hals. Dann richtete sie ihre Aufmerksamkeit mit fasziniertem Entzücken auf ihren kleinen Halbbruder.

»Später«, sagte Christen leise zu Hrothgar. »Wir sprechen später darüber.«

Hrothgar nahm ihre Hand, drückte sie und kehrte in die Halle zurück.

18

Walisisches Grenzgebiet

Es war ein warmer Abend Ende April. Der Mond wanderte wie eine blasse Münze über den Himmel; der Hintergrund war von einem so satten Indigoblau, dass es aussah, als könnte ein Mann den Arm nach oben strecken, ihn mit den Fingern greifen und die kühlen Nadelspitzen des Sternenscheins in seine hohle Hand hinunterziehen.

Das Schilf am Wasserrand wiegte sich in einer leichten Brise, die von Wales hereinwehte und, wenn sie auffrischte, den Hauch feinen Regens mit sich bringen würde, der so typisch für den späten Frühling und den Frühsommer in den Marschen war.

Osric stand neben seinem Pferd, strich über den gescheckten Hals des Grauen und lockerte die Zügel, um ihn an dem Teich trinken zu lassen. Das Halfter klirrte, als der Hengst mit dem Maul die Oberfläche berührte. Als Osric tief einatmete, roch er Rauch, eine Mahnung, dass William FitzOsbern dicht hinter ihm alles niederbrannte. Er hatte sie den Frühling über unablässig gehetzt. Sie waren von einem Lager zum nächsten geflohen, und alle Ortschaften, wo man ihnen Zuflucht gewähren wollte, hatten sich entweder ergeben oder waren zerstört worden. Unter den

Männern ging das Gerücht um, Eadric selbst bereite sich darauf vor aufzugeben, denn sie konnten die Rebellion nicht länger fortführen. Der dänische Aufstand in den Fens verpuffte, und die anderen Revolten waren mit erbitterter Grausamkeit niedergeschlagen worden.

Osric wusste, dass er in England keine Zukunft hatte. Er war heimatlos und landlos, ein Outlaw, der den Mord an einem normannischen Lord auf dem Gewissen hatte. Cynan ap Owain hätte ihn vielleicht aufgenommen, aber Osric wollte nicht in derselben Halle leben wie seine Schwester und ihr Normannenbalg und wo er möglicherweise Gefahr lief, dass ihm im Schlaf die Kehle durchgeschnitten wurde.

Das Pferd watete durch das Schilf und trank reichlich. Irland, dachte er. Die einzige Alternative bestand darin, nach Irland zu gehen und sich König Harolds Söhnen im Exil anzuschließen, oder sein Schwert und seinen Hengst einem irischen Lord zu verdingen. Die Iren zahlten gut für einen erfahrenen Kämpfer, vor allem wenn er ein Pferd wie dieses besaß.

Cloud hob den Kopf. Silberne Tropfen rieselten in den Teich zurück und ließen das Spiegelbild des Himmels erzittern. Osric blickte nach oben und beobachtete, wie eine dünne lilafarbene Wolke über den Mond zog.

Das Messer an seiner Kehle und der harte Arm, der ihn gegen die Klinge presste, kamen für ihn völlig unerwartet und lösten Panik aus.

»Ganz ruhig, wenn du am Leben bleiben willst«, flüsterte eine Stimme ihm ins Ohr. »Ich werde dein Blut vergießen, wenn es sein muss.«

Der Griff, in dem er gefangen war, veränderte sich, und

Osric wurden das Schwert und andere Waffen abgenom-
men, darunter die Sax, eine Hiebwaffe. Der Graue zeigte,
nachdem er ruckartig den Kopf bewegt hatte, keinerlei
Absicht, durchzugehen, sondern begann an dem Gras am
Rand des Teiches zu rupfen. Ein Seil wurde geschickt um
Osrics Körper geschlungen und fesselte seine Arme.

»Was willst du?«, krächzte Osric. »Ich habe nichts
außer dem Pferd.«

»Und selbst das gehört dir nicht«, erfolgte die leise Antwort. »Dreh dich um, wenn du es wagst.«

Das Messer löste sich von seinem Hals, und Osric
wandte sich um, wollte den Mann ansehen, den er damals
zum Sterben zurückgelassen hatte. »Nein!« Er schüttelte
den Kopf. »Das ist nicht wahr!«

»Soll ich dir die Kehle aufschlitzen, um es zu bewei-
sen?«, fragte Miles. »Zum Glück bin ich nicht für FitzOsbern auf einem Erkundungsritt, sonst hätte ich dich an
deinem Posten abgesetzt und ihn in das Herz von Eadrics
Lager geführt.« Er löste das Horn von Osrics Gürtel und
warf es weit in das Wasser hinaus. »Das wirst du nicht
mehr brauchen.« Er sah zu, wie es im Spiegelbild des Mon-
des in Hunderte leuchtender Scherben zersprang.

»Warum tötest du mich nicht gleich, oder willst du dich
erst an deinem Tun weiden, so wie du es getan hast, als du
meinen Großvater ermordet hast?«, warf Osric ihm vor.

Miles schüttelte den Kopf. »Ich habe weder die Absicht,
dich sofort zu töten, noch habe ich deinen Großvater ermordet. Ich habe ihn gefunden, als er im Sterben lag. Oxley
ist schwerlich ein Besitz, um den man kämpft und für den
man mordet.«

»Ich glaube dir nicht.«

»So wie du nicht glaubst, dass ich jetzt mit einer einzigen Narbe als Zeichen deiner Unfähigkeit vor dir stehe? Du bist ein Meister der Selbsttäuschung.«

Als Osric ihn plötzlich angriff, war Miles darauf vorbereitet und holte ihn mit einem gut gezielten Tritt von den Beinen.

»Auf die Füße, und keine Tricks mehr«, befahl er.

»Oder was? Sonst wirst du mich töten? Ich fürchte den Tod nicht.«

»Das nehme ich dir nicht ab«, erklärte Miles überheblich. »Und selbst wenn dem so sein sollte, es gibt viele Dinge, die schlimmer sind als der Tod, und ich kann sie dir alle zeigen, wenn du das wünschst. Ich bin nicht allein, und du würdest nicht weit kommen, wenn du zu fliehen versuchst.«

Osric erhob sich mit finsterer Miene. Miles umfasste das Ende des Seils mit einem festen Griff, stieg auf Cloud und klopfte auf den gebogenen grauen Hals. »Ich habe mein Pferd zurück«, sagte er. »Jetzt fehlen mir lediglich meine Frau und meine Tochter, damit mein Leben wieder vollständig ist, und ich wage zu behaupten, dass du weißt, wo ich sie finde.«

Osric blickte sich um, sah vier geisterhafte Erscheinungen aus dem Riedgras auftauchen und erkannte, dass er umzingelt worden war, ohne es zu bemerken.

Miles ritt los, und Osric taumelte über Grasbüschel und stolperte über unebene Stellen. Auf diese Weise sollte er zum Reden gebracht werden.

»Wenn der Earl of Hereford Christens Aufenthaltsort

herausfindet, wird er sie töten, weil sie ihm im Weg steht«, drohte Miles.

»Das gilt für uns alle«, gab Osric dreist zurück. »Ich habe nichts mehr zu verlieren. Wenn ich dich nicht mit in die Hölle hinunterziehen kann, dann werde ich wenigstens dafür sorgen, dass du die Hölle auf Erden erleidest.«

»Auf Kosten des Lebens deiner eigenen Schwester? Bist du so tief gesunken, dass du so etwas tun würdest?«

Osric verstummte und presste für eine Weile die Lippen fest zusammen, bis er es nicht länger ertrug. »Selbst wenn ich wüsste, wo sie ist, wäre es dir nicht möglich, sie zurückzuholen.«

»Ich hätte nie gedacht, dass du dich mit FitzOsbern verbünden könntest«, versetzte Miles verächtlich. »Ob sie tot oder mir verwehrt ist, macht für den Earl of Hereford keinen Unterschied.«

»Du sprichst in Rätseln«, zeterte Osric und stürzte über eine halb vergrabene Wurzel.

»Er will, dass ich seine jüngste Tochter heirate. Sie ist fünfzehn Jahre alt und eine Schönheit. Vor einem Jahr hätte ich mit ihr im Handumdrehen an der Kirchentür gestanden, doch das war vor Christen.«

»Fasel mir nichts von Liebe vor«, spie Osric aus.

»Warum würde ich sonst durch diese Gegenden streifen?«, schoss Miles zurück. »Wenn ich Vernunft oder Verstand hätte, würde ich es mir mit einer neuen Braut unter warmen Pelzen gemütlich machen und nicht mitten in der Nacht mit einem englischen Angeber als Gefangenen umherziehen. Das eine sage ich dir, wenn ich Christen und meine Tochter nicht finde, dann wirst du sterben, und ich werde FitzOsberns großzügiges Angebot annehmen. Ich hoffe nur, dass dir der Teufel in der Hölle Augen zubilligt, damit du mit ansehen kannst, was du Schreckliches angerichtet hast und dafür leiden musst. Denk darüber nach«, riet Miles. »Benutz einmal dein Gehirn, wenn du eines hast.«

Sie gelangten zu einer mit Weiden und Schwarzdorn bewachsenen Stelle, wo sein Gefolgsmann Etienne mit ihren Pferden wartete. Sie hatten Osrics Bewegungen ein paar Tage lang verfolgt, nachdem sie seine Spur aufgenommen hatten, und am Ende ihrer Pirsch ihre Pferde zurückgelassen, damit sie keine Geräusche machten.

»Du kannst sie nicht mehr haben«, versuchte Osric sich rauszureden. »Weil ich dachte, du bist tot, habe ich als ihr nächster Verwandter eine neue Ehe für sie arrangiert.« Miles hielt mit dem Losbinden eines Pferdes einen Moment inne. »Es war das Beste für Christen und das Kind«, fuhr Osric schroff fort. »Inmitten der Soldatenhuren hätte sie nicht lange überlebt. Er hat geschworen, sie ehrenhaft zu behandeln.«

»Wer?«, wollte Miles entsetzt wissen. »Beim Leben Gottes, sag es mir!«

»Cynan ap Owain«, erwiderte Osric, warf dabei Miles einen Blick voll trotzigem Triumph zu. »Dein Verwandter Siorl ap Gruffydd hat die Verbindung vermittelt und abgesegnet, und Christen hat keine Einwände erhoben. Ich habe ihr Leben gerettet. Wäre sie bei den anderen gewesen, wären sie und deine Tochter jetzt tot.«

»Und wenn du dich in Oxley nicht wie ein Narr benommen hättest, wären beide inzwischen sicher in Milnham«, herrschte Miles ihn an und hätte ihm am liebsten die Kehle durchgeschnitten. »Sie hat keine Einwände erhoben«, verteidigte Osric sich.

»Wahrscheinlich, weil sie sich lieber für Cynan ap Owain hinlegen würde als für fünfzig von FitzOsberns Flamen. So eine Wahl ist keine Wahl!«

Mit zitternden Händen befestigte Miles den Leitzügel des schwarzen Pferdes an Cloud und stieg wieder in den Sattel.

»Soll ich nicht reiten?«, fragte Osric.

»Nein«, beschied Miles ihn knapp. »Du kannst die Strecke, die wir zurücklegen müssen, zu Fuß gehen, und hoffentlich läufst du dir die Sohlen durch und die Füße blutig.«

»Endlich angekommen, wie ich sehe«, stellte Siorl ap Gruffydd mit einem verächtlichen Grinsen fest, als Miles in dem kleinen befestigten Bereich abstieg, der zu Siorls bescheidener Halle gehörte. »Ich hatte dich eher erwartet.«

Miles schlang Clouds Zügel um einen Pfosten, während Leofwin und Dewi, einer seiner walisischen Sergeanten, gleichfalls abstiegen.

»Wie lange hast du schon gewusst, dass ich noch lebe?«, fragte Miles mit ausdrucksloser Stimme.

»Ich habe es seit Ende März gewusst«, erwiderte Siorl gefühllos.

Miles unterdrückte den Drang, auf Siorl loszugehen, denn er konnte sehen, dass sein Onkel auf so etwas vorbereitet war. »Du stellst meinen Stolz auf die Probe«, sagte er mit einer falschen Lockerheit. »Dafür bin ich jetzt hier und angemessen demütig. Weiß Cynan, dass ich noch lebe?«

»Wenn er das wüsste, würde es nicht lange so bleiben.«
Siorl vollführte eine kapitulierende Geste. »Du kannst genauso gut hereinkommen. Ich schulde dir zumindest ein Horn Met.« Mit einer ruckartigen Kopfbewegung fügte er hinzu: »Wie ich sehe, hast du den Bruder deiner Frau gefunden. Warum ziehst du ihm nicht einen Dolch durch die Kehle? Ich würde es tun.«

»Ich weiß es nicht«, entgegnete Miles ehrlich, als sie über das Gelände gingen. »Vielleicht Christen zuliebe. Das erste Mal, als ich sie zu Gesicht bekam, rannte sie zwischen Clouds Hufen hindurch und flehte um sein Leben. Möglich, dass mein Gewissen mir jetzt Vorschriften macht.«

Als sie die Halle betraten, hielt er Siorl zurück. »Ich will, dass du mir hilfst, sie von Cynan zurückzuholen.«

Der Onkel hustete würgend. »Er ist also für ein Lösegeld oder Verhandlungen nicht empfänglich?«

»Du wärst ihm so willkommen wie die Pest, und egal was du planst, ich will damit nichts zu tun haben.«

Miles nahm das Horn mit Met, das ihm eine Dienerin anbot. Eine andere stand in der Nähe und arbeitete geschickt an einem aufrecht stehenden Webstuhl.

»Du wirst dich also auf die Seite solcher vom Schlag Cynan ap Owains und Eadrics stellen und dich gegen deine eigenen Verwandten wenden?«

Siorl zog die Schultern hoch. »Ich werde mein Blut nicht für eine Mischlingsfrau und ein Mischlingskind vergießen.«

»Eigentlich stehst du bereits mit deinem Leben in meiner Schuld«, erwiderte Miles.

»Ich werde Cynan nicht sagen, dass du hier warst. Betrachte das als mein Entgegenkommen.« Ein Muskel an Siorls Kiefer spannte sich an, als sein Neffe fortfuhr, ihn anzustarren. »Nein, und nochmals nein!«, brüllte er. »Ich habe zu viel zu verlieren, und du bist mehr der Nachkomme dieses teuflischen Normannen als der meiner Schwester.«

»Letztes Jahr hieltest du es für zweckdienlich, etwas anderes zu behaupten.«

Siorl lief rot an. »Aye, das ist richtig«, murmelte er. »Ein Mann wird zu jeder List greifen, wenn sein Leben verwirkt ist.«

»Bedeutet dir die Blutspflicht denn gar nichts?«

Der alte Waliser machte sich über seinen Met her. »Ungefähr so viel, wie sie deinem eigenen Vater bedeutet hat«, sagte er sarkastisch. »Es ist nicht meine Pflicht, für dich zu sterben. Cynan ap Owain hat mich in seiner Burg aufgenommen. Wenn ich dir helfe, ihm deine Frau zu entreißen, wird er sich an mir rächen. Demnach zu urteilen, was ich so höre, hat FitzOsbern keinen Grund, sich zu wünschen, dich wieder mit deiner Frau vereint zu sehen, und er wird dem Mann, der dir hilft, dies zu erreichen, nicht gerade wohlwollend begegnen, also verliere ich gleich zweimal.«

»Du bist allein auf dich gestellt, und alle werden deine Ehrlosigkeit sehen, weil du die Blutspflicht vernachlässigst.«

»Ausgerechnet du sprichst von Ehrlosigkeit«, beschwerte sich Siorl. »Dein Vater hat meine Frau entführt, seine eigene Schwägerin, und sie mit einem Kind geschwängert, das nicht überlebte. Dein Vater trieb es gleichzeitig mit ihr und mit deiner Mutter. Du bist die Brut eines Teufels, und ich werde mich nicht mit dir abgeben.«

Miles starrte ihn verblüfft an. Er hatte immer gedacht, Siorls Abneigung gegen alles Normannische rühre daher, dass er Waliser war, und nicht von einem persönlichen Groll.

»Das wusste ich nicht«, sagte er.

»Warum solltest du auch?« Siorl wischte sich mit der Hand über die Augen. »Ein Mann geht nicht damit hausieren, zum Hahnrei gemacht worden zu sein. Du magst das Blut deiner Mutter in dir haben, doch du hast die Augen deines Vaters. Geh fort und komm nie wieder.«

Siorl machte auf dem Absatz kehrt, eilte durch die Halle und verschwand hinter einem Vorhang, wo sich seine Privatkammer befand.

Miles sah ihm nach und erinnerte sich daran, wie er als Kind im Sommer mit Siorls Sohn als Spielgefährten über die Hügel gerannt war. Ein langbeiniger, geschmeidiger Junge seines Alters mit kastanienbraunen Locken und hellen Augen von der Farbe flacher Meeresstellen. Schnell wie ein Pfeil und beweglich wie ein junger Hirsch. Im darauffolgenden Winter war er ausgeglitten und hatte sich auf dem zugefrorenen Fluss den Hals gebrochen. Sein eigener Halbbruder, und er hatte es nicht gewusst. Seine Mutter hatte bis zu ihrem Tod geschwiegen, manchmal hingegen hatte ihr Gesicht ihre Gefühle widergespiegelt, wenn sie seinen Vater ansah, und sie waren nicht liebevoller Natur gewesen. Sein Vater hatte Wind gesät. Hier in Siorls Halle erntete Miles den Sturm dieser oberflächlichen Untreue und ihm wurde bewusst, dass er alleine war.

19

Ansiedlung von Cynan ap Owain

Christen saß mit einer Gruppe anderer Frauen im diesigen Sonnenschein des Hofes. Sie spalteten Binsen, um das Mark herauszukratzen, das später in heißen Talg getaucht würde, um während der langen Herbst- und Winterabende Licht zu spenden. Das jetzt eine Woche alte Baby schlummerte unter Aufsicht von Emma in einem mit Vlies ausgefütterten Korb.

Die Stimmung der Frauen war angespannt. Ab und an blickten sie zu den verbarrikadierten Toren hinüber. Im Morgengrauen hatte einer der Schäfer vom Herannahen eines Trupps berichtet, nicht riesig, jedoch von ausreichender Anzahl, um eine Bedrohung darzustellen. Normannen, hatte der Schäfer gesagt, vielleicht FitzOsberns Männer, die gekommen waren, um eine weitere Quelle von Eadrics Unterstützung zum Versiegen zu bringen. Lord Cynan hatte seine Kriegerschar zusammengezogen und war fortgeritten, um sich ein Bild von der Lage zu machen. Die Frauen hatten ihre Habseligkeiten in Bündel geschnürt, falls sie fliehen mussten, lauschten auf einen Alarm und beobachteten die Handvoll Speerkämpfer, die Wachdienst hatten.

Als sich die Tore knarrend öffneten, sprangen zwei Frauen vor Furcht auf, und Christen selbst war gerüstet, die Flucht zu ergreifen, wenn es sein musste. Vier Männer auf starken Pferden, die ein fünftes am Zügel führten, ritten in den befestigten Bereich, und die Frauen entspannten sich mit fragwürdiger Erleichterung. Christens Blick wurde schärfer, als sie erst Osric und dann Leofwin mit Dewi und einem anderen Mann erkannte, der eine hochgeschlagene Kapuze trug und sie einen Moment lang an Siorl ap Gruffydd erinnerte. Ihr Herz begann heftig zu hämmern.

Sie sah, dass der Torwächter etwas zu dem Mann mit der Kapuze sagte und in ihre Richtung deutete. Er drehte den Kopf, als er antwortete, aber die tiefen Schatten seiner Kapuze ließen sie sein Gesicht nicht erkennen, dennoch zog es sie nach draußen.

»Geh nur«, sagte eine der Frauen, die ihr Zögern richtig deutete. »Wir passen auf die Kinder auf.«

Christen stolperte zum Tor hinüber. Sie war ein paar Meter von dem Mann mit der Kapuze entfernt, als dieser den Kopf hob und sie ansah. Unfähig, sich von der Stelle zu rühren, bemühte sie sich zu begreifen, was geschah.

»Boro da fy arglwyddes«, grüßte er sie auf Walisisch, kam näher, verbeugte sich ehrerbietig und murmelte auf Englisch: »Wir kommen von Siorl ap Gruffydd, um dich zu der Sicherheit seiner Halle zu geleiten. Ich habe ihnen die Wahrheit gesagt, nämlich dass ich als Siorls Verwandter gekommen bin, um dich hier wegzubringen.«

»Ich dachte, du seist tot«, flüsterte sie zitternd. »Osric sagte …« Ihr Blick wanderte zu ihrem Bruder.

»Er hat sich geirrt. Wir haben keine Zeit, und die Wächter beobachten uns. Geh und hol Emma und eure Sachen.«

Miles nutzte die Zeit, um eine an den Wächter gerichtete

Bemerkung zu machen, und führte sein Pferd zu dem Wassertrog, um es zu tränken.

Leofwin unterhielt sich zur Ablenkung mit dem Wächter und erkundigte sich ganz nebenbei nach Cynan ap Owain, als hätten sie nicht beobachtet, wie er vor einer Stunde an der Spitze seiner Kriegerschar an ihnen vorbeigeritten war, und als hätten sie nicht gewusst, dass sie ihre Chance jetzt oder nie nutzen mussten.

Dewi stand ganz dicht neben Osric und bohrte diesem warnend seine Messerspitze zwischen die Rippen. Unterdessen zerrte Miles Cloud von dem Trog weg, da sie sich vielleicht gleich beeilen mussten. Nebenbei blickte er zu Christen, die gebückt zwischen den Frauen stand und sich mit etwas zu ihren Füßen befasste. Sprachlos und zutiefst schockiert musste er gleich darauf erkennen, dass sie mit einem gewickelten Baby in den Armen dastand und Emma sich an ihre Röcke klammerte.

Gelassen ging Christen mit Leofwin zum Tor hinüber und begann ihre Sachen auf das Pferd zu laden, beide sagten kein Wort über das Kind und genauso wenig über den Mann mit Kapuze. Es war wichtig, in Gegenwart von Cynans Wächtern eine unbeteiligte Fassade zu wahren. Dabei war es nicht einfach, eine Frau, deren Kindbett erst eine Woche zurücklag, mit hoher Geschwindigkeit durch ein raues Land zu fahren und sie in Sicherheit zu bringen.

Da Emma sich vor Osric fürchtete, hob Miles das Mädchen vor sich in den Sattel, dabei betete er, dass sie ihn nicht erkannte. Dazu half auch der Bart, den er sich während des nördlichen Feldzugs hatte wachsen lassen.

»Falls du einen weiteren Mann als Helfer brauchst«,

flüsterte Christen fast tonlos, »Hrothgar ist in der Halle, und ich verbürge mich für seine Loyalität und auch für Leofwins, wenn er uns begleitet.«

Nach einem zweistündigen harten Ritt waren ihre Pferde mit Schweiß bedeckt, und Miles registrierte voller Sorge, dass Christen so blass war wie gebleichtes Leinen und im Sattel schwankte. Das Baby, das bislang geschlafen hatte, war aufgewacht und weinte vor Hunger.

Miles zügelte Cloud zu einem gemäßigten Schritttempo, lenkte ihn einen schmalen Pfad neben dem Fluss entlang und bog in eine kleine Lichtung ein. Dort stieg er ab und hob Emma vom Pferd.

»Wir machen eine Rast«, sagte er zu Leofwin.

»Soll ich Feuer machen, Mylord?«

Miles schüttelte den Kopf. »Das dürfen wir nicht riskieren. Mehr als eine kurze Pause ist nicht möglich.«

Miles breitete seinen Umhang unter den Ästen einer Esche aus, damit Christen sich setzen und das Kind stillen konnte. Nach wie vor sah sie ihm nicht in die Augen, was ihm verriet, dass irgendetwas ganz und gar nicht stimmte.

»Ich bringe etwas zu essen«, sagte er abrupt und ging davon, damit sie das Baby an die Brust legen konnte. Vielleicht, dachte er, fiel es ihr schwer, sich damit abzufinden, dass er am Leben war, nachdem sie ihn für tot gehalten hatte. Oder sie hatte sich an das Leben in Cynans Wohnhaus gewöhnt.

Er löste die Wasserflasche von seinem Sattel und griff nach ihrem Reiseproviant, harte Kuchen aus Mehl, Schmalz und Wasser, mit ein wenig Honig gewürzt, dazu kleine Stücke Käse.

Miles wartete ab, dass Hrothgar zu ihm trat, und musterte ihn eindringlich.

»Verrate mir eines«, sagte er argwöhnisch, »hat dich dein Gewissen dazu bewogen, Wiedergutmachung für deine Verbrechen zu leisten, oder gibt es andere Motive für diesen plötzlichen Sinneswandel?«

Hrothgar lief rot an. »Ich bin Osric aus langer Gewohnheit gefolgt, bis ich mit diesem gebrochenen Arm in Cynans Halle gelegen habe, anstatt ohne Verschnaufpause hierhin und dorthin zu reiten. Dadurch habe ich Zeit gehabt, alles noch einmal zu überdenken.«

»Verstehe«, erwiderte Miles sarkastisch. »Also war es Zeitverschwendung, dir die Finger abzuhacken. Es hätte mir mehr gebracht, dich einen Monat lang einzusperren, damit du über deine Dummheit nachgrübeln kannst.«

»Nein, Mylord. Da war ich immer noch unter dem Joch meiner Torheit gefangen.«

»Und was hat dich veranlasst, dieses Joch abzuwerfen?«

»Die Art, wie Osric die Lady behandelt hat. Wie er sie skrupellos an Cynan ap Owain verkaufen wollte, hätte er genauso gut dieser Hurensohn von Hereford sein können. Er hat sich selbst belogen, bis allein die Lügen übrig waren, und andere haben teuer für seine Privilegien bezahlt, zu teuer.« Er hielt inne und holte tief Luft. »Ich bin jetzt Lady Christens Gefolgsmann, Sire, und der Eure, wenn Ihr mich haben wollt.«

Miles war kurz aus der Fassung gebracht, als Hrothgar vor ihm niederkniete, um ihm den Treueeid zu leisten. Auf seinem Scheitel breitete sich eine kahle Stelle aus, und sein Haar war mit Grau durchzogen. Der Söldner war kein

Jüngling mehr, der aus einer Laune heraus seine Meinung änderte, und er musste sich diese Entscheidung gut überlegt haben.

»Gerne«, erwiderte er, »wenn du aufstehen willst. Ashdyke braucht einen guten Verwalter. Lächle mich nicht so an. Zwischen uns und dem Überqueren des Wye liegen immer noch mehrere Stunden.« Miles reichte ihm Clouds Zügel. »Hier, gib ihm genug Wasser, um den ärgsten Durst zu stillen«, sagte er und ging zu Christen und den Kindern.

Das Baby trank jetzt zufrieden mit halb geschlossenen Augen, und Miles legte ein paar harte Kuchen und Käse zwischen sich und Christen.

»Leofwin sagt, man kann die hier im Notfall als Hufeisen verwenden«, bemerkte er obenhin, um das Schweigen zu überdecken.

Emma sah ihn mit großen Augen an. Sie hatte ihn während des Ritts erkannt und sich zitternd an ihm festgeklammert, die Finger in seine gesteppte Tunika gekrallt.

»Warum hast du einen Bart, Papa?«, wollte sie wissen.

Miles lächelte sie an. »Weil er mich den Winter über warm gehalten hat und ich noch keine Zeit hatte, ihn abzurasieren. Ich habe meine gesamte Zeit darauf verwendet, nach dir und deiner Mutter zu suchen.«

»Und nach meinem kleinen Bruder.«

»Ja, und nach deinem kleinen Bruder«, bestätigte er und musste hart schlucken.

Christen löste das Baby behutsam von einer Brust, wobei es protestierend maunzte, und legte es an die andere. »Osric erzählte mir, du seist tot«, sagte sie, »Und dass du meinen Großvater ermordet und sein Landgut geplündert hättest. Ich habe ihm geglaubt, weil sein Freund sagte, es sei wahr, und ich habe ihm mehr getraut als Osric. Und jetzt sehe ich, dass Hrothgar dir aus freien Stücken den Treueeid schwört. Was soll ich davon halten?«

Er hob den Blick von dem trinkenden Baby, um Christen anzuschauen, die völlig verwirrt war. »Ich habe gesagt, ich würde treu zu dir halten, und das habe ich getan. Oxley wurde ein paar Stunden vor unserer Ankunft von englischen und walisischen Rebellen überfallen, und dein Großvater wurde tödlich verwundet, als er ihnen Widerstand leistete. Ich fand ihn mit einer Speerwunde in der Seite sterbend in einer Bauernhütte.« Er schüttelte den Kopf. »Osric hat gesehen, was er sehen wollte, und Hrothgar war nicht annähernd das, was man einen verlässlichen Zeugen nennt. Er sah bloß den Schmerz deines Bruders und glaubte seine Version der Ereignisse. Ich gebe offen zu, dass mich Osric ertappt hat, wie ich mit einem Messer in der Hand über deinen Großvater gebeugt vor dem Bett stand.«

»Hast du nicht gerade gesagt…«

»Welchen Grund hätte ich haben sollen, den alten Mann zu ermorden?« Miles stieß vernehmlich den Atem aus. »Es verstößt gegen jeden Funken gesunden Menschenverstands. Ich hatte mein Messer gezückt, um auf seine Bitte hin seine Bettdecke aufzuschneiden. Darin war eine Brosche eingenäht, von der er wollte, dass du sie bekommst.« Er griff in seine Tunika, zog den weichen Hirschlederbeutel hervor und ließ das Schmuckstück auf seine Handfläche gleiten. »Er hat unserer Ehe seinen Segen erteilt.«

Christen nahm zitternd die Brosche entgegen, ihre Finger berührten sich, und irgendetwas, das erstorben war, erwachte in ihr wieder zum Leben. Sie blickte auf den goldenen Wolf mit den Granataugen hinunter, der seinem eigenen Schwanz nachjagte. »Ich erinnere mich aus der Zeit daran, als ich ein kleines Mädchen war«, sagte sie. »Mein Großvater hat mir manchmal gesagt, eines Tages würde sie mein Eigentum sein, weil sie einst meiner Großmutter und davor ihrer Großmutter gehört hat.« Sie blickte Miles durch einen Tränenschleier hindurch an.

»Osric hat gar nicht erst auf eine Erklärung gewartet, sondern mich wutentbrannt sofort angegriffen«, berichtete Miles. »Er dachte wohl, er habe mich getötet, und flüchtete auf Cloud, als mein Bruder kam. Den Rest kennst du, vermute ich.«

»Den Rest kenne ich allzu gut«, versetzte sie bitter. »Als er seiner Horde befahl, Milnham niederzubrennen, und mir sagte, er habe dich aus Rache für das, was du getan hast, getötet, wollte ein Teil von mir sterben, weil seine Worte eine heimtückische Lüge waren, und ich hatte keine Möglichkeit, die Wahrheit herauszufinden.« Ein Schluchzen verschlug ihr den Atem, und sie kämpfte um Beherrschung.

Miles hob ihr Kinn mit dem Zeigefinger an und küsste ihre nassen Lider, ihre Wangen, ihre Nase und schließlich ihre Lippen. »Jetzt kennst du sie«, sagte er, als er zurückwich.

»Da war noch das mit Guyon«, sagte sie. »Ich habe Osric gebeten, es nicht zu tun, doch er war blind für jegliche Vernunft. Ist er an seinen Verletzungen gestorben?«

Miles' Kiefer spannte sich an. »Nein, er hatte sehr hohes Wundfieber. Mit der Zeit wird alles verheilen, trotzdem sind Kriege und Feldzüge für ihn vorbei.«

»Das tut mir leid. Wir waren anfangs nicht immer einer Meinung und haben uns nicht besonders verstanden, das änderte sich im Laufe der Zeit. Ich werde für ihn tun, was ich kann, wenn wir zu Hause sind.«

Die letzten Worte lösten in ihr Wärme und Furcht zugleich aus. Sie wünschte sich verzweifelt ein Zuhause und wusste gleichzeitig, wie leicht ihr alles genommen werden konnte, und blickte auf das Baby hinunter, das jetzt tief und fest schlief.

»Wenigstens habe ich meine Pflicht ihm gegenüber erfüllt und einen weiteren männlichen Nachkommen der Blutlinie geliefert, den er ausbilden kann«, meinte sie mit einem unsicheren Lächeln. »Halte ihn einen Moment für mich.« Sie legte Miles das Kind in die Arme und schaute ihnen zu.

Als er in das winzige Gesicht seines schlafenden Sohns blickte, verspürte er eine zarte Gefühlsregung, die ihm die Tränen in die Augen trieb. So ein zerbrechliches, verletzliches kleines Geschöpf, und es oblag seiner Verantwortung, es zu ernähren und zu beschützen.

»Er steht dir besser zu Gesicht als ein Schwert«, bemerkte Christen lachend, als sie sich wieder neben ihn setzte.

»Er ist ganz sicher keine so große Last«, erwiderte er mit einem Lächeln. »Hat unser Sohn schon einen Namen?«

Sie hob den Kopf. »Cynan sagte, er solle Gwalchmai heißen, ein guter walisischer Name aus alten Tagen. Die englische Version lautet Gawain, was ähnlich wie Guyon klingt, wie ich ihn oft genug nenne.«

Miles blickte von dem schlafenden Baby zu seiner Frau. »Beim Leben Gottes«, murmelte er. »Als ich sagte, du müsstest es ertragen, hatte ich keine Ahnung, dass alles so kommen würde.«

»Für dich ist es auch nicht ganz leicht gewesen, und wir haben beide viel durchgemacht.«

»Man kann es so und so sehen. Ich habe dem König in der Hölle gedient, bin zurückgekehrt und habe festgestellt, dass ich noch da bin. FitzOsbern war überglücklich, mich in meine Schranken weisen zu können, und hat mir bestätigt, dass er ein heimtückischer Bastard ist, was mich zum Glück nie persönlich betroffen hat.«

»Was hat er getan?«

»Das, was man von einem Wolf wie ihm erwarten konnte. Er hat die Herrschaft über Ashdyke und Milnham übernommen, sobald er die Geschichte von meinem Tod hörte, und als der König ihm befahl, die Landgüter wieder abzugeben, tat er sein Bestes, um seinen Einfluss zu behalten, indem er mir seine jüngste Tochter als Anreiz zur Frau anbot. Meine Ablehnung fiel alles andere als diplomatisch aus. Der Schuft weiß genau, wo er steht. Komm, es ist Zeit weiterzureiten.« Er gab ihr das Baby behutsam zurück und hob Emma hoch, um sie zu seinem Pferd zu tragen. Je eher sie sich hinter den Verteidigungsanlagen von Milnham befanden, desto besser.

Hrothgar half Christen auf ihren angebundenen Wallach, und Osric beobachtete ihn voll bitterer Verachtung. »Erst kriechst du vor diesem normannischen Hurensohn, der dich verstümmelt hat, und jetzt schwänzelst du um die Röcke meiner Schwester herum.«

»Hrothgar war in den letzten Wochen mehr ein Bruder für mich, als du es trotz Blutsverwandtschaft je gewesen bist«, sagte Christen voller Ärger, als sie sich im Sattel zurechtsetzte und das Baby an ihrer Brust barg.

»Ach ja, dein Bruder«, bemerkte Osric anzüglich.

Miles, der den Wortwechsel mit angehört hatte, packte das linke Handgelenk seines Schwagers mit einem eisernen Griff. »Du kannst es dir nicht leisten, noch drei Finger zu verlieren«, warnte er. »Und diesmal ist hier niemand bereit, sich für dich einzusetzen.«

Osric biss die Zähne zusammen, als Miles seinen Griff verstärkte. »Dann tu es eben«, knurrte er. »Tu es und sei verdammt.«

»Sire, die Waliser!«, rief Leofwin, dabei deutete er auf die Bäume auf der anderen Seite der Lichtung, zwischen denen ein Trupp Bogenschützen und leicht bewaffnete Männer hervorströmten. Die Ersten hatten die Pfeile bereits an die Sehnen gelegt. Unter ihnen befand sich Cynan ap Owain auf einem braunen Hengst.

Osric nutzte die Ablenkung, um sich loszureißen und Miles den Ellbogen in das Zwerchfell zu rammen. Dann packte er die Zügel des ihm am nächsten stehenden Pferdes, schwang sich in den Sattel und stieß ihm die Fersen in die Seiten, sodass das erschrockene Tier in gestrecktem Galopp davonschoss.

»Schießt!«, dröhnte Cynan und zeigte auf Osric.

Pfeile schwirrten durch die Luft. Hrothgar zerrte Christen aus dem Sattel, presste sie flach auf den Boden und schob sich über sie. Das wach gerüttelte und halb begrabene Baby schrie wie am Spieß. Miles packte Emma und schützte sie mit seinem eigenen Körper.

Ein Pfeil streifte Osric, der einen Augenblick lang die

Kontrolle über das Pferd verlor. Ziellos preschte es durch den Wald, bis sein Reiter die Fassung wiedergewann.

»Nun denn.« Cynan ap Owain trieb den Braunen langsam auf Miles zu. »Was haben wir denn da? Eine Räuberbande?«

»Du kannst nichts rauben, was dir gehört«, erwiderte Miles souverän und gab Emma frei, die zu Christen rannte.

»Und du kannst nicht zweimal sterben?« Cynan lächelte verächtlich. »Wollen wir einmal sehen?«

Er befahl seinen Männern, die Pferde und Waffen an sich zu nehmen, stieg ab und schlenderte zu Christen hinüber. »Beunruhigt dich diese Vorstellung, meine Liebe? Das wird nicht lange andauern, das verspreche ich dir.«

Er streckte die Hand aus, um ihre Wange zu berühren, und erregte damit nichts anderes als ihren Abscheu.

Cynan fixierte sie mit einem harten Blick. »Wir können es genauso gut gleich hier tun«, sagte er und betrachtete die Lichtung. »Es hat keinen Sinn, noch zu warten.« Er zog sein Schwert. »Madoc, halt sie fest, damit ...«

Er erstarrte, als Hufe trommelnd herangaloppierten und Osric in ihre Mitte jagte. Von dem abgebrochenen Pfeil in seinem Arm strömte Blut. »Normannen!«, schrie er. »Es ist FitzOsbern!«

Einer von Cynans Bogenschützen, der ihn fälschlicherweise für einen Angreifer hielt, feuerte einen Pfeil auf ihn ab, dessen gefiederte Spitze sich in Osrics Brustbein grub und durch das Schulterblatt wieder austrat. Er war tot, bevor er auf dem Boden aufschlug.

Christen schloss die Augen und neigte den Kopf über ihren Sohn. Das schwarze Pferd galoppierte mit schleifenden Zügeln und schaukelnden Steigbügeln an ihr vorbei. Weitere Hufschläge zerrissen die Stille des Walds, vermischt mit französischen Freudenschreien. Farben flammten zwischen den Bäumen auf, und das Sonnenlicht ließ Rüstungen, Schildbuckel und die Spitzen der Lanzen glitzern. Cynan brüllte Befehle und sprang hastig auf sein Pferd.

Als die normannische Truppe auf die Lichtung strömte, riss Miles seinem Bewacher das Kurzschwert aus der Scheide und rammte ihm den Griff unter die Rippen. Der Mann brach würgend zusammen, und Miles stürzte sich auf den walisischen Krieger, der versuchte, auf Cloud zu steigen und zu entkommen. Rücksichtslos packte er den Gürtel des Walisers und zerrte ihn aus dem Sattel.

Hrothgar hievte Christen auf ihren Wallach und setzte Emma vor sie. Ein normannisches Schlachtross drängte sich mit geblähten Nüstern und Schaum auf Hals und Brust vorbei. Sein Reiter riss es herum und trieb es auf Hrothgar zu. Dieser stieß einen abwehrenden Ruf aus, doch die Lanze des Soldaten war zu schnell und durchbohrte seinen Hals. Leofwin warf sich auf den Normannen, riss ihn aus dem Sattel und benutzte den von Hrothgars Blut noch nassen Speer, um ihn endgültig unschädlich zu machen. Dann nahm er ihm Helm und Schild ab und schwang sich auf das Pferd.

Miles lenkte Cloud von einem anderen angreifenden Ritter weg, fing den Speer auf, den Leofwin ihm zuwarf, hob ihn wie einen Wurfspieß und schleuderte ihn. Das

Pferd des Soldaten brach zusammen. Miles packte Christens Zügel und galoppierte mit Leofwin und Dewi dicht hinter sich auf den Schutz der Bäume zu. Ein reiterloses Tier donnerte neben ihnen her, es war Cynans Brauner, dessen Sattel und Widerrist blutgetränkt waren.

Sie hatten weniger als eine Viertelmeile zurückgelegt, als sie auf die normannische Nachhut trafen, die, angeführt von dem Earl of Hereford selbst, ihren Kameraden zu Hilfe eilte. Miles schluckte, seine Kehle wurde trocken, als er in das eiserne Gesicht des Todes starrte, denn sie waren alle wie walisische Bauern gekleidet. Man musste kein militärisches Genie sein, um zu erkennen, wie einfach es wäre, sie zu töten und die Tat zu vertuschen.

FitzOsbern zügelte seinen Hengst, sodass er tänzelte und ausschlug. Hinter ihm machte einer seiner Söldner eine unflätige Bemerkung, woraufhin der Earl langsam seine Lanze sinken ließ und lächelte. Miles zog das walisische Kurzschwert aus seinem Gürtel und drehte sich zu Cloud, um Christen und die Kinder zu schützen.

»Nein!«, keuchte sie mit aschfahlem Gesicht. »Du kannst dich nicht opfern. Lass mich hier. Ohne uns hast du eine Chance zu entkommen.«

»Niemals!«, widersprach Miles. »Ich bin nicht so weit gekommen, um jetzt zu scheitern.«

FitzOsberns Brauner preschte los, und Miles verstärkte seinen Griff um das Heft des Schwertes.

Der Earl of Hereford hatte Miles fast erreicht, als sein Hengst stolperte, in einem Gewirr aus Hufen und peitschendem Schweif zu Boden ging und FitzOsbern aus dem Sattel schleuderte, sodass er gegen den Stamm einer Esche prallte. Die Söldner des Earl wurden von allen Seiten angegriffen, und anscheinend war eine weitere Kriegerwelle auf die Lichtung geschwappt.

»Geh, sieh zu, dass du wegkommst, solange du die Gelegenheit dazu hast!«, keuchte Miles' Onkel Siorl an seiner Schulter. »Du magst die Augen deines Vaters haben, aber ich habe gesehen, dass du in puncto Ehre von einem anderen Schlag bist. Ich werde meinen Zorn an diesem Abschaum hier auslassen statt an Erinnerungen aus der Vergangenheit. Beeil dich, Junge!«

Miles umklammerte Siorls Arm. »Danke«, sagte er schlicht, nahm Christens Pferd am Zügel und zog sich zwischen die Bäume zurück.

Ein paar hundert Meter im Wald stießen sie auf einen Fluss. Miles drängte Cloud auf die andere Seite, ließ ihn dort den Untergrund in alle Richtungen zertrampeln und lenkte ihn schließlich in das Unterholz, um eine falsche Spur zu legen, bevor er ihn zum Wasser zurücktrieb. Dann führte er seinen Trupp flussabwärts, wobei er sich in der Mitte des Stroms hielt, damit die Flanken der Pferde keine Zweige von den Büschen und Bäumen rissen, die die Ufer säumten. Sämtliche Verfolger würden wenigstens eine Weile in die Irre geführt werden und kehrtmachen, wenn es keine Spur mehr gab, der sie folgen konnten.

Am frühen Abend überquerten Miles und seine Truppe den Wye, und kurz vor Mitternacht erreichten sie im Licht eines hellen Vollmonds Milnham und waren in Sicherheit, zumindest vorerst.

»FitzOsbern hat was getan?«, empörte sich Gerard. Er hatte sich hastig einen Umhang um die Schultern geworfen, und seine rötlichen Locken standen ihm vom Kopf ab. Er hatte gemütlich mit Aude im Bett gelegen, als ein Diener angerannt gekommen war, um ihm von Miles' Rückkehr zu berichten. »Bei den Zähnen Gottes, ich werde seine Gedärme benutzen, um mir die Hose zuzuschnüren!«

Miles ließ sich schwer auf das warme Bett sinken, das Gerard soeben verlassen hatte. »Wenn du einen einzigen Funken Verstand hast, bist du bei Tagesanbruch hier verschwunden«, riet er mit gedämpfter Stimme, damit sie nicht bis hinter den Vorhang drang. »Für den Earl of Hereford bin ich jetzt ebenso ein Rebell wie Eadric Cild.«

»William ist der König, nicht FitzOsbern. Geh sofort zu ihm, oder schick mich an deiner Stelle.«

Miles fuhr sich mit den Fingern durch das Haar. »Und du glaubst, er wird meinem Anliegen den Vorzug vor dem von FitzOsbern geben?«

»Wenn er das nicht tut, dann werde ich den Grund dafür herausfinden. Wir haben stets mit unerschütterlicher Loyalität zu ihm gestanden.«

Gerard versetzte ihm einen Schlag mit seiner fleischigen Faust. »Funkel mich nicht so finster an! Was für ein Bruder wäre ich denn, wenn ich dich Himmel und Hölle in Bewegung setzen ließe, um Christen zurückzubekommen, um dich dann in dem Moment, wo du mich am dringendsten brauchst, im Stich zu lassen? Ich werde dir beistehen, egal was kommt.«

»Du solltest zu denen gehören, die am Leben bleiben«, erwiderte Miles. »Ich bezweifle, dass dein Schwertarm, sosehr ich ihn zu schätzen weiß, das aufhalten wird, was FitzOsbern mir entgegenschleudert.«

»Meinst du?«

Etwas in Gerards Ton ließ Miles aufhorchen. »William hat mir Landsitze oben bei Ledworth, dicht an der walisischen Grenze, zugebilligt und dazu einige Ländereien im Süden, die ertragreich genug sind, um das auszugleichen, was es mich kosten wird, einen Bergfried zu errichten und mit den Walisern zu kämpfen.«

»Nun, das sind wirklich gute Neuigkeiten und ein Grund mehr für dich, das alles nicht für mich aufs Spiel zu setzen.«

Diesmal warf Gerards Schlag Miles rücklings auf das Bett. »Schluss! Wenn du mich nicht wie einen gerupften Truthahn verschnüren willst, gibt es nichts, womit du mich aufhalten kannst, also gesteh deine Niederlage ein.«

Miles rieb seine misshandelte Schulter. »Du bist verrückt.«

Gerard zuckte die Achseln. »Das liegt im Blut.« Er blickte auf, als Christen hinter dem Vorhang hervorkam. »Wir können morgen damit beginnen, die Verteidigungsanlagen zu verstärken. Jetzt wünsche ich euch erst einmal eine gute Nacht.« Ein sarkastisches Lächeln spielte um seine Lippen. »Der größte Beweis für Bruderliebe besteht vielleicht darin, dass ich dir mein Bett abtrete.« Er bückte sich und küsste Christen sanft. »Willkommen daheim, Schwester.«

Sie sah ihm nach, als er den Raum verließ. »Wie lange wird die Befestigung halten?«, fragte sie leise. Sie hatte in der letzten Zeit so viel Tod gesehen, dass sie abgehärtet war.

Miles schüttelte den Kopf. »Ich weiß es nicht. Komm ins Bett, die Morgendämmerung wird bald anbrechen, zu bald.«

Christen sah ihn an. Seine Augen waren stumpf vor Erschöpfung und etwas anderem, was das übliche lebhafte Funkeln darin erstickte. Damit wollte sie sich nicht abfinden, sie setzte sich neben ihn und berührte sein lockiges dunkles Haar.

»Komm«, sagte sie. »Was ist es denn?«

Miles versank in Schweigen. Er sah die Zukunft vor sich, und sie war schwarz, kein Sternenlicht wies ihm den Weg, und der Earl of Hereford wartete wie Fenrir der Wolf an den Toren der Hölle auf sie. Er schloss die Augen, vergrub sein Gesicht an ihrer Halsbeuge und krallte die Finger in ihr Haar. Sein Körper wurde von Schauern geschüttelt, als die Reaktion einsetzte und er zu schluchzen begann und Christen ihn hielt wie einen vom Sturm umtosten Fels.

20

Als Christen aufwachte, war sie allein und Miles' Stelle im Bett längst kalt. Langsam setzte sie sich auf, schlang die Arme um die Knie und starrte die Decke mit leerem Blick an.

Durch die Fensterbespannung aus dünner Ochsenhaut fiel graues Licht in den Raum und vertrieb die Dunkelheit so weit, dass sie die Kleidertruhe aus Eichenholz in der Ecke und den Ständer daneben erkennen konnte, über dem ihre Gewänder hingen. Ein weiterer Pfahl trug Miles' Kettenhemd, dass er Gott sei Dank derzeit nicht trug. Hinter dem Kohlebecken, das den Raum wärmte, stand ihr kleiner tragbarer Altar, an dem sie in der letzten Zeit viel Zeit verbracht zu haben schien, um zu der Heiligen Jungfrau zu beten und sie zu bitten, ihr die Kraft zu schenken, einen weiteren Tag durchzustehen.

Es war inzwischen Februar, bald würde der Frühling kommen. Im Kräutergarten blühte der Gundermann, und es gab bereits ein paar frühe Büschel Engelwurz. Noch immer drohte Schneefall, aber die Sonnenscheinphasen zwischen den Schauern nahmen an Kraft zu, und die Abende begannen gerade viel länger zu werden.

Leise wurde an der Tür geklopft, und Aude steckte den Kopf in den Raum. »Du bist wach?«

»Ist es schon so spät?«

»Du hast die Messe verpasst. Die Männer sind im Morgengrauen mit den Jägern und den Hunden aufgebrochen.«

Christen nickte und blickte gleichgültig zu ihrem Kleiderständer hinüber. Es war egal, welches Kleid sie wählte, Miles würde es nicht bemerken oder zumindestso tun, was noch schlimmer war. »Wo ist Wulfhild?«

»Mit Emma und dem Baby in der Halle. Soll ich sie holen?«

»Nein, ich komme zurecht.« Sie stieg aus dem Bett. »Es war lieb von euch herzukommen, obwohl ihr mit dem neuen Bergfried so viel zu tun habt.«

Aude widersprach mit einem Achselzucken. »Nicht so viel, dass wir nicht Zeit für einen Besuch erübrigen können.« Sie lehnte sich gegen den Türrahmen und sah zu, wie Christen ihr Hemd anzog. »Wie steht es zwischen Miles und dir?«, fragte sie. »Ich konnte nicht umhin, gestern Abend zu bemerken, dass ihr so distanziert miteinander umgeht wie Fremde.«

»Das liegt wahrscheinlich daran, dass wir Fremde sind.« Christen nahm ein Arbeitskleid von dem Kleiderständer. »Seit wir nach Hause gekommen sind und begonnen haben, uns für den Krieg vorzubereiten, haben wir uns voneinander entfernt. Vor seinen Soldaten hält er sich gut, und an seiner Führerschaft kann nicht gezweifelt werden. Wenn man ihn im Umgang mit ihnen hört, könnte man denken, alles sei in schönster Ordnung. Er überspielt es gut.«

»Was genau?«

»Ich sollte dir das eigentlich nicht erzählen, doch wenn ich es noch einen Tag länger in mich hineinfresse, verliere ich den Verstand.« Sie drehte sich zu ihrer Schwägerin um. »Aude, es ist, als würde man mit einem Leichnam leben, so wie damals mit Lyulph, nur zehnmal schlimmer. Ich halte es nicht mehr aus!«

Aude schloss mit Nachdruck die Tür, nahm Christen am Arm und drückte sie auf das Bett. »Erzähl mir alles«, bat sie.

»Er hat furchtbare Albträume«, begann Christen, »windet sich und wälzt sich neben mir hin und her. Wenn ich ihn wecke, lacht er darüber und tut so, als wäre nichts, dabei höre ich die Worte, die er ruft. Es geht immer um Blut und Tod und Verlust. Wenn ich ihn am Morgen frage, will er nicht darüber sprechen, geht mir aus dem Weg, wie du ja gemerkt hast. Es ist die Art von Ehe, mit der ich anfangs gerechnet hatte, eine Vernunftehe, bloß ist es für keinen von uns vernünftig, und das zerreißt mich innerlich. Wir haben nicht mehr beieinander gelegen, seit wir nach Hause gekommen sind. Er umarmt mich nicht einmal mehr, seit er mich aus Cynans Halle gerettet hat und wir im Wald Rast gemacht haben. Davor war alles gut zwischen uns.«

»Was hat sich denn seitdem geändert?«, erkundigte sich Aude stirnrunzelnd.

»FitzOsbern ist unser direkter Feind geworden«, erwiderte Christen trübe. »Keine Verstellung mehr, keine Ausweichmanöver, jetzt ist die Katze aus dem Sack. Wir sind an diesem Tag mit einem auf unseren Kopf ausgesetzten Preis davongekommen.«

»Wieso das? FitzOsbern kämpft schließlich in Flandern. Eure Situation müsste sich eigentlich verbessert haben.«

Christen blickte auf ihren Ehering hinunter. Zuerst hatten sie sich mit frenetischer Eile auf einen Krieg vorbereitet, die Mauern und Wälle erhöht, die Gräben vertieft, Vorräte angelegt, Männer zusammengezogen und Holz durch Stein ersetzt, wo immer es möglich war. Dann hatte ein Kaufmann aus Hereford die Nacht in Milnham verbracht und sie davon in Kenntnis gesetzt, dass Eadric Cild sich dem König ergeben habe und der Earl of Hereford sei vorübergehend in die Normandie befohlen worden, um der Königin Matilda beim Regieren zu helfen.

»Worte sind etwas Einfaches«, versetzte Christen bitter. »Wie soll ich denn seine düstere Laune aufhellen?«

»Lenk ihn ab«, schlug Aude nach einem Moment vor. »Zieh den Sack aus, den du da trägst. Lass dir von den Dienerinnen eine Badewanne füllen und dich und deine Haare pflegen. Mach ihm das Leben schwer.«

Christen betrachtete die Kleidungsstücke, die sie eben angezogen hatte. Die Ärmel des Untergewands wiesen Schmutzstreifen auf, der Geruch des Rauchs von der Hauptfeuerstelle hing beißend in den Falten des Oberkleids. Natürlich war es Winter gewesen, keine Jahreszeit, um zimperlich zu sein, doch das hatte sie früher nie abgehalten. »Dinge, die man ausrangiert, setzen Staub an«, sagte sie, als sie zu Aude hochblickte.

»Er hat dich nicht ausrangiert.« Ihre Schwägerin umarmte sie rasch. »Als du und Emma fort wart, hat für ihn nichts anderes existiert als das Bestreben, euch zurückzuholen. Ich glaube, vielleicht kommt das alles daher, weil er befürchtet, euch erneut zu verlieren.«

Christen nickte gedankenversunken, als sie über Audes Rat nachdachte. »Ich weiß nicht, was ich sonst tun soll.«

»Einen Versuch ist es wert, du hast nichts zu verlieren.«

»Vielleicht hast du recht. Sobald ich überprüft habe, ob im Haushalt alles glatt läuft, werde ich tun, was du vorgeschlagen hast.« Christen erhob sich und begab sich in die Halle, wo Wulfhild an ihrem Spinnrocken saß und auf den herumkrabbelnden Guyon of Ashdyke aufpasste. Er sollte eigentlich auf einem Teppich aus zusammengenähten Vliesen bleiben, aber die Binsen mit Hundeknochen, Essensresten und anderem Unrat interessierten das Kind weit mehr als das weiche, saubere Schaffell und die kunstvoll geschnitzte Elfenbeinrassel, die er von Aude als Taufgeschenk erhalten hatte.

Die Mutter hob ihren Sohn hoch, als er den Rand des Teppichs erreichte, klemmte ihn sich unter den Arm und fuhr herum, als das scheppernde Lachen des Mannes ertönte, der ein Bein auf einen Schemel gelegt hatte. Sein Stock lehnte neben ihm an der Wand. Seine rechte Hand fehlte weitgehend.

»Behände wie eine Katze«, stellte er anerkennend fest. »Wird nicht mehr lange dauern, bis er auf den Füßen steht.«

»Und allen vor die Füße gerät, meint Ihr«, lachte Christen. »Für Euch ist es einfach. Ihr müsst nicht auf ihn aufpassen, bis er meine Röcke mit einem Sattel vertauscht. Ich nehme an, diese Zeit kann für Euch gar nicht schnell genug kommen.«

Guyon bestätigte dies mit einem widerstrebenden Grinsen. »Das ist alles, wozu ich dieser Tage noch tauge«, meinte er, »einem kleinen Kind das Reiten beibringen.«

»Ihr verkauft Euch unter Wert«, tadelte sie. »Ich weiß nicht, was wir in den letzten Monaten ohne Eure Weisheit getan hätten.« Sie küsste ihren Sohn und setzte ihn auf den Teppich zurück.

»Ihr macht Euch Sorgen um Miles, das lese ich in Eurem Gesicht«, sprach Guyon sie an. »Ein Mann, der aufgrund seiner Gebrechen dazu verurteilt ist zuzuschauen, statt zu handeln, sieht entschieden mehr von dem, was vor seinen Augen vor sich geht. Ich gebe zu, dass ich zuvor Scheuklappen getragen habe, als ich Euch nicht akzeptieren wollte.«

»Zum Glück ist das jetzt anders.« Sie folgte seinem Blick zu dem widerspenstigen Kleinkind, das erneut auf allen vieren auf die schmutzigen Binsen zukroch.

»Ja, das ist inzwischen anders«, bestätigte Guyon mit einem reumütigen Lächeln. »Wir tragen beide Narben. Er wird diese Phase überwinden. Es ist das Warten, das ihn zermürbt, und vielleicht der Umstand, dass Ihr und die Kinder bedroht seid. Ihr hättet Gerards Angebot annehmen und mit ihm und Aude für eine Weile nach Ledworth gehen sollen. Es könnte für Miles leichter sein, wenn Ihr das tätet.«

»Nein, nein und nochmals nein.«

»Wer trägt jetzt Scheuklappen?«

Niemand, es war Christen, die fürchtete, Miles nie wiederzusehen, wenn sie ihn plötzlich verließ.

Wulfhild unterbrach das fruchtlose Gespräch. »Ihr habt Besuch, Mylady«, sagte sie.

Christen drehte sich um und sah eine junge Frau in Begleitung ihres Stallburschen und Miles' Ritter Etienne mit langen, anmutigen Schritten in die Halle kommen. Sie hatte keine Ahnung, wer sie war, fühlte sich einfach erleichtert und dankbar für die Abwechslung. Sie trat vor, um den Besuch zu begrüßen.

»Lady Alicia FitzOsbern«, stellte Etienne sie höflich vor.

Bei dem Namen musste Christen sich beherrschen, dankte dem Ritter und lud ihren Gast ein, sich zu ihr zu setzen und einen Becher Wein mit ihr zu trinken.

»Nein, ich danke Euch«, lehnte Alicia ab. »Dies ist ein kurzer Besuch, und ich wage es nicht, mich lange aufzuhalten.«

»Wie kann ich Euch dann helfen?«, fragte sie die junge Frau und erinnerte sich, dass FitzOsbern seine jüngste Tochter Miles damals zur Frau hatte geben wollen.

»Eure Tochter?«, fragte sie, als Emma heranhüpfte und ihre Spindel zeigte.

»Ja, durch meine Heirat mit ihrem Vater. Ihre Mutter ist tot. Und der Kleine, der am Feuer spielt, ist unser Sohn.«

»Es sind hübsche Kinder«, murmelte Alicia.

»Möge Gott geben, dass sie die Chance bekommen, auch aufzuwachsen«, erwiderte Christen.

Ihr Gast senkte den Blick. »Deswegen bin ich hier«, sagte sie leise. »Ich bin gekommen, um Euch zu sagen, dass mein Vater vor zwei Wochen in Flandern im Kampf gefallen ist. Mein Bruder Roger erbt die Grafschaft. Das Auge des Königs ruht auf ihm, und Roger hegt keinen persönlichen Groll gegen Euch. Vermutlich wird er versuchen, Euch als Verbündete zu gewinnen.«

»Euer Vater ist tot?«, vergewisserte sich Christen.

»Ja.« Sie schenkte Christen ein eigenwilliges Lächeln. »Macht Euch bitte nicht die Mühe, mir Euer Beileid auszusprechen. Ich bin nicht gerade außer mir vor Kummer.«

»Mein Mann muss das unverzüglich erfahren«, entfuhr es ihr, und sie hätte fast ein: »Gott sei gedankt!« hinzugefügt.

»Dann werde ich Euch jetzt alleine lassen.« Alicia neigte den Kopf. »Es wäre für keine von uns beiden schicklich, die andere auf dem Grab meines Vaters tanzen zu sehen.«

»Warum überbringt Ihr mir diese Nachricht persönlich?«, fragte Christen neugierig, als sie ihren Gast in den Hof hinausbegleitete und darauf wartete, dass Alicias Stute gebracht wurde. »Wir hätten sie in einem oder zwei Tagen von einem Kaufmann oder einem wandernden Hausierer gehört.«

Alicia drehte sich um. »Euer Mann war einmal freundlich zu mir, und ich zahle die Schuld zurück. Wenn ich Maurice of Ravenstow heirate, bezweifle ich, dass ich als seine Frau viel Rücksichtnahme erfahren werde. Ihr habt großes Glück, Mylady.«

Früher an diesem Morgen hätte Christen ihr da nicht zugestimmt, jetzt hingegen fühlte sie sich plötzlich so leicht wie Distelwolle, als sie sich von ihrer Besucherin verabschiedete und dann davoneilte, um einen Boten anzuweisen, die Neuigkeiten Miles zu überbringen.

Oben auf dem Hügel zügelte Miles sein Pferd Lluched, der walisische Name für Blitz. Sechs Fuß weiter vorne fiel der verwitterte Felsen schroff und steil zum Flussbett ab.

Ein Teil des Steins bestand aus dem vom Frost dieses Winters gebildeten Geröll, anderswo hatten sich Flechten und Moos gebildet. Das Februarlicht hüllte Wales in einen verschwommenen, neblig-weißen Mantel.

Miles blickte über das Land und sog die beißende Kälte des frühen Frühlings in langsamen Zügen ein. Ein Spatz mit einem Schnurrbart aus Strohhalmen flatterte an ihm vorbei. Er betrachtete seine Hände. Sie lagen ruhig und sicher auf den Zügeln, und sein Verstand war klar. Im hellen Tageslicht gelang es ihm in der Öffentlichkeit, niemanden so nah an sich herankommen zu lassen, dass er seine Abwehr durchbrach.

Die Nächte waren eine andere Sache. Wenn er schlief, entluden sich seine Ängste in furchtbaren Albträumen. Schlief er nicht, wurde er von Schüttelfrost und Übelkeit geplagt. Er brachte es noch nicht einmal über sich, Christen und die Kinder anzusehen, solche Angst hatte er vor dem, was FitzOsbern ihnen antun würde, wenn es zum Schlimmsten kommen sollte. Er sah immer noch die Frauen von Yorkshire vor sich und konnte es nicht ertragen, was die Soldaten von König Williams Armee mit ihnen gemacht hatten.

Als wollte er das Leiden absichtlich verlängern, war FitzOsbern in die Normandie gezogen und hatte seinem Sohn die Herrschaft über die Grafschaft überlassen. Roger, der wusste, dass der König ein wachsames Auge besaß, hatte es bislang vorgezogen, besonnen in seiner Grafschaft zu regieren, statt zweifelhafte Fehden mit Nachbarn anzuzetteln, auf deren Wohlwollen er vielleicht angewiesen war. Miles gab sich keinen Illusionen hin. Wenn FitzOsbern heil aus dem Krieg zurückkehrte, wären Milnham und Ashdyke vermutlich zermahlen wie Korn zwischen Mühlsteinen.

»Grübelst du schon wieder?«, erkundigte sich Gerard, der sein Pferd hinter das von Miles lenkte. Miles wendete Lluched. Das Lächeln erreichte seine Augen nicht. »Es ist die Heimat meiner Vorfahren«, sagte er. »Ich habe über mein Heimatland geblickt.«

Gerard betrachtete den blaugrauen Flecken Landschaft hinter dem Wye. »Vermisst du die Leute deiner Mutter?«

Miles zuckte die Achseln. »Manchmal. Die meisten Bande dorthin sind tot. Zwischen mir und Siorl ap Gruffydd steht zu viel aus der Vergangenheit, als dass wir je ungezwungen miteinander umgehen könnten. Unser Vater war im Umgang mit Frauen ein Narr. Er wusste nie zu schätzen, was er hatte, weil er immer von dem Gras auf der anderen Seite des Hügels kostete, und für gewöhnlich gehörte es ihm nicht.«

Gerard hob gerade eine Braue, als der Ruf eines Boten, ertönte. Miles sah, dass der Mann sein Pferd wie ein Irrsinniger antrieb und Worte brüllte, die in dem Wind auf der Spitze des Hügels untergingen.

»Was sagt er?«, wollte Gerard wissen und spähte in die Richtung des Boten.

»Er sagt etwas über FitzOsbern.« Miles stieß Lluched die Fersen in die Flanken und galoppierte den Hang hinunter, um den Mann abzufangen.

»FitzOsbern ist tot, Mylord!«, keuchte der Bote, als wäre er und nicht sein schnaufendes Pferd den ganzen Weg von Milnham hierhergejagt, um die Nachricht zu überbringen.

Der Bote musste sich mehrere Male wiederholen, bevor Miles die Neuigkeit endlich bewusst aufnahm. Sobald er endgültig erfasst hatte, was ihm mitgeteilt wurde, wendete er das Ross und galoppierte nach Hause zurück, während Gerard ihm verwirrt hinterherstarrte.

In der Halle herrschte ausgelassene Festtagsstimmung, alle waren vor Erleichterung und aufgrund des in Strömen fließenden Weins und Mets bestens gelaunt. Diener eilten mit Körben durch den Raum, in denen sie Brot und gebratenes Fleisch anboten.

Christen stützte die Ellbogen auf das feine Leinentuch und knabberte an einem Honigkuchen. Den Becher Wein rührte sie kaum an, denn sie teilte die Fröhlichkeit der anderen nicht, die dieses Totenfest für William FitzOsbern, Earl of Hereford, feierten.

Sie trug ihr rotbraunes Wollkleid, das nach normannischer Art geschnitten war, sodass es eng an ihrem Körper anlag, und an Ausschnitt, Saum und Oberarmen mit Goldstickerei verziert war. Die Wolfsbrosche hatte sie über dem Herzen auf ihrer Brust befestigt. Aber sie war traurig, weil Miles ihr bislang keine Achtung geschenkt hatte und nicht einmal ihre Kleidung bewunderte. Sie hätte genauso gut Sackleinen tragen können.

Mit dem Gesichtsausdruck eines Schlafwandlers saß er am Tisch, beantwortete Fragen, wenn ihm welche gestellt wurden, trug indes von sich aus nichts zu der Unterhaltung bei und hatte sein Essen und seinen Wein kaum angerührt.

Kurz nach Mittag war er auf seinem völlig erschöpften, schnaufenden, in Schweiß gebadeten Pferd in den Burghof geritten. Als sie zu ihm gelaufen war, um ihn zu begrüßen, hatten seine Augen vor Triumph und Begeisterung geleuchtet. Und nachdem er abgestiegen war, hatte er sie in die Arme gezogen, durch die Luft geschwungen und sie stürmisch geküsst, bevor er sie mit Fragen bombardierte, von denen sie die Hälfte nicht beantworten konnte. Als dann Gerard zu ihnen gestoßen war, begann alles auseinanderzubrechen.

Trotz der erfreulichen Nachrichten war Miles' Hochstimmung nach und nach abgeflaut, und er war ernst und nachdenklich geworden. Er hatte sie in ihrem Festtagsstaat angesehen, als wäre sie ein Teil seiner gewöhnlichen Umgebung oder überhaupt nicht vorhanden, und Christens aufkeimender Optimismus war verdorrt und erstorben.

Jetzt erhob er sich von seinem Platz am Tisch, schob sein Messer in die Scheide, griff nach seinem Umhang und verließ die Halle. Ein üppig gebautes Küchenmädchen kreuzte seinen Weg, errötete und ließ die Platte mit geröstetem Geflügel fallen. Mit einem bestürzten Aufschrei bückte sie sich, um das Fleisch aufzuheben, bevor sich die Hunde darüber hermachen konnten, und erlaubte Miles auf diese Weise einen großzügigen Blick aufs Vorderteil ihres Kleids.

Gerard, der dem Wein reichlich zugesprochen hatte, stieß Leofwin an. »Vielleicht hat er seit dieser Flämin in York eine Vorliebe für derartige Frauen«, bemerkte er mit albernem Lachen.

Leofwin grinste. »Am nächsten Morgen hat er ausgesehen, als hätte sie sich auf ihn gerollt.« Er bemerkte zu spät, dass Christens Blick auf ihm ruhte, und ließ den Satz mit einem verlegenen Hüsteln enden.

Christen reagierte unwirsch. »Tauscht eure betrunkenen Soldatengeschichten in der Gosse aus, nicht in meiner Halle«, fauchte sie und rauschte hinter ihrem Mann her ins Freie.

»Eine Katze unter Tauben«, bemerkte Leofwin nach wie vor erheitert.

»Ganz genau«, bestätigte Gerard. »Du weißt ja, wie eifersüchtig Frauen sind. Er wird so viel damit zu tun haben, sich zu verteidigen, dass ihm keine Zeit zum Grübeln bleibt.«

Als ihr Ärger abkühlte, war der erste heiße Anflug von Eifersucht rasch verflogen. Was immer in York geschehen war, Miles hatte sein Leben riskiert, um sie und Emma zu retten. Dennoch wollte sie die Sache hinterfragen.

Sie wandte sich an einen Wachposten, der auf dem Fußweg der Mauer stand, und deutete auf die einsame Gestalt, die dort Richtung Hereford blickte. Einen Moment lang blieb sie stehen und beobachtete ihn, dann straffte sie die Schultern und ging zu ihm hin.

»Eine Flämin in York, richtig?«, sagte sie. »Ich habe die Geschichte gerade von Gerard gehört. Und seitdem wandern deine Augen zu Küchenmädchen? Du wolltest dich wohl mit in ihr Kleid zwängen!«

»Ich bezweifle, dass dort Platz für uns beide gewesen wäre, ohne dass einer erstickt«, bekannte er reumütig und zog sie an sich. »Ich bevorzuge meine Frau so, wie sie ist. Geschmeidig wie ein Wiesel, anmutig wie ein Schwan und mutig wie eine Löwin.«

Ein Wächter kam auf seiner Runde an ihnen vorbei und blickte diskret anderswohin. Christen hingegen stellte verblüfft fest, dass das Leben in Miles' Augen zurückgekehrt war, und er sah nicht mehr durch sie hindurch.

»Ich gebe zu, dass es in York eine Frau gab. Gerard hat sie in mein Bett gestoßen und behauptet, es sei gut für meine Gesundheit, womit er vollkommen falschgelegen hat. Danach habe ich solch zweifelhaftem Vergnügen entsagt und ein keusches Leben geführt. Ich will dich, nicht irgendeinen billigen Ersatz für eine Nacht.«

»Warum hast du mir dann keinerlei Beachtung geschenkt?«, wollte sie wissen. »Warum hast du dich verhalten, als würde ich gar nicht existieren?«

Miles blickte über den Fußweg hinweg zu dem Teil der Mauer, der an die Böschung grenzte, und rieb sich den Nacken. »Ich konnte keine Zukunft mehr sehen«, gestand er. »FitzOsbern wollte uns alle ermorden, und es gab kein Zurück. Ich hätte dich eher getötet, als dich ihm ausgeliefert. Nenn es Verzweiflung, denn ich wusste, dass er kommen würde. Es war lediglich eine Frage der Zeit.«

Tränen trübten ihr Blickfeld. »Und warum hast du sogar heute dumpf vor dich hingebrütet. Ich trage mein bestes Gewand, das ich auf deinen Wunsch hin angefertigt habe, und du sagst nichts. Du verlässt das Fest, um hier hochzusteigen und dich hinzukauern wie ein Vogel, der nicht richtig fliegen kann. Warum?«

»Vermutlich glaube ich nicht, dass es wahr ist.« Er hing dem Gedanken nach. »Ich muss mich immer noch an die Vorstellung gewöhnen, ein ganzes Leben mit dir vor mir zu haben. Als ich heute Mittag diesen Boten sah, dachte ich, er käme, um mir mitzuteilen, dass FitzOsbern zurück ist und auf uns zumarschiert, stattdessen brachte er die

Nachricht von seinem Tod. Egal auf welcher Seite der Messerklinge man steht, man kann immer noch tief fallen.« Er zog sie wieder an sich. »Außerdem habe ich gerade nicht dumpf vor mich hingebrütet.«

»Wirklich nicht?«

»Nein, ich habe daran gedacht, dass diese Verteidigungsanlagen nicht umsonst sein werden. FitzOsbern hat uns ein nützliches Vermächtnis hinterlassen. Wenn uns die Waliser überfallen, werden sie sich die Zähne an Stein ausbeißen. Wir tun gut daran, massive Mauern zwischen uns und Hereford zu errichten.«

Christen tat empört. »Also hast du, während ich vor Sorge um dich fast wahnsinnig geworden bin, den Bau praktischer militärischer Objekte geplant!«

Sie lächelte, und weil sie fror, kroch sie zu ihm unter seinen pelzgefütterten Umhang.

»Du könntest mich jederzeit ablenken«, schlug er vor.

»Genau dazu hat Aude mir geraten.«

»Sie ist eine kluge Frau.« Seine Lippen suchten ihre. Sie waren kalt, aber seine Hände begaben sich unter dem Umhang auf eine intime Wanderschaft, und ihre taten es ihnen nach.

»Wenn du nicht aufhörst, ist es vorüber, bevor es angefangen hat«, murmelte er und hielt ihre Hände fest.

»Du warst ja seit York enthaltsam«, stimmte sie zuckersüß zu und maß ihn mit einem provozierenden Blick. »Nun denn, Mylord, es wird spät. Seid Ihr nicht müde und sehnt Euch nach Eurem Bett?«

Er lachte leise. »Müde ist nicht das Wort, das mir dazu einfallen würde, bereit vielleicht eher.«

Miles zupfte den Umhang so zurecht, dass sie die Treppe bewältigen konnten, dann nahm er ihre Hand und zog Christen in die Wärme ihrer Kammer und das Herz ihres Heims.

HISTORISCHER HINTERGRUND

Im Januar 1066 starb der englische König Edward der Bekenner, und sein Nachfolger Harold Godwinson, ein mächtiger, halb dänischer Earl, wurde von der Witenagemot gewählt, einer Ratsversammlung weiser Männer, die dem regierenden Monarchen halfen, politische Entscheidungen zu treffen.

Harolds Recht auf die Königskrone wurde jedoch von Herzog William von der Normandie infrage gestellt, der der Meinung war, Englands Thron stünde ihm zu. Er behauptete, Harold Godwinson habe einen Eid geschworen, dass er ihm helfen werde, den Thron an sich zu bringen, und es sei zudem Edwards Wunsch, dass William die Krone Englands tragen solle.

Aus diesem Grund begann William, Vorbereitungen zu treffen, in England einzufallen, sich mit Harold auseinanderzusetzen und die Macht an sich zu reißen. Harold traf seine eigenen Vorkehrungen und zog eine Armee zusammen, um sich der Bedrohung von der anderen Seite des Kanals zu stellen. Das Vorhaben verzögerte sich, weil widrige Winde William davon abhielten, seine Armee zu verschiffen. In der Zwischenzeit war im Norden Englands eine weitere Gefahr in Gestalt einer norwegischen Armee aufgetaucht, die von Harald Hardrada angeführt wurde, dem König von Norwegen, der es selbst auf den englischen Thron abgesehen hatte. König Harold Godwinson marschierte mit seiner Armee nach Norden und besiegte die Norweger in der Schlacht von Stamford Bridge. Hardrada fiel, womit diese spezielle Gefahr ausgeschaltet war, allerdings zu einem hohen Preis. Viele der Engländer waren verwundet worden, und aus dem Süden kamen zudem Nachrichten, dass William von der Normandie aus bei Pevensey an der Südküste gelandet war.

Harold machte kehrt, führte seine Armee wieder gen Süden und scharte unterwegs weitere Truppen um sich. Die englische und die normannische Armee trafen am 16. Oktober aufeinander und kämpften an diesem Tag in der inzwischen berühmten Schlacht von Hastings. Harold wurde besiegt und getötet, William von der Normandie trug den Sieg davon und gewann ein Königreich.

Ein Königreich allerdings, dessen eroberte Ländereien gesichert und unter seinen Anhängern aufgeteilt werden mussten. Einige Gebiete wurden durch das Schwert eingenommen, andere wechselten den Besitzer, weil die betreffenden Lords nicht mehr vom Schlachtfeld von Hastings zurückkamen. Manchmal besiegelte eine Ehe die neue Ordnung, indem ein neu angekommener normannischer Ritter oder Baron die Witwe oder Tochter des früheren Besitzers heiratete. Es war eine raue, unbeständige Zeit, in der das nackte Überleben oft den hart erkämpften Kernpunkt darstellte, von dem aus es nicht viel weiter nach oben ging.

Ich habe das walisische Grenzgebiet rund um Hereford

als Eröffnungsszenerie für *Das Herz des Feindes* gewählt, weil ich einen romantischen Abenteuerroman schreiben wollte, der die Zeit kurz nach der Schlacht von Hastings und die fortdauernde Eroberung Englands durch die Normannen abdeckt. Ich habe zahlreiche Romane gelesen, die von Beziehungen zwischen den Normannen und den Engländern handelten, aber ich wollte dem etwas mit einer anderen Färbung hinzufügen.

Ich wusste von meinen Recherchen, dass König Edward der Bekenner eine besondere Vorliebe für die normannische Kultur hegte und einige Abenteurer und Krieger eingeladen hatte, sich entlang der walisischen Grenze anzusiedeln, um die umkämpften Landgebiete zu sichern. Dies geschah lange vor den Ereignissen von 1066. Richard Fitz-Scrob, ein Ritter, kam auf König Edwards Aufforderung aus der Normandie und erbaute dort 1050, sechzehn Jahre vor der normannischen Eroberung, eine Burg.

Ich habe beschlossen, meinen Helden Miles zu dem Sohn eines dieser frühen normannischen Siedler zu machen, und um das Ganze komplexer zu gestalten, gab ich ihm eine walisische Mutter. Die an der walisischen Grenze, den Marschen, ansässigen normannischen Barone schlossen oft Ehebündnisse mit den einheimischen walisischen Lords und unbedeutenden Prinzen. Miles zu einem Sohn aus zweiter Ehe zu machen erlaubte es mir, ebenso normannische Verwandte ins Spiel zu bringen und durch die Mutter die walisische Seite einzubeziehen.

Die in dem Roman erwähnten Dörfer und Burgen: Ashdyke, Milnham, Fletesbroc, Oxley, sind ebenso wie meine Hauptpersonen Produkte meiner Fantasie, aber sie alle sind in eine historisch reale Landschaft eingebettet. Ich habe eine Karte beigefügt, um die Lage wirklich existierender und fiktiver Orte aufzuzeigen.

William FitzOsbern, Earl of Hereford, war eine reale historische Persönlichkeit, mit William dem Eroberer verwandt und in den Jahren nach der normannischen Eroberung die vorherrschende Macht im walisischen Grenzgebiet rund um Hereford und Chepstow. 1069 war FitzOsbern an der Niederschlagung eines von Eadric dem Wilden oder Eadric Cild, wie ich ihn in meinem Roman genannt habe, angezettelten Aufstands beteiligt. Er richtete entlang der Grenze zwischen England und Wales Verwüstungen an, überfiel die Normannen und verschwand wieder in der Wildnis. Eine seiner bekannten Aktionen war das Niederbrennen von Shrewsbury, obwohl die Burg standhielt. Er war ein ganz besonderer Dorn in FitzOsberns Fleisch, erst 1069 wurden seine Truppen bei Stafford von denen König Williams besiegt. Irgendwann nach 1070 schloss er mit William Frieden und könnte für ihn einen Feldzug auf der anderen Seite des Kanals geführt haben. Ein anderer nebenbei in dem Roman erwähnter normannischer Baron, Roger de Montgomery, war der Earl of Shrewsbury, und sein Sohn Robert de Belleme taucht in meinem Roman *Die wilde Jagd* auf.

Die Bemühungen William des Eroberers, den Aufstand im Norden des Landes niederzuschlagen, wurden als grausamer Versuch bekannt, Rebellionen ein für alle Mal ein Ende zu setzen. Während einige Historiker die Plünderung des Nordens als eine Art Völkermord betrachtet haben, deuten andere an, dass William gar nicht über die Truppen verfügte, um eine solche Massenvernichtung durchzuführen, und dass dies missbilligend und übertrieben dargestellt wurde. Wie auch immer die Wahrheit aussieht, der Feldzug war erbittert und erbarmungslos und ließ Hunger und Entbehrungen in seinem Kielwasser zurück. Teile von Nordengland erholten sich Hunderte von Jahren nicht.

William FitzOsbern starb im Februar 1071 in Flandern in der Schlacht von Cassel, und auf ihn folgte sein Sohn Roger. FitzOsberns Tochter Alicia ist gleichfalls meiner Fantasie entsprungen und spielt in dem Folgeroman *Die wilde Jagd* eine Rolle.

Ich hoffe, *Das Herz des Feindes* hat euch gefallen. Es freut mich, die Gelegenheit gehabt zu haben, den Roman noch einmal zum Leben zu erwecken. Es ist ein Werk, das mich sehr lange begleitet hat, und ich bin so froh, dass es endlich ans Licht gebracht worden ist.

Elizabeth Chadwick
2020

ANMERKUNG DER AUTORIN

Ich war fünfzehn Jahre alt, als ich meinen ersten historischen Roman schrieb. Ich hatte mir seit meiner Kindheit selbst Geschichten über alle möglichen Dinge erzählt, für gewöhnlich laut vor mich hin. In meiner Teenagerzeit verliebte ich mich dann in einen mittelalterlichen Helden aus einer Kinderfernsehserie mit dem Titel *Desert Crusader* und begann das zu schreiben, was man heute als Fanfiktion bezeichnen würde. Diese Phase ging rasch in eine andere über, als ich weiter in meine eigene Fantasie reiste und den historischen Hintergrund zu recherchieren begann. Meine Schriftstellerei schlug mit frischen Ideen andere Richtungen ein, spielte allerdings immer im Mittelalter.

Als ich diesen ersten Roman im Laufe eines Jahres fertig gestellt hatte, wurde mir klar, dass ich meinen Lebensunterhalt mit dem Verfassen historischer Fiktion verdienen wollte. Es dauerte mehr als fünfzehn Jahre und acht lange Romane, um dieses Ziel zu erreichen, aber am Ende gelangte ich dorthin, als ein führender Londoner Literaturagent den achten Roman *Die wilde Jagd* las und mir anbot, mich zu vertreten. Einige Verlage lieferten sich am Ende einen Bieterwettstreit darum, und der Rest ist, wie man so schön sagt, Geschichte. Der Roman gewann einen Preis und ist auch heute, dreißig Jahre nach der Erstveröffentlichung, noch in Druck. Ich hatte die Karriere, die ich wollte.

Vor *Die wilde Jagd* gab es noch *Das Herz des Feindes*. Der Roman war abgelehnt worden, nachdem ich ihn zum ersten und einzigen Mal einem Verleger angeboten hatte. In meiner Unerfahrenheit habe ich ihn an jemanden geschickt, der sich auf erotische Fiktion spezialisiert hatte. Als ich eine Absage erhielt, legte ich *Das Herz des Feindes* erst einmal auf Eis und machte mit *Die wilde Jagd* weiter. Meine neue Agentin fragte, ob ich sonst noch etwas geschrieben hätte. Ich erwähnte widerstrebend *Das Herz des Feindes*, und sie bat darum, den Roman sehen zu dürfen. Er gefiel ihr, und sie gab ihn an meinen Redakteur weiter. Er war auch sehr davon angetan, meinte aber, *Die wilde Jagd* sollte der Beginn meiner Karriere sein. In Ordnung, dachte ich und packte ihn erneut weg.

Als meine Karriere Fortschritte machte, dachte ich manchmal an *Das Herz des Feindes* und beschloss schließlich, das Manuskript mit Word zu tippen, damit ich wenigstens eine zeitnahe elektronische Kopie hatte. Ich arbeitete in meiner Freizeit an dem Projekt, und das zog sich über mehrere Jahre hin. Als ich endlich fertig war, stellte ich die ersten Kapitel als Extra für meine Leser auf meine Website. Die Reaktion erfolgte prompt, und Bitten um mehr von der Geschichte häuften sich.

Ein paar weitere Korrekturen folgten, und hier ist er nun: nicht nur der Vorläufer zu *Die wilde Jagd*, sondern deren Katalysator.

DANKSAGUNGEN

Ich möchte allen Mitgliedern des Sphere-Teams für ihre Unterstützung und harte Arbeit hinter den Kulissen danken. Außerdem bedanke ich mich bei meiner Redakteurin zu Beginn des Romans, Viola Hayden, dafür, dass sie so erpicht darauf war, *Das Herz des Feindes* zu veröffentlichen, und bei meiner fantastischen neuen Redakteurin Darcy Nicholson, die dafür gesorgt hat, dass das Projekt verwirklicht wurde. Danke an Thalia Proctor für ihre Redaktionsarbeit in der späteren Phase des Prozesses und Millie Seaward für ihre Organisation meiner verschiedenen Diskussionsabenteuer. Ein besonderes Dankeschön geht an Dan Balado für sein mitfühlendes und scharfes Auge in der Mitte der Redaktionsphase. Alle noch verbleibenden Fehler habe allein ich zu verantworten.

Wie immer danke ich allen Mitarbeitern der Blake Friedmann Literary Agency und meiner lieben Agentin Isobel Dixon. Außerdem möchte ich Sian Ellis Martin und Tia Armstrong für ihre ausgesprochen nützlichen und scharfsinnigen Kommentare danken.

Eine große Umarmung gilt meinem Mann Roger, der ganz am Anfang von *Das Herz des Feindes* für mich da war und es auf sich genommen hat, die einzige Papier-

kopie, die ich besaß, in einen modernen Computer zu tippen, sodass ich mit dem Redigieren und Überarbeiten beginnen konnte.